近代报刊文献辑录丛书

旧时书事

张伟·主编

张伟·编

上海科学技术文献出版社
Shanghai Scientific and Technological Literature Press

图书在版编目（CIP）数据

旧时书事 / 张伟编．—上海：上海科学技术文献出版社，2021

ISBN 978-7-5439-8386-1

Ⅰ．①旧… Ⅱ．①张… Ⅲ．①回忆录—作品集—中国—现代 Ⅳ．①I251

中国版本图书馆 CIP 数据核字（2021）第 138489 号

选题策划：张 树
责任编辑：王 珺
封面设计：留白文化

旧时书事
JIUSHI SHUSHI
张 伟 编
出版发行：上海科学技术文献出版社
地 址：上海市长乐路 746 号
邮政编码：200040
经 销：全国新华书店
印 刷：常熟市人民印刷有限公司
开 本：720mm×1000mm 1/16
印 张：22.75
字 数：346 000
版 次：2021 年 8 月第 1 版 2021 年 8 月第 1 次印刷
书 号：ISBN 978-7-5439-8386-1
定 价：88.00 元
http://www.sstlp.com

纸上漫游乐无穷　周立民　001

访书录
PART
1

对于书主人的观察　张慧剑　016
巴黎的春天　邵洵美　021
关于买书的零零碎碎　楞定　023
买旧书　施蛰存　025
买书者言　郁达夫　027
读《毁灭》大众本　林翼之　029
买书的癖　刘大杰　031
买书　朱自清　033
买书　阿英　036
海上买书记　阿英　039
买旧书的艺术　容　045
旧书　劳心　047
买书　陈适　049
这一年　商鸿逵　051
买书经验谭　蛰伏楼主　053
购书的哲学　齐物　055
购书记　画眉室主　058
买书偶记　惆怅私怜室主　060
买旧书　沙利文　064
危城访书得失记　吴芾　066
访曲记　吴晓铃　073
旧书摊上买书的方法　竹斋　076
白门买书记　纪果庵　080
买书甘苦记　仲文　088
买书有感　阿骥　093

东西两场访书记	挹彭	096
杭州日记	说斋	105
寒夜偶记	谢刚主	108
谈买书	郭梦鸥	112
买书漫谈	周炎虎	117
买书的癖好	徐蔚南	121
买书杂话	王巨川	126
拾旧书	郭鹭	130
并无怪癖的癖好	味橄	132
买书随感录	白永	136
一个奇迹	津津	139
买书	叶健铁	141

失书录
PART 2

杭州卖书记	四明语生	146
卖书	西岩	150
卖书	少怀	155
哭书文	林焕平	158
卖书	俞仰修	161
读书与吃书	崇华	163
卖旧书	宋慕法	165
卖书散记	思果	168
卖书记	赵荫棠	171
群书疏散记	纪果庵	175
我已失去的旧书	曙山	181
卖旧书	方君	183
售书记	郑振铎	185
卖书	何苦	189

卖书记 弘贤 191
卖书 尤墨君 192
失书 鲍忠祈 194
我的书 巫怀毅 196

曝书录

PART 3

跋《红楼梦考证》 胡适 202
鸥侣闻歌记 胡寄尘 206
爱书狂者之话 阿英 210
我的读书生活 叶恭绰 214
书鱼消夏录 叶灵凤 218
书的普及版 关敬之 220
治学自叙 邵元冲 222
入厕读书 知堂 225
一折八扣书 亢德 228
借书 斯全 230
铅印旧书 杨莲生 232
曝书记 朱雯 235
藏书与读书 味橄 239
灯下道故 文载道 244
挥汗漫谈 文载道 251
江湖日记 顾蔗园 257
谈借书 郭梦鸥 260
书的故事 纪果庵 265
期刊过眼录 文载道 272
借书的烦恼 溯因 282
藏书的故事 李佩秋 284
旅行与藏书 顾仲彝 286

旧书之灾 朱光潜 289
文物·旧书·毛笔 朱自清 293
鲁迅的藏书与买书 念新 297
腐书 徐蔚南 299
谈书 靖文 304
不买书的原因 叶君 306
什么最贵? 白永 308
曝书随记 白永 311

书缘录
PART
4

合川张石亲先生藏书接收记 吴大猷 316
书林逸话 莞公 322
三吴回忆录 谢刚主 341
上海书林梦忆录 陈乃乾 348

纸上漫游乐无穷

周立民

一、赏心乐事

“在滞留巴黎的时候，在羁旅之情中可以算作我的赏心乐事的有两件：一是看画，二是访书。在索居无聊的下午或傍晚，我总是出去，把我迟迟的时间消磨在各画廊中和河沿上的。”[①] 戴望舒看似平淡的叙述，却有按捺不住的欢喜，看画，访书，“赏心乐事”。毕竟“羁旅”中，难免“索居无聊”，日后怀念那些时光，深情款款——心无傍依，苏轼一双温暖的手，书店是宁静的港湾。

在马德里，戴望舒的时光仍然消磨在书市中：

> 我在玛德里的大部分闲暇的时间，甚至在发生革命，街头枪声四起的时间，都是在书市的故纸堆里消磨了的。在傍晚，听着南火车站的汽笛声，踏着疲倦的步子，臂间挟着厚厚的已绝版的赛哈道的《赛房德思辞典》，或是薄薄的阿尔多拉季雷的签字本诗集，慢慢地沿着灯火已明的阿多洽大街，越过熙来熙往的太阳门广场，慢慢地踱回寓所去对灯披览，这种乐趣恐怕是很少有人能够领略的吧。[②]

有个“恐怕”却未必，那就是“这种乐趣恐怕是很少有人能够领略的吧”，其实，很多读书人都感同身受，摊在我面前孙莺编《旧时书肆》和张伟编《旧时书事》两部书稿就是买书、读书、逛书店之后留下的文字。这些文字出自不同年代不同人之手，虽然难免芜杂，但是有一点却是共同的：谈起书店和买书，

---

① 戴望舒：《巴黎的书摊》，《旧时书肆》。

② 戴望舒：《记玛德里的书市》，《旧时书肆》。

个个眉飞色舞，痴气上升。界外人士，可能大惑不解，然而读过之后，我想倘若不被拉“入伙”，至少也心驰神往，不由感叹：文人啊，哪怕是年年岁岁一床书，也能咂摸得有滋有味。

书店掳掠了他们大部分业余时光，“在东京，因为住的地方在神田，门前即是书店街，左邻右舍全是书店，所以更常去翻检一些旧书，作为闲暇时的娱乐。”“除了书店之外，还有夜市的书摊，欢喜看看的，一个摊子一个摊子翻过去，也尽够消磨两个钟头，偶然也可以买到好书。因为从神保町一直排列到骏河台，书摊也是无数的。一些欢喜在都市中夜散步的朋友，这正可驻一驻疲足。”① 诗人覃子豪也是：“我到神保町或早稻田去，我喜欢一个人，因为一个人独来独往，独去独留，毫无牵制，这完全是为了逛旧书店的缘故。”②

朱自清则留连于查令十字街（他写作“切林克拉斯路”）的旧书铺子中，那并非什么美妙的风景区，可是在文人眼中，有书就有最美的风景：“路不宽，也不长，只这么弯弯的一段儿，两旁不短的是书，玻璃窗里齐整整排著的，门口摊儿上乱哄哄摆著的，都有。加上那徘徊在窗前的，围绕着摊儿的，看书的人，到处显得拥拥挤挤，看过去路便更窄了。”有书，地下室居然也成了天堂：“但最值得流连的还是那间地下室，那儿有好多排书架子，地上还东一堆西一堆的。乍进去，好像掉在书海里；慢慢地才找出道儿来。屋里不够亮，土又多，离窗户远些的地方，白日也得开灯。可是看得自在，他们是早七点到晚九点，你待个几点钟不在乎，一天去几趟也不在乎。只有一件，不可着急。你得像逛庙会逛小市那样，一半玩儿，一半当真，翻翻看看，看看翻翻；也许好几回碰不见一本合意的书，也许霎时间到手了不止一本。”③

不止海外，遥想当年书店全盛日，中国哪个城市的书不是牢牢占据了人们的成长记忆的显要位置。这两本书中，有相当篇幅的文字是写上海的“书事”“书肆”，我想不惟是两位编者对上海的偏爱，还是因为上海乃近代以来中国出版的中心，东西交汇的文化也最能体现现代社会的特点，少不得让文人墨

① 常任侠：《东京的书店街》，《旧时书肆》。
② 覃子豪：《买旧书》，《旧时书肆》。
③ 朱自清：《三家书店》，《旧时书肆》。

客们大书特书。阿英在人声喧闹的城隍庙中能找到卖书处，一头扎进去逛个没完，是真正的书痴：“事实没有这样简单，要是你把城隍庙的拐拐角角都找到，玩得幽深一点，你就会相信不仅是百货杂陈的商场，也是一个文化的中心区域，有很大的古董铺、画碑帖店、书局、书摊、说书场、画像店、书画展览会，以至于图书馆，不仅有，而且很多，而且另具一番风趣。对于这一方面，我是当然熟习的，就让我来引你们畅游一番吧。”[①] 上海的书肆，从四马路到辣斐德路，是中西皆备，古今杂陈。郑振铎在抗战期间大搜中国旧书，而且都是国宝级的；而巴金、施蛰存等人，将西文书一包包地买回家。彼时的一些“书肆”，不仅仅售书，而且出书，是一家家出版社。前店后厂，自产自销，与读者“亲密无间”。有人去良友公司购书，他还遇到总经理伍联德，“另外伴了一位洋装青年出来，交谈之下，知道这就是良友公司总经理伍联德君，我就询问关于他们公司营业的组织状况，和关于出版物的计划，蒙他一一详细答复，并且导我入内，参观印刷所、装订间、机器室、堆纸栈、经理室、会计部、编辑所等，全部约四五十间，共三楼，房屋设备，非常广大精致……”提到即将出版的傅彦长、朱应鹏、张若谷合著的《艺术三家言》，伍联德说：“该书拟分两种印行，甲种为精装本，用百磅铜版纸印，封面装订用丝绸或他种贵重帛织品，用颜色套印，荡赤金字，书边荡金，外盛以精匣，备作馈礼用；乙种为普通本，用重磅洁白道林纸印，布面金字，或用他种贵重纸料。全书篇幅廿五开，约四百，汇装一巨帙，附有三色图画多幅，铜锌版插图数十幅，用颜色印，定价务求低廉，以期读者广遍。”[②] 良友公司从创立之初就重视图书装帧，由此可见。另外一位书友去金屋书店，遇到主人邵洵美，他记下的样子不是我们今天想像的风流倜傥、英俊少年，倒有些邋邋遢遢的名士气：“一个灰布袍子头发蓬乱的至少两三个月不修剪的”[③]……这样的偶遇跟访书的记忆融合在一起，像秋天的落叶飘在眼前，大概谁也不会无动于衷，哪怕不低头捡拾两枚，也会侧目多看几眼。

---

① 阿英：《城隍庙的书市》，《旧时书肆》。

② 琮琦：《良友访顾记》，《旧时书肆》。

③ 周菊人：《金屋书店访问记》，《旧时书肆》。

北平则是另外一番景象，那种传统的街市、市井气息和生活方式在书肆、书市中依然可以感觉到。周作人笔下的“厂甸”害得多少人今天还做不完那样的访书梦：

琉璃厂是我们很熟的一条街。那里有好些书店、纸店，卖印章墨合子的店，而且中间东首有信远斋，专卖蜜饯糖食，那有名的酸梅汤十多年来还未喝过，但是杏脯蜜枣有时却买点来吃，到底不错。不过这路也实在远，至少有十里罢，因此我也不常到琉璃厂去，虽说是很熟，也只是一个月一回或三个月两回而已。然而厂甸又当别论。厂甸云者，阴历元旦至上元十五日间琉璃厂附近一带的市集，游人众多，如南京的夫子庙，吾乡的大善寺也。南新华街自和平门至琉璃厂中间一段，东西路旁皆书摊，西边土地祠中亦书摊而较整齐，东边为海王村公园，杂售儿童食物玩具，最特殊者有长四五尺之糖葫芦及数十成群之风车，凡玩厂甸归之妇孺几乎人手一串。自琉璃厂中间往南一段则古玩摊咸在焉，厂东门内有火神庙，为高级古玩摊书摊所荟萃，至于琉璃厂则自东至西一如平日，只是各店关门休息五天罢了。厂甸的情形真是五光十色，游人中各色人等都有，摆摊的也种种不同，适应他们的需要，儿歌中说得好：

新年来到，糖瓜祭灶。

姑娘要花，小子要炮。

老头子要戴新呢帽，

老婆子要吃大花糕。

至于我呢，我自己只想去看看几册破书，所以行踪总只在南新华街的北半截，迤南一带就不去看，若是火神庙那简直是十里洋场自然更不敢去一问津了。[①]

二、生命之外还该有点生趣

周作人跑了半天“只想去看看几册破书”，这种文人情趣，在今天会被人嘲笑，还是被认为是一种更大的奢侈呢？嘲笑，这世上竟然还有一群人“不食”人间烟火，沉浸在自己的世界中，自得其乐；奢侈，是在红尘滚滚的都市中，

① 周作人：《厂甸》，钟叔河编《周作人文选》第2卷第143—144页，广州出版社1995年12月版。

很多人狼奔豕突心中总有商场风云早已找不回静静地面对“几册破书”的心境了吧？今年春天，在国内一个经济上叱咤风云的大城市，晚上和一位朋友路边等车，等了十分钟，这位朋友就“忍无可忍”，不断地催促我给司机打电话。我说司机正在赶来的途中，现在给他打电话也没有用，他也不可能飞过来，再耐心等一会儿。朋友此时已摩拳擦掌、四体不安且喋喋不休：这师傅服务太差了，问问他走哪儿了啊，你这车怎么叫的，我们在路边完全是浪费时间……他前后不过等了二十多分钟，就如此火烧火燎，痛不欲生。听说他家有几万册藏书，我一直想象不出这么焦躁的人，怎么一字字、一页页地读书呢？或许，我理解错误，人家才叫惜时如金、才能读更多的书？

在效率、目标、成果等思维控制下，人们目的性变得虎视眈眈刻不容缓，从而也就丢弃和鄙视“从前慢”。此时，周作人的话值得我们深思：“饭是活命的，所以大家以为应该吃，但是生命之外还该有点生趣，小姑娘穿了布衫还要朵花戴戴，老头子吃了中饭还想买块大花糕，就是为此。”[①]——“生趣”不可从“生命”中分割，或者，他才是生命的实在，否则，一个人仅仅是“活着”。现在社会似乎在以更快的速度和让人眼花缭乱的生态，剥夺了我们的“生趣”。科技日新月异，迅速改变我们的生活，我们都沉醉于这种改变：方便，实用，高效，也可以实现以往力所不及的目标。即如买书，如今的网上买书，再也不用肩扛手提，连“寻书”的过程也省了，不过是在搜索栏中敲进书名，支付都不需要数钞票了，分分秒秒就完成了买书。这种没有过程感的买书或生活，仿佛脚踩在厚厚的棉花上，真实感虚空，光滑得在记忆上都擦不下一丝微痕，这是真实的生活过吗？书在这里纯粹退化为物，为工具，是我们为了达到目的的一个工具，甚至成为商品、储值券。对此，前一个时代人已经很敏感地指出：“昔之藏书者，皆好书读书之人。每得一书，必手自点校摩挲，珍重藏弆，书香之家，即以贻之子孙，所谓物聚于所好也。近来书价骤贵，富商大贾，群起争购，视之若货物、若赀产。”[②]如今，视书为资财者，大有人在；视为一次性消费品的，更是众矣，很多人也由此大不理解纸质书的留恋者，认为电子书比这

---

① 周作人：《厂甸》，钟叔河编《周作人文选》第 2 卷第 144 页。

② 陈乃乾：《上海书林梦忆录》，《旧时书事》。

个又方便又快捷，何不早日取而代之？我不认为这两者就是对立的，也不排斥新事物，相对新旧优长之争论，我更看重负载或浸润在其中的情感、趣味，以及与我们心灵之间的关系。

在一种心境和一个用时光累计起来的生活中，书是有形有神有情感寄托的朋友，相遇和别离都是有情感的，这是具体可感的，而不是数字的，技术的。郑振铎说过：“从前高高兴兴，一部部，一本本，收集起来，每一部书，每一本书，都有它的被得到的经过和历史。这一本书是从哪一家书店里得到的，那一部书是如何的见到了，一时踌躇未取，失去了，不料无意中又获得之；哪一部书又是如何的先得到一二本，后来，好容易方才从某书店的残书堆里找到几本，恰好配全，配全的时候，心里是如何的喜悦；也有永远配不全的，但就是那残帙也很可珍重，古宫的断垣残刻，不是也足以令人流连忘返么？”为此，他聚书，却不愿意做“暴发户”，书是“感情”“研究工作”“心的温暖”[①]，还有人把书比作情侣：“对于我，书是一个无言的侣伴，而且是个永久的侣伴。用着惨淡的心血换来的报酬，我都花费在书上。从每一册书上，我都可以隐遁我的灵魂。”[②] 选书比择情人还难呢，“因此我觉得买书确是一件不容易的事，正如角逐情场中的男女，怎样用心地选择情侣一样，因为书是各有一种给予我们生活的需要和心境上的好感，也正如众妍群芳之各具淡抹浓妆悦目动心的风情美意啊！”[③]

只有理解这种情感，才会明白为什么有人为了书茶饭不思，“人各有嗜好，也是因为人的性情不同之故也，我的嗜好却是逛书铺，每日饭宁可不吃，而书铺却不可不逛。一年来如一日，可谓逛书铺成癖书卷多情似故人者也。不过逛时不见得准买，而不逛便又觉得不好过。”[④] 还有当了衣服去买书的，朱自清在北平读书时，看见新版《韦伯斯特大字典》，定价十四元，“想来想去，只好硬了心肠将结婚时候父亲给做的一件紫毛（猫皮）水獭领大氅亲手拿着，走到后门

---

① 郑振铎：《售书记》，《旧时书事》。

② 叶灵凤：《书鱼消夏录》，《旧时书事》。

③ 陈适：《买书》，《旧时书事》。

④ 晄晔：《东京的旧书铺和旧书摊》，《旧时书肆》。

一家当铺里去，说当十四元钱。”[①]

看了这么多对书情意绵绵的情话，我还有一个感慨：全社会的人可以忽略书，体会不到买书、读书这种雅趣，但是文人却不可以。他们的心不应被世俗的尘灰蒙垢，也不应完全被现代生活设计和控制，他们应别有情趣，凝铸境界，给这个密不透风的社会添一抹新绿，增一份不同的色彩。犹如宝剑之于壮士，红粉之于佳人，书对于文人而言，不仅它有用，还在于无用。它可以陶冶性情，开阔身心，寄托情感。由是才有这么多写买书、逛书店的文字，才一谈起这些便津津有味，滔滔不绝。倘若，文人连这样一点情趣都丧失了，他就失去了根本，成为一个贴着标签的空壳，如木偶，机器，或者一套程序。

三、书业兴衰与世事浮沉

买书，让读书人眼热心跳，谈买书、逛书店的文章历来也受人追捧。有人这样说过：“不独喜欢逛一逛书摊，我更爱读别人逛书摊的文字，记得在《宇宙风》上，读到周作人的怀东京之二《东京的书店》，及戴望舒的《巴黎的书摊》，曾为之神往者久之。当索居无聊的黄昏，在塞纳河畔马路两旁的书摊间，慢慢地溜达着，也许会不经意的得到几本廉价的书。走得倦了时，窈窕的塞纳河上的风光，可以任你欣赏，那该是多么令人心旷神怡呵！”[②]大约身不能至心向往之，也有望梅止渴的作用吧。

我也很喜欢这样的文字，为其中的书香和文人情调，乃至细腻的情感：买到梦寐以求的书时喜不自胜，失去了心爱的读物痛悔不已；为几块几毛的书价斤斤计较，一旦有漏可捡便洋洋得意；与书店老板斗智斗勇，与家里的老婆里外周旋……这些故事三天三夜也讲不完。古往今来，很多书话大家的书，陪伴我度过很多难忘的时光。我也喜欢读外国作家和藏书人谈书的文章，睿智，幽默，摇曳多姿；不像国人谈书常常是正襟危坐，有时还道学气十足，他们更轻松、自在，且多有引人入胜的“故事”，这都是我们学习的榜样。在这样的背景下，在以往已有不少类似图书推出的情况下，张伟、孙莺两位编者再一次撒下

① 朱自清：《买书》，《旧时书事》。

② 笨叔：《长沙的书摊》，《旧时书肆》。

大网，打捞很多被人忽略的珍珠，编成《旧时书事》《旧时书肆》两部书，我真是暗暗叫好，并充分享受先睹之快。收在书中的这些文字，不但是读书人情感寄托和释放的产物，还是文化发展和变迁的见证，是社会、历史、文学、出版研究的重要史料。有人描述书市浮沉，就是一幅现代史的风云图：

自民十六至民二十六事变前，则为书业之转变期，然仍为书肆之黄金时代。所谓转变者，即是时东西科学，潮涌而入，一切学问，均高唱科学方法，于是学重实际，书尚考据，以前所注重之经部文集，渐无人顾，史子两类，乃大盛行。不过此期中，在政治方面，时有波澜，经济社会，亦多改革，而价廉货丰，从书业本身言，贸易既极兴隆，价值亦无大变动，仅不明时代潮流者，略受影响，仍不失为黄金时代。

由事变至今日，书业生计，有如吾乡挑柴扁担，盖两头尖而中间肥也。由事变初起，人心不定，百业萧条，书价亦因之大落，至后中外竞买，供不应求，价又大涨，直至去年十二月八日，三四年间，皆极兴盛，又随物价高涨，遂无准谱。凡书名稍冷僻，内容带考据者，莫不信口索价，且易出手。

今春以来，因燕京等校关闭，书业贸易一落千丈。现在书价虽大，买卖则稀，复呈疲敝不振状态矣。[①]

历史的海洋浩瀚无边，而书业则是一块礁石，以小见大，不仅看清了历史的洪流，而且还有很多更为生动的命运感和体验感。恰如有人这样总结："买书藏书是需要在顺平的时代，有着多余的钱，才能享受到这种清雅之福的，旧书业的兴衰正可以象征着国家的升平与乱时，记得事变初靖的时候，旧书简直无人问津，视同废物，以致有许多有价值的旧书，被牺牲在糖果及牛肉店里包糖果与卤牛肉了，言之实在非常可惜，自近三年来，治安稍有确立，民生稍稍安定，旧书业也随着有了一些生气，直到现在更现活泼了。"[②] 古人曾有覆巢之下无完卵之语，文人雅事，也并非都是风清月白，世上的桃花源本来就难寻，文人的一点小悲欢无论如何也强不过时代的风风雨雨，或者说买书、读书小事无法从大时代的风云中逃离，由此品味不同时的这些文字，更多了一层沧海桑田之

① 莞公:《书林逸话》,《旧时书事》。
② 张益林:《苏州的旧书店》,《旧时书肆》。

慨叹。

对于我们学习现代文学的人而言，很多书店的名字是从郑振铎、阿英、唐弢、黄裳等前辈们的文章里知道的，他们当年是什么样子，又开在哪里，台前幕后有什么故事？大多就含混不清。读《旧时书事》《旧时书肆》，我常常有惊喜的相遇，根据文字再去想象那些书店当年的模样。比如良友图书印刷公司，多少现代作家的杰作都出自那里，是现代文学史上不能遗漏的名字，有人勾勒出它周边的文化环境："前天我以订看《艺术界周刊》，特雇车到北四川路商务印书馆虹口分行斜对面良友图书印刷公司，该公司旧址原在奥迪安影戏院隔壁鸿庆坊口，现以扩充营业，新近迁移在蓬路海宁路中间。该处地段很便利于交通，门前有一路电车、二路公共汽车、十七路无轨电车等可直达，邻近又很多书店，如伊文思图书馆、商务印书馆虹口分行、协和书局、大成书店等，将来不难成为出版文化物的中心点，发展起来，可以凌驾书店林立今日的四马路而上之。"① 这是一幅文化地图，显示了当年书店周边整体的文化生态。而这些，往往是各种城市地理著作大大忽略不屑于谈的。还有大同旧书店，巴金的很多西文书得自于这家书店，它在哪里呢？"从智良出来，朝善钟路走，就在七路电车站旁边，有一家大同旧书店，一因为地方好，二因为书还多，三因为价钱不十分贵，有这三个优点，故其营业蒸蒸日上，在西文旧书店中可说是首屈一指。这里英文书占百分之九十，而其中英文小说又占大部分，近日则见有许多萧伯纳的剧本，喜欢萧伯纳的人不妨去跑一趟。"② 这些并非可有可无，不仅对于书店，而且对研究一个作家的日常生活等方面都有着特别重要的意义。

在谈论书的过程中，无意中保留下来的书市信息，在今天也都是研究图书传播、发行出影响力的重要资料。1933 年时有的人在文章中曾记下："开明书局以小说起家，今则贯注全神于教科书，尤其是中等学校用之教科书，其编辑人员，如夏丏尊、叶绍钧、丰子恺等，其学识经验较之世界、大东之三十元四十元一月请来之野鸡编辑，实不可同日言，故其出品，亦较优胜，而销路亦殊不恶，在新书业中，俨然成为后起之秀。今日四马路，租有月费一千两之巨厦，

---

① 琮琦：《良友访顾记》，《旧时书肆》。

② 慕霞：《〈谈旧书店〉补遗》，《旧时书肆》。

居然硬与商务、中华，争一日之长矣。该局自出版教科书外，其可述者，即为出版茅盾（沈雁冰）之著作也，计有《蚀》（包括《动摇》）《幻灭》《追求》三种），《虹》《三人行》《子夜》等，销路甚佳。”[①]1935年有人谈到太原销售的文学杂志：“刊物中以《论语》有最大的读众，常常今日新到一期，明日去买已不可得。……《论语》之外刊物，如《文学杂志》《文学季刊》都是很流行的。其他的刊物如《译文》《世界知识》《外交月报》《科学画报》等也很能畅销而为大家所喜欢读。”[②]1937年11月有人写：“全部书籍以《文学丛书》和《中国新文学大系》的销路最好，而《中国新文学大系》里的两册散文集，更为读者所欢迎，每本取值三角，很快的就被争购一空。其次是《新文学大系》三部小说集，销路也相当的好，《建设理论集》《文学论争集》《史料与索引》《诗》《戏剧集》等，顾客就比较的少了，可见群众的文学趣味，胃口都是相同的。”[③]1944年，有人记北平的西单商场：“西单商场主要的是新版书的旧货，生活书店的旧书销路最佳，其次鲁迅的东西最贵。盖淘旧书的人太多，尤以生活和鲁迅的东西，往往才收买来，即被人抢购一空，尚来不及定价。……盖商人是以销路的好坏，定书的好坏。比如《中国新文学大系》销路最好的是三本小说集，他们说因为这都是名家。以《文学论争集》和《建设理论集》，最不易销，至于《史料索引》更无人注意了。由此亦可见学生中读书的方向。近来《文化生活丛刊》《文学丛刊》，开明的《青年丛书》也是畅销书，另外就是大批的旧杂志，为东安市场所不经见，亦为西单商场本身的一大特色，其中以《论语》为最不易销。由此可见，当初提倡的幽默云云，尚未臻自然，终为时间所淘汰。”[④] 抗战胜利后一年，上海的书摊上摆的是这些读物：“现在书摊上摆着最多、最吸引行人注目的，都是些‘海派’的刊物。……《海风》《海光》《海涛》《海星》《海潮》，以及《大光明》《大观园》《吉普》《新上海》《周播》《生活》《辛报周刊》等，总数不下十来种。”在这之外，有读者和销路的是《民主》《周报》《文萃》等，“说到纯文学的刊物，若与战前比较起来，质量既少，出版家也不感兴趣。抗战胜

---

① 扬家庆：《上海的书店》，《旧时书肆》。
② 荪波：《太原文坛》，《旧时书肆》。
③ 怀青：《上海的文化街》，《旧时书肆》。
④ 挹彭：《东西两场访书记》，《旧时书事》。

利后，重庆桂林各地文化人东下的已不少，有的参加其他文化工作，有的或在报纸上编文艺副刊，目下纯文艺刊物寥寥可数，只有《文艺复兴》《文章》《文坛》等几种，除《文艺复兴》是继续战前《文季》遗业（郑振铎、李健吾编），内容还见充实；《文章》则是永祥印书馆范泉他们支撑，将以茅盾为号召，或者有所成就；其余的纯文艺刊物，都是奄奄一息，毫无生气。”[①] 这里记下的是一部大的文学史的现场情景，看似最零碎的文字里有时候却保存着最真切的历史信息。

四、凋零的残叶夹杂着纸片书页

那位作者提到《宇宙风》上发表的周作人和戴望舒“逛书摊的文字”，很是吸引人。周作人雍容大度、内容丰富的书话文字，早有盛名，自不必说。诗人戴望舒的这类文字尽管只有屈指可数的几篇，但是读后还是让人过目难忘。“其实，说是“访书”，还不如说在河沿上走走或在街头巷尾的各旧书铺进出而已。我没有要觅什么奇书孤本的蓄心，再说，现在已不是在两个铜元一本的木匣里翻出一本 Patissier francois 的时候了。我之所以这样做，无非为了自己的癖好，就是摩挲观赏一回，空手而返，私心也是很满足的，况且薄暮的赛纳河又是这样地窈窕多姿！”[②] 毕竟是读书人，他太了解大家的心理了，寥寥数语，准确到位。再看他写书店里殷勤地跟着你，又好不烦人的店员：“西班牙的书店之所以受阿索林的责备，其原因是不明顾客的心理。他们大都是过分殷勤讨好。他们的态度是绝对没有恶意的，然而对于顾客所发生的效果，却适得其反。记得一九三四年在玛德里的时候，一天闲着没事，到最大的‘爱斯巴沙加尔贝书店’去浏览，一进门就受到殷勤的店员招待，陪着走来走去，问长问短，介绍这部，推荐那部，不但不给一点空闲，连自由也没有了。自然不好意思不买，结果选购了一本廉价的奥尔德加伊加赛德的小书，满身不舒服地辞了出来。自此以后，就不敢再踏进门槛去了。”[③] 有“一点空闲”，才去书店；有“一点空闲”，才是文人的追求。

① 陈镜谷：《上海的书摊》，《旧时书肆》。
② 戴望舒：《巴黎的书摊》，《旧时书肆》。
③ 戴望舒：《记玛德里的书市》，《旧时书肆》。

逛书店有闲情却要有体力，乐而忘返，心情长短重要，体力多少也是关键。能够坐下来，喝点什么或吃点什么，那是买书后的惬意时光。“到了这个时候，巴黎左岸书摊的气运已经尽了，你的腿也走乏了，你的眼睛也看倦了，如果你袋中尚有余钱，你便可以到圣日尔曼大街口的小咖啡店里去坐一会儿，喝一杯儿热热的浓浓的咖啡，然后把你沿路的收获打开来，预先摩挲一遍，否则如果你已倾了囊，那么你就走上须理桥去，倚着桥栏，俯看那满载着古愁并饱和着圣母祠的钟声的，赛纳河的悠悠的流水，然后在华灯初上之中，闲步缓缓归去，倒也是一个经济而又有诗情的办法。”[①] 几年前，在广州，我拎一包书，走出书店，看时间还充足，就到旁边的小店一边喝果汁，一边惬意地翻弄着新买的书，这是心满意足的时光，像将军打了胜仗一样。里面有一本《戴望舒文录》（程步奎编，三联书店香港分店 1987 年 11 月版），家里已有一本，但是很喜欢戴望舒这样的文字，既然遇见就是缘分，遂又买了一本。我打开这本书，前面的文章就是戴望舒写逛书摊的。有一段读来不禁让人感慨万千：

树叶子开始凋零，夹衣在风中也感到微寒了。玛德里的残秋是忧郁的，有几天简直不想闲逛了。公寓生活是有趣的，和同寓的大学生聊聊天，和舞姬调调情，就很快地过了几天。接着，有一天你打叠起精神，再踱到书市去，想看看有什么合意的书，或仅仅看看那青色的忧悒的眼睛。可是，出乎意外地，那些木屋都已紧闭着门了。小路显得更宽敞一点，更清冷一点，南火车站的汽笛声显得更频繁而清晰一点。而在路上，凋零的残叶夹杂着纸片书页，给冷冷的风寂寞地吹了过来，又寂寞地吹了过去。[②]

这几年，以往常去的书店在不经意间就“告别读者”了，虽然不断有新书店开出，但是怎么抵得上老朋友那么亲切、自如。有时候，想到这么多年的“老朋友”连“告别”一下都不曾有，不免心生怅惘。又一想，早晚有一天，书店会退出我们日常生活（至少在现在大家买书已经不再依赖它了），不仅觉得秋风掠过，寒气袭人。那又有什么办法呢？像流水，像时光，这是唤不回的，只有默默接受，最多是捧着《旧时书事》《旧时书肆》这样的书追念一把。那么，

① 戴望舒：《巴黎的书摊》，《旧时书肆》。
② 戴望舒：《记玛德里的书市》，《旧时书肆》。

这两部书就是“书店悼亡录”了？想到这些难免有些伤感。这又令我想起戴望舒的诗句：“这条路我曾经走了多少回！ / 多少回？……过去都压缩成一堆，/ 叫人不能分辨……”当那些熟悉的路上不再有熟悉的风景，我们会慌乱、紧张，还是无动于衷呢？至少总有一些留恋吧，总还是希望这一切来得迟一些，走得慢一些，像戴望舒的“再陪我走几步”：

或是那些真实的岁月，年代，
走得太快一点，赶上了现在，
回过头来瞧瞧，匆忙又退回来，
再陪我走几步，给我瞬间的欢快？①

2021 年 6 月 3 日傍晚改定于武康路

① 戴望舒：《过故居》,《戴望舒诗全编》第 140、141 页，浙江文艺出版社 1989 年 5 月版。

PART 1

访书录

旧时书事

对于书主人的观察

1927

——张慧剑

当我走过了庙上的旧书摊前面，忽然有人用紧张的声气喊我道：

“张先生！站住。”

我站住了，看这喊我的人是段老八——卖了二十年旧书的老摊主——非常和气的将他嘴唇的棱角，牵扯成一个可爱的笑容。他见我对于他的呼喊，不表示什么反抗，便继续说道：“新来了一批了，张先生看有什么合意的……”

他将右手所抓的一个小扫帚，向他摊上左边的一部指了一指，我服从了他的暗示，放弃了一分钟前不愿意买旧书的一种固执的主张，开始在这书堆里寻索。

这堆书里，洋装书约占十之七；线装书和杂志一类性质的书，占十之三。大都是不十分破旧的，而且书上大概有显明的记号，可知这些书辗转旅行到这旧书摊上来，并非书主人甘心的放弃，一定是一种略夺行为或引诱行为的结果。

“买吗？”段老八用充分有感情的声口，催促似地询问我。

但教我买些什么呢？这几十本旧书，实在并没有什么可以引起我购买欲的特点。西文书似乎都是神学藏书楼里的东西，差不多每本的封面上，都有 Bible 这一个字搀杂着。我是一个毫无宗教的信仰和兴味的人，当然看不上它们。线装书除了十几本脏得不堪的汉魏丛书，和几本石印的小字的《梁任公文集》，还勉强有一点儿够买的价值，其余缺头折足，三本两本自成一套的不完全的书，看了它的名字，先就令人不快。买什么呢？这教我买什么才好呢？

寻一寻吧！也许会有很好的书，被我发现。寻了十几分钟，果然在这堆书里，发现了一个特别可注意的地方：原来有几本书，书面上写了 C. T. Wang 的英文缩写的名姓，却又用橡皮擦去，擦迹非常的不平匀，英文字依然留在上面。比较的观察，还算这些有 C. T. Wang 记号的书，价值稍高，于是我抱了小部分的好奇的意念，选了一本英文的《赫生氏作文法》，一本旧式铅印的谭嗣同《仁学》，一本《桃花泉棋谱》，付给段老八以一笔小小的代价，拿着走了。

回去细细的一看，三本书都有 C. T. Wang 一个不曾擦净的记号，我滑稽似的设想道："别的书来历不明，这 C. T. Wang 的书，恐怕是他自动的将书卖给段老八的吧？看他希图将记号毁灭，不正是羞怯心的表现吗？"于是我孳生了一种从旧书观察书主人生活和历史的意念。

先看《赫生氏英文作文法》：书壳里衬纸的右角，贴了一方块小小的红绫，上面似乎曾写了几个字，却被擦去看不清楚。我知道某大学的女生，赠书给朋友，常用这一种格式，灿烂的红绫，实在苞孕着爱之光辉。那么，这位书主人 C. T. Wang 先生，一定也曾经生活在爱情里面，而爱的相手方，许就是某大学的女生。进一步的推想，爱人所赠的书，他竟毫不顾惜的拿出来卖了，他们爱情的破裂，女的已不在男的注意和尊重之中，更是显明的事实了。

"C. T. Wang 是男呢，是女？"我虽明知道他是男，而终竟忍不住要发这一个疑问。

"是男！"等我在《赫生氏作文法》里，寻出一种修胡子的药膏的气息，我便断然的下了这一个决定。

从这本书的出版日期上推测，男女似乎都不是三十岁以下的人。C. T. Wang 像曾在中南公学当过教员，因为《赫生氏作文法》里，夹了中南公学的一纸课单，化学和西洋哲学两门下，都注了一个小小的"王"字。此外，还夹着一张平报馆给发四月份稿费的通知单，两张三年以前的跑马场的香槟票。书的底壳，用铅笔写了一行英文，原文是"为面包故，与汝别矣！"

我一手将《赫生氏作文法》这本书抛开，在心里穷追似的想象道：C. T. Wang 的确是一个学者——一个穷的学者，他在三年以前，一定还浮泳在愉快的富足的生活中，看他买价贵的香槟票，可以想见。以后他便困乏了，中南公学教授的职务，似乎也脱离了，于是他不得不从卖稿子方面，打他生活的主意。但看平报馆的稿费单上，一月所得的数目，仅仅有十三元六角，而他应付这十三元六角，是很郑重的样子，他的穷的程度，一定不在我下。……稿费既不够维持他的生活，他待怎么办呢？卖书了，只有将他宝贵的书出卖了！看他在书壳上写了"为面包故与汝别矣"这一行英文，可知他对于卖书，是一种必不得已的最后走的一条道路；他一定除了这一种救急方法，更没有第二种较好的策略。比较我还能用买面包的余钱，买几本旧书回去，他的穷的程度，好像去我又很远了。

再将铅印本的《仁学》取出来细细观察，微微有一种散漫的防腐剂的气味。里面的文字，大部分已加了浓墨的圈点，圈得十分合理而好看，有时在书眉上加上一两句批语，也很扼要。C. T. Wang 确是一个有修养的学者了。书的里面，也夹上不少小物事。第一个发现的，是寻常妇女所用的缝纫针，穿了一根约摸有五寸长的翡翠绿的丝线；此外还有司令牌香烟里附赠的电影明星画片，和海天春西菜馆的请客单，时期是上月初六的晚上。

是了！ C. T. Wang 确是我暗中所想象的那一种浪漫派的样子，他一定是过着独身的生活，不然他不会把针线夹在书里。线的颜色很鲜妍，适合于时下最流行的一种西服颜色，他也许是日常穿着西装者。再从司令牌的香烟画片和海天春的请客单上面观察，可知他虽然穷得几乎靠卖书过活，而对于他一向过的奢豪的生活，还未能忘情，但请客单画片已成了废物，他还郑重其事的留藏着，又可以看出他所过的奢豪生活，并不是出于一种自然的唯意的动机，或许是为了体面关系，不得不如此。他的虚荣心很重，决断力很薄弱，对了各种事情，常有绵延的依恋的心理，更好从这一点观察出来。

"防腐剂的气味，许是他浪漫生活给予他健康的一种隆重的礼物吧！"我忍不住笑了起来的这样默想。

和《赫生氏作文法》、铅印本《仁学》一阵买来的木版《桃花泉棋谱》，也有 C. T. Wang 的标记。我将它细细的看了一遍，他在范西屏所最经意的几局谱上，加了弧形的符号，他打谱的本领既如此精明，着棋的工夫，一定也不会坏，更由此可以推想出他对于一切事，富于天赋的应付能力，是一个天才派的文学家的模样。再看他所特别赏识，加了符号在上面的几局棋谱，很多偏险的着数，这无怪他在社会上做事，也要走侥幸的一路了。

同时，我又在《桃花泉棋谱》里面，寻出几张裁了只剩一半的芳笺，有一张，上面用钢笔写着胡适之的几首新诗，什么“吃饱喝胀活神仙，唱个蝴蝶儿上天”，什么“虽然纸短却情长，写他两三白字又何妨”，书法很秀媚。诗的夹行里，又常常有石瑜、漱青等几个人名搀杂着。我从这三本书的特点上，看出这书所以会跑到段老八的书摊上来，是因为书主人自动的让渡，但书主人将书卖了，却不知道把夹在书里的小物事检点出来，他卖书的动机，是很急促的，而他性质粗率，没有精密的思想的种种弱点，也全个儿被我观察出了。

从此便有这一个 C. T. Wang 先生的影子，深深地盘踞在我记忆里。

回安徽去了一趟，再到南京来，觉眼前的一切景象，好像都变了样了。只有庙上段老八开的书摊，依旧无进步无退步的那么撑持着，不过摊上的洋装书逐渐减少，线装书却渐渐加多了。

有一次，我无意中走过段老八的书摊，我并不想购买什么书，但被习惯支配着，走到这里，总不由的要看上几眼。很凑巧的忽然瞧见了一个人，站在摊子的右首，正和段老八谈话，手里拿了几本破旧的洋装书。

我侧耳一听，那人仿佛很羞愧的说道：“老板买了去吧，十角钱买了去吧，要知道这四本书新买的价格，差不多要十块钱咧。”

“我们靠卖旧书过活的小本经纪，谈不上这些话，我如今看在熟人的分上，给你四角钱，一角钱一本，在我已是出了一身大汗了。”

“那怎么行？一角钱一本，太少了，和原价不是相差到三四十倍吗？九角钱，九角钱……怎样？八角钱，老板你买了去吧，八角钱……”那人说时，声音微微发颤，像要哭出声来。

我心里不觉动了一动，忙转过脸来端详那人，是很委琐的样子：清瘦的面庞，微有菜色，鼻上架了一付深光的眼镜，但镜框是黄铜丝制成的，样式非常粗陋；头发倒刷着，发泽却还光可鉴人，他拿了那几本书，姿势很不好看。他一面讲话，一面用羞滞的目光，注视那围在书摊四角的看书者，神色的不安，似乎正做着什么不道德的事，生恐被人发觉，我便心口互相问答道：“是他吗？是他是他！”

“一角钱一本，多一个不要！”段老八的答语，是非常的顽强。

“老板，老实告诉你，我不为了急着钱用，决不肯把这些书胡乱的拿出来卖，你给我七角钱，只算……做好……事吧。”

“做好事，谁不愿意？不过我们是干小本买卖的人，心余力绌！”段老八带笑的掉了这一句书袋。

我立刻被一种同情于弱者的意念冲动了，同时我又对于自己，发生了身世怆凉之感。便从那人手里，将书接过来，递给段老八，略带些警戒的意味对他说道：

“段老板，你就出七角钱买了他的罢！在你这里摆三天，如果没有人出七角钱以上的价格，来和你交换，我愿意赔偿你七角钱，……”

于是段老八服从了我的话，拿出七角钱给与那人，那人向我道谢了一声，便急忙忙的跑了开去。背影摇荡在浮动的人海之中，渐渐藐小，渐渐杳茫。

我痴看了他背影好久，直等我目力瞧不见他，才回过脸来。从段老八手里，把这四位新来的客人——四本书，认了一认：书壳上都留着一行不曾擦去的英文字，很清楚的和我打了一个照面！

C. T. Wang。

○ 原载《小说世界》，1927 年第 16 卷第 7 期

巴黎的春天

1929

——邵洵美

春天来了，春天来是瞒不过人的。温柔的太阳像蜜一般地滴上我们的皮肤，风也是软的，她的步声已有了韵律，是 Tango。树身着的绿，少女们走近她的时候，她会带着笑声装出一种妩媚的神情，她见到了妇人们又会扮出一种骄傲的态度，骄傲她自己是青年的象征；要是情侣们一对对地坐在她的底下或是边上，那它更会饰上嫉妬与羡慕的颜色，唱出一种似诗非诗的调子来。

也许只有巴黎才有这样的春天。

巴黎的春天更来得烦闷。

早餐是一杯 Nolretblanc，两个 crcissant，看书看得无聊了，去找朋友谈天，朋友不在家，去踱马路。踱马路有脚酸的时候，到弹子房里看人家打牌。看人家打牌才会有不厌的兴趣，要是那个和你相熟的人的边上有空座位，那么便去挤在里面，一口气也不要透，希望他赢钱；否则便站在他背后，等他拿起牌要看的以前，脚里用些力，再将眼睛盯住了牌，保他会有好牌。要是这副他当真赢了，他定会回过头来对你表示感激。在这一种环境中，收到这一种谢意，比美人的“回眸一笑”更来得陶醉。未曾有过这样的经验的，当然决不会领略我的话。我时常会看得连中饭都忘了。到了下午，那去的地方多了，不说公园，不说博物院，不说咖啡店——这些是早上也可以去的，也不说影戏馆、跳舞场。我最感到兴味的是拿了画夹，袋了木炭，跑过了 Jardin de

Laxembourg，再穿过一条马路，转个弯，走进一所深灰色的房子，这里面便早有不少美利坚的英吉利的法兰西的男男女女先你到了。要是去得早了一些便等一忽，要是去得晚了，那么，在一个七八寸高的平台上，便有一个赤裸着上下身的女子在扮着各种的形态，有时挺起了乳儿，有时分开大膀，五分钟换一种样式，你便尽将你在刹那间所得到的她的全身的轮廓的印象，钩在纸上。坐两个钟头，你可以有一二十张速写，带回家去靠着窗再细自揣摹。我们的朋友常玉便最喜欢这般地消磨他的下午。

天天如此当然又单调，那值得去的地方尽多着。总之在巴黎是决不会使你感到空闲的。我在欧洲的时候有一个嗜好，直到现在还是这样——跑旧书铺。在巴黎我最欢喜去的是在 Odeon 边上的一家，并不大，十分贵重的书籍或是墨迹也没有，但时常有很难得而合我胃口的东西见到。我在那里买到过一册四开本有极好的插画而不装订的 Verlaine 诗集；一册 Baudelaire 的十二首诗的墨迹的刻版，虽然卖价很便宜，但在平时要觅这样两册书，也不容易。还有几家是在 seine 河边的，政治与哲学书比较多。还有一家在一条我不知道地名而能走得到的街上，他们的书却讲究得多，有时一本要你几千几万块钱，我是不配买的。我在那里买过一册 La Nnuvellē Psyché，为 ×× 夫人所著，一千七百十一年在巴黎出版，是根据了 Apnleius 写的，说是翻译也可以，但似乎没有人提起过。这种书我在剑桥的时候买得很多，将来当写篇东西详细讲讲。

我这里所要说的，是我的巴黎的春天，除了花在画苑里，便是走着旧书铺。也有时候所谓“春心发动”起来……咳，巴黎的春天，我终于辜负了你！

○ 原载《真美善》，1929 年第 4 卷第 1 期

关于买书的零零碎碎

1931

——楞定

没钱买书倒也罢了！可是常常有拿出许多钱，买不到好书；还有花了钱，买不到书，这都是内地读书人的苦楚。我是花了许多冤枉钱，换得了不少“买书阅历”，不敢自秘，用特公开于好买书的同志之前。

小书店未必不出好书，大书店的书未必都是好，不过资本雄厚的书店，他有力买好稿，出版的书，内容比较靠得住些。但是这种书店，拒收无名作家的作品，这又未免太抹煞了。新兴的小资本书店太多了，出版的书，真使你目迷五色，什么书报评论新书介绍都是靠不住的，差不多都是书名极好内容不堪，我们要买一种书，真是要费斟酌，不是在代销的书店里，或者朋友的书架上，亲眼看见了，不能断定。不然，花去冤枉钱，得到的是失望，和懊恼罢了！

有一种书店，舍不得花钱买新的稿子，只把旧书，东割西撕，换一个好的名字，欺骗读者。这一种办法，无异乎实施其自杀政策。

买商务印书馆的书，如果是请上海的朋友代买，不如邮购；邮购不如在各地分馆或分销处现买。因为请上海的朋友代买，费了朋友的精神，花了朋友的车钱，书价寄费，一个少不了。空承个人情。而上海那些书店里的营业员，面孔多是铁做的，寒酸的读者，常碰一鼻子灰不算，有时还叫你练习腿劲。有一次我在商务买一部书，木版柜说楼上美术柜，美术柜上又说在木版柜，三楼下楼，跑了几个来回，依然两手空空。我于是感觉到，还是笔头儿上来往，到底客气些，省力些。

邮购固然是简单省力，不过你在本省，至少要等一个月，须得预备点“大学眼药”“日月水”之类的东西，医得你那盼望欲穿的眼，而且明明是一本八五折的书，连邮费、汇费，算下来，差不多是实价了。

在内地买上海出版的书，有时比上海还要便宜，比方九折的只要八折，实价的只要九折，而且不须邮费汇费，这一层，我很以为奇怪，问了几个人，也都莫名其妙。

求普通智识，买书不如定什志[①]，因为专科书籍，是单纯的味儿，什志却五花八门，材料既不一，文笔又不同，而且取材上又日新月异。说到代价，更是便宜上几倍。不过定什志也容易上当，常有一两个失意政客，没处发泄他的高见，或是失业的文丐，饭碗没处着落，随便捏做一个刊名，大吹大擂起来，二三期后，不幸短命死矣，定的人只有喊声倒霉而已！所以刊物的出版处不是一个书店，而是某路几号，或是某弄几号楼，那是很危险的。

○ 原载《中国新书月报》，1931 年第 1 卷第 5 期

① 编者注：即杂志。

买旧书

——施蛰存

吾乡姚鹓雏先生有句云："暇日轩眉哦大句，冷摊负手对残书。"近来衣食于奔走，殊无暇日，轩眉哦句之乐，已渺不可得，只有忙里偷闲，有时在马路边看见旧书店或旧书摊，倒还很高兴驻足一番。我觉得这"冷摊负手对残书"的确是怪有风味的。

上海的旧书店，大概可以分为三种，第一种是卖线装旧书的，这就等于骨董店，价钱比新书还贵。第二种是专卖中西文教科书的，大概在每学期开始时总是生意兴隆得很，因为会打算盘的学生们都想在教科书项下省一点钱下来，留作别用，横竖只要上课时有这么一本书，新旧有什么关系呢。第三种是卖一般读物的西文书的，也就是我近年来常常去消遣那么十几分钟的地方。

在中日沪战以前，靶子路[①]虬江路一带很有几家旧书店，虽然他们是属于卖教科书的，但是也颇有些文学艺术方面的书。我的一部英译《莫泊桑短篇小说全集》便是从虬江路买来的。

西文旧书店老板大概都不是版本专家，所以他的书都杂乱地堆置着，不加区分，你必须一本一本地翻，像淘金一样。有时你会得在许多无聊的小说里翻出一本你所悦意的书。我的一本第三版杜拉克插绘本《鲁拜集》，就是从许多会

① 编者注：今武进路。

计学书堆里发掘出来的。但有时，你也许会翻得双手乌黑而了无所得。可是你不必抱怨，这正也是一种乐趣。

蓬路[①]口的添福书庄，老板是一个曾经在外国兵轮上当过庖丁的广东人，他对于书不很懂得。所以他不会讨出很贵的价钱来。我的朋友戴望舒曾经从他那里以十元的代价买到一部三色插绘本《魏尔仑诗集》，皮装精印五巨册，实在是便宜的交易。

说到这部《魏尔仑诗集》，倒还有一个好故事。望舒买了此书之后一日，来了一个外国人，自称是爱普庐影戏院的经理，他上一天也在添福书庄看中了这部书，次日去买，才知已经卖出了，他从那书店老板处问到了望舒的住址，所以来要求鉴赏一下。我们才知道此公也是一个“书淫”，现在他已在愚园路和他的夫人开了一家旧书铺。文学方面的书很多，你假如高兴去参观参观，他一定可以请你看许多作家亲笔签字本，初版本，限定本的名贵的书籍的。他的定价也很便宜，一本初版的曼殊斐儿小说集 Something Childish 只卖十五元，大是值得。因为这本书当时只印二百五十部，在英国书籍市场中，已经算是罕本书了。

买旧书还有一种趣味，那就是可以看到各种不同的题字和藏书帖（Exlibris）。我的一本爱德华・利亚的《无意思之书》，本来是一种儿童用书，里页上却题着：

To John

Fr. his loving wife Erza

Xmas，1917.

从此可以想象得到这一双稚气十足的伉俪了。藏书帖是西洋人贴在书上的一张图案，其意义等于我国之藏书印，由来亦已甚古。在旧书上常常可以看到很精致的。去年在吴淞路一家专卖旧日本书的小山古书店里看见一本书中贴着一张浮世绘式的藏书帖，木刻五色印，艳丽不下于清宫丽美图（即《金瓶梅》插绘），可惜那本书不中我意，没有买下来。现在倒反而有点后悔了。

○ 原载《申报》，1932 年 12 月 25 日第 18 版

① 编者注：今塘沽路。

买书者言

1933

——郁达夫

前两三年，英国 Holbrook Jackson 印行了一部 *The Anatomy of Bibliomania* 的大著，这部《爱书狂的解剖》的内容丰富，引证赅博，真可以和 Robert Burton 的 *Anatomy of Melancholy* 比比。爱书狂者的心理，古今中外，似乎都是一例的，中国有宋版蝴蝶装、明印绵纸等等的研究，外国人的收藏家，也有不惜花去几万金元，买一册初版（First Edition）诗集或文集的人，例如勃郎蒂氏姊妹三人的诗集之由 Aylott & Jones 发行者，薄薄的一册 *Poemsby Curer*，*Ellisand Acton Bell* 可以卖到八九百镑或千镑以上的金洋，原因是因为有一天夏洛蒂忽而发现了爱弥丽的诗稿，姊妹三人就商议着自费来印行一部诗集，恰好伦敦的 Aylott & Jones 出版业者答应以三十镑的价钱来替她们印刷发行，但一年之后，这部诗集，只卖去了两本，姊妹三人，于送了几本给友人之外，就决定把其余的诗集去售给箱子铺里糊里子去了，但后来却以较好的条件，转让给了 Smith Elder & Co. 去出版，所以由 Aylott & Jones 印行的诗集，就可以卖得到那么的高价。

这一种珍本市价的抬高，中国自胡适之做了几篇小说考证之后，风气也流行开来了，现在弄得连一本木版黄纸的《三字经》《百家姓》《龙文鞭影》之类的启蒙书，都要卖到几块大洋一本，所谓国学，成了有钱的人的专门学问，没有钱的人，也落得习些爱皮西提，去求捷径，于是大腹贾的狡猾旧书商，就得其所哉，个个都发起财来了。

前数个月，施蛰存先生，曾写过一篇上海滩上买西文旧籍的记事，但根据我自己的经验来看，则上海滩上的西书旧籍，价钱亦复不贱，每逢看到了一册心爱的旧书，议价不成的时候，真有索性请希脱勒或秦始皇来专一专政的想头，但走到了街上，平心静气地一思索，中国的同胞，饥不得食，寒不得衣的人，还有好几千万在那里待毙，则又觉我辈的买书，也是和资本家们的狂欢醉舞是同样的恶德了。

○ 原载《申报》，1933 年 10 月 15 日

读《毁灭》大众本

1933

——林翼之

这是人荒马乱的年头，一切都浑沌一片，一切都黑暗一团，凶毒的现实实在使人忍无可忍，而它又是“万花撩乱”的叫你不知怎样去认识，去把握，去改变；为着求认识，要求文化的呼声便与帝国主义的炮声同样激响，特别是初历社会的青年，和一向被丢在无智的暗隅中的大众。适应着这个要求，在一切工商业都不景气的今日，书铺子却显呈了变态的发展。但是陈列在四马路玻璃窗里的那些五花八门的出版物，到底有几本能够真正的帮助这些人去认识现实呢？这便难以回答了。

为着受了比自己幼稚些年青些的朋友的委托，我老是在四马路上彷徨半天，而终于带着一双空手回去，这种痛苦，我想是很普遍的；那末，今天我买到这本《毁灭》大众本的欢喜，也是很容易想象的了。

读法捷耶夫的名作《毁灭》，这是第一次。第一次，我读日本藏原唯人的译本，感得很大的兴味，这儿我发见了许多活生生的人物，并不是陌生的俄罗斯人，而是很熟悉的自己周围的，天天可以在生活中见到的人，也有朋友，甚至连自己都在书里边。这种兴味在许多世界名著中常常可以遇到，但法捷耶夫所写的却是我们自己所处的这个时代。于是梅迪克就觉得比罗亭更真切，莱文生也比浮士德更活跃，木罗式加更比唐吉诃德熟悉得多。这一类艺术的人物典型，在中国我们只有在《水浒》《红楼》等书中看到一点，现代作品中，似乎直到现在还只有一个阿Q。许多写作品制艺术的人，大半有个老规矩，两种人，一种善，一种恶，而且都是天生的，到死也不变。但是在现实中却不是这样的。莱文生内心也有动摇，结果还是迈步前进，梅迪克常常很义愤，又常常临阵脱逃，所以《毁灭》写的是现实。当时我读了这作品，就想到许多不能读到的中国读者，幸而不久就有了鲁迅先生的译本。

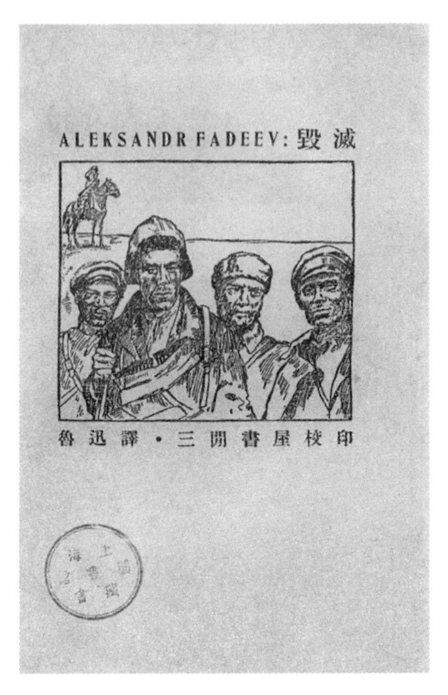

第二次读这中译本，打破了许多在日译本中所感到的困难和阻碍。鲁迅先生的译笔确已尽了至善的努力，但是介绍给朋友，还有许多诉苦说读不下去的。中国的文化世纪和欧美隔离得太远了，连大学生都只会看那些庸俗的，千篇一律的三角四角以至无数角的恋爱小说，你有什么办法呢？但现在办法是有了，那便是像这本《毁灭》大众本那样把名著大众化。

我第三次读了这大众本，至少是为着托我买书的青年，我感得异常的喜欢。把一部十多万字的著作缩成了三万字，但是几个重要人物的面影，整个故事发展的筋路，大致都能够完整的保存。使那些消受不起高级艺术的人，也有机会闻一闻气息，这功绩决不是那些编文学讲话、小说指导的先生所可比拟的。要产生帮助认识现实，把握现实，改变现实的大艺术，没有现成可袭的遗产，而翻译又不能大众化的今日，我觉得这工作是可宝贵的，但是真正能够把高级作品大众化的人，必须是真正能够理解高级作品的人，否则活剥生宰，变成一个失了生命的僵尸，那才是无限罪过。

○ 原载《申报》，1933年6月20日

买书的癖

1934

——刘大杰

癖虽不同，然而人各有癖。有的爱听梅兰芳的剧，有的爱玩几百年前的古董，有的爱抽鸦片，也有的爱看美国女明星梅蕙斯走路时候的屁股，还有专爱胡蝶脸上的笑涡的。

有一天，在《大美晚报》上，登载一部关于我的嗜好的消息，说我爱打牌爱喝酒爱抽烟。抽烟对于我，渐渐地成了癖，这是真的。打牌喝酒，我虽也喜欢，不过还是没有成癖，只是一种可有可无的小嗜好。朋友来了，大家玩玩，走了，还是自己读读书写写文章，倒也有趣味。

除了抽烟以外，我还有一种癖，便是买书。有这种癖的人，据我所知道的，还有林语堂、郁达夫、潘光旦这几位先生。我们偶一会见，总是把自己近来买到的好书，搬了出来，好像开展览会似的，夸耀这里，夸耀那里，讲的讲，笑的笑，极有风趣。这种风趣，也只可为知者道，不可为俗人言的。

我在日本住了六年半，出入最多的，要算是旧书店。旧书店可以算是我的学校，我的图书馆。东京神田的几十家书店，我轮流跑了千百回。店中的老板和老板娘的影子，到现在，还有多少活现在我的眼前。那时，我专收集欧美作家的集子，今天买一册易卜生的《海上夫人》，明天买一册《国民公敌》，久而久之，成了一套全集，那时候心灵中的快乐，真是不容易描摹呢！

回国以后，买书的兴趣，又转到线装书上去。两年前专喜买一些词的专集，五代的，宋元的，明清的，见了心爱的就买了回来，一年以后，成绩果然也就不坏。到了去年，对于词集的兴味又淡了，欢喜买些明末诸家的文集。这些书比起西文和诗词来，要贵得多，一部书，不过薄薄的三五本，动辄要五六十块钱。并且书店里还不多见，书愈少，价钱愈贵。心里也就更想买。有时付房租的付米账的钱，也都送到书店老板的手里去了。弄到我们一个小小的家庭，家用总是不够。自己这一年来，一件衣服也没有添补，皮鞋的底也穿了洞，我也懒得去管它，连太太几件极不值钱的首饰，也替她弄得精光了。

有一天，妻给我七块钱，叫我到先施公司去买一罐奶粉，给小孩吃。我去的时候，打算买了奶粉就回来的，可是，下了电车，觉得时候还早，何不到书店里去看看呢！结果，是那七块钱又送了书店，抱着几本破书，在暮色苍茫中，坐上回家的电车了，那晚上，太太是如何的责备我，孩子是如何地在床上饿着哭，我也不必多写了。

什么事都怕成癖，成了癖，就好像抽烟上了瘾似的，要戒也就很难了。记得英国吉辛有篇题名为《蠹鱼》的小说，就是描写一个买书成癖者的悲哀的故事。去年偶尔同郁达夫先生谈到这一篇作品，他说："要我们这些买书病者，才懂得这篇小说的好处。"我每次感到买书无钱的苦痛的时候，就想起那篇小说里的主人翁和他那病倒的太太来。

这几年来，大大小小我总也算是有职业的人，可是，手中的余钱，是一文也没有，见了书就想买，要买又没有钱，这种苦痛，同发了瘾的人没有钱买鸦片烟，是相差不远的罢。然而这种苦痛，也要过来人才懂得。

最近我写给林语堂先生的信上说："学校欠薪，手中又无余钱，买书成癖，奈何奈何？"初眼看去，这三四句轻描淡写的话，好像是小品式的尺牍，其实，在我个人，是感着几分真切的苦味的。

○ 原载《申报》，1934 年 4 月 28 日

买书 1935

——朱自清

买书也是我的嗜好，和抽烟一样。但这两件事我其实都不在行，尤其是买书。在北平这地方，像我那样买，像我买的那些书，说出来真寒碜死人，不过本文所要说的既非诀窍，也算不得经验，只是些小小的故事，想来也无妨的。

在家乡中学时候，家里每月给零用一元。大部分都报效了一家广益书局，取回些杂志及新书。那老板姓张，有点儿抽肩膀，老是捧着水烟袋，可是人好，我们不觉得他有市侩气。他肯给我们这班孩子记账。每到节下，我总欠他一元多钱。他催得并不怎么紧；向家里商量商量，先还个一元也就成了。那时候最爱读的一本《佛学易解》（贾丰臻著，中华书局印行）就是从张手里买的。那时候不买旧书，因为家里有。只有一回，不知哪儿来检《文心雕龙》的名字，急着想看，便去旧书铺访求。有一家拿出一部广州套版的，要一元钱，买不起。后来另买到一部，书品也还好，纸墨差些，却只花了小洋三角。这部书还在，两三年前给换上了磁青纸的皮儿，却显得配不上。

到北平来上学入了哲学系，还是喜欢找佛学书看。那时候佛经流通处在西城卧佛寺街鹫峰寺。在街口下了车，一直走，快到城根儿了，才看见那个寺。那是个阴沉沉的秋天下午，街上只有我一个人。到寺里买了《因明入正理论疏》《百法明门论疏》《翻译名义集》等。这股傻劲儿回味起来颇有意思，正像那回从天坛出来，挨着城根，独自个儿，探险似地穿过许多没人走的碱地去访陶然亭一样。在毕业的那年，到琉璃厂华洋书庄去，看见新版《韦伯斯特大字典》，定价才十四元。可是十四元并不容易找。想来想去，只好硬了心肠将结婚时候父亲给做的一件紫毛（猫皮）水獭领大氅亲手拿着，走到后门一家当铺里去，说当十四元钱。柜上人似乎没有什么留难就答应了。这件大氅是布面子，土式样，领子小而毛杂——原是用了两副“马蹄袖”拼凑起来的。父亲给做这件衣服，可很费了点张罗。拿去当的时候，也踌躇了一下，却终于舍不得那本字典。想着将来准赎出来就是了。想不到竟不能赎出来，这是直到现在翻那本字典时常引为遗憾的。

重来北平之后，有一年忽然想搜集一些杜诗。一家小书铺叫文雅堂的给找了不少，都不算贵；那伙计是个麻子，一脸笑，是铺子里少掌柜的。铺子靠他父亲支持，并没有什么好书，去年他父亲死了，他本人不大内行，让伙计吃了，现在长远不来了，他不知怎么样。说起杜诗，有一回，一家书铺送来高丽本《杜律分韵》，两本书，索价三百元。书极不相干而索价如此之高，荒谬之至，况且书面上原购者明明写着“以银二两得之”。第二天另一家送来一样的书，只要二元钱，我立刻买下。北平的书价，离奇有如此者。

旧历正月里厂甸的书摊值得看，有些人天天巡礼去。我住的远，每年只去一个下午——上午摊儿少。土地祠内外人山人海摩肩接踵地来往。也买过些零碎东西，其中有一本是《伦敦竹枝词》，花了三毛钱。买来以后，恰好《论语》要稿子，选抄了些寄去，加上一点说明，居然得着五元稿费。这是仅有的一次，买的书赚了钱。

在伦敦的时候，从寓所出来，走过近旁小街。有一家小书店门口摆着一架旧书。上前去徘徊了一下，看见一本《牛津书话选》（The Book Lovers' Anthology），烫花布面，装订不马虎，四百多面，本子也不小，准有七八成新，才一先令六便士，那时合中国一元三毛钱，比东安市场旧洋书还贱些。这选本节录许多名家诗文，说到书的各方面的，性质有点像叶德辉氏《书林清话》，但不像《清话》有系统，他们旨趣原是两样的。因为买这本书，结识了那掌柜的，他以后给我找了不少便宜的旧书。有一种书，他找不到旧的，便和我说，他们批购新书按七五扣，他愿意少赚一扣，按九扣卖给我。我没有要他这么办，但是很感谢他的好意。

○ 原载《水星》，1935 年第 1 卷 第 4 期第 397—399 页

买书 1935

——阿英

只要身边还剩余两元钱，而那一天下午又没有什么事，总会有一个念头向我袭来，何不到城里去看看旧书？于是，在一小时或者半小时之后，我便置身在那好像是自己的“乐园”似的旧书市场之中了。有一两家的店伙，当他们看到我时，照例的要说一句：“× 先生，好几天不进城了。”“新近收到什么书吗？”我也照例的问。不过，在最近，失望的次数，是比较多的，没有得到特别使我满意的书，除去一册周氏弟兄在日本私费印的《域外小说集》。“为什么没有新的来呢？”看过了架上的书，自己感到失望以后，总欢喜这样的追究。他们的回复也总是：“唉！现在是不比前几年了，进得多，卖得快。有还是有的，但是我们不敢多收。”这话是很实在。就拿城隍庙的旧书市场来说，在《城隍庙的书市》中，曾经对停业的邻人表示无限惋惜的菊舲书店主人，也就不得不受不景气的影响而停业呢。“没有生意”，“清淡极了”，现在走到那里去，时时飞过耳畔的，不外是这一类的话。然而没有法，嗟叹尽管嗟叹，既没有别的办法，只有慢慢地忍受下去。结果，便成了如此的不死不活的状态了。

虽然没有以前那样的“好书时时见”，若果常常的去，也还能有所得。店铺虽然愈趋衰落，石桥上的摊子，还好像一折书的大贱卖，却日日在那里“新陈代谢”。这些书摊，拿四马路的新书店来说，是属于“薄利倾销”的一类。在这里，可以用十五个铜子买一本寻了很久的杂志，两毛钱买到一部将近十年的杂志合订本，或者新的禁书。我从这里收到的重要资料，记忆所及，就有《民族主义文学论》《非革命文学》《民潮七日记》等等。而六毛钱买到三卷所谓《现代评论》《洪水》二卷的合订本，也是有过的事。和我以前所说的一样，只是看机会如何而定。摊家的生活大概是很苦的，薄利倾销，利已经是不多，而一遇到阴雨连朝的时候，更是不能做生意，只有坐吃。也有一两家兼售古书的，但他们不认识货，开价往往是胡天胡地，就是遇到残本，也视若拱璧，实际上并不是什么难得到的本子。我每次到了那里以后，总会有第二个念头袭来，不景气是到了城隍庙的旧书摊了。从那里走到庙前，烧香拜佛的人，也会使人感到日渐的少，没有往日那样的旺盛。世有城隍庙的张宗子么？我想写《城隍庙梦忆》，现在也是到了时候了。

经过长时期的疲劳，有些感了饿。走到庙前，便又照例的踱进那在右手的食物店，便休息，便检查一回所买到的书，吃一毛钱的酒酿圆子。时间还早，向哪儿去呢？靠东头的一家旧书店是停业了。于是我再走向西门。只要有二十个子，洋车就可以乘到蓬莱市场。在临近市场，博物馆转角的地方，如果发现那天有旧书摊的时候，我总是下车看一看，不然，就让车子一直拉到目的地。走到市场里面，先看看卖古旧书的传经堂，这是上海旧书店书价最便宜的一家。要是那一天对于古旧书的访求没有什么兴味，就走出右手的边门，弯到场外靠西头的一条横马路上去。这里有的是地摊，一处两处，五处六处，有卖旧书的，也有卖一折书的。这里的书价，比之城隍庙，也许要高一点，但不会使人失望，一样的常常有难得的书。我的一部《中国青年》合订本，几年前被一个朋友烧了，今年我在这里又买到，价钱也只两毛一本。这卖书的人很知趣，当我买了这部书，他就问："先生，我还有一部禁掉的《新青年》，你要么？"我知道他有些门槛。"在哪里？"我问。他说："在家里，你先生要的话，我们可以约定日子，我带到这里来。"像这样的事，我不知道遇过几次。有时他们没有，但只要委托他们代找，他们是会到处为你去寻访的。

沿着到西门的电车轨道走吧。这一带没有地摊，然而多的是新旧书店，招牌我没有抄下来，我不能一一的告诉你。但能以说的，就是这地方也有难买到的书，甚至有偷来卖的刚出版的书。问题是书价不会很低，新的总得六折，旧的也要三四折不等。因为西门是一个学校区，教科书特别的多，几家大书铺里尤其多，我对这条街没有什么好感，过门不入，是常有的事。不过，西门的书市，到这里并没有完，于是再走向辣斐德路[①]，新建筑的道上。这里连续有几个书摊，比过去的那几个区域贫弱，是不成问题。但要买一点维新以后的小说的话，不妨停在这里捞捞。可以买到最初在中国出现的托尔斯泰的小说，《小说林》一类的小说杂志，新的章回小说之类。古旧书也有，只是好的千不得一。再向前进，如果天色还早的话，走不到多少路，会看到在一条横马路上，堆满着人，排满着各色各样的地摊。就从这里向北转，就到了上海有名的"黑市"，要买些文房四宝，不妨在这里寻觅。要买书架、书桌，也可以在这里买。虽没有真正端溪砚，他们开价到七元的好砚，也可以拏出几方。还有，就是有几个地摊，也在卖旧书。不过，这里有的旧书，大都是儿童读物，"鸳鸯蝴蝶派"小说。走完了这条路，再回到辣斐德路向前，走不到贝勒路[②]口，这儿是存在着这条马路上最后的一爿旧书店。到这时，灯大概来火了，腋下的书，大概也挟得不少了，"回家！"一个念头，又会马上袭了来。但是在喊车之前，我总得先看看自己的口袋究竟还剩几个钱……

○ 原载《文饭小品》，1935 年创刊号第 80—82 页

① 编者注：今复兴中路。
② 编者注：今黄陂南路。

海上买书记

1935

——阿英

从郑振铎《佝偻集》里，看到了几篇关于买书的话，连带想起他在《欧行日记》里所说的一些，感到买书的艰苦，和获得好书时的愉快，真是被他说尽了。获得了不起的珍秘书籍，有如占领了整个世界，这说法虽不免有些夸张，但欢快的心情，确实不是语言文字所能表达的。因此钱谦益在无可奈何，不得不出卖他的宋版《后汉书》时，就不免有“如后主失却南唐”的感叹。不过甘苦尽管相同，获得的经过究竟各异。想到自己为着一些书，弄得节衣缩食，废寝忘餐，其艰苦也多可记。有所感发，特拉杂存之，作为个人买书生活的一段回忆。正是：

米星儿没一颗，

菜根儿无一个。

空把着几本文章做什么？

最使我不能忘怀的，是一部《三袁集》的买到。那是什么时候，已经不能记起了。从来青阁的书目上，看到《玉璠集小修稿》的名字，下面注着“缺中郎一卷，可谓遗憾”的话。当时，我已有《白苏斋类集》初刻本、《钟定袁中郎集》，并《袁小修集》，因其残缺也就没有注意。

有一天，去来青阁买书，偏遇着已经卖出。买书的人，大概总有这样心理，当满怀热望走进一家书铺，而什么都得不着，懊丧的情形，是难以言状的。所要的得不着，还总想捞一两本书去，于是停住不走，问东问西，看架上书，翻地上书，……我当然不会成为例外。

这时我想起了《三袁集》。初意也不过是看看版本而已。哪知翻阅一过，竟使我快活得要跳起来。原来《中郎集》虽缺，全目是有的，而版本又是那样的可爱。小修诗不曾见过，这里所收又如此的多。我决定把它买下。经过许多时间的论价，他们又让了一些，就定夺了。

约有一星期，把钱筹措齐了，取回了这五册书，心中的高兴，是不可言的。但又来了第二个问题，到什么地方去寻访缺少的《中郎》一卷呢？我把这事委托了各旧书店，特别是常常到内地收货的传经堂。我知道希望很少，但我幻想能够"遇"得着。

又是很久，各方面的消息，都如石沉大海，问到时，大家只有摇头。去年的夏天，传经堂又去收书了。当快要回来时，我几乎每天从环龙路跑到蓬莱市场去等。有一天，因为过于热了，我没有去。哪知第二天去，铺主已在前一天回来了。

胡乱的把他收来的书翻了一过，买了几部，但我托他找的，一本也没有。我感到很失望。无意的回过头去，看学徒在那里修补一部明版书，凑近一看，竟忍不住的叫了起来，原来这正是我寻访了好久寻访不到的《三袁集》里的《中郎稿》。"太奇巧了！"我这样想。接着就知道，这一卷书，已经于昨天到上海时卖了出去。铺主忘记我曾托过他了。我一定要他替我设法。他很为难，说那买主也爱这本书。我说："在他得着，依旧是一个残本，而我却可把这部书配全。"后来，我急得没法，便征得铺主同意，先把这一搭散页带走。经过中间人和对方好几次磋商，总算说好了，我把一部袁照校刊的梨云馆本《中郎集》调换给他。这部书一直放在家里好几个月，我不敢拿回去修，我深恐又发生其他波折。结果，是受古替我重装的。

也是去年的事。在北平文奎堂的书目上，看见有《潇碧堂集》二十卷，续集十卷出售。袁无涯刻本《中郎集》五种，我是有的，但从不曾听到过有什么《潇碧堂集续集》。这是一部很少见的书，便决定去买。

那时我很窘，又一心想买，便想了一个办法，买了一元邮票寄去，要求文奎堂把书寄给上海和他们有来往的书店，告诉他那几家和我相识。因为这几家，我是都可以欠账的。从此，我以为自己又得到了一种珍本。

两星期快乐的梦，到底是被击得粉碎，原来竟是骗人的，哪里有什么《潇碧堂集续集》？这是一部印刻极劣的明版书，大约是当时的翻印本，《续集》云者，实是《瓶花斋集》的易名。我不但失望，也非常气愤。徒然做两星期以上的没有报酬的梦。

不过珍本也有无意获得的时候。我再说买《珊瑚林》的事。无意中发现了这一部明刻书是《德山暑谭》的全稿，《暑谭》只是其间的四分之一，是选本。后来，他的门人又把全稿刻了，就是这一部书，共分两卷，有陈继儒的序。我看被删的部分仍多是佳作，且此书很少见，也决定买了下来。

从讲价到定夺，总算是很顺利，便付了定洋，言明晚间取书，要店里替我重订一下。问题就发生在这"晚间取书"上。我走进门，一个店伙迎头就说："这部书缺了十八页，怎么办？"我有点惊奇。接着另一个年轻的说："我们老板回来，把我们骂了一顿，说是卖得太便宜了。"我这才懂得缺页是怎么回事。再接着来了一个有胡须的，望了这年轻的一眼："我看这样，你先生且拿去，这缺页，将来我们设法替你补。"当时，我气愤极了，我要他们把藏的拿出来。闹了很久，没有结果，他们一口咬定是原缺的。我深悔当时为什么不数一数。我明知道他们要留着这十八页书，将来好敲我一回竹杠。我懊恼得把定洋要了回来，说："我不买了。"

约有三星期，我再去那里，重行抽出这部书来看，缺页果然补上了，书价已经涨高了两倍。我忍不住的质问他们："明明是原来的，朱笔圈也前后一样，你们为什么这样骗人！"他们却一口咬定是以重价配来的。

以后一连几个月，我在那里买了好几回书，总不再提起这一部。而这书因开价过高，也没有人肯买。直到过了年。一次我又愤愤地讲到，大概他们也知道照这价钱是不会脱手，就再来要我买。终结是我照原价添了一倍，他们照改价让了三分之一，把它买了回来。这是一部很少见的难得的本子，虽然冤枉的多出了一倍钱，我始终感到欢喜。

买书真是不易。譬如买《徐文长集》，得到有图的《四声猿》本，以为是了不起了，却不知还有二种附刊他的笔记的本子。我之买《梅花草堂全集》，其情形也大体类似，因为此书有两种，名同而实异。何以言之？原因是张大复的著作，都题做全集，文集刻《梅花草堂全集》，笔记也刻做《全集》。卖书的人，版本是懂得的，内容却并不理解。《梅花草堂笔谈》十四卷，流传得比较多，也较易得，而文集十六卷，因是禁书，却很难买到。但他们一般的只知道有两种卷数不同的本子。受古不知从哪里收到了一部《文集》，他们并不知道这并非《笔谈》，只晓得多二卷，便把价提高了一倍。大概总有不少的人，以为这就是《笔谈》，价格既高，就一直没有人买。

有一天，我在那里闲着没事，谈起了这部书，告诉他们我买得的，价钱只有他们的一般，他们以多两卷为辞，拿出来给我看。哪知并非《笔谈》，而是禁毁的文集。我知道这是一部极难得的书，而受古和富晋，却是“漫天开价”，不许你“就地还钱”的人家，便仍作为多二卷的《笔谈》来和他们论价，他们照规定的让了一点，我也就买了下来。

这部书买得并不公道，但如果受古知道并非《笔谈》，其开价恐怕要更多呢。不买又到哪里去找？我很庆幸得到了这部难以买到的书，虽说为了这部书，在经济受了不少的累。

以后，还在他家买到一部《婆罗园清语》，是虞德园的校刻本，有屠隆亲笔刻序。是全本，和《宝颜堂秘籍》的选本不同，他们作为宝颜堂本卖给了我，及至知道，才非常失悔。不过像这样幸运的事，究竟是不多见的。

“幸运”以外，也有“非幸运”的一面。于我买王季重集子的经过上，可以见之。发端也是在受古，他们给我看衬装的残书，是王季重的《游唤》《游庐山记》《律陶》《奕律》《状志铭》，清初复刻本，索价很昂，我没有要。蟫隐庐的新书目出来了，里面有《王季重全集》残本出售。我跑去看，计《避园拟存》《杂文序》《时文序》《尔尔集》《传》《杂记》《状志铭》各一卷，共十四本，各种完全，无残缺。也是清初复刻本。《避园拟存》《尔尔集》等且是禁书。开价并不高，当时我就买了来。

因为买得这七卷书，就颇有把受古《游唤》四册买来配补的意思，但这里面是重了《状志铭》两册。和受古商议，一点也不肯让价。《状志铭》拆开买，那更是办不到的。无可如何，只有照定价买了来。同样的两册书，超过了那边十四册的价钱，真有些愤愤！

不久，又在一个店伙手里，遇到了明版的《王季重历游记》。直到后来见得原刻本，买到《名山胜概记》，才知道我买得的，并不是什么原刻，而是用《名山胜概记》里的一本衬装的。

去年，我看到了明版的《王季重十种》，内容没有我几次所凑合起来的多，书贾竟大标其为《王季重全集》，售价抬高到二百元，真是可笑。他的《文饭小品》，是一直到现在还不曾见到过，不知将来有遇着的机会没有？

最近作《李伯元传》，买《海天鸿雪记》的事，是更奇妙了。好久买不到这部书，心里很焦急，后来翻一家的旧书目，看到这一书名，就立刻跑去买。店伙找了很久，找不到，约第二天再去。第二天依旧是找不不出来，他们还坚持说没有卖掉。此书不得，在《李伯元传》上，是一大阙典，只得再委托他们，他们说，书一定在的，什么时候找到，是一点把握都没有。一团高兴，差不多灰冷了下来。

隔了两天，我去一家门摊书店，看看他们替我找到没有，依旧是一个失望。在那里闲谈些时，只得告别回家。正要出门，一个人提了两大札书来卖，打开他手里拿的书目来看，不禁使我心花怒放起来，开头的一部，竟是我焦急在寻的《海天鸿雪记》四本。

他的开价是四元，共七十二册书。门摊书店的老板只肯出一元。两人拗住了。大约这是一个仆人，忽然的道："那么，书且放在这里，我回去问问看。"跑走了。有了这样的机会，我哪能不等待？真冤枉，一直候到太阳下山，竟再见不到这个人的影子。

怎么办呢？便和店主人商议，让我把《海天鸿雪记》带回来连夜的看掉，明天再送还，买得下就买，买不下就退还他。彼此都是很熟的朋友，自没有什么不可以的。哪知第二天去，又等了半天，此人仍不见来。第三天仍旧没有消息。弄得我简直不知要怎样才好。

到第四天，他还没有来。那时我也等不得了，便挑了几部，留下三元钱在那里，叫他们全部买下，剩下的四十几本，就送给他们去卖。一元的让价，总不会再有问题的。又过了四五天，我才知道他们最后是以两元定局的，店里赚了一元现洋，得了几十册书。

我分了来的，是《海天鸿雪记》四本、《文明小史》两本、《新繁华梦》五本、《女界现形记》十一本，比平时的购价便宜多了！较之旧书店定《海天鸿雪记》价为四元，那是相差得更远。综计几天的辛苦，《海天鸿雪记》外，还得到《文明小史》的复本，以赠久访而不得的友人，我的欢喜也就可知了。正是：踏破铁鞋无觅处，得来全不费功夫！

其实，如果只“遇”不“求”，那也就不会有这样的一些苦恼，但在具有一定目标做学问的时候，又怎么办得到？何况“遇”得到也并非容易的事。如我今年之连续得到《黄平倩先生集》《袁小修日记》、徐芳《悬榻编》，在我，可以说是一种例外。弹词小说，我虽不着意的求，年来却收得不少的好本子，大概是收藏家不注意及此的原因。如乾隆刻本《玉堂春全传》、乾隆本《赵胜关传》、《双玉燕传》、同治《诗发缘传》、抄本《马如飞珍珠塔》、嘉庆本《白獭传》、乾隆本《双玉镯前后传》、嘉庆本的《燕子笺弹词》，都是我所喜爱的。

虽然在这一方面用过很大的功夫，但几度思量，却觉得买书究竟是一件太苦的事，在我个人，是矛盾尤深。因为旧书的价格都是可观的，价高的有时竟要占去我一个月或两个月的生活费，常常使自己的经济情况，陷于极端困难。而癖性难除，一有闲暇，总不免心动，要到旧书店走走。瞻仰前途，我真不知将如何是了！……在我个人想，总还有一篇《上海卖书记》好写吧。正是：孜孜写作缘何事？烂额焦头为买书。

○ 原载《青年界》，1935 年第 8 卷 第 5 期第 98—104 页

买旧书的艺术

1935

——容

没有钱买书的时候，即连旧书都是好的，在上海，你可以找到无数的旧书摊，而这些地方又往往能满足你不大奢侈的欲望。譬如，你走到北四川路去，除了固定的旧书店以外，可以看见很多书摊，一本道学面孔的哲学史可以和妖娆的香点丛书并肩而立，古典的线装书和舶来的蟹行文也会成为朋友，这商人们不知道选择，而且他们也不会选择，古今中外三教九流的书在那里为一炉，没有比这再能表现一视同仁的"大同精神"的了。他们并没给这加以整理，而这却如乡间女子那样在乱头粗服中别有一番奇趣。又像山谷里的自然生长的野树，不像公园里那么剪得平平整整如剃过头似的。在那儿你可自由搜寻，说不定会发现一个香艳的秘本，更说不定会得到无处买的禁书，有时一部外国名著会让你几角钱就买了来，有时你可从那书内的图章上，签名上，或甚至题记上推测到这原主的身世。

这样的书摊，在北四川路、四马路、城隍庙一带真多得很。相传伦敦有专卖旧书的街，几家铺子可凑齐一部《莎士比亚全集》。巴黎塞纳—马恩省河畔全是旧书摊子，有罕见的古典名著，我们没有到过这些地方，但据自己从摊子上的经验来说，那滋味大概是差不了多少的。

不过，买旧书也得有买旧书的艺术，因为有时那书商是非常狡猾的，一个对付不当就吃了大亏或弄得赌气走开，失去买旧书的乐趣。我告诉你，单是这书摊畔的周旋就是一种艺术，从那里你可悟出做人的道理来。譬如，你要买旧书，就得常跑新书店，知道哪几本是绝了版的，哪几本书是什么价钱，哪几个书店有折扣，最要紧，把你做成个内行，然后你跑到书摊上去，看到你正想买或有一买价值的书，你别傻头傻脑地说："天啊！这正是我所需要的！"，你得运用你的"功夫"，譬如，你装出毫不在意的冷漠态度，把那书丢在一边，临走之时，好像随意地回他一句价钱，说得多了，不妨冷笑一声，将书丢下，随便来个价钱，不过也不能相差过远或决绝过甚，否则就弄成僵局不可收拾了。这里最该注意的是，你如中意这本书，宁可在他摊旁多盘桓一刻，千万别还价不合走开了又回来，这样一来，说不定那市价又涨高了的。

一本书有没有缺页，有没有污损，这都得在回价前就看明了的，否则就不免上个大当。不过你对那书也不能过度注意，显出爱不忍释的样子，被对手窥出内心的秘密。你最好往角僻地方搜求，那地方或许埋着丰饶的矿苗。我记得自己有本原版的美学书和一个朋友的两本美国万人丛书本子就是从那不被注意的地方找出来而几角钱代价换来的。

买书的艺术是千头万绪，来个譬喻，这正如血肉狼藉的搏战，什么时候把你敌手克服，你就可奏着凯歌满载而归了。

○ 原载《申报》，1935 年 2 月 15 日第 21 版第 22201 期

旧书
1935

——劳心

太无聊了的时候，我是会把自己安置在一些清静的角落里的。因此这摆设在马路的边缘上的旧书摊，倒是我常立足的地方。这一天却发现了奇迹了，我在一堆旧书里看见了两本书，于是我拿起来亲切地看，没有错！这不是眼睛骗我的事，这是我一个遇着那不好的运气的朋友的书，我还清楚地记得在版权页上我瞎涂上的几个开玩笑的字，和在第一百二十三页上夹有一张剪报，一点还没有错，一点都依旧，虽然这书已经不知经过了几许人的手上。从这本书我想起了四个月前的生活，我们还是在那里谈笑，还在那里在闹着青年人的玩艺儿，在快乐地遇去那一连串的痛苦而困难的日子。在这时候，谁也不会想到现在是会变成这个样子的，尤其是我，在这偌大的都市里变得孤独而且寂寞，没有欢笑地去忍受那生活的给予。想到了这，我变得更眷恋了这本旧书来了。“老板，这本要多少钱？”

虽然，我明晓得袋子里是一个铜板也没有，但是只有一线的希望，我从来是不会放过的，因为我知道这里的老板他是认得我的，也许叫他留起来让我过几天再来买是可能的，所以才冒昧地要向他打探一个价钱。

“老实说，我们从来不要说谎价，你要是买，八角大洋。”他也带着希望的音调来答复我。因为我知道有些时候他这个摊子是简直没有生意的，一会儿他又接上来说：

“还有咧，这里还有几本，都是一起儿收得来的。”于是他接连地翻了五六本出来。这五六本旧书都是我认得的，而且其中有两本，还是我自己的书而存在他的家里的。我看到了这些书，像看到了熟朋友一样，投着亲切的眼光。虽然有点埋怨，那个朋友不应该把这些爱护了几年的书都卖掉；但是回头想到他的环境，我明白的，在他离开这地方时是如何的穷，他如果不把这些书卖掉，他是更不能过生活的。同时，我也愿意原谅他，他不把这些书送给他的朋友，是因为他没有了这个的权利，同时他也不能在朋友中间借到什么钱，或者获到什么帮助。比如我，便是最抱歉不过的，我答应了她的求助，我变成了不兑现的支票，实在我也是给生活压得透不过气的一个，在失业半年的长时间中，我是尝到了人生的一切享受的了……

“要买吗？”老板看见我在那里呆着，奇怪而不耐烦地望着我。

“啊，是的。我要买，不过今天实在买不起，你可以不可以替我留下来，最多过一两天我找到了钱便要来买。”我恳切地对他说，他也算作是答应了。

但是，我从哪里找钱哩，在房钱还没有着落的时候，可以再从那里找到一笔钱来买这书哩。于是，只好让他一天一天地过去了，虽然心里是空着急，但也是没有办法的事。直到有一天借到了一只洋，本来是为了这几天的吃饭的，可是我却忘记了一切地跑到了旧书摊去了。

“老板，书？”他带着微笑的抱歉：“你一个礼拜多没有来了，我当作你忘记了，所以书都卖出去了，现在只剩了这一本。”

这一本是《妇人与社会》，在一个最低的价值中我买到了。当我拿那剩余下来的最后财产去吃阳春大面的时候，我翻着书，显出了微笑。

○ 原载《申报》，1935 年 10 月 22 日第 16 版第 22447 期

买书

——陈适

也可说自己有点爱书癖，或看到人家买得好书，自己也想去买，要马上买来才放下心。可是手头不时常有钱，为买不到书纳闷在胸，夜里也睡不安。

偶尔想起袁枚“塾远愁过市，家贫梦买书”这两句诗。觉得前人真有先我之言！一个人在困境中为知识欲所煎迫，确是精神上莫大的桎梏，没有方法来解除这桎梏，只有凭潜意识到梦中去寻求快慰了。

这梦境想爱书的人也许有经验过，可惜梦长夜短，美境难留，一经醒觉过来，心中更分外难受了。

两三年前在江湾读书，学校后门有个小书店，我几乎天天到那店里去，就是身边没有钱，也想进去看，有时翻阅一本书便在柜前浏览起来。书店老板因我平常会照顾他的生意，带着笑容向我打个招呼，掉过身来坐到账桌上去。

我记起有一次把身上预备买饭票的钱都在店中买书了，因此去跟朋友吃饭，约他饭前到房里去叫我。一天晚上直到八九点钟还不见朋友来叫，原来朋友为着要事跑出去了，于是自己便挨饿着肚皮，这些事只有自己知道，可是自己觉得买到精神上的食粮，挨饿肚皮也满不在乎了。

自己想起这些故事，心中浮上一个苦笑，那站在柜台旁几个小伙友，当人家买去书后，把铅笔搁在耳朵上，用冷眼偷偷看我，一点也不谅解我心境上有苦闷煎迫，使我感到一阵难受，到后来把书插回柜架上去，怅然地走出店来。

在学校里每到星期日下午，心中便有一片苦寂包围着，于是到四马路来买书。这些书老早就想买的，或是打算廉价期内买得便宜些。可是当走进书店，看看周围陈列着满是书，闪着漆黑的或金色的眼睛向人乱撒，把我的视线动摇起来，在它们的队伍中，更有些带来新生初见世人似的，争先向着我打招呼，使我本来预备买的书。在这样盛情难收应接不暇之下，竟消失了勇气，内心一阵苦战，结果又空着手回来。

因此我觉得买书确是一件不容易的事，正如角逐情场中的男女，怎样用心地选择情侣一样，因为书是各有一种给予我们生活的需要和心境上的好感，也正如众妍群芳之各具淡抹浓妆悦目动心的风情美意啊！

自己常悲恨不幸生上爱书癖，这世界上书籍不曾毁灭之前，心境不会有一天肃静的。而且在凄然愁闷时，又接到家书说，书是买不完的，不要紧可不必买，省些钱寄回家了，这些话又添上不少的哀感。

和朋友们在一起也常谈到买书问题，大来相顾叹息，说现在真买不起书，只有去偷，他们说偷书是“雅贼”，冬天穿皮大衣最易掩藏，有人已偷得《曼殊全集》来。

我觉得这个冒险不免有当场出丑之虑，只可朋友间一种笑谑而已。可是没有钱买书时，又想不出好的办法来。

一九三三年十一月四日。

○ 原载《人间杂记》，陈适著，商务印书馆 1936 年 9 月出版发行

这一年 1936

——商鸿逵

这一年，——中华民国二十四年，又算过来了，幸喜江山无恙，应该合掌当十。一年中的事有大有小，大事关于“气数”，不谈；今谈小事，而且为小中之小，从渺小的自己一年实录中钩稽出来的一段小活动。——的确，不问我“怀旧”则已；若问，我也只能答得出这。这段小活动是什么呢？逛晓市，买破烂。

北平的晓市，旧名鬼市，因其交易皆在熏夜故名；今已提后至拂晓才集，于是称晓市，想来这种更改总在有了警察以后吧。市有二：一南一北，南在哈德门外，北在德胜门里。我家住近东北城，故常逛北市。每一周中一次二次不等，但每两周中，至少有一次。晓市商人多属“打鼓儿”之辈，他们白日从破落户或婢仆小偷手里收买来，第二天一清早，便赶赴市上去摊卖。因此之故，在这地方常能破获赃物。据所知，几年前琉璃厂某家书肆，晨起开门，字号牌忽不见，掌柜知系被窃，翌晨径往晓市寻觅，牌果在，急问：“这牌是谁的？”连问多句，无人答声，自己一气，扛起而回。盖窃者就在旁边，蓦地经此一问，便心虚不敢接语了。又有一次，我见一斑竹床架，也够坚够新，只索价五角，求售甚急，一会儿，忽见售者双目四顾，持起走开，旁边人窃窃私语，想必个中又有什么差。像这类事，皆屡见不鲜。

晓市里的货物，种类很多，箱柜、瓷器、名人字画、残书、旧报、老像片都有，我要买的就在这残书旧报老像片上。一年里头，计算计算，花费虽不多，而搜集的件数却不算少。姑举一些看看：《拳匪纪略新戏》，京都日报馆编印，根据粤东侨析生的《拳匪纪略》编的皮黄戏；绣像小说《老残游记》，这是最初发表的本子，存十四回；试帖《未能免俗集》卷下，《聊复尔尔集》卷上，徐福辰撰，春晖堂刻，刻极精，乃打油试帖诗也；《九订方言插注杂字》，杜某订，道光刻；《龙头杂字》不露编者名，也够道光刻；《痴人说梦笺》，面题苕溪渔隐辑，忆红楼藏板，是一部“红学”书，这书似还不大多见；《三山秘纪》，又名《东枕密》，是部淫书；《三字经》，旧刊大字；《浮生六记》，仿宋写印本，行格颇不俗，出版总在标点本前；《京师地名对》上卷，蒙古巴哩克杏芬女史辑，光绪庚子家刻；《趼廛笔记》，南海吴研人著，宣统二年初排，排的不佳。够了够了，截止于此罢。又藏书须有印，有印要起名。于是起一名曰“三千残卷小屋”，烦友刻篆，好不点缀。迟一迟还拟为文以记。写至此，要声请一下：“对于可笑之处，只管撇嘴，万勿嗤鼻！”

○ 原载《宇宙风》，1936 年第 8 期第 392 页

买书经验谭

1936

—— 蛰伏楼主

我于买书，常常倾囊而出，有时连车钱都买尽了，只好提了一大包的书步行回来。有许多朋友都笑我：“你买了一大堆书还没有看完怎么又买？”要我答出理由来实在没有理由，大概这是一种癖好而已。我每天几乎都得到书店的书摊上溜一遍，对于买书自信也略有经验。不过宋刊元刊的古版，我也不是藏书家，没有买过，我所谈的只是平常的新书与旧书耳。

我以为买预约书，第一性子不可急，一急便容易追悔，就以过去的一椿事来作譬喻吧。当袁中郎正在出风头的时候，某图书公司出了《袁中郎全集》预约，定价六元，预约只收若干（忘记了），并且经私淑中郎的文士标点校勘，某大师的阅读，加以上等连史纸印的线装本，字还是仿宋的。这在性急的人就争先恐后的去预约，但是我总觉得《袁中郎全集》固然很好，不妨随潮流去一读，但也不必要看这用考据学精神来校勘的《袁中郎》，因为这种书只是看而已，就错了几个字也无妨，而且我知道不久一定有一折八扣的《袁中郎》出现，果然没几天满街都是一折八扣的《袁中郎》了。以后六元一部的《袁中郎》更经人指摘出许多的错误，于是性急的人才都追悔了。（这不过是举例，非攻击，而且也成为过去的事实了，特此声明。）

既是时时要买书的人，那么对于各书局出版的消息不可不灵通，最好是时时向各书局索取新书目录看，查询有无特价的目录，并且买哪一类的书一定要预先打个范围，哪一种先买哪一种后买都应有相当的计划，因为没有范围与计划很容易买重了。譬如某书局出的 ×× 丛书，你没有去审查这丛书是否合你的理想就冒昧的先买了几种来看，以后又查知另一书局出的 ×× 集成内容更充实，价钱更便宜，使你不得不放弃了前者来买后者了，于是乎你又只有追悔。

至于买旧书，那眼光更须敏锐，对于各家旧书铺的老板伙计的脾气要知道。有的老板爱说实价，出这部书一块洋钱，你让到八毛他还不肯卖，结果得以九毛五分买了。有的老板极狡猾，一口说大价，只值两三毛一本的书，他开口就是一块五，使你不敢还他的价，一还便上当。惟有知道他脾气的人，还他两毛钱，他不肯立刻就走，一走他立刻会降价到九毛八毛，这时再加他五分，结果至多不过三四毛便可到手。买书的人固然要知道老板的脾气，但是应有相当的善估眼光，不然一部书拿到手还茫然莫知，那么不是出大了价上当，便是出价太贱而交易不成。

后还有一种可恶的书贾，他会将一部薄薄的破书，拿来补了一补，在每一页间套上一张厚纸，弄成厚厚的，价钱也就随之提高了许多，我们买书的稍大意便会上当。但一经说破，那价格当然也就立刻减低了。

话尚未说完，但已写了不少，只好搁笔，横竖爱买书的人大都有他的经验，以上不过是我自己的一些经验之谈而已。

○ 原载《中央军校图书馆月报》，1936 年第 32 期第 12 页

购书的哲学

1936

——齐物

我这一生，倘不是书籍稍稍给我一点慰藉，一定是意想不到的寂寞的！书是智慧的营养素，是人生途程中不可须臾分离的必需品。我的书架上，堆满了好几百本这样的必需品，里面有几部字典，一本精细的本国地图，一套百科全书，《莎士比亚》、《莫泊桑》、《雪莱诗集》、杜甫、李白《诗集》、《离骚》、《史记》、《九通》、《马克思资本论》、范布尔《有闲阶级理论》、卢骚《民约论》、《清代通史》，还有一本没有书名的纪念册子……这一大堆书，放在一处，真有点儿不伦不类。但是有甚么关系呢？我们在进膳的时候，同时进鱼肉、鸡鸭、菜蔬、瓜果等，为甚么没有人感觉“不伦不类”呢？食物是身体的营养素，书籍是智慧的营养素。医学家劝我们应该向各方面去摄取身体营养素，为甚么我们不应该向各方面去摄取智慧的营养素呢？最近我很有勇气的，把堆在乡间的一千五百本书，全搬了出来。我把它们排列在书架上，我又重新把它们排列在书架上，我让它们自己排列在书架上。你可以想象到，那时候我的神气，一定是得意洋洋的。

我看看这类书籍的面孔，差不多大半是很生疏的了。我在书架前面踱来踱去的，从一本书看到另一本书。那副神情，真有点儿像小孩子逛动物园的情形。看了这只笼子里面的猴子、鹦鹉，又预备看那只笼子里面的狮和豹。我的“动物园”里面，有一本雪莱夫人精选的《雪莱诗集》，是一八三九年版本，曾一度几乎卖给英国皇家博物院。更有一本非常庞大的，便是《中国实业志》。要是你不怕厌倦，我还可以一一数下去呢！

读者们，虽然我把和我分别了许久的书籍，不远千里的搬了来。你以为我从此可以多读几本书了吗？你以为我会把旧书里面的精彩处，翻出来重读一遍吗？不会的！记得有一次我到别处去作短程的旅行，我想找找一本适当的书，以备车中披阅。那知找来找去竟找不到一本相宜的书，后来因为时间太局促，只得随手拾了一本很普通的小村 Hamlet。我在火车里把这本书翻开来时，哦，这本书实在太熟悉了，我简直不想再读下去。于是我只得买了一份晚报，在火车里的无聊时刻中，把它读得干干净净，一字不遗，连广告都看完了。我自语道："我忙了半天，把这堆书籍搬了来，竟得到这样的好结果！"但是我仍保持着冷静的态度，绝不羞耻。我仍在书架的前面踱来踱去，虽然依旧没有读它们，也没有去享受它们！

老实说，我们除非埋头去读"一生"的书，否则我们的书架上，总不免有几行书籍是我们从未读过的，也许我们永远没有机会去读他们了。这类书，我知道我自己就有好几百本。我有一套《马克思资本论全集》，共三卷。我不能预料我这一生是否有机会去读这本书，但是我并不后悔，倘使我现在碰见了这样的好版本，而还没有备置一部，我一定仍旧会去买一套来的。因为我心爱这本书，我一看见它，内心里就起了一种难以解说的好感，好像有一种哲学意味的兴奋，鼓舞我的灵魂。如果我不如此做，便觉得很不安心，便觉得不曾"到家"，这并非幻想，却是事实。

你一定会说，"你既买了《资本论》，你应该去读它呀！"不错，我应该去读它。而且我不但应该去读《资本论》，还应该去读《相对论》《二十四史》《清代通史》等！这里面哪里有"应该"二字呢？这一大堆收罗得到的书籍，就是拼命的去读整个世纪，把所有时间，所有精力，完全耗费在这上面，恐怕还是读不了，那么这"应该"二字就不知从何说起了。这堆越积越多的书，就是最敏捷的读书专家，则怕还是不济事。我又不是个读书家，我是一个著作者，和经理、讼师、医师、杂货店伙计、制造业者、劳动家等，一般无二。我们的时间是极有限的，何况我们的读书时间，又是在这极有限的时间里节省下来的呢？此外我们要去谋生，要去做别的工作。所以我始终主张，只要一本书我感觉兴趣，便可以拿来读，没有兴趣，尽可以丢开不读。我们自觉没有读完这本书的义务，我们何必一定要硬读下去呢？我们耗费了我们的时间去读书，并非是一种责任的观念，却完全因为读书能够给我们一种趣味和推进而已。有的时候，我差不多一个月才读完一本书，想是极普遍的。但是我决不会因为读书读得慢，而限制了我买书的嗜好。我要许多书籍放在我的书架上面，因为我知道它们是好的，它们会给我愉快，因为我相信终有一天会读他们的。(《资本论》呀，也许会轮到你的身上的！）总之，我要它们，因为我要它们。倘使有一个不懂世务的书呆子，踱着方步走过来突然用可怕的语气威吓我道："先生，你读你的书吗？"难道这种威吓，会使我停止买书吗？

所以我们得到一个结论。就是我们买书的时候，不必顾虑到别的事情，只要问：

（一）你的理智，是否相信这是一本好书？

（二）你想要这本书吗？

（三）你有能力买这本书吗？

上面三个问题倘迎刃解决了，那么你便可以放胆买你的书了。不必再问："我有时间读这本书吗？"这便是所谓买书的哲学了。有些人愿意花一二元去买一本严译的《原富》，而不去买一本张资平的《苔莉》，大概在他们正式翻开《原富》第一页的时候，书面上早就蒙上了很厚很厚的尘埃，这就是说，这本书早已搁置许多时候了。但是在这长期的搁置中，他们却很聪明的已领略到《原富》的滋味了。

○ 原载《长城》，1936 年第 3 卷第 10 期第 71—72 页

购书记

——画眉室主

敏体尼荫路[①]有书市焉，军兴以后，曾一度公开展览，顾客称便。嗣当局忽加取缔，以是又销声匿迹。本晶[②]似亦曾记之，昨晚余忽思食酒酿圆子，因驱车至大世界。既快朵颐，徜徉于敏体尼荫路上，偶见书摊上琳琅满目，一似昨昔，方知近又在公开展览矣。

余已数月未购此类书籍，因驻足而观，选新出者若干种，共计十册。并不问价，遂付与法币一元。老板知余为老主顾，自无甚说得，反与余搭讪，余亦因无聊，遂立而相与问答。余询前已取缔，今何得再公开？老板答云："只要老居到门，无所不可。"老居者，法币之谓也。

俄有一蓄微髭之西装客来，东张西望，然后择书两册，询价钱何？老板对以八角。客有嫌贵意，老板遂取其书置原处，反身与余谈。余意此西装客必忿然而去。讵大谬不然，盖彼终于欣然照价购去也。余曰："此人殊可笑，岂不看此书，便不能为人乎？"老板笑曰："我们每天要七八元开销，设无此洋盘，如何弄得落？倘客人个个像你，我回家吃老婆去可也，何必在此背风险，说好话！"余又曰："汝开销如此大，谅来生意很好？"老板曰："说来不信，上海滩上到底 ×× 多，不要说学生子、洋行小鬼、小开要买两本看，就是有身家朋

① 编者注：今西藏南路。

② 编者注：指《晶报》。

友，也得来照顾我一点生意，你信不信？上个星期六，一晚上就做了四十几只洋生意。”余又问：“《痴婆子》有好版本否？”彼云有。批阅之，则又为白话本也。余再询有无文言本，彼曰：“文言本不好看，花样比白话本少，看了勿过瘾，买的人极少，所以不卖了。”余本欲与辩，继念此种人有何辩头，笑颔之而已。

但余不可不告读者，该处所能购得之书，皆最下乘货色，新出者尤甚，稍知文墨者，咸有此感。因念州亚先生藏书最多，且均中外之最上乘著作，惜不易求得，虽屡屡摘录本晶，究难餍人意，徒使人垂涎欲滴耳。倘州亚先生能大发宏愿，设法普及，使爱读此类书籍之人（实则无不喜之人）均得一扩眼界，真乃功德无量矣。不知编辑先生及醉隐梅士诸前辈亦有襄成之意否？

○ 原载《晶报》，1938 年 10 月 25 日

买书偶记

——惆怅私怜室主[①]

不佞生无他好，惟酷嗜旧书，足迹所至，辄与书贩往还。客岁秋，于役白下，结习未除，仍逐日巡视书肆以为乐。半年以来，略有所得，拉杂记之。

南京书肆，向以保文堂、萃文堂二家规模最大，自经巨变，保文佳书，大半迁移海上，而萃文精华，悉付一炬，今二家虽仍开幕，非复旧观矣。

夫子庙一带，旧书店林立，规模以文海山庄较大，然索价亦特昂。短小精悍，当推问经堂，主人陆君，向习业于萃文，于版本学，常识粗具，故向该店购书，虽不能得廉价之惠，然其书较有可观也。

文海山庄之右邻，为一极小之书肆，主人为一老者，对于旧书无甚经验。其书来源，皆得于黑市，故收价甚廉，以资本过少，不能久储，只要稍有薄利，便可脱手，拙藏冯墨香《词苑萃编》稿本，即于该肆得之。吾友江伯修，为该肆老主顾，余至今不知该肆之名，亦不知主人之姓，偶与朋辈谈及，只称江伯修之友而已。

保文堂书目，又江慎修之《礼书纲目》，标曰旧钞本，有朱笠亭题跋。余以笠亭与江氏为同时人，疑为稿本，遂以三十元代价得之。细细翻阅，确为江氏底稿，且有祝人斋校字。余在京所得佳书，约四十余种，此书宜推巨擘矣。

① 编者注：曹熙宇，字靖陶，号倜生，号看云楼主人，又署惆怅私怜室主。安徽歙县人。著名诗人、戏剧评论家，著有《看云楼诗集》《中国音乐舞蹈戏曲人名辞典》。

余在问经堂购书数种，以丁俭卿手书《诸子粹言》稿本，较为惬意。又代高梧轩主人购得况夔笙先生《金石稿本》七册。此书为底稿而非手稿，且大半已付刊，而该肆竟索价至百金之巨，后经不佞之一再商洽，始以五十元成交。在问经主人犹似未餍所望。其实高梧轩主因与夔老有师生之谊，故不惜重金收买。平心而论，此书定价高值，未免太过也。

问经堂藏《永乐大典》二册，为乾隆间内府重钞本。友人黄罴厂曾见之，该肆疑为永乐原钞本，索值五百元。罴厂尝闻其友刘翰怡所藏《永乐大典》每册价值八百元，见犹心喜，遂拟以五十元购之，该肆未允也。翌年罴厂与余谈及此事，余曰："此乾隆重钞本《永乐大典》，每册只值十元。"罴厂大惊，越日再过问经堂，该肆主人语之曰："君出价五十元，未免太少，若能稍益，当以出让。"罴厂笑曰："我今日重来宝号，乃报告贵主人，如允以五十元见让，我亦不敢领教了。"该主人大窘，深悔昨日贪多，失此良机也。

余买旧书，向无范围，只要是名人手稿或底本，不论其为经为史为子为集，无不罗致。至于刊本，则以有批校者为最欢迎。友人张次溪则专收有关风土之书，近将有秦淮金粉志之辑。每过书肆，即询有无谈南京之籍。两月以来，搜集至数十种之多。而友人陈寥士则童心勃勃，搜罗红蓝印本，亦居然得一百余种。目下南京市上，谈南京之书，及红蓝印之籍，罗掘一空，难再发现。二君仍日访书肆，往往空手而归，书肆主者，见二君至，远远摇手，以示无书，可笑也。

保文堂有明刊《宛陵集》一部，白皮纸二十四册，雕刻极精，索价七十元。沈吉逵君欲购之，因循未果，嗣闻已寄海上，不知落谁手上矣。

余以保文堂介绍，购松江韩氏藏书二种：（一）《南隽读易或问大旨》四册，为汪必东手稿，据嘉靖一统志，汪武昌崇阳人，正德辛未进士，授户部主事，改礼部，邃于经史，能为古文辞，善草书，擢广西参议，进河南参政，所著有《南隽文集》《易问大旨》，又据千顷堂书《南隽集》二十卷，汪字希曾，此书为嘉靖未刊手稿，可谓名贵矣。（二）《石经考》为鲍氏知不足斋钞本，戈小莲朱笔校字，偶一展阅，心旷神怡。余旧藏《两汉刊误》，为知不足斋丛书底本，鲍以文先生朱墨笔手校，并手录朱（竹垞）卢（抱经）二氏题跋。余所藏鲍氏书，仅此二种，然精美绝伦，足以自豪也。

偶于某书摊得包慎伯手稿一册，稿不足重，书法可喜。近于幻海山房得阳湖汪彦份集《石鼓文楹言》手稿一册，潘伯寅先生（祖荫）为之序，推崇备至。此书遍询无刊本，亦可贵也。

旧书之价值，固以罕见为贵，然亦有习见之书，而价值悬殊者，不外“早刊”“初印”“书品宽大”“纸料精美”种种原因而已。如端陶斋覆刊成化本《东坡七集》，白纸本值二十元，而宣纸则非六七十元不办。又如苏子由《栾城集》，嘉靖刊本值达三百元，万历刊本至多值三五元。买书者能明此旨，则购买佳籍，遂不吝高价矣。

旧刊小说，往往有价值亦高，足以令人惊奇者。如嘉靖刊《三国演义》可值三百元，明刊《隋唐演义》值五十元，乾隆刊《隋炀艳史》值三四十元，甚至赏心亭所刊之《贪欢报》，亦有索值至二十元者。讲求版本之藏书家，司空见惯，不以为异，而常人则不免咂舌矣。

赵瓯北有《增贩书施汉英》一诗，读之令人捧腹。诗云：我昔初归有余俸，欲消永日借吟诵。汝从何处闻信来，满载古书压船重。我时有钱欲得书，汝时有书欲得钱。一见那愁两乖角，乘我所急高价悬。虽然宦橐为汝罄，插架亦满一万编。孜今老懒罢书课，囊中钱亦无几个。愧汝犹认收藏家，捆载来时但空坐。

瓯北又有《长夏曝书有作》一诗，亦有奇趣，录之：嗜书空如嗜甘蔗，书不在腹乃在架。黄梅过后日如火，晒向中庭课长夏。高函大帙充栋隆，多少精血藏此中。当其志欲争不朽，谁肯留拙不见工。如何遥遥千载内，传者但有数十公。其余姓氏渐莫举，鱼咋减没洪涛风。由来兹事非幸致，郸郐敢长黄池雄。文人例有一编稿，锲枣镘梨纷不了。若使都传在世间，塞破乾坤尚嫌小。少年笔下偶得意，辄思横压古人倒。古人拍手青云端，大笑班门枉弄巧。关张之勇施嫱妍，何处许人学起草。到此方知愿莫酬，摩挲插架转悠悠。却怜齿豁头童日，还把雕虫一卷留。

北方天气干燥，旧书多装书套，若在南方，则易生蠹。盖浆糊为祟也。吾人所藏旧书，求其免于霉烂，不仅长夏须曝，即平日所藏之室，亦必有空气流通，否则蠹鱼为患，驱不胜驱也。

旧书之价值虽高，然除宋元版尚有伪造者外，其他版本，鲜有伪者。故研究版本，只注意其每页之行数字数，黑口线口，以及鱼尾之单复，固不若鉴别古董之艰难也。

有清一代，康熙乾隆间所刊之书，往往有既精美者。如查慎行之《敬业堂集》，查嗣瑮之《查浦诗钞》，林佶写刊之《语言山人集》，午亭文编《荛峰文钞》，程哲之《蓉槎蠡说》。余近购得吴鳞潭（苑）之《北黟山人集》，为康熙刊本，江鹤亭橙里之《新安二江先生集》为嘉庆刊本。雕刻之精，尤称仅见，偶一展阅，殊有心悦目悦之感。

○ 原载《新东亚》，1939 年第 1 卷第 3 期第 17 页

买旧书

——沙利文

买旧书却是我一种癖好，这是钻书坊趣味的另一方面，因为书坊全是新书，价钱当然贵一些，爱书的人有时候也吝啬一些，原因是自己的不宽裕。纵然书坊里也有价格便宜的“一折八扣”书，然不尽是合我的胃口，不得意而求其次，于是旧书摊、铺店，到处有我的份，想拿低贱的价钱找寻自己心爱的书。难则在一所黑而小的屋里挤着，或者蹲在行人道旁晒太阳，耗费很多的时间，我全不爱惜，挟着书回去的时候，我是愉快的，像孩子们的口袋里有一包糖。有时候买旧书的抬高书价，或者明知是好书而自己口袋里钱不多，只有发呆，老是翻着书页不想跑，离开的时候还回头望望，仿佛是自己的损失。

买旧书的最大毛病是病菌的传染，还有损坏污秽，买回家之后，不得不费一份工夫，用来洗刷，掷拍，吹晒，黏贴，钉装，尽了许多心力，一册旧书和我的中间便有了一份深的交情，不比新书的淡泊，在阅读的时候是加重趣味的力量，我常常诱起这种感觉，似乎它是我底老朋友。

旧书还有种特殊的趣味，是一册书的前一个主人——甚至转手过两三次的，在我做第三次书的主人不是比做一册新书的主人更好吗！这是一种魔力，譬之我会买到前一主人他处买的书，纵然是上海、南京、香港、广州、厦门……远远地互相交换着。在前十年别人手里的，今天落在自己的书架上。别人用一元两元的大价买的，而我只是用十分之一或二十分之一的代价买进。许多事情是一件故事，传奇式的，若是书本是有灵性的，它会说出部沧桑的历史，可惜我只能找寻前人的笔迹去探求它的表面。

还有旧书上划着的曲线、符号、详细的批注、大胆的批评、荒唐的意见、滑稽的穿插以及断句、短联、怪言、歪诗……一方面可以做我阅读时候的参考，另一方面却也是正经文章之外的最好消遣。

买旧书倒是我一种癖好，“这癖好是太可爱的”，若是你是我的同道，你会说这句话。

○ 原载《申报》，1939 年 1 月 5 日香港版第 4 版第 308 期

危城访书得失记

1940

——吴苇

二十六年夏六月，我在北京大学毕业，到现在是整整的三年了。这三年的前一半我没有离开过北平一步，后一半则是居留在万山丛中的古城昆明。如果我还有一点儿弄学问的希望的话，如果在这三年中我所多多少少读了一些书还算作“做学问”的话，那，我愿意把留住在北平的一年半叫作我的治学的“光明时期”，而避地滇南的一年半叫做我的治学的“黑暗时代”。所谓“黑暗”不是我不肯读书，是没有书可读。您晓得，我喜欢弄戏曲小说，但这儿只能见到世界书局排印的《元曲选》和开明书店重印的《六十种曲》；号称海内第一曲库的北平图书馆的藏书现在对于我只是一个不敢回忆的甜蜜的梦，我后悔那时候为什么不充分地仔细地翻阅那上百种的富春堂的、世德堂的、继志斋的刻本传奇和孟称舜、邹式金等人辑印的杂剧。现在，我恍惚地觉得又回到“五四”之后那“引车卖浆者流”所爱好的戏曲刚被蔡孑民校长提拔到大学讲堂上的时候了。郑振铎先生说“抱着一部《元曲选》和《六十种曲》研究的时代早已经过去了”，这话是不对的，那个时代又回来了，我现在就在那个时代里打转。小说，在这儿找不到一部孙楷第先生的《中国通俗小说书目》，找不到一部元至治本《三国志平话》的影印本，最妙的是有一位先生闲着没事想买一套“一折八扣”本的《济公传》看看解闷，走遍了一条所谓文化街的书肆和地摊，结果还是怅然而返。所以，我真想开一间书店，不是为赚钱，也没有抱着“推进文化”

的大目的，只是想要“与人方便，自己方便”罢了；所以，我更加向往于过去的那个“光明时期”——那时候，我可以任意看我高兴看的书，那些书真多，多得我不知道先看哪一种是好；因而，我便时常匆忙地、潦草地看了，甚至于怠惰下来。

那时候，我还有几个闲钱，并且也认识了琉璃厂和隆福寺的几家书店的掌柜的、跑“宅门”的“先生”和给主顾们倒茶点烟的小徒弟。他们买到一部认为或者可以留下的书籍，便连忙骑上脚踏车挟着个蓝包给送上门来。有的时候我也会踱到他们的书店里去喝茶谈天，问问有什么新收的货没有。高兴了，便跑进他们装残书的屋子里，蹲在地上，翻检那一捆一捆满戴灰尘的破书，好像在海边拾贝壳的小孩，又像那在金沙江畔沥沙的汉子，希望能够从那垃圾堆里得到些意外的“收获”和“便宜”。您说我这事做得愚蠢吗？告诉您，我藏有三十种《六十种曲》初印本，九种《笠翁十种曲》的初印单行本，崇祯本的《金瓶梅全图》，赵南星的《笑赞》和《芳茹园乐府》的明刊本，便都是这样得的呢。

但，现在我什么都不憧憬了。我只是抱着这里仅有的几本书：《元曲选》《六十种曲》《太平乐府》《吴骚合编》，还有《散曲丛刊》。我读别人不屑读的书，我被逼得只能在大家认为没有问题的东西里找问题，我在“黑暗”中摸索。

前几天，家里寄来一册《绥中吴氏绿云山馆藏曲目录》，这是一个书店的小主人替我抄写的。他，借着一部《九宫大成南北词宫谱》的交易和我做了最要好的朋友，我爱他的粗豪、鲁莽和那颗忠于友情的赤心；我们时常一起跑到那书店业最喜欢去的富源楼酒肆尽醉地倾饮那主人藏贮了十几年的花雕陈绍，但最可感的还是经了他的介绍，我认识不少可以让我恣意阅览书籍的书店主人。看了这本目录，我不禁有些哀伤，不愿意想的事情又都兜上心头，极力想忘掉的书名又都蠕蠕地在眼前爬了过来。它们每一个对于我似乎都很熟悉、亲切。我也曾爱恋过它们，抚慰过它们，它们身世的坎坷及隐晦我都清楚地记得，像在童年听过祖母讲的猕猴吃人的故事一样。我还记得我怎么把它们从泥沼里救拔出来，洗净了它们身上的污秽，又给它们换上了精致而美丽的外衣。

它们都是我在那个“光明时期”辛勤地搜集得来的成绩哟——您比我聪

明，您知道那“光明”的外围是一团黑暗和恶毒。

我的第一瞥是《六十种曲》的初印本，目录上著录了这样的十一种：《绣襦记》《琴心记》《飞丸记》《龙膏记》《鸣凤记》《西厢记》《鸾锟记》《水浒记》《紫钗记》《八义记》《怀香记》。这，引起了我在过去的一个最大的创伤的隐痛，那是它们的十九个伴侣——《玉镜台》《白兔记》《杀狗记》《四喜记》《香囊记》《千金记》《玉合记》《灌园记》《东郭记》《红梨记》《昙花记》《玉环记》《彩毫记》《运甓记》《金莲记》《西楼记》《狮吼记》《春芜记》《三元记》——的丧失。在前年，我匆匆地离开北平，那时狼狈极了，没有盘缠又不愿意向亲友开口，我总觉得既然做了一年多的事连几百元钱都没有积蓄下来，让别人知道了是件羞耻的事。其实，书橱里摆列的几百种古气盎然的书籍就是我认为最富裕的财产。况且，我也不好意思在离家之后除了留给母亲一丝斩不断的思恋以外，还要加上一笔数目不算太小的债务。于是，我偷偷地把那十九部书送进了一家不大熟识的书店。这，我好像导演了一出悲剧，生生地把它们和另外的十一种拆散了。然而，我也在这出悲剧里扮演了一个角色。为这，我懊丧了好几个月。我想起了和那位书店小主人怎么跑东四牌楼、西四牌楼、宣武门内的小市、土地祠里的冷摊去问“有没有《六十种曲》的零种？”想起了我们俩人怎么去发掘文友堂、文奎堂、来熏阁、松筠阁和其他几个大书店的残书堆中的宝藏，任凭那群徒弟们以惊诧的眼光投视在这怪异的年轻顾客的身上。想起了当我得到三十种以后痛快得不能安眠的情形：梦中，我觉得在藏有《六十种曲》的人们里我可以自豪为富翁。真的，我知道故马隅卿先生有十四种，郑振铎先生有十七种，傅惜华先生有十九种，北平图书馆有十五种左右，开明书店图书馆仅有一种，把全国藏书家所藏的初印本放在一起不只是不足六十种，并且也出不了我这三十种的范围。想起了我怎样孜矻不倦地在溽暑在秋凉在寒气刺骨的雪夜一页一字地翻着看着它们去校勘开明店本的《六十种曲》，发现了排印本的许多错讹，补正了排印本的不少阙漏，因为排印本是根据道光补刻本印的，而他们借不到初印本来校勘，这就是初印本的好处。但现在家里书橱中留下的只是残余的三分之一了，那十九种的余晖也只能在排印本上的朱墨字迹上去温润了。我想到“得之艰而失之易”的话便对于易安居士在《金石录后序》中所发出的“亦欲为后世好古博雅者之戒”的沉痛的哀鸣，感到异样的亲切。

和这十九种的《六十种曲》初印本同时得而复失的是《月中人》传奇。王国维先生在《曲录》卷五上著录了这书，说是“国朝月鉴主人撰”。这书又叫做《拈花记》，是乾隆时代的作品，文字很庸俗，内容则是千篇一律的宣扬佛法的酸腐的故事。它的惟一的优点就是难得，在这书的发现以前，我们在国内外都不曾见过“传本”，到它离我而去之后也没有听说有“次本”出来，不过，我对于它的情感很淡薄，因为我得到另外一部更稀见而且没有经过曲家著录的佛教戏曲，那是——《增广归元镜》四卷的发现。

这部书也是几乎得而复失的。一天晚间，一个小书店的“书友”给我送来两部《归元镜》传奇，当时我很不高兴，觉得他把这样普通的货色拿了来简直是污辱我买书的身份。他婉词谢绝了我叫他带回去的话而请我将那两个本子比较一下。我捺着性子翻了一遍，立刻就发觉了那部抄本的确了不起。你知道，《归元镜》是明代杭州报恩寺的智达和尚写的净土宗三祖慧远、永嘉寿禅师和莲池大师的得道传法的实录，他写作的态度很严肃：不叫做“撰”而称“拈颂”，不叫做“出”而称“分”，全剧的四十二分也是取诸《华严四十二章经》的章数，并且“开颂”就请护法神韦陀出来告诫众善男信女“切莫作为戏”。这部抄本却是八十四分，较原本恰好增出一倍来，多出来的部分文辞比原本秀隽，内容也扩张了，展开了，更人情化了。那位“书友”做成生意走了，我快乐得把妈妈拉来讲给她这桩奇迹。我费了一个星期的工夫写了一篇长的考证详论这书，说这书完成于康熙年间，作者也是僧人，可惜的是我们已经查不出来这位大德的法名了。我的几位老师都为我得到这部书高兴，胡适之先生在百忙中指导我写那篇考证的文章，郑因百先生羡慕我的奇遇，说：“这部《增广归元镜》和那部抄本《红楼梦》可以说是你藏书中的双璧。”他说的是哪部《红楼梦》呢？

它是乾隆五十四年的钞本。前年元旦之夕我逛罢厂甸的书摊就便道去到那个熟识的书店闲坐，那时他们的小主人正忙着招呼徒弟们搬运新以八十元买到的二百多种书，我得到他的特许去翻阅这还没有入目定价的新货，于是那部钞本的《红楼梦》便归我所有了。他要了四十元，真不多，我明知他赚了钱，他也知道我知道，然而要是等到他们定好价钱再买，那就非二三百元不办了。这书的发现是研究中国小说者的一个重要的消息：《红楼梦》已经有了脂砚轩[①]评本（这本子最早，大约是乾隆三十年曹雪芹未死之前的东西），还有有正书局影印的戚蓼生评本，这个本子的文字和脂砚轩本有很多相异之处，时代也晚得多。我们要想考察《红楼梦》里文字演变的痕迹，单靠着这两个本子或是再加上程甲本程乙本还是不够的，因为时代差得太远，中间没有一个过渡的媒介。现在，这个乾隆五十四年的钞本发现了，他的文辞有的和脂砚轩本相同，有的又和戚蓼生评本相同，刚好做那两个本子中间的桥梁，有了它，许多纠缠不清的问题都可以迎刃而解。研究《红楼梦》内容演变的"红学"专家们似乎应该重新再做起了。

谈到小说，那我很惭愧。我没有魄力和富裕的经济能力去购置那动辄索价数百金的讲史小说，我还只能徘徊在一条曲折的山径上满不在意地采折几朵野花奇葩。我的书橱下层摆列的小说几乎都是人情小说中的猥亵作品，请您看一下这群"殊不知忠孝廉节之事"的被人讨厌的孩子们的面孔：

《金瓶梅词话》的影印本，阚铎辑印的《写春园丛刻》。这里面包括了《肉蒲团》《控鹤监秘记》和《痴婆子传》三种；《隋炀艳史》的明刊本、《巫山艳史》《春灯迷史》《桃花艳史》《灯草和尚》《妖狐媚史》《绿野仙踪》《浪史奇观》《桃花影》《三妙传》《空空幻》《杏花天》《蜃楼志》《载花船》《闹花丛》《五凤吟》《奇缘记》《好逑传》《倭袍传》《戏中戏》《宿花心》《玉楼春》《采花心》《麟儿报》《五金鱼》《双合欢》《情梦析》，还有《隔帘花影》和《续金瓶梅》。手头没有《中国通俗小说书目》，所以我不能指出来哪几种是孙楷第先生注过"未见"的，哪几种是被孙楷第先生列入"存疑"类中的，不过我可以告诉您不但有，而且还很多。那些书大部分是坊刻本，小部分是啸花轩刻本和钞本，最名贵的是畹香斋刻本的《浪史奇观》，因为在我没有得到这书以前，日本的千叶掬氏是以其藏本自豪为"孤本"的。您会笑我没有出息吧！净藏些这寡廉少耻的没文艺价值的小说。告诉您，故马隅卿先生比我藏得还多，再告诉您，我觉得《金瓶梅》中对于市井人情的描写真是淋漓尽致，李笠翁的《肉蒲团》中的

① 编者注：《宇宙风》杂志上原文为脂砚轩，《吴晓铃集》中则为脂砚斋。

性心理的描写和分析也不下于劳伦斯。蔼理斯研究“性”成了世界上的有名的学者，我们的学者看见这个字却“退避三舍”。外国人可以写专门研究贞操带的论文，我久郁积在心中的一篇《中国淫具考》却一直不敢动笔，这是我们的缺欠、弱点、虚伪。我愿意多收集一些关于这方面的材料留给一个大胆的学者去用。最近，一位先生告诉我，他想仿《尔雅》的体例写一部《性雅》，内容包括释名、释训、释器物、释动作四门，一方面参考古代书籍碑帖，一方面采集近世戏曲小说里面的资料，再调查现代各省各地的方言俗语，这样汇集而成纯然以学术为主的著作，您说它诲淫吗！

还是让我来谈谈那一年半中所得到的戏曲书籍好了。

李笠翁的《十种曲》我得到九部翼圣堂刻的单行本，只有《意中缘》传奇现在还不曾出现，这九种是我从三四个书店凑成功的。那精美的板绘和秀致的刻工绝不是后来的合刻本、重刻本所能望其项背的。我记得这种本子好像郑振铎先生有两三种，我也听说傅惜华先生藏有全的十种，但我却不曾看见过。孙楷第先生曾写过一篇《李笠翁与十二楼》，他顺便提到笠翁的别的著作，他说现在市上通行的《一家言》是后来笠翁在晚年的改订本，因而便推测到原刊本应该是什么样子。我有幸地以国币二元居然买到一部翼圣堂的原刻本，真是出奇地便宜，这书证实孙先生的假设仅仅对了一半。我还有一部《笠翁词韵》，比知堂老人的那部完整得多，我曾替老人照着我的本子把他那本的残缺补全，老人在书后写了一段短跋给我，说我“多藏笠翁书善本”，其实，在上面所讲的十一种之外，我就什么也没有了。

曾见著录而传本稀见的戏曲，我得到的有明臧晋叔氏的改本《玉茗堂四梦》，北平图书馆的善本甲库藏有一部；彭剑南的《茗雪山房二种曲》；潘照的《乌兰誓》传奇，这是改写《紫钗记》中的霍小玉的故事的；旧抄本中的《百子图》传奇，这书故宫博物院和郑振铎先生都有藏本。未见著录的有：嘉庆间抄本的《六喻箴》传奇，作者署“四中山客”。旧钞本的《红雨绿雪楼三种》，内含《敬寿碑》传奇、《三缘报》传奇和《逍遥亭》传奇三种，作者佚名。旧钞本的《花间乐》传奇和《双星会》传奇都是司马章撰的，我只知道他是南京人，字石圃。《曲录》卷五著录有“《小河洲》一本，一名《双奇侠》，国朝李荫桂撰。荫桂，未详其字，山阴人。”我藏有一部《梅花诗》传奇便是李氏写的，他字蕊庵，这都是《曲录》所没有见载的；这部曲子写得文情并茂，其故事的错综复杂也只有《燕子笺》能与它相比，李氏大约是阮大铖的跟随者，我想。还有清嘉庆间刊本的《续清溪笑》，也是我最引为得意的一部书，那是我在厂甸的一个摊子上遇到的，为了这个名字太生疏，我特地跑回家去查参考书，《曲录》上是没有的，《今乐考证》上有《清溪笑》而没有这个“续”，于是我又连忙跑回去把它买了来。这是一个署名“蓉鸥漫叟”撰的，内容衍述的都是些秦淮河上妓女的风流轶事，文字的情致很苍凉。

想不到的是收得这些珍品之后，在我将要离开那个可咒诅而又使人爱恋的土地的前几天，我又得到半部《汇纂元谱南曲九宫正始》，那时候我正在卖书呢！可是积习难改，我仍旧在百忙而且万难的状况下在它的封面上印了一方“吴郎之书”的图章，然后锁在箱子里，我连仔细一读的工夫都不抽出来了。轮船在沿着山东半岛向上海驶去，我倚在甲板的栏杆旁看着在那波涛汹涌的海洋里露出半个头颅沐浴着的红日，心里却正在替那半部书惋惜它的“生不逢辰”，假使它早一年被发现，岂不是也要哄动了全国的治曲学者集股以数千元的高价买了去，并且影印了流传了吗？现在那一部较早出世的已经跨入北平图书馆的巍峨的门槛高坐在钢铁架上奴视一切曲谱类的书籍，而它却蜷伏在黑暗的一角，在啜泣，在低吟着自己的身世不幸的心曲——不，现在我也和它一样地在黑暗的一角上蜷伏着呢。

七月十三日完稿于昆明凤翥居

○ 原载《宇宙风 · 乙刊》，1940 年第 31 期第 15—19 页

访曲记 1939

——吴晓铃

四日的下午，盛京轮船开进了黄浦江。

我对于大上海所向往的，不是有着神秘之街之称的霞飞路，不是喧嚣热闹的先施、永安、新新、大新等四大百货公司，不是纸醉金迷的百乐门舞厅，也不是拥有最多娇艳而正当妙龄的女侍如同穿花蝴蝶似的往来于茶客杂沓的座位间兜售各样精致玲珑的食品小吃的大东茶室，而是在一个不为人们所注意的寂静的角落，那叫庙弄，郑振铎先生藏有最富最珍贵的戏曲小数的书室。

在四年前我从他学习文学批评，那时自己对于戏曲研究的兴趣远远不及现在的浓厚，所以他那类似敦煌宝藏的书籍连一部都没有翻阅过，记得只借过一部影印本的《金瓶梅词话》和一部英文本的《诗律手册》。一九三五年杪，他"举室南迁，藏书亦捆载而南"，我呢，也负笈跑到沙滩的马神庙里去挂单，"别时容易见时难"，于是便去掉了会面的机缘，一直到现在。这三年间，我个人环境起了很大的变化，在家庭方面，亲爱的父亲于廿五年以肺癌逝去，那时我还没有毕业，完全是孩子的气质，却要担负起全家生活的责任来。生活是一条柔韧的钢鞭，造化拿它来驱策你在那泥泞的坎坷的道路上跋涉。在个人方面，由嗅不惯实验室里的阿莫尼亚气味才放弃了学医的企图改学国文。起初我颇想弄训诂，着重存在字义衍变的错综关系之研究，又想弄文法，觉得中国语言文字既然有其与别个语言系统不同而且特殊的地方，于是对于当世文法学者的袭用英语文法的那套把戏表示怀疑。在这两个目标之下，自己暗中摸索着前进，不久，便碰壁了，缘故是根祗不够，带着创痛，不得不转向戏曲的研究，因了没有对于文学的欣赏和创作的能力之素养，于是又不得不走这条冷僻而乏伴侣的考证的荒径。在这有着孤独而缺少同路人感觉的当儿，郑因百先生给我的鼓励和提掖是值得感激的。因为都是姓“郑”，使我在静夜读曲或是寒窗搦管的时候，这两位师长的影子便荡漾在我的思维之中。从和因百先生的朝夕问教，就联想到西谛先生的沉着的声调，沉重的步伐。

近二三年来也曾撙节衣食访求曲籍，并且稍有收获，每当倚枕展卷的时候也不免有着沾沾自喜的心情，但一想到西谛先生的曲库，便不由得不发生“望洋兴叹”的感觉。在杂志上见到他购得孟称舜辑刻的《柳枝酹江》二集的全帙和高濂撰著的合并《赋归陈情》二曲为一的《节孝记》传奇的时候，一面替他欢喜，一面自恨自己连借观翻阅的机缘都得不到，其实，在对于戏曲有着特殊兴趣的人们之中，我自认是最幸运的一个：我是个后学，虽然没有同伴一起走路，可是引路的向导却极多，这，不只是曾遍读号称世界最富的曲库——北平图书馆——中的庋藏，又翻过故马隅卿先生一手经营的孔德图书馆的善本戏曲的一部分。马隅卿先生和我最有缘，这是缘，直到他死我都没有和他见过面，但是当他的藏书捐售给北大之后，我是第一个得蒙特许在书库里阅读的人，差不多有一年的样子，把时光完全消磨在那湫暗的书库里，“坐拥书城”，精神兴奋极了，正如西谛先生所说“像有获得一国一城的欣愉”一样。毕业后承诸位先生的美意留系助教，工作是整理隅卿先生的遗产，为了对这位辛勤孤苦而不幸的前辈的在天之灵的慰安起见，我很惶悚，可是毫不迟疑地接受了这个宠命，虽然现在我又不得不放下它——这是缘。适之先生藏曲不算很多，都是些寻常的易得之本——只有一部清初梨园钞本全宝贯串的《救母记》较为少见，但是去年的整个春假我都消耗在他书室中排列着的大大小小的木橱侧。住在望绿阴斋的郑因百先生是现在北平购买曲谱最肯花钱的一位了，当他遇到一部佳作的时候必要首先告诉我，前年《汇纂元谱南曲九宫正始》全帙发现了，从议价到集股到影印行世几乎完全是他一个人的力量，我很有幸地从他那里最先看到这部古气盎然的秘籍，他的藏书，我可以说是没有一部不曾看过。暑假后，在燕京大学住了三个月，把那里所藏的曲学书籍——只有一部明文秀堂刊本《北西厢记》最称名贵——写成一个草目，又把几种稀见的作了提要。此外，清华大学图书馆戏曲音乐研究所图书馆和国剧学会图书馆的藏曲也都曾略加浏览，可是却总以为西谛先生的宝藏未得一入是一件极大的憾事。此次在庙弄接连访问了五次，昔年大愿，可说是如愿以偿了。访曲的结果将来我想择作《曲目表》问世，以后再来向读者诸君叨教吧。

○ 原载《红茶》，1939 年第 16 期第 3—4 页

旧书摊上买书的方法

1941

——竹斋

全世界从有书以来至于今日，总共有几许本书，这恐怕是一个永远没解答的疑案。有的书出了二三天便销声匿迹的，有的书还未送出印刷店即被扣留查禁，有的书风行一时，畅销数万本，然而时过境迁，至于为人厌恶，用以引火裹物，终至绝版。有的书一传再传，万代永存。书，我们虽然熟悉得有些厌倦，关于它，我们知道的不能算多。

古人形容书的多，就说浩如瀚海。瀚海，又名戈壁，沙漠也。沙漠正如恒河沙，数不可计算，于是庄子大发议论，“吾生也有涯，而知也无涯。以有涯随无涯，殆已。”既然不能读尽万卷书，那就索性一本也不读，这是老庄的人生观。在我们，这种思想是太陌生了，人能够不读书的吗？应该在太多的书中挑择一些适合我的胃口，与兴趣、实用的书。

几乎没有一个学者在说明读书的方法的时候，不以为选书精读是第一要事。

于是问题转而牵涉到怎样选书，什么样的书是值得精读，或者在这商业社会中习用的话，值得购买的呢？审美家、科学家可以用肉眼或显微镜在一瞥之间，了然于对象的形容。但书？不把它从头翻到末的看一遍，怎能决定它的优劣呢？看报刊杂志上的书评吗？不一定都谈到，而且写书评的人所见未必即我喜读的，选书总是自己决定的好。

选书的标准还是有的，用不着自首至尾都看完了才能定断。关于这，书看得很多的人，比较容易判别，正像多看电影的知道了演员表、导演，故事也就约略能够明白其美恶。在电影中，是这三件决定大部价值。在书籍中，一个有经验的买书者或藏书家所注重的是下述几件：作者是谁，此书是否其最优秀作品，这还是一本畅销一时的流行书 popular book，如《夜深沉》《随风而去》，还是万世流芳的古典书 classics，如弗洛伊德的《精神分析论》，康德的《纯理性批判》，这书本身是秘本、禁书、孤本、装订精致的、印刷粗陋的……

然而，假使是井中之蛙，目光如豆之辈，尽管如何好，作者尽管如何有名，对他们是等于一张白纸。不晓得乔治爱潦脱是英国的名女作家，则看到 Silas Marner 也不晓得希罕。要选书，在此前应在脑中先装有一大套作家、名书、图书分类、版本等等的常识。

这些常识似乎只有在图书馆的目录架与旧书摊的书架上可以获得。一个翻惯新亚图书馆目录的人多少知道《爱丽丝漫游记》是属于哪类的，一个跑惯旧书店、大些的旧书摊的人，也多少知道 Life Punch 是怎样的杂志。当然，在旧书摊上，是自由得多了，因为你是可能的买客，可以随便翻阅的。

很好笑的，有很多人宣称从此不再逛旧书摊了，其坚决之状，真与戒大烟戒赌仿佛。为什么？因为走近旧书摊看到一本好书，向摆摊人一问之下，得悉价格还少，这时真有些尴尬，买下吧，下半月的车资也没有了，放弃吧，怎能舍得呢？于是买了，害得下半月中两只腿叫苦连天。旧书摊上一度风行一句口头话，买客回价回得很苛，摊主马马虎虎之时，他便说："卖给你，害害你！"害他半月不天亮也。

玛娜丽莎是极有名的一张画，我以前只在某书上见过，但印刷不精，大减风韵。某日在冷摊上见到西书一册中以玛娜丽莎为插画，因而即使书并不好，为了这画也只得破钞买下，往往在风雨侵蚀的旧书摊忽然出现一本装订好、印刷好的文字书或图画书，这时心中会生出对它的怜悯之心，觉得应该把它脱离风雨之苦，放在更适宜的地方。譬如有一次是一本鲁迅手编的木刻画《引玉集》，夹杂在《上海黑幕大观》《初级小学国语读书》之间，我不免为中国的文化可惜（听说那书只印一百部，现在出重价亦无处可得）而买下了。有时候摆摊的人是新做这行生意的，讨价特别便宜，这时心中的念头，是无论如何留着总有用的，现在没有，将来有空时可翻翻。也许做文章时可参考，而且放在我家里不是比旧书摊上日晒夜露的，能够得到更多的更好的照管吗？

这样，旧书摊越走越勤，家里破架上的书越积越多，钱袋里的钱越买越少，倒是脑中的常识也与日俱增了。当然，买旧书的门槛也懂了许多。

旧书摊上买书的方法有三种：下策、中策、上策。有些旧书摊的老板，像河南路救火会对面的老王、老章等，恐怕出卖旧书的经验比我们读书求学的经验还长些吧。因此，怎样的顾客是不懂什么的，怎样的是买旧书素有经验的，他们可以一目了然。“老生意”讨价时虚头少，不懂门槛的容易吃亏。买卖旧书最笨的方法是手里拿着书单，一走去便问卖书人，什么书有吗？书拿到手里，东翻西看，好像欢喜得很，非买不可的。这一副嫩腔使旧书摊主知道即使把书价抬得较高，仍会买下的。他也有一套法宝，向买客指出这书的好处，向买客诉苦物价飞涨，生意难做，捧买客是“老生意”“小开不在乎”等，于是书在高价之下脱手了。比较好些的有中策，那就是跑到旧书摊，摆出买惯旧书的派头，很随便的这本看看，那本翻翻，在书架上找到自己需要的书才抽出来翻阅一番，问要多少钱。在旧书摊人向你报说价目之后，便向他指出这书的缺点，如书上有旧主人的签名，有几页已脱落而夹带在书里，版本不好，最后轻描淡写的说这书没有什么用处，可买也可不买，意思就是价廉些则买，高抬价格则不买。这时他们就会说出第二次的价格，那时当然要酌量情形再还价了。至于上策，其实没有什么噱头，常常在跑旧书摊，摊上人认识你，并且知道你专喜买什么书。这样有三个好处：一、他讨价还价得很低，有时为了表示交情，买客也不还价了；二、你欢喜买哲学书的，他会告诉你，他新收到什么好书，甚至为了怕给别人买去，还替你留着；三、你买不起的书，他肯借给你看几天。

要统计一下上海有多少旧书摊，是不容易的，比较好的英文书在商务隔壁的上海旧书商店中很多，资格最老的当然推河南路救火会对面的老王等，善钟路[①]海格路[②]底一个什么书店的老章，小沙渡路[③]新闻路车站边的老广东，这三家

① 编者注：今常熟路。
② 编者注：今华山路。
③ 编者注：今西康路。

各有特色。河南路的各科专门书，英文名著，他们都能知道一个大概情形，D. H. Cole 是英国费边社中人，他有什么著作，问他们也可略知一二；善钟路的老章则对有关苏联的、新经济哲学的书知道得很多；老广东藏有《大英百科全书》全部，收集偏于专门参考书，最近似多卖外国杂志与西乐唱片。除这些之外，卞德路新甡书店隔壁的小广东对买客还算是很客气的。

当然，学生去买教科书，他知道你一定要用。照现在的习惯，大概照书后的定价不折不扣，而且从无回价的。如果照上面所说的计策，指出他的短处，也许可贱些。卖教科书的旧书摊汇集于四马路[①]山东路附近，卡德路[②]、爱文义路[③]、辣斐德路[④]、马浪路[⑤]附近，多跑几家总可以便宜些的。但是车钱怎么样呢？

所以，我的意思是，买教科书不到旧书摊去买，别类书却尽可上旧书摊。

我们时常在旧书摊上翻书的时候，忽然看见一个青年偷偷的走近老板，轻轻的问他有几本书他要买吗？这大概是缺少钱的学生，正在把读过的书卖给旧书摊。这是可笑可恨的事实，同样一本书卖给旧书摊时只值二毛，向他买却要二元。

为什么不在学校里转让给自己的同学呢？为什么要让这笔利润给旧书摊人拿去呢？我不是在与旧书摊人捣蛋，如果有旧书摊老板看到我文章的，我请求他的原谅。但是学生的景况实在也不很好，而各种书的价格是与日俱增的，一本《范氏大代数》从前卖一二元，现在起码三四元，如果同学之间都以老价钱交换，省下的钱一定很多的，又不必去看旧书摊人的冷面孔，又不必费车钱，也许书上还有各种注解，何乐不为呢？

○ 原载《中学生活》，1941 年第 4 卷 第 10 期第 5—6 页

---

① 编者注：今福州路。
② 编者注：今石门二路。
③ 编者注：今北京西路。
④ 编者注：今复兴中路。
⑤ 编者注：今马当路。

白门买书记

1942

——纪果庵

益都李南涧、江阴缪荃孙前后作《琉璃厂肆书记》，今日读之，犹不胜低徊向往。然人事无常，缪氏为后记时，李氏所举数十家，固久已不存。辛亥后，缪氏自沪再抵旧京，则前所自记，亦复寥若晨星。三十年来，烽燧叠起，岂惟乾嘉之风流邈若山河，即同光之小康，亦等之梦幻！缪氏所记诸肆，惟来熏阁、松筠阁等巍然尚存，直隶书局、翰文斋则苟延残喘，后之视今，犹今之视昔，讵不重可念耶！

金陵非文物之区，自经丧乱，更精华消尽，徒见诗人咏讽六朝，绻怀风雅，实则秦淮污浊，清凉废墟，莫愁寥落，玄湖凋零！售书之肆，惟以旧货居奇，市侩结习，与五洋米面之肆将毋同，若南涧所亟亟称道之五柳老陶、延庆老韦、文粹老谢，徒供人憧憬耳。

书肆旧多在状元境，《白下琐言》云：书坊皆在状元境，比屋而居，有二十余家，大半皆江右人，虽通行坊本，然琳琅满架，亦殊可观，廿余年来，为浙人开设绸庄，书坊悉变市肆，不过一二存者，可见世之逐末者多矣！盖深致慨叹，顾甘君之书距今又五十年，状元之境，乃自绸庄沦为三四等旅舍，夜灯初明，鸠盘荼满街罗列，大有海上四马路之观，典籍每与脂粉并陈，岂名士果多风流乎！不过目下较具规模之坊肆，仍以发祥该“境”为伙，如朱雀路之保文，太平路之萃文，其佼佼者也。

余在秣陵买书，始于供职山西路某部时，冷官无事，以阅旧货摊为事。残缺不全之《雍熙乐府》《任氏散曲丛刊》，皆以一元大武得之，雨窗欹枕，大足排遣乡愁。及后友人告以书肆多在夫子庙贡院街，始知有问经堂诸肆，忆其时以七元买《渔洋精华录笺注》，二元买《瓯北诗话》，虽版非精好，而装订雅洁，颇不可厌，今日已非数十番金不能办，二三年间，物价鹘兔，一何可惊。厥后滥竽庠序，六十日郎曹生活告一段落，还我初服，乃得日与卷帙为伍。时校中命余代图书馆搜罗典籍，盖劫后各校书无一存者。书肆中人云，丁丑戊寅之际，书皆以担计，热水皂以之为薪，凡三阅月，祖龙一炬，殆不逾此。所幸近代印刷，一书化身亿万，此虽不存，彼尚有余，不致如汉初传经诸老之拮据，兹为大幸。

余阅肆自朱雀路始，其地有桥有水，复有巷名乌衣，读刘禹锡诗，真若身入王谢堂前矣。路之北，东向，曰翰文斋，其榜书胡小石教授所为也，肆主扬州产，钱姓，昆季四人，以售书骎骎致富，然侩气殊浓，每有善本，秘不示人，实则今之所谓善本，即向之通行本而已，复印既难，遂以腐臭为神奇。余曾以三十金买初版《窸斋集古录》，友人皆曰甚廉。迩年坊市，皆以金石为最可宝，次则掌故方志，次则影印碑帖画册，若集部诸刊，冷僻者多，不易销售，然近顷欲觅一《艺风堂文集》，亦戛戛其难。昨见某友于市上大觅牧斋《有学集》，竟至不能得。就余所知，此书在旧京固触目而是，今如此，恐沪上以书为货，垄而有之之风已衍蔓至此，不觉扼腕三叹。

翰文寄售影印初月楼、汲古阁各丛书，初价并不昂，如津逮、借月山房诸刊，才六七十，比已昂至四五百元一帙，可骇也。京中有“黑市”丑寅间列货，莫愁路一带，百物骈陈，质明而散。相传明祖既贵，旧部濠泗强梁，既不能沐猴而冠，乃辟为此市，俾妙手空空，亦各得其所，姑妄听之。然变后斯市，固大有是风，书肆中人，往往怀金而往，争欲于此得奇珍，翰文亦其一。余于其店买《甲寅》周刊合订本两册，共三十期，较论移时，终预十五金始可，实则在黑市不过五元，然一念老虎部长之锋芒，觉亦尚值得，归而与《鲁迅全集》合参之，竟不觉如置身民国十五六年间思想界活跃非常之时期焉。

翰文稍南曰保文，初在状元境，廿五年后始移此。主人张姓，冀之衡水人。

衡水荒僻小县，而多以书籍笔墨为业，今旧京琉璃厂诸肆，强半衡水也。故老云，厂肆在同光前，以豫贾西商为主，庚子后衡水渐多。松筠阁刘姓，始列肆于厂，今则目为门面，绵亘十数楹，巍峙于南新华街，卅年来，在书业中屈一指矣。

保文总店设歇浦三马路，主人某，曾受业于旧东翰数之韩心源，韩则宝文斋徐苍崖之徒，颇为缪荃孙称道者见者，故某氏版本之学，独步一时，又与刘翰怡、刘晦之、董缓经诸公接，所见愈广，沪之市书者，每倩其鉴定。后经翁家刻及影印诸精本，坊间已不易者，求之该肆，往往而有，老而无子，南京分肆则付诸其戚经营，即张姓也。其人尚精干，惟芙蓉癖，遂鲜振作，一徒彭姓者，忠戆人也，吾颇喜与之谈，道掌故娓娓如数家常，亦四十许矣。廿九年秋，出嘉靖《唐诗纪事》，行款疏落，字作松雪体，纸白如雪，索二百四十金，余以价昂却之。后闻归陈人鹤先生，陈氏南京收书，不惜高值，故所藏独多。

自三十年春，北贾麇集白城，均以氏为对象，彼辈利用汇水南北不同，不惜重赀于苏杭宁绍各处搜刮劫后余灰，北来之书，又非以联券折合不可，其值遂甚昂云。保文售予之巨帙，有《通志堂经解》（广东刊）、《知不足斋从书》（最足本）、《适园丛书》、《清儒学案》（天津徐氏刊）、《四部备要》《四部丛刊初二三编》《百衲本廿四史碑》，传集及续补，《湖海诗传》《湖海文传》等，皆学人之糗粮，典籍之管键，总计全价犹不及五千元，以云今日殆十之与一。惟去春曾购定中华书局本《图书集成》一部，价九百元，后不知何故，竟毁成约，于是翰文乘之，以《集成》局本原价八百元之全书，勒索至九百余元，不得已买之，当时殊引为憾，及今思之，只觉其太廉耳。

今暑气候炎歊，为数十年所廑见，每于夕阳既下，徜徉朱雀道上，以散郁陶，则苦荼一瓯，与肆中人上下今古，亦得消闲之趣。一日，忽见上虞罗氏书甚多，询之则自大连寄至者，若《殷虚书契前后编》《三代吉金文存》《楚雨楼丛书》等，皆学人视为珍奇，不易弋获者，而其价动逾千百，亦非寒士所能问津。

余于甲骨无趣味，而颇喜金石，到京以来，收得不多，惟有某君出售《周金文存》全书，索价每册只二元，诧为奇贱，呕以廿四番金市之，实来京一快事。《三代吉金》，印刷精美，断制谨严，较之刘氏《小校经阁金石文字》《善斋吉金录》等有上下床之别。容希白氏《商周彝器通考》言之详矣，去岁尾予代某校托松筠阁自平寄一部，二十册，价八百金，北流陈柱尊先生见而欲得，又嫌其值之昂，今保文之书竟高至千二百金。

予友余君，亦有金石癖，既以重值买其《殷虚书契》以去，又取此书，玩赏数日而归之，盖囊中羞涩，力有不胜。余拟以分期缴款方式收买，甫生此议，已被某中丞捆载而去，悔无及矣。

小品书籍之略可言者，《徐钦本事诗》，初印本也，有叶德辉收藏章，余以二十元得之；《天咫偶闻》，知堂老人所最喜也，以四金得之；《董刻梅村家藏稿》，二十八金，影印《西厢记》二十金，罗氏影印《草窗诗集》十金，皆非甚昂，记以备忘。

嘉业堂藏本及印行各书，余代某校收买者，则有《小校经阁金石文字》《善斋吉金录》《宋会要》（嘉业本，北平图书馆印），《雪桥诗话》等。

保文南有国粹书局，乱前颇有藏书，毁于兵燹，今虽复兴，而书价奇昂。余喜搜罗地方掌故之书，如《天咫偶闻》《郎潜纪闻》《日下旧闻》《啸亭杂录》《檐曝杂记》《春冰室野乘》诸书，皆日常用以遣睡者。举目河山，不胜今昔，三千里外，尤绕梦魂，某晚于此店解《后旧都文物略》一帙，乃秦德纯长北平市时所辑，虽搜访未备，而印刷殊精，在今日已难能，不意索价至八十金，以爱不能释，终破悭囊付以七十五金，自是不甚过其肆。闻友人云，该肆总店在申，居积殊赢，京肆生涯初不措意，则无怪其拒人于国门之外也。

与保文相对者，有艺文，乱后始设，凌杂不堪，主人以贩书南昌为事，初尚有盈，今则数月无耗。其肆无佳品，惟曾售余中华本《饮冰室全集》一部，乃任公集之最全本，按其价四十元八折，今商务中华之书，靡不增至十倍，此可谓奇遇。

艺文之邻，有南京书馆，专售商务出版品，其主人前商务宁局伙友也。战后商务新刊不易抵京，赖此店即中央书报发行所为之支撑。余所购者，如《缀遗斋彝器考释》，原价三十五元，后改为七十，市售则加三倍，购时真有切齿腐心之思，然甫三月，余已有倍蓰之利可图，今日之事，又岂人意所能逆料哉！他若《越缦堂日记续编》《窸斋集古录连剩稿》《影印营造法式》，大典本《水经注》及各种法帖画册墨迹，罔不以加三加四之值购得，而与《缀遗》之事如出一辙云。

自朱雀路过白下路而北，旧名花牌楼（明蓝国公府大门，建筑富丽，后虽以罪毁，仍存是名）。今日太平路，乃战前新书业荟聚之区，中华商务之赭垣黔壁，触目生愁。自物资困窘，纸贵如金，营出版业者，谁复肯收买稿件，刊行新籍，且撰著者风流云散，即欲从事铅椠，亦有大雅不作之叹。职是之故，新刊图籍，价目日新月异，黠者咸划去书籍版权页之价目，而随意易以欲得之数，使购者参酌无从，啼笑皆非。

太平路最南路东曰萃文，肇兴于状元境，亦老肆也，藏书颇有佳本，惜不甚示人，其陈于门面橱窗者，举为下乘，余买书于此店甚多，都不复记忆。去冬岁暮，天末游子，方有莼鲈之思，忽其主事者袁某人，曰有袁氏《仿裴刻文选》部，精好如新。适余于数日前在莫愁路冷摊得同书首二卷残本两册，一存目录及李善表，一存卷一班赋，而书顶有广运之宝，方山（薛应旗）、董其昌、王世贞诸印，既以常识审之，证为赝鼎，又以其不全也，置之尘封中而已。今闻有全书，不禁怦然心动，乃索至八百元，犹假岁尾需款为词，介之某校，出至六百，袁坚持非七百不可，北中某估，与余稔，曰可市之，不吃亏也。余摒挡米盐度岁之资而强留之，始知为张氏爱日吟庐故物，凡三十一册，每册二卷，目录一卷，虽经装裱，纸墨尚新，因念明刊佳椠，近亦不可多得，如此书战前不过二百元，绝非可宝，今则诧为罕遘。后此书终以原价为平估窜去，至今惜之。他若明刻《文章正宗》之类，平平无奇，而索值极高，殊可恚恨。余曾入其内室，则见明复宋小字本《御览》，商务初印《古逸》及《续古逸》丛书，皆精佳，惟一时无出手之意，遂不能与之谈。尤可笑者，某日天雪，以清末劣刊《金瓶梅》来，索至二百金，余察其离奇古怪之图画，讹夺百出之字体，咄而返之。

昨读周越然先生在《中华日报》所记买此书之故实，不觉亦哑然有同感也。萃文之北曰庆福，肆尤古，主人深居不肯出，虽知藏书不少，而未能问津。今秋陈髯玄教授全部藏书出售，此肆独获其精者，秘不告人，留待善值，欺人孺子，诚恶侩矣。

庆福对面曰文库，林姓，扬州产，乱后营此小肆，以出租小说糊口，亦稍稍买旧刊及西书，曾以三十元买《热河志》而以五百金鬻之，堪称能手。余见其肆多有国立北平图书馆西文藏书，殆变中南徙流落于此者，滋可叹息！

状元境仅存之书坊，自东而西，曰幼海、文海，皆扬州籍。幼海索价，胡天胡地，莫测指归，又恒开恒闭，在存亡之间。文海地势较冲要，客岁余买其龙蟠里图书馆藏本不少。

龙蟠里者，陶文毅公办惜阴书院之地，前临乌龙潭，右倚清凉山，管异之所记盋山即此，故又称盋山精舍。端午桥在两江任时，买丁氏八千卷楼旧藏，遂扩为江南图书馆，藏书为东南冠。商务印《四部丛刊》，佳本多取诸此，既成而隐其图记藏者，至今馆人诟焉。战前由柳诒征翁主持，编刊目录，影印刊孤本，盛极一时，自经丧乱，悉付劫灰，尚不如中央研究院诸书，得假他人之手，略存尸骸。其善本或散入坊肆。余前曾得有伊墨卿《留春草堂诗钞》，小字明复宋本《玉台新咏》，皆嘉惠堂故物。

文海所售者，如明本《警语类抄》，字体精美，足资赏玩；《弇山堂别集》，有丁松亲笔校记，朱黑烂然，致足宝贵，皆怂恿某校存之，盖公家藏弆，终较闭之私人邸宅为佳也。此店又多太平史料之书，钞本更多，惟影印忠王供辞，余托其寻索，迄未报命。

善文书店，在中间路南，主人殷姓，保文堂旧徒，乱后自营门市，余于廿八年秋，以三元贱值买广东刊巾箱本《七修类稿》于此，后更买其《清史稿》，当时为所绐，价百五十金，其后始知市值不过百廿，然今则非五百不可，向恨蒙瞳，今诧胜缘焉。又从其买英文书若干册，旧师郭彬龢所藏，估故不识，每册索一元，皆专研希罗古文学者。此等事盖可遇而不可求，非可以常理论者。

善文西曰会文，韩姓，亦新设，其人谨愿，书价和平，余每月必买少许，而不甚易得之书，往往彼能求获，如《日下旧闻考》，为研旧京掌故必备之籍，燕估犹多难色，去冬韩由扬州买来，价不过二百八十金，为某校所买。清末名臣奏议及方志诸书，出于此者甚不少。

余所得书之更可念者，如《越缦堂诗集》，陶浚宣旧藏也；《十驾斋养新录》，薛时雨故物也。书固不精，前贤手泽可贵耳。《越风》《喻林》一叶两书，在故都价甚大，而此肆则不甚矜惜，得以微值收之。韩为人市侩气较小，亦使人乐就之一因。

状元境旧肆，如天禄山房、聚文书店，今皆不存，惟集古一肆，伶俜路北，尘封黯壁，长日无人，徒增观感。萃古山房，原亦在此，且书版甚多，事变前龙蟠里所得段氏《说文》手稿信札等，皆此肆所售，乱后生活无着，书版多充薪炭，或以微值鬻人，今其老店主每谈及此，辄欷歔不止。顷另设门市于贡院西街，门可罗雀，闻已应陈人鹤先生之召，为钉书工。余最喜听其谈南京书林故事，有开元宫女之思焉。

贡院西街在夫子庙，书坊历历，惟问经堂最大，主人扬州陆姓，干练有为，贩书南北，结纳朱门，以乱前萃文书店之伙友，一变而为南京书业之巨擘。其人不计小利，而每于大处落墨，又中西新旧杂蓄，故门市最热闹。余买书甚多，不能详记。春间彼自江北返，得《越缦堂日记》全帙，向余索新币三百金，旧币四百五十金。余适有某刊稿费来用，力疾买之，而俄顷新旧之比已二与一，余则用新币也。虽然，不稍悔，盖余最喜阅读日记笔记，平日搜罗，不遗余力。《翁文恭日记》，曾有海上某友人转让，索百八十金，以其昂，漫应之，而不日售出，遂悔不能及，今遇此好书，岂可失之交臂耶！周越然先生云：一遇好书，即时买下，万勿犹疑，否则反惹售者故增其值，即上当亦不失为经验。余颇心折此言，且早已实行者。昨余又过其肆，则陆某向余大辩其书价钱之廉，并愿以新币四百五十金挖去，余笑而置之。估人亦狡矣哉！然此事不成，则又以《三古图》一部蛊余，上有伪造文选楼及琅寰仙馆珍藏图章，索三百金，清印明刻本，市上恒见物也，余亦一笑置之。

买书不能专走坊肆，街头冷摊、巷曲小店、私人之落魄者，佣保寒贱之以窃掠待价而沽者，皆不可放过。莫愁路之黑市，前既言之矣，二三年前，犹可得佳品，近日则绝无。路侧，有曰志源书店者，鲁人陈某所设，其人初不知书，以收破碎零物为业（京语曰“挑高箩”，以其担箩沿街唤买，如北京所云之“打小鼓的”然）。略识之无，同贩中之得书者，辄就请益，见书既多，遂专以收书为事，由担而肆，罗列满架，凡小贩之有书者，咸售于此，故往往佳著精椠。余所得有最初印本《捃古录》文，裁钉印刷，皆上上，而价只五十金；刘氏《奇觚室吉金文述》，虽翻印数次而坊间仍无书，亦于是买得；方氏《通雅》，虽不精，只十元；鲍氏观古阁藏龙门造像拓本数册，陈伯萍藏汉魏碑帖多种，咸自此散出。最近陈氏家人更以所弃扇面百余件附售，余过而观，有包世臣、李文田、王先谦、王莲生诸名家手迹，弥可宝贵。索五百金，余方议价间，已为识者窜去，颇自悔恨。惟收得旧拓片数十纸，每纸不逾数角，内有匋斋、宝铁斋旧物二，尚足自慰。又见其乱书中有戴传贤书扇，并张道藩君所藏 Kampf 素描集等，昔为沧海，今日桑田，大有《〈金石录〉后序》之悲矣。

豆菜桥边一肆，亦以收旧物而设门市者。其人张姓，嗜饮，性畸。逢其醉，无论何物，皆以“不卖”忤人，否则随意付钱，可得隽品。所收书画良多，珂罗板碑帖尤多，以不善经营，数在其肆外告曰：“本店无意继续，愿顶者可来接洽。”于是由书肆变而为售酒之店，昨过其地，则酒店又闭，想瓮中所储，不足厌刘伶之欲，此公亦荷锸行矣乎？

凡余所记，拉杂之至，又无名本秘籍，惟是世变所届，存此未尝不可备异时谈资，谅大雅或不以琐猥见訾欤？

壬午重九于金陵冶山下。

注：李南涧《琉璃厂书肆记》：“……书肆中之晓事者，惟五柳之陶，文粹之谢及韦也。韦，湖州人，陶、谢皆苏州人。……吾友周书昌，尝见吴才《老韵补》，为他人买去，怏怏不快。老韦云，《召子湘韵略》已尽采之，书昌取视之，果然。老韦又尝劝书昌读魏鹤山《古今考》，以为宋人深于经学，无过鹤山，惜其罕行于世，世多不知采用，书昌亦心折其言。韦年七十余矣，面瘦如柴，竟日奔走朝绅之门，朝绅好书者，韦一见谂其好何等书，或经济或词章或掌故，能多投其所好，得重值，而少减辄不肯售，人亦多恨之。又缪氏后记李雨亭、徐苍崖，亦斐娓有致：“李雨亭与徐苍崖，在厂肆为前辈，所谓宋椠元椠，见而即识，蜀板闽板，到眼不欺，是陶五柳、钱听默一流。尝一日手《国策》与余阅曰：此宋版否？余爱其古雅而微嫌纸不旧，渠笑曰：此所谓捺印士礼居本也，黄刻每叶有刊工名字，捺去之未印入，以惑人，通志堂、经典释文《三礼图》亦有如此者，装潢索善价，以备配礼送大老，慎弗为所惑也。

○ 原载《古今》，1942 年第 11 期 第 6—10 页

买书甘苦记 1942

—— 仲文

在我们文人的生活里，除了“写文”是日常工作外，“买书”也是一件寻常不可或缺的事情。虽然像目下那样书价比从前涨了十数倍之多，不免令人有些望而却步，可是为了需要，有时还是不能不忍着痛去光顾一下。

照普通说起来，买书正同日常买米、买菜、买衣服、买其他一切物品一样，只要本人有钱，不嫌价贵，对方有货，愿意出售，那么一手交钱，一手交货就得，有什么大惊小怪，值得专门写篇文章记出来？可是要知道，如果去买那些正开着的书局近出的书目上还排列着而没有卖完的书，那当然可以一手交钱，一手交货，丝毫不发生问题。但买书究竟不像买米、买菜、买衣服、买其他一切物品一样，有时你要去买已经绝版了的书，或者出版处已经停业了的书，那么如果在旧书铺里找不到，而又没有什么地方可借，而你又不得不用来参考，问题便要从此发生了。

在我的半生里，为了买书，果然受到过许多的麻烦，但也尝到过不少意外的乐趣。正所谓此中甘苦，只有自己能意会，有不足为外人道者。现在趁一时兴会所至，随意写出几件，籍供同道者酒后茶余的谈助，想来读者不至于认为无聊吧！

踏破铁鞋无觅处

有时你要买一部已经绝版了的书，东回你说没有，西回你说已卖去，有时还要看到伙计们冷淡的面孔，那真使你哭笑不得。但这还在情理之中，因为书既没有，他们根本不能赚得到你分文大钱，那何怪他们不肯用笑脸相迎。可是有时明明不是绝版了的书，出版这书的书局还开着，他们不过懒着不肯从冷门书堆里去搬出来，也板着脸回你说没有，那真岂有此理了。

有一次，我到四马路广益书局去买他家近出书目上还排列着的《传奇丛考》。那当然是部再也冷门不过的书，不是专门研究文学或戏曲的人决计不想去买它。可是我去买时，他们立即回我说“已售完了。”我又恐怕他们弄不清楚，向他们讨了目录翻给他们看。他们还是摇着头说：“没有！”这时他们的面上仿佛已露着怪你多问的神气，但我为了要用它，心还不肯就死，又到河南路同一书局所开的另一门市部去问，所得结果，正同四马路一模一样。于是死心塌地，以为从此只有用高价向旧书铺里去找的一法了。

可是在不多时后的一天，偶然经过四马路，看见广益书局门市部正设着廉价部，有许多人在那里翻看，我当然不肯放过这机会，也想去翻一下，看有没有我所需要的便宜书。走进去上前随手一翻，呀！正是“踏破铁鞋无觅处，得来全不费工夫”，这不是部《传奇丛考》是什么？连忙把它拿在手里，防被他人夺买了去似的。再翻下去，天呀，又是《传奇丛考》！一连翻出好几部。他们既有这样多的存书，为什么却说售完了，不肯照定价卖，而愿意减低了价放在廉价部里卖呢？那真像陌生人吊孝，凡是活着的人都不会懂得他的道理来的了。于是我高高兴兴地把它买了回来。

补得西边东又穿

在大书店里，有时把大部的书分册出售，有时也分集出版。于是这里面也会发生问题，就是你要买全部时，中间有一二册忽已卖完，而再版又没有一定的日子，比较有价值的成集的书，等到第二集才出版，第一集早已卖了个干净，而再版与否又在未定之天。碰到这种情形，而你又是抱着易卜生“宁无勿缺”主义的，那你也有哭笑不得之慨。

在多年以前，我到商务印书馆去买吴梅编的《奢摩他室曲丛》[①]第一第二集，可是这次却是难得的例外，第一集倒还有存书，而第二集反已售缺。但我知道这种书卖完了是不大会再版的，便决定把第一集买来了再说。以后又去问了几次有没有第二集，总是回说没有。

后来我从故乡迁居到上海来，住在南市蓬莱路，时间约在战前一年，经过友人介绍，认识了商务发行所门市部主任顾君。有一天，偶然谈起我屡买不到的《奢摩他室曲丛》第二集的事，他一口允许我向外埠分店去找觅。隔了不到一个月，那天我正坐在家里写稿，忽然商务差人送书来。我正想回说，我没有叫他们送什么书，接到手里一看，正是我求之多时而不得的《奢摩他室曲丛》，书上虽然已有了一些水渍，可是总是已成稀物，心里说不出的快乐。后来顾君，他告诉我说：“这是他写信到杭州分店里去访觅得来的。”

那时第一集却藏在故乡，因为一时不用它，没有想到把它取出来。而新觅到的第二集便随手放在上海。战事一起，我便把南市家里的书一起搬进租界来，只剩几包杂志和教科用书没有搬。第二集当然也跟着进了租界，可是第一集呢？因为在故乡的缘故，故乡的藏书数万册全部被毁，那么他的命运可想而知了。

近来翻看第二集，不免要牵恋着那已失去了的第一集，唉！正是“补得西边东边穿”，不知等到何年何月何日，才能使它“金瓯无缺”呢！

羊肉当作狗肉卖

“羊肉当作狗肉卖”这句俗话，常常用来形容把高贵的东西用低贱的代价卖掉。可是在现在，羊肉虽然已经高贵得非普通人所能染指，而狗肉在这里却根本买不到，即便能买到，它的价值未见得会比羊肉的价值来得低贱。世界平等，羊肉狗肉也早该平等了。

闲话表过，且谈买书。讲到书价的高低，孤本书同普通书，他们间的相

---

① 编者注：吴梅藏曲多达六百种，刊其尤者，为《奢摩他室曲丛》第一第二集，分散曲、杂剧、传奇三类。

差，比了羊肉和狗肉在过去时的价格相差还要厉害，那些专卖旧书的商人，便从此中大获厚利，原来他们却从不懂书价的人手里，用狗肉的价把那些孤本的书和普通的书不加分别的一起买下来，然后用羊肉的价再把孤本的书卖出去。可是你要想从他们处用狗肉的价去买到那本孤本的书，那你正同想上天去做仙人一样，老老实实地劝告你，休想！

可是，有时也有例外，但这是他们一时的失错，并不是出于他们的愿意。不知哪年哪月哪一天，我偶然到大东书局去买书，看见那里也设有廉价部，便也上去翻看。

顺手翻起一部铅字油光纸印的小书，书签上印着《吟风阁传奇》，标价只有一毛钱，那时我对于这个书名还很生疏，因为价格便宜，我又正在研究小说戏曲一类作品，便很随便地把它买了下来。

回家去翻查各家新书书名，才知道这是部不常见的书，后来又从日本青木正儿《曲学书目举要》中看到此书只有乾隆刊本与嘉庆重刻本，但这两种本子都已成为了稀世之宝。这个铅印本虽然印刷纸张都很平常，且还是民国二年翻印的，可是知道的人却更少，而且也已成为难得之物。咦，原来他们却把羊肉也当狗肉卖了！

所以虽然只用了一毛钱的代价换来的，可是当我每次把它展开来玩阅时，我把它看得比宋椠元刊还觉值得宝贵！

三山可望不可攀

有爱书癖的人，除了欢喜书品清洁外，还有一种嗜好，就是欢喜完整。

在整部丛书里，明明有许多书不是我所欢喜看的，而且在写文时也用不到拿来参考的，可是也得照数买回来，这为了什么？原来这就是由于欢喜完整的嗜好。

我也有这种嗜好，所以我明明是专门研究文学的，但在我故乡的书斋里，什么类的书都占着不少，哲学当然应该有，社会科学也需要，但地质学、银行学根本对我也毫不发生联系，可是我也藏有不少。这为了什么？原来都因它们被列入丛书的关系。

假使这部丛书是每种可以单买的，那我对于它们却等闲视之，但是如果是一部只有整部出售的书，而本数又是成百成千的，那我时常会对着它们发生“杞忧”：假使失掉了一本，那么怎么办呢？

可是“杞忧”到底只是“杞忧”，虽然我在故乡的藏书全部失去，然而在上海的大部丛书却一本也没有遗失过，而所受到的痛苦，却是书局把大部丛书分期出版，而时常延期。延期倒也还有解除痛苦的一日，而最难受的，为了环境关系，宁愿锁在栈房里发霉，不愿爽爽快快地分发给预定的人。而预定的人，为了要求完整，天天希望他们出版，而总是遥遥无期。

例如商务印书馆在战前发售预约的《丛书集成》第一集，在战前已出了一半二千册，战后至民国二十八年年底又出了三次共一千四百册，还剩没有出的六百册，到去年十二月八日为止，正隔着二年，却偏偏不肯连着出齐。据说他们本来预备在三十年底出齐的，全书早已印好，书目单也已印出，但他们因牢守着成例，不是在每年的六月底发出一次，便须至十二月底，延迟一些例有的，早几时却从来不肯。因这一来，环境一变动，便把他们搁置下来了。但这使一般预订者如秦始皇从海上望见三神山一样，可望而不可攀，何等地垂涎欲滴呀！

有人说，这是因为最近书价大涨的关系，未出的六百册书，他们的价值实超过于当初预约全部的书价，所以书店里有些舍不得发出，因此耽误下来的！我想，这未免是以小人之心度君子，如果照那样说法，那么当时付书价时的法币价值，不也比现在高贵的多吗？彼此一样，算他什么呢？

但终竟这部全部四千册的《丛书集成》，将成为册数永不连属的断简残编了！

○ 原载《太平洋周报》，1942 年第 1 卷第 35 期第 590—591 页

买书有感 1943

——阿巋

在北平住的相当久了，竟养成逛旧书摊的习惯，什么琉璃厂、厂甸、廊房头条、以至报国寺、隆福寺，闲常总爱去跑跑，更无论东安和西单了。

有时，为了找某些书，自然是特意去跑的，但通常总不过是平白的逛逛。而事实上，不知怎末一来，就有意外的收获，其惊喜万分的滋味儿，是无可尝喻的。

谈到“意外的收获”，其实，并非如何了不起，最多的不过是属于“二手货”之类。不但“海内无两”的货色没有捞到，便一般够称“珍本”的也颇少。然而，就这样的“日积月累”，自己的小图书室里，居然也觉渐渐的“琳琅满目”起来。

新书，同时也不断的买进。记得在彼时，北京饭店固不断要走走，甚至有时更“委托”到九善书社。记得在彼时，自己对鲁迅先生所倡装的“毛边书”，虽然裁读时有些讨厌，更有着特别的爱好……

然而，这些不谈吧，就这末新新旧旧的自己的图书室，渐渐的凑付着“够用”了起来，至少为自己和一些朋友们。

论理，只一个北平图书馆，就够你看一辈子，此外，更有那末多的大大小小的图书馆林立，又何必亦何苦自己巴巴的“买书”？这，在买了书而无饭吃的时候，自己未尝不想到，在向朋友借钱买书的时候，朋友们更未尝不提到。

但“事过”则“故态复萌”，而有时瞧瞧四团苑里偬哨的，真又未尝不感到“适意”。那自然，恐怕是为了相当满足了自个“占有欲”的缘故。

“七七”之后，决定离开北平时，却很像样的，因而伤过一次脑筋。结果，检点了又检点，决心揣带了“生死与共”一小箱子的书。谁想，在离天津时，为了自己要活便又不得不和它“生离”。

过南京，在芜湖住下来，已在平津窠守之后了。当时会决心不再“买书”，然而，不知不觉中，在几个月后，又积下了一些。十二月初，给敌人追了一个跑儿，其他的东西一开首就丢光了，一些心爱的新书。则是先带着，以后丢在淮南的，并且，还曾被同车的一位陌生难友，谩之为书贾。

到南昌，我不能忘和竹平见面他的第一句话：“天津的书给我丢光了！”在天津，一小箱子的书就也在他那里的。（而且，竹平曾说，“我再离开时，一定给你带着！”朋友啊，我记得。）这，本早在意料之中；然而，在他诉说离津经过之前，两个人确曾默然许久。

如今在昆明又住了三年了。最初，是坚决的“戒”了“买书”一些时；但，早已破了戒。于是，华山南路、文明新街，便不少我的足迹。同时，任走路到那里，遇到旧书摊，便也忍不住驻足的。而书架上，虽然新新旧旧的，就又有些容纳不下了。

养心的朋友们，鉴于书贵人穷，于是，多有人劝“卖书”的。在当时，自己确是十分动心的，但，事过就又摆下来。而新新旧旧的书仍权积增加着。

一天，在一个旧书地摊翻得很起劲，鲁迅先生的原版著作如《三闲》《二心》之类以及什么《作家》《译文》等等。都是我所爱好的。但，待到一问价钱时，却不禁吓一大跳。然而，我尽管翻着，藉便追寻一下旧梦吧？

“怎么？……”有所在惊诧的问。

“还不是从前他爹的！……”一声凄然的回答。

直觉的，我忽然抬头看了看小旧书摊的女主人，三十多岁了吧？苍白色的脸，大而无神的眼睛呵！可怜还有十来岁的女儿，五六岁的男孩子呀……一面，不能再翻了，怅怅走开去。

一路走着，我又想到这两个问题："马上卖书呢？还是今后不再买书了哪？"而没法决定。

○ 原载《宇宙风》，1943 年第 130 期第 214—216 页

东西两场访书记

1944

——挹彭

我们读李慈铭的《越缦堂日记》，张佩纶的《涧于日记》，翁同龢的《翁文恭公日记》，以及叶昌炽的《缘督庐日记》，这都是清末同光时人物，或为在野清流，或是位登卿贰的枢臣，但是他们无时不在读书治学，几乎每天都要驱车入市，到琉璃厂去买书，仅仅这一点已足令我们向往无已了。在清初乾嘉时，燕京书市，有所谓“两寺一厂”，即报国寺、隆福寺和琉璃厂，但到清朝末叶咸同以后，报国寺即已无闻，只剩隆福寺、琉璃厂两处，一直到今日还各有书肆二三十家，当然如同光时的胜事已不可再得了。不用说现在枢臣士大夫中，在退食余暇，能够买一点书的，已绝无仅有；就是学人，也大半因事变而南游，剩下苦住北平的一些二三流学者，因为生活的关系，不但无力买书，反倒把早买的大部头书，趁书价暴涨，而出手易米。在同光时诸人的日记里就已时常慨叹书价之涨，以及忧虑书市之日就零落；但是四五十年的间隔，固已变化惊人，即无须远溯光宣，仅听一听书贾对你谈谈当年胡适、顾颉刚、朱大胡子等人的轶事，则已足增人隔世之感了。现在据我知道，南方的陈群先生，北方的汪时璟先生，时常买书。前年陈先生来平一游，听说很买了不少东西，我曾看见隆福寺一书铺，装了四大木箱，往车站去运。汪先生则时常轻车简从，去蹓琉璃厂。不过虽有一二大员，扢扬风雅，但距离造成风气的程度还很远。生丁叔世，挽文化颓运于末劫，谈何容易哉！所以我很希望甚么“文化协会”“文化学会”的发起诸公，先不必拟定多少条大纲，如能学学潘祖荫、翁同龢，则沾溉于后学，贡献于末世，其功已大矣。

现在琉璃厂、隆福寺的书业，冷落已极，不用说学人士大夫，即文化机关团体学校，购置图书一项预算，均几乎等于没有。仅仗一些暴发户来维持残局，当然可怜已极了，有秘字号的某公，近来很有钱，竟也颇知买书，前年曾以万元买殿版《廿四史》一部，又以两万元，得宋本《方言》一部。厂肆书估为予言：“他买的时候曾嘱咐我，不要对外人说我花这么多钱买书了。”又有一位投机发财的某公，曾介友人托我给买些大部头的书，此外仍托别人同时买几所大房。正好有人拟以旧藏《百衲本廿四史》，求善价出手，未看书时，仅说是须在两万元联券以上方可成交。此公听了，颇不以为然，“岂有两万多元买几册书的事”。我就告诉他，听说现在有某大藏书家，要以祖遗的一部《元兴文署本资治通鉴》求售，索价大概是联券二十四万元，他听了不禁失色，大概从那一次，买书的心终于为买房的心战败。呜呼！若以此辈来扢扬风雅，保存文化，宁非笑话乎？至于我们这些穷学生和小公务员之流，厂肆无福问津，只有眼看着不到两年的功夫，从二百元涨到三千元的《越缦堂日记》正编及补编，从二百四十元涨到四五千元的同文石印《廿四史》，从百余元涨到八百元的《曾文正公全集》，望书兴叹，馋涎欲滴。我们只有在课后或公余，蹓蹓西单商场和东安市场的资格也。故今日东西两场的重要，早已凌驾厂寺而上了。

东安市场大概创始于民初，现在一时来不及检查其起源，在正街西部的畅观楼、丹桂商场、桂铭商场里面除去八九家书店外，中间几乎除去古玩摊完全是书摊，畅观楼外面的夹道，尚有专卖线装书的书摊十余个，近年也有的兼卖新版书的旧货了。此外南花园也有两个线装书摊。总之东安市场因为历史的关系，书店书摊，多有廿年以上的历史。

西单商场兴建于二十四、五年之顷，地势较东安为优，且正在北京的学校区，那时在卢变未起时，许多学校尚未停闭，有名的如中国大学、民国大学、平大法商学院、平大工学院、北平市立师范、志成中学，和平门外的师范大学和附属中学男校，而女校也就在辟才胡同，距商场尤近，各校学生均在一两千人以上，其余如翊教女中、华光女中、五三、进德等中学，亦均在其附近。又值二十四年至二十六年事变，两三年中全国出版物激增，有所谓“翻译年”“小品年”“杂志年”，书市上随时有新刊摆出，所以商场的书业，其盛势凌驾东安市场而上。在二十六年的春天，西单商场大火，几乎全部付之一炬，不久书摊又都临时设摊出卖劫余，一直到“卢变”发生，大部学生南下，时有大批旧书流出，这时书价极贱，且甚么好货都有，西单商场的书业，发达到最高峰。记得那时蹓西单商场的书摊，不但每次饱载而归，且心里非常兴奋，每至华灯初上，或星期六和星期日，顾客拥挤不动。此种情形一直维持到民国三十一年，自三十二年后，尤其自今春以来，生意有很大的变化，不过它始终比东安市场热闹，学校、火灾、事变，这三部曲，促成西单商场的发达。

但东安市场，虽附近学校不多，不过也经过数次火灾，且也一样经过这次惊天动地的事变，新杂志也一样有，但在表面上实在看不出它受了甚么影响。现在它和西单商场除去历史外，都不能相比，商场重建后，书摊多至七十余个，书铺也有五六家，并且东西多而贱，当然大家都舍东趋于西了。商场可谓得天时地利人和三者兼备。其最得意之处，是在新建不久而火灾，重建不久而事变，始终好像总在乱乱哄哄、没就序的状态下，所以我有一个比喻：东安是刻薄成家，西单是暴发户，出手大方。东安作风如商务印书馆，饱经忧患，老成持重，西单如生活书店，新出犊子不怕虎，浮躁凌厉。东安有五洲、同文，两家比较老一点的线装书铺，和几个线装书摊，且有中原专卖西文书，顾客有大学教授，高官显宦，在野名流；西单则无线装书，那些书摊当初好像都是外行出身，仅有一小部分是东安分过去的，顾客主要的是学生，也可以说是一群小孩子吧。东安严肃而保守，西单活泼而进步，后来居上。

我家久居东城，在学校时距东安市场最近，从《人间世》的创刊起，是我买书嗜好的开始，以及《宇宙风》《论语》《大众生活》《自修大学》《新学识》《新知识》《妇女生活》等。那时每天家里给饭钱四十枚，预备中午在学校吃午饭，一角钱折合铜元四十六枚，普通的半月刊每期都是一角，那要两天才能凑足，新刊太多，买之不尽，差不多每天中午不吃饭，下课跑到东安市场去买书，后来像《西风》《译文》《作家》《开明月报》，每期都要二角至二角五分，起码要三天的饭钱才能买一期。出版物越来越多，渐渐周转不灵，每每顾此失彼，但已买过几期的刊物，又不忍使它中断，所以只好后来的新刊，忍痛牺牲不买。一直到现在还后悔《月报》《译文》，一本未买，不胜痛心之至！这些新书，图书馆中本都有，但总不如自己买来有一本看着够味——不过那时要想从图书馆掠为己有的念头，尚未曾有过。二十五年的冬天，北平学生的“一二·九”“一二·一六”两次运动，在风天雪地中与警察的大刀水龙交战。我们市立学校，向来不敢有甚么活动，但那两次有些位锐敏的同学，也要有些动作，终被学校压制下去。我那时则饿着肚子，冒着冷风，跑到市场去买《大众生活》，后来竟有翻版的《大众生活》，封面没有像片，里面的字非常模糊，杂志而翻印，实属创见，伙计因为都已熟识，不说话递给他五分钱，他就偷偷从柜里拿出一本给你。我还记得那里面有许多北京学生团体互相攻击的话，看了也不明白的，后来才知他们之间有些背景，幸亏那时未被煽惑也。不过当时对不看书而作爱国运动的同学，或是不看书而好写作的同学，每存鄙视，我则《大众生活》《自修大学》与《宇宙风》《人间世》《论语》，同时看，且均能一样消化，安然无事。所以爱国既不能，文章又不写，哪一种人也比不上。此亦十年来文不成武不就进退失据之欤?

东安市场的所在地，金鱼胡同，从东口去时，南面是一段大墙，和北平名刹贤良寺的后殿，非常高，把金鱼胡同中间遮得颇阴森，尤其冬天向西迎着厉风，走过一段干燥的大墙，就是一段阴凉。现在每到冬天经过此处，不禁唤起当年枵腹买书，回学校来围炉看个痛快，或回家躺在床上看半夜的旧梦。剑南的“白发无情侵老境，青灯有味似儿时”，此时景味极似之，予虽未及而立，然较剑南迟暮之思，则未遑多让也！清末疆吏入京，依制不得先到私邸，多借住名刹中。贤良寺即时有大员驻节，或以其地近东华门，入直较便也。庚子之役，李文忠公奉命入京议和，即住贤良寺。而金鱼胡同东口路北一大宅，为那桐旧邸。当年樊樊山、齐如山诸老，第一次给梅畹华、孟小冬撮合共演《四郎探母》，欲以此为因缘，成就百年嘉话，即在那家花园之堂会席上。每次访书返家，路过此地，辄多遐想。近年北京杂耍园大兴，已将“大鼓”“相声”之地位提高。

碧蕖馆主人傅惜华君，收藏甚富，事变后，鄞县马氏，长乐郑氏所藏流出者甚多，多经傅氏自厂寺收归馆中。颇事俗曲研究，今年北大文学院并开俗文学史讲座，即由傅君主持，曾组织演艺协会提倡俗曲，延俗曲日就衰落于一线。东安市场之“新中国”、“上海”两茶社即专演大鼓杂耍，每蹓书摊完毕，手持一二卷，听一段《宁武关》《马失前蹄》，或《武十回》，颇与小坐“沙漠咖啡”，各有胜境也。一日与友人往听小映霞，他拿着一册大概是《风雨谈》或是《秉烛谈》吧。我刚买了一册日本人关于王安石的历史丛书，他也许想起才在夹道书摊看见的一部《吴诗集览》，问我说：“现在卞玉京大概不易见了。”我说：“柳敬亭也不会再有了。可是有了卞玉京，谁又是吴梅村呢！”此君闻之，不胜怅惘之至！盖唯有东安市场，才能给我们这种感觉。西单商场虽也有“茗园”和新开的“鸣园”，但总觉环境嘈杂，不如东安市场之能给你一个完整的享受。你想，买完《政治经济学大纲》，或《社会科学研究法》，再去听《黛玉悲秋》《大西厢》，如何能适意乎？此所以有人能用三块钱，从西单商场买两本上下册的原版《海上述林》，而东安市场只可买到刘半农题赠黎劭西的《敦煌掇琐》也。必参得此意，始足以言东西两场访书之事，质诸旧京书友，当不昧予言。

西单商场主要的是新版书的旧货，生活书店的旧书销路最佳，其次鲁迅的东西最贵。盖淘旧书的人太多，尤以生活和鲁迅的东西，往往才收买来，即被人抢购一空，尚来不及定价。所以他们比对商务的东西还要重视，商务除去“大学丛书”外，其余东西都因不太好销而便宜。盖商人是以销路的好坏，定书的好坏。比如《中国新文学大系》销路最好的是三本小说集，他们说因为这都是名家。以《文学论争集》和《建设理论集》，最不易销，至于《史料索引》更无人注意了。由此亦可见学生中读书的方向。近来《文化生活丛刊》《文学丛刊》，开明的《青年丛书》也是畅销书，另外就是大批的旧杂志，为东安市场所不经见，亦为西单商场本身的一大特色，其中以《论语》为最不易销。由此可见，当初提倡的幽默云云，尚未臻自然，终为时间所淘汰。以上这几类书，在三十三年以前，西单比东安要贵，意即西单识货，东安如老年人之鄙视新文艺一样，对此不屑一顾也。东安仍以课外的正经参考书为大宗，犹如老人对小孩子的取教训态度。

西单商场书铺以“文光”为最大，但对古书仍是外行，并兼卖碑帖，往往大批的古书或是像燕京哈佛学社的出版物《燕京学报》《引得》及其他金石书等，都转行为东安市场的“五洲”买去，第一“文光”不识货，第二西单不易销。稍微冷一点的东西，他们就认为硬货，比如北京大学图书馆出版部印的熊十力《佛家名相通释》，现在直接从北大买，只要六元，但大佛寺佛经流通处则须三十余元，到西单才十元左右。他们以为是不易销的“善书”，若到东安亦必非三十元不可。同样像那袖珍小册的铅印《念劬庐丛刻》之类，东安市场竟售至三十元也是为西单所不解也。

东安市场的“五洲”有南北二家，系李姓叔侄所设，比邻而居，以北五洲资本最雄厚，为市场之冠，门外并有一摊，多精品罕见之书，如金石、考古、边疆、水利、舆地、西文书之关于东亚或中国文化的专门著作，过其门真所谓琳琅满目。不用说我们当然为他看不起了，即同行中亦多对其不满，大概因交易而藉有某种势力吧，盛气凌人，全非商人本色，一个书摊伙计曾和我说：“他不过是一个暴发户，哪儿比得上王富晋千分之一呢。”王富晋者，即当初出售山东聊城杨氏海源阁藏书的琉璃厂富晋书社主人也，大江南北经其手收售之大藏书家遗书甚多，今日已为北方书业之泰斗矣。我们买线装书，只可以东安市场夹道，及同文书店、南五洲、后花园为胜地，大体上说起来，他们总比厂肆的东西便宜。同时当然他们这些书摊的版本经验也差的多了，尤其对于金陵刻经处等刊行的佛经，全认为是善书，视之为大路货。比如我曾问隆福寺青云斋，有《阅藏知津》没有，他说没有，我说如有须多少钱可买，他说：“就是到大佛寺去买也要一百块钱吧。”于此小处可见书摊世面见的小，不可与书铺同日而语也。

蹓书摊有六字要诀，即“脚到”“手到”“口到”。“脚到”者，第一，要去的勤，每日一次，甚至一日两三次；第二，要耐心把所有的摊都绕到，往往绕了半天，筋疲力尽，一无所得，但正好在你要出门回家的时候，那最末一个摊上，能够买到你久想的东西。我的两本《月报》，求之数年而不得，就是这样买到的，且非常便宜。我的办公处所，离西单商场，近在咫尺，常常在中午饭后往游，时常大批旧杂志上市，你如果晚去一会，即被人买光。又有时钱不够，中午看好的东西，下午下班再去取，但有时未付定钱，再去时已被人捷足先得，后来遇见好东西，一时没钱，则在翻看后，故意把它压在大堆书下，以免被人得去。所以不佞光顾之勤，因没钱或疏忽而失之交臂的东西尚且太多，何况不勤乎？每天下班路过东安市场，有时本来身体很累了，想赶快到家休息，但到市场门口，不由得走进去看看，等到蹓了一个钟头，虽一无所得，出得门来，浑身轻松，早已不感觉累了。暑假中，一天走过市场，忽然下起雨来，虽然不太大，但路上的车马行人，都慌个不了。我则因为衣袋里尚有数元，不想买车返家，却冒雨悠然入市。结果在大鸿楼门前的冷摊上，买到江安傅沅叔太史的《藏园居士六十自述》。前年老人七十大庆，亦有《自述》，曾要来一册，后来又托人再要一册《六十自述》，因为事隔十年，早无存书，梦想已久，不能去怀，竟在顷刻中获得一册，且有老人朱笔改正讹字。正好在此前几天从一委托商行，买到老人致其令兄雨农太史的家书数通，如意事一齐来，得非东西两场访书记胜缘乎？

有许多东西，踏破铁鞋，始可偶然遇见。有时则顷刻之间，得来全不费功夫。一次友人于上午在电话内介绍给我北京某寺影印的《净土津要》，因为我昨日曾在隆福寺看见一部商务的《净土津梁十三种》，当时不知是否好，次日就向友人请教，他介绍给我说《净土津要》较佳，这两种书都是不太常见的。当日未及到佛学书局去请购，下班后竟在西单商场遇见此书的《续编》，当晚到东安市场夹道又遇到《正编》，且有庄蕴宽思缄赠给某君的题字，可惜缺了一册，虽不曾买，其心中之快意，则不可言喻也。

除去“脚到”以外，还要“手到”，往往在一堆石印的字帖里面，夹着一册你没有的《人间世》或《宇宙风》，或在一堆不屑值你一顾的残册里，正有一种版式不易得的近代大家诗集和《廓轩竹枝词》《庚子国变弹词》等等，这类不为他们重视的冷货。西单商场“文光”，曾有过四五次大批的《教育杂志》，但我要找的“读经问题专号”始终没有，一次在老宋摊上见有《教育杂志》十余册，翻到最末一册，则“读经专号”赫然在焉。其时宋老板娘正在看摊，她见我仅要一册，就以敲竹杠的态度，说是三角，我则慷慷慨慨，付了三角钱而去。听说次日老宋与之大吵，因为那是一整卷的《教育杂志》，不零售可得善价，竟被其“闺人”把最要紧的一册卖出，已非全璧了。事后“书友”中胜传此事，都颇为我庆幸也。提起老宋，他们昆季二人，在商场摆摊，后来扩充为三个，人都很可恶，索价最昂，他们这两位“令正”也以泼辣出名于商场，有时和两位才十二三岁的“令媛”轮流看摊。我们遇见好书，如与他们昆季议价不谐，就再等他们的“令正”或“令媛”看摊时，藉她们不懂书码取巧。某年新正，有大批《图书馆学季刊》，问了问老宋要价太贵。一天在友人座上闲话访书之事，我说这些季刊实不可放过，可惜太贵，应俟老板娘在时去买，一定便宜。忽然同学刘君立起来大声说：“老何！你要去现在赶快就去，他爷们没在，上厂甸摆摊去了。”说完全座为之轩渠。事后一想，原来此种说法，颇令人想入非非也。

“脚到”“手到”之外，尚要“口到”，你虽不买，而不可不问，不但阅历即从中来，时常因为无意的问，而买到便宜货。记得我那部道林纸本《文艺心理学》，定价三元，正好身上仅剩了一元，明知买不成，就开玩笑似的还价一元，不想他竟卖了。此种大书局的原版书，即在三年前，他们已视为“善本”，且书价向没有比打对折还便宜的事，我这岂非“口到”之益乎？另外八册故宫博物院出版的《清文字狱档》，在“文光”的眼里，也是知物不知价的东西，其时旧书铺早已标价三十元不可再少，他们仅标了二十元，我还了十元，竟不假思索地卖了，他的意思是“竟有外行居然肯花十元钱买此无用之物”，好像捉了我一个大头，岂不可笑。蹓书摊能知道“脚到”“手到”“口到”三诀，可谓能事已毕了。当然主要的还是须要有充足的“钱”，但此非人力可强而致，任你版本精熟，踏遍两场，如不名一文，则海市蜃楼，俱成幻境，镜花水月，都是空明。想起多少部好书因买不起，眼看一次一次的增价；或是失之交臂不可再得的许多东西，不禁掷笔三叹也！

自今年一月一日起，因当局的调整新闻纸，书商神经过敏，借口纸张缺乏，书价大增，并且自五月起，华北仅剩了一个报纸，更增加了书商的恐慌，从新书商影响到旧书商，废纸南运即在其时，直到现在又受到上海杂志每期必涨的冲动，连线装书也一月改几次定价，厂寺书铺也如此，我们无论蹓书铺或书摊，时常看见他们就正在从容的换签改码，做抬高书价的工作，昨天看见范希曾的《书目答问补正》，一月前涨至二十元，现在暴涨至四十六元，问他们则说："来不了，缺货。"其实何书不缺？且此书虽有便学人翻检，实际疏陋尚多，时至今日颇有再重作的必要，不必仍抱着张氏原著死去增订。如果现在让我们花四十余元买这部东西，可谓不值，因为一部金陵局版的《晋书》，二十大册，才八十元，总比这个有毛病的东西上算也。上两星期在东安市场，问正续《孽海花》，两册共百二十五元，我又随手翻一下第五十三期的《古今》，忽然一个伙计看见上面的广告，此书已涨至储券七百元，当时就用铅笔改成百七十五元！此种新旧书一齐暴涨同于日用品的情形，为往年所无。虽然如此，一样生意清淡得可怜，西单商场，到星期日，像前那样热烈的情形也没有了，比起厂寺的书铺，不过闲蹓两手空空的人多一点而已。略微熟一点的主顾，他们看见你就指出十几种东西，并说价钱便宜，好商量，其寒乞相，充分表现出文化前途的悲观，使人言之痛心，思之怅惘也。

九月二十三日雨夜，眠雨堂记。

○ 原载《杂志》，1944 年第 14 卷第 2 期第 27—33 页

杭州日记 1944

——说斋

九月十四日

早起，天气极好，趁电车到北站，搭七时卅分杭州车，到车站已是七点一刻，上车夺门争位的纷扰情形已过去，只看见有许多人在月台上奔东走西，向车门口寻觅站足的地方。

车行到西上海站，月台上站满旅客，车子一停，靠月台一面的车窗口，突然有许多包裹、网袋，连人跌进来。车子的里面外边一片嘈杂声音，高亢而宏大，有如一阵鼙鼓，突然从头顶上压下来，使人手足无措，整个车子为着它在战栗。这一片大声中混杂着一股极浓厚的自私气息，迫着人的心向下沉，如遇寒风，如处冰窖，人性的卑劣的一面完全赤裸。偶然从叱咤怒骂中间有一二声同伴间的照呼——大家挤上车后庆幸自己的遭遇，亲热的叫应，和了在自己站稳了奋力帮助同伴时的呼喊，方才使人觉得一些温暖。车子慢慢地动了，声音也渐渐地静下来，偶然还有一二声咕噜，像将熄了的火，只有零星的火爆，了它一般去融融的逼人之势了。

从上海、松江到嘉兴之间，沿铁路二边全是一大整块的一大整块的稻田，村落稀少，而且少见瓦屋楼房，大都是稻草盖的低低的茅屋。这些田引水极便，有的地方田和河渠一样高低，只须挖一条沟，就满田是水了。所以沿路看见引水的牛车全是很小的，和我乡南翔所见的牛车一比，差不多要矮小一半，因为这里得水容易，所以用力省，只须小型的农具就够了。

嘉兴朝南，土壤就两样了，难得见有整大块的田，土地有时高，有时低，沿铁路二边护路的竹笆做成波浪形，起伏不一了。低的是田，高的是地，地上面发生着桑树和多种灌木，田中不尽是种稻，到了临平附近一带大都种麻。古人形容农家生涯，往往“麻桑”二字连称，这真不是文字的拼凑，而是写实的话。

王店车站附近有一座石佛，从车上看去大约有八九尺高，佛像是趺坐的，座高约三尺，身高约六尺，石佛的附近四周并无其他的遗迹。猜想起来，这里或许是一座古刹，当时烟雾熏天，烛火染霞的风光给骎骎的岁月消蚀尽了，只让夕阳和荒草伴着这座作为独一的标识的寂寂的石佛了。

车子将近临平，从块然的临平山尾望去，已看见围住西湖的那些山峰了。在午后二点钟左右，看这些站得远远的山岭，只是天边上几笔曾经米泔水洗过的墨点，黯淡的颜色正是主写意的米家笔法的临本。

二时半到杭州。六时到青年路书铺买《明史例案》一部四本，钱一百二十元。

十五日　晴。

下午到新民路一带书铺看书，在径泉阁见《浙江潮》一部十期。在里面，鲁迅写过二篇文章，《斯巴达之魂》刊第五第九两期，列入小说类。《说铂》一文列入科学类，均署名自树。索价一千六百元，以价高未买。店主对于近代杂志报纸很熟悉，阿英曾经托他搜集清末民初的杂志报纸，得《浙江潮》一部，补全一部，并介绍郑振铎买一部，书价都是八元，是事变后一年的事。又见《山阳县志》及《续志》，《续志》一共十本，内中《艺文志》占了七本，正是中了章学诚所说的方志八忌中的详略失体的毛病了。买《科学与迷信斗争史》一本，钱二十元。

在文汇堂买《江都县续志》一部，钱三百元；新诗集《埃及人》一本，钱二十元。江都是汪容甫焦里堂的故乡。这部续志有几点特色：有大事记，有咸丰三年以来《兵事月日表》和《职官殉城表》《军营乡团死事表》《士民殉城表》《妇女殉城表》，这里保存着一部分关于太平军活动的材料。就是在县志中有大事记及年表的，也很少见的。因为一般修志的人固于地理观念，不能认议方志应该是一方的人的生活的历史。只有民国廿五年黄炎培修《川沙县志》，特立《大事年表》，别具卓识。《江都续志》刊于光绪十年，已能有此先见，确是很难得的了。

十六日　晴。

至新民路文汇堂买浙江图书馆本《太炎文录》一部，取其本子较大而清晰，钱一百元。《思痛记》一本，《入都日记》一本，钱各六十元。二书都是李小池写的。《思痛记》在洪杨史料中，算是有名的一本了。

十八日　晴。

上午到三元坊、清河坊一带去闲荡，全城热闹的地方以此段为最。据我这个陌生的游客看来，差可比之战前的上海小东门。绸铺，银楼，最是触目。建筑物都作半旧洋式，挂旗迎风招展，其景象至为相如也。

在旧书铺里买《新潮》第一卷合订本一本，《赣榆县志》一部，《荆溪县志》一部，诗剧《曼殊的梦》一本，作者严梦是初日楼严既澄的兄弟。诗集《茅屋》一本，《西湖鱼类志》一本，钱五百三十元。

下午沿湖滨公园向西走去，隔湖看雷峰旧址匍伏在南屏脚下，直是一个土堆，就是在它头上立着一座塔，还是矮小得很，也并没有什么好看，倒不如保俶塔的屹立山尾，很有挺秀的气势。远望湖心亭，仍然看不出它有什么别致的地方，我想起《陶庵梦忆》中《湖心亭看雪》的一段情词幽绝的文字，恐怕现在即使是严冬，也无此情景了。

到断桥，在桥心稍立，桥的一边是白堤，夹堤全是老树，望去远处，路入绿荫，不知所终。因为西湖是东西宽，南北近的，白堤在湖的西端，东望湖景，目光所及，最是深远。南边罗列着南屏、北高峰、玉皇山。北面是一带湖滨公园的石岸。对面远处就是平湖秋色，湖静山寂，柳绿水暗，我呆立桥头，忽然想起数日间湖上来去，只在此刻方始真切的领略西湖的清秀。

○ 原载《万象》，1944 年第 4 卷第 5 期第 61—65 页

寒夜偶记

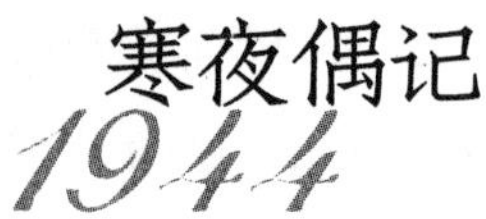

——谢刚主

偶读《越缦堂日记》，曾有这样的记载，他说："北京这个地方，可以看花，可以观剧，可以读书。"不佞对于越缦老人所说的这三样事情，都感觉着兴趣，书斋里面总喜欢摆上几盆花。到冬天来，尤喜欢的是蜜梅花和水仙，案头边偶然有一盆水仙，和两三株蜜梅，这真是寒斋的清供。至于旧剧，虽然不会唱，但是很喜欢听，偶到前门外古老的旧戏园子里闲坐，听一曲清歌，虽然画栋雕梁，已去了色彩，横竖的板凳不成了行列。人们都喊着说"古老了，破旧了"，但我看着，却有意思。至于歌阑人散，人声嘈杂，一出了戏园子，街上的电灯已经亮了，饭馆子门前，敲着锅勺，在那里喊着，发出嘹亮的声音，大有"最是莺花缭乱后，如松馆里上灯初"之慨。回想当年，越缦老人畅饮的情况，也不过如此。

但是我虽然喜欢看花和看戏，可是总敌不住我喜欢看书的癖好。说起来敝性喜欢看书，无宁说我喜欢听故事。我这喜欢听故事的心理，又可分为两类：一是喜欢听可喜可愕的故事，一是喜欢体贴自然界的景色。我在五六岁的时候，已经喜欢听我祖母给我讲故事了。躺在祖母的身边的我讲《聊斋》的故事，和江南的风景。那种慈爱的景象，至今我还不能忘记。

尤其是不能忘掉了的事，是在我八九岁的时候，随着祖母到父亲观城县的任所。由济南城里头跑到乡下去，欣赏到自然的境界，那自然是高兴。还记得我们坐的是骡车，我们凌晨就起来了，从齐河县渡过了黄河，看见河堤上一排的老柳，柳树上落着两三点的栖鸦，眼看着太阳要下山了，惟余天边一抹的残霞，呈现着绯红颜色，我心里非常的着急，远望着一座古老的土城，车夫扬鞭加紧赶到围城里去，走过了一条土街，街旁边有一座客栈，车夫赶着车，很得意的扬着鞭子打在骡子身上“得得”的非常的响。进了店来忙乱了一忽，店家张上了一盏豆油灯，摆上饭来我们随便食一点饭，就睡觉了。看着四壁灰色的土墙，睡在土坑上，总觉得有一点害怕，不久我就睡着了。可是被窗户外边驴叫把我惊醒了，蒙眬的神情听见窗户外边的骡子在那里吃草，咯吱咯吱的作响，又听见骡子身上的铃铛与骡子吃草的声响，在那里相唱和，这是怎样的有诗意。

不久的时光，鸡就叫了，我们马上起来，坐了骡车出了店门。天上的星辰还没有消失，路旁的半黄的杨柳，呈现着露珠。走过了石板桥便是古老的大道，远看着太阳从薄云里边出来，由淡黑而变成红色，穿过了树林子就是一家村庄。车夫停住车，教骡子饮水，村庄上的农夫，和穿着红袄的孩子们，托着一碗黄色的小米饭，坐在井旁边在那里吃早饭了。这样田园的风景，有怎样的美丽，仿佛一幅幽洁的图画，印在我脑海里永远不会忘掉。

我喜欢读书，正如我喜欢听故事和看风景的心理差不多，总想在故纸堆里，发现一点奇迹，可是引起我读书的兴味，不能忘掉了蒙师彭城梁云孙先生。梁先生是公羊学家，又从扬仁山先生，精通佛理。那时他教我读《公羊》、念《古文辞类纂》和《杜诗》。我对于公羊家的义法，实在不高兴去读，我倒是喜欢读归震川《项脊轩记》一类的文章，从此养成东翻西阅的习惯，并且喜欢积钱买点书。我还记得我积蓄了好几个月费买了一部徐又铮排印的《古文辞类纂》，因为依据桐城吴先生批校刊印我已视为异宝。后来负笈到京津来上学，有两个钱都买成了书，不知不觉的，就盈架累屋，全堆了故纸，回到家来，只要有点工夫，就看我所藏的破书，和汉魏的碑碣，虽然明天有多大的事情，也没有读书这件事要紧。觉着读书这件事，寒来可以当饥，饥来可以当食，寂寞的时候，可以慰我的幽独。人生的至乐，莫过于读书了。

可是我于喜欢读书的旨趣，原有两种见解。一是古人的事迹，或分散在各书，或有些经后人伪托或附会，我的读书的原因，要想将古人已佚的事实，用分析方法，把它钩稽出来，做一个有条理的介绍，就像我听故事的心理，要找他的究竟怎么样。二是，既然要研究历史的遗迹，那就离不开文学。蓬头垢面的女子，总不如淡抹脂粉的好看。章太炎先生《文学总略》上说得好："凡文理，文学，文辞，皆称文言，其采色发扬谓之彣，以作乐有阕，施之笔札谓之章。"又说："夫命其形质曰文，状其华美曰彣，指其起止曰章，道其素绚曰彰。"照章先生这样说法，"文章"二字可引申作"彣彰"。但是徒尚彩藻固然章先生所不主张，要是朴拙无文，读起来也感觉不到什么兴味。我的主张，作文章固然离不开词藻，可是要有生动的力量，和浓厚的情趣，所以我读文章喜欢念建安派的文体，我读诗辞便喜欢读义山《锦瑟》之诗，和仲则《绮怀》之作。我写文章，也是似牛非牛，似马非马这样写来，人家的批评也一概不去管他，写文字原以适吾意而已，安能因人言之啧啧而损吾之意旨哉。偶想到《北史卷》二十四《王昕（元景）传》，皇帝骂他："伪赏宾郎（槟榔）之味，好咏轻薄之篇。自谓模拟伧楚，曲尽风制，推此为长，余何足取？"我之尝痂自甘，何以异此。

我既然用这样的态度来治文史，久而久之，所买的书，也成了这样的一个系统。那时我正治晚明野史，很喜欢读董含《三冈识略》，王应奎《柳南随笔》，叶廷管《鸥陂渔话》这一类的笔记闲书，所谓九行十八字的善本，我既然无钱去买，我也不敢去问津。偶然到琉璃厂去玩，就抱了一包破书回家，无非是一种笔记的书，我既然不败请教于通人，实在是敝帚自珍，也不值通人一笑。

还记得有一天的下午，天气将下过雪，我到琉璃厂文芸阁去玩，无意中得到陈梦雷的《松鹤山房诗集》、牟陌人的《读书杂志》、王渔洋选的《倚声初集》，这都是我心里最喜欢读的书，我就引用《松鹤上房诗集》的材料，做了篇《陈则震事辑》。不久在文奎堂获得《瑶华集》，与《倚声初集》合起来，可称双璧，这是怎样高兴的事。不久我还得到查嗣瑮的《查浦辑闻》、更甡者人《养疴笔记》、张大复的《梅花草堂笔谈》，又有至友送了我一部闺秀的词名作《林下词选》，这些书在旁人殊不值得一睬，但我却觉得是绝无仅有的书。可惜寒斋所藏太为俭陋，要是将来集腋成裘，我一定要编一本《佣书堂藏笔记诗词目》。每当黄昏的时候，回到家来，吃过了晚饭，坐在火炉旁边，翻阅我一本一本心爱的书，如见故人，如获至友。它可以告诉我无限的故事，它可以发抒我无限的悱恻，偶然看到高兴的时候就高声朗诵，真有左太冲“振衣千仞岗，濯足万里流”的气概，那时真不知有我，真不知有世界了。

艺文社要我写一篇文字，我就拉杂的一口气写了一篇拙劣文字，听见窗外的寒风，飒飒的作响，远闻深巷的柝声，我不免出户闲步，虽然寒气迫人，但是一天明月，四望无云，原来今年冬天最好的月夜呢。

民国三十二年十月二十二日夜记于旧都西城佣书堂寓庐。

○ 原载《艺文杂志》，1944 年第 2 卷第 2 期第 13—14 页

谈买书

——郭梦鸥

前些天写了一篇《一般读书方法的我见》之后，接着又赋得了两个题目，一为《谈买书》，一为《借书脾气谈》，觉得“读书”与“买书”“借书”都有联带的关系，不妨就接连着谈一谈吧！现在我想先谈谈买书。

但是我第一要声明的，只是谈谈我买书的经验和对于买书的感想，也可以说是我的偏见。

我是很喜欢买书的，也曾有一个时期买成了瘾，天天要买，只要袋子里有几个铜钿。近来却为了事情忙和生活的困难，书价的昂贵，自己是不大买书了，可是，为了担任报馆资料室的职务，每月例可以代替公家买几百元的书，总算聊以自慰的过过买书的瘾，自然不能像自己腰包里搗出来的钱一样，可以自由地拣所爱的书籍而买了。但也聊胜于无。

说到买书，我是喜欢跑旧书摊的，其意味实在是说不尽话无穷的，售卖新书的书店书局，你可以在家里翻翻目录，要买不要买的书，一看就可决定。旧书摊就不然了，它像一堆沙堆，但里边是藏有许多金的沙堆，你不勤于“跑”，你就淘不出金子来。

记得事变前，我那时正在南京服务，每于公务之余，跑到旧书铺林立的状元境朱雀路一带，穿进梭出的这家跑跑那家走走，东翻翻西看看，直至夕阳西落，犹恋恋而不忍遽去也。

旧书摊跑熟了之后，和老板伙计们也就混得如兄如弟了，这时你就得到许多便利的地方。譬如说，你不大跑旧书铺的人，一旦进去，只好客客气气的看，中意的书要买，他就敲竹杠；你不买，他就冷眼相待。跑得熟了就不然了，你可以随意的乱翻，有时你会从他们尚未整理的书堆里检出一部世间不大易见的绝版的孤本。我还记事变前就是在这些乱书堆里检到一小册子，是关于太平天国的颇有价值的史料，后来介绍登在简又文先生编的《逸经》上面。那时心中之愉快，实在说不出，就是至今回想起来，还是十分有味。

自然，有时翻了半晌，一无所得的时候，仍是居多数的，那么你会感到厌倦吗？决不。因为当我们去翻阅的时候，就未尝存着必须有所获的心理，所以也并不至失望，反过来说，如果偶有所见，倒反而会十三分的惊喜起来，有时检到好书的时候，一双手都会发起抖来。这时你就需要拿出买的技巧来了。因为你知道这是好书，老板也是老内行的，你若不知运用技巧，往往会代老板白劳一阵。

旧书铺老板之脾气不同犹如其脸，只有跑熟了才摸得清。有些老板是很好，知道你喜欢，晓得你发现某部好书之后，他虽然并不十分需要，却要敲你一下竹杠。这时你就只好预先故意将要买的书先随意放在一边，另外拣几部把它混在一起问价，这样他往往会被你骗过，以为你并未有“新大陆”的发现，也就照售价给你了。简单说一句，你心中无论如何需要这部书或喜欢这部书，你却万不能露在脸上口上，处之泰然是很要紧的。当然有时也逃不过老板的眼光，那你也只好以较大的价钱来买你所喜所需的书了。

旧书铺大约每一家有每一家的特殊情形，有的注重经史，有的注重子集，有的搜集新文学的书，有的专门讲究版本。大概都有特殊的顾客，泰半为政府要人或富翁，以及藏书家、图书馆等公私机关，他们购书的力量是很大的，他们所需要的书，大都预先开好了书目存在旧书铺，一遇有此类书时，便不论价的采购了去。老板们注重经史子集以及新文艺和版本的缘故，是跟着这些要人、富翁、图书馆、藏书家而定的。

穷小子而想买好书，那实在是三分靠力量七分靠运气，譬如你运气不好，搜检出一本关于史料的书，但偏偏在注重历史书籍的旧书铺里，那末，你就是以买米养老婆的钱拿出来，也休想买到手。结果只好望书兴叹了。假如你凑巧，那末你会在专门注意版本的旧书铺里，用很贱的价格买到一部两部很有价值的新文学的名著。

旧书铺虽然有其大主顾，但老跑旧书铺如我辈穷汉的小主顾，却也相当欢迎。你乱翻一阵，一本也没有买的走出去，不但他不会生你的气，给你难堪，而且你也不妨把你所想买的书名告诉他，请他代你留意，同时他有时也会把不经见的书籍，从店后拿出来给你看，你如果因为价钱太大又想买而一时不复能决定此书内容如何时，他会请你尽管带回去看看，十日八日再来回话是常有的事，较之新书局里开好了发票不能退换的情形，相比之下，就会使人对旧书铺发生好感。何况旧书铺老板得空时，他就会和你攀谈起版本、当地藏书家，以及他们的行情，甚至如何收买旧书，如何兜售生意，会给你许多常识。

为自己买时是一椿乐事，但替公家买书就未必是乐事。书籍便宜的时候，买书是一椿乐事，但在生活高昂、书价飞涨的今日，买书就未必是乐事了。现在我就是在书价飞涨下按月要替公家买书，其非乐事也可知矣。

这是不久以前的事。在某一天的清晨，一位同事告诉我，他说这两天观前街人行道上有许多旧书旧杂志出售，都是整部的。于是我就立即驰车而往，心中怦怦然而动。到了观前街中段，果然有两地摊的旧书籍在出售，一看之下，如获至宝，我的心花怒放了。我所喜欢的书籍杂志，都活跃在我眼前。如《人间世》《宇宙风》《谈风》《逸经》《论语》《小说月报》，以及《良友丛书》等等，都是整部的，甚至《新青年》《语丝》都齐备，还有一至七的《古史辨》，尤使我想买。

可是一问价钱，全部却达二三千元，这已把我的兴致冷了半截，于是我想求其次了，先买一二种吧！不过一种责任心与为公的心却打倒了我的私念，我马上记起了，袋子里的款是公家的，当然买书时，应该是站在公家立场上来选购的，《人间世》等杂志毕竟是阅读的，对于资料室的应用是较少的，结果我选购了《申报月刊》《新中华半月刊》等四五种，而我所喜爱的却一部也没有买。这时我内心已感到几分的不快，但是我还未失望，马上刚回来，想借些款子去买，不过借钱买书在一般人看来是“名不正言不顺”的，所以东挪西借，终于张罗不出一千元，加以自己想想，以目前我的地位，买一千元的书，未免是在发狂。然而心中又实在喜欢。“买与不买”这问题弄得我整整两天不能解决，但款筹不出，就是要买亦无法买，可是第三天的早晨，我还是恋恋于怀，虽然不买，仍想跑到观前街去瞧瞧。然而，此时就是有钱也无从买起了。那两摊已不见了，据询邻近店家，据说这些书是一家藏书家要离开此地，临时托人出来售脱，两日之间，已一售而空了。

这时我内心的痛苦，实在说不出口的。我只好颓然而返。至今回忆此事，犹觉悻悻于怀也。

在纸价奇涨的今日，书价也涨得发狂，一本普及版《中国新文学大系》要卖六七十元，事变前不过三元五角，预约还不到此数。《鲁迅全集》也达到了二千元之间。你想，糊口都不暇的今日，还谈得到买书吗？

前天又是为了买书，我生一场气。苏州护龙街的某家专卖破书的小铺子，忽然来了大批的旧杂志，我问询之下，当然又是飞跑而往。可是他们却不许你挑选，要买就是整束的照称，每斤十元。在这样情形之下，当然又弄僵了。当时我先客气地和他商量，称斤也无妨，但须先挑选一下，而且我愿意再代他扎好。每斤加他五元，在我以为这样条件，总归不生问题了，然而不然，不管三七二十一，坚持要“要买整束称”的主张。我气得发起喘来，狠狠地骂了他一阵，我说：“你这东西，比蠹鱼还可恶。”然而，他不慌，他只晓得每斤十元整束照称，我又开导地说：“你知道吗？这里头有许多有用的书，卖给店家包花生米太可惜了。”然而他却说：“先生！包花生米不是一样用吗？先生，我看你买去是没有用的。”

“我要买，我当然有用。”

“但是我不卖了。”老板厌烦而坚决的态度拿出来了。

买卖弄到这地步又有什么话可说呢？其实这也难怪，他们一进一出，是以千元计的。区区二三百元，还想东挑西选，难怪其鄙夷视之了。

买书在今日，我虽仍不视为畏途，但是常常受气不愉快，就是买了些喜欢的书，也会为了价钱太贵而不悦。

所以，我想在今日欲谈买书，还是让富翁要人他们吧。像我辈“穷买法”

已是行不通了。我想，同文中与我有同感者当不乏其人吧，呜呼，买书瘾在今日，实在是不易过的啊！

那末，怎么办呢？我想只有出于借书之一途了。

〇 原载《风雨谈》，1944 年第 9 期 第 141—144 页

买书漫谈 1945

——周炎虎

我喜欢买点书，不一定都读过，书以期刊为多。十余年来已积有《生活》全部;《论语》百余册，内缺陶亢德先生脱离后出版的;《逸经》《人间世》《宇宙风》及《乙刊》全部;尚在出版的《古今》《杂志》《天地》《风雨谈》《中和》《艺文》等全部。北京的出版物，上海阅者须出高过联钞定价四倍，闻北京出售上海刊物，亦须高出数倍，平心而论，这种沟通南北文化的书籍贩卖，不能算贵吧！《中和》上海前曾由刘宣阁先生代定，照定价合法定汇率，由瞿兑之先生直接邮寄，颇称简廉，惜已期满，不能续订。广西路来熏阁书店，仍在出售，价较报摊略廉，因为此种刊物，阅者不多，报摊批得后，不能全数售出，又不能退，故贩卖者少，只有静安别墅弄口，古今社对过，以及福州路吴宫饭店下面，寥寥几摊。《艺文》经营者虽多，价总不廉，南京路内山书店则照定价加五成再一八折合储钞，要便宜许多，但该店不是每期有售，且北平刊物，上海须迟一月后寄到，时有脱期，要碰运气常去看看，必有所获。

我不是编辑和作家，刊物往往能够早一日买到，我常注意刊物的出版期，如《古今》逢一与十六出版，但有的报摊，能在先一日批到，插在报架上。一个黄昏，即销去数十册。买过一次，就记住了，以后走过时常要去看看它。

在这纸贵上海的时代，陶亢德、柳雨生两君竟在文化街经营书店。陶君对于出版编辑已是此中老手，我于他编辑的刊物，都有收藏，是他的一个忠实读者。这次陶君经营太平书局，我有一点贡献，记得从前张静庐开上海杂志公司，资本只有五百元，后来做得很发达，经销杂志，其利微薄，书籍杂志，都打九折出售，现钱交易，读者为贪小利，无不趋之，薄利多销，资金不致久搁，乃无不兴旺。

我买了杂志并不急急就看，有时夜寂人静，重新拿出来，拣我喜欢的一一细看，其味无穷。战后新书出版甚少，商务在民国三十年时，有每月新书从香港寄来，不过数量不多，如许地山先生的最后著作《扶箕迷信的研究》和郑振铎先生的《困学集》，售未几时，即告售罄，《迷信研究》我买的一本，幸还保存胡愈之先生的一篇序文。商务又排印过一部孤本《元明杂剧》。戏曲对我是门外汉，但在出版此书之前，读过开明书店出版的《文学集林》，郑振铎先生介绍此书的文章，觉得此书的发现，有关于我国文化，遂买下了。因买《元明杂剧》，又去买了孙楷第先生的《也是园旧藏古今杂剧》一厚册。更因戏曲家吴梅先生客死昆明，去买了两册杂志名《戏曲》的，内收吴梅先生所作戏曲书的序文，得知了一些关于戏剧的门径。

现在新书的出版，真是凤毛麟角，要买书还是跑旧书摊，能够逢到心爱的书，旧书的集中地，是在汉口路、卡德路、西摩路、辣斐德路和河南路。鲁迅先生主编及序跋，木社出版，宣纸精印，中国第一部木刻集，曾在废纸堆中发现。《良友文学丛书》，在出版界中可算印刷装订最讲究的版本了，但是俞平伯先生的《燕郊集》，尚有特印本。在当日未加注意，却在旧书摊里遇到，无光道林纸精印，抽去正文上面的横线题名，加宽天地头，装成廿五开本。封面是俞先生自题欧体“燕郊集”，装帧则同开明版《杂拌儿》。三闲书屋初印毛边装《毁灭》《铁流》两书，废名先生的《竹林的故事》，都是绝版已久的书，能在旧书摊遇着。鲁迅先生签名赠给魏建功先生的《两地书》，也是毛边道林纸精印，却流浪到上海，魏先生远在西南，想是他北平家中散失的。黄公度《人境庐诗草》，有日本印美浓纸本，北平尤炳圻标点本，及商务钱萼孙笺注本。后两书尚能买到，而我一天偶在书摊上翻书，忽有一人用麻袋装来一捆书，拆开一看原来是黄氏之弟，托商务重印的再版本，《人境庐诗草》计二册，磁青封面，梁启

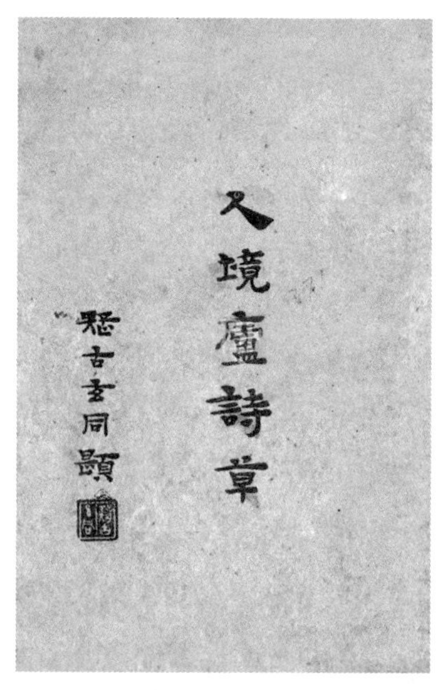

超题签，书已全数售与来青阁杨寿祺君。我以老主顾情面让到两部，如杨君在场，必加出一倍钱。又商务影印明刻本《三国志演义》，及元至治本《全相三国志评话》，我都以碰巧买到。

我还有些胡乱买书，到现在将变成囤书了，因为买而不读，仅做了装饰品。开明书店在十余年前举行半价纪念，我看《辞通》卷首有章太炎、钱玄同手写序文，章氏之字古气盎然，钱氏则写的唐人写经体，卷末有宋云彬《谈读〈书通〉》（后改名《辞通》）一部书能够出版，要经过怎样的困难。凭了这些爱好，就以四元半买回来。实在我读书有不解处，《辞海》尽够应用了，朱通九先生费一生精力著成的《辞书》，于我是毫无用处，不过现在翻翻，却知道点双声叠韵字在古书中变假通用的方法。还有一部商务排印洋装《四库全书目录提要》四册，我于目录学，茫无所知，却见别人文章常有引用此书，自图没有地方堆不下四库珍本，目录不妨备上一部，且该书附有索引，检查亦极便利，所憾的一本关于四库全书编印的《四库全书纂修考》，至今未能买到，不免怏怏。我初买古书，没有门径，找了几部目录书做参考，如《北平图书馆目录》《藏园群书题记》及《续记》《贩书偶记》，以及专门的目录，如余绍宋《书画书录解题》、余嘉锡《四库全书辨证》，这几种书对于我买古书有绝大帮助，未买之前，可以得知一书的内容不致瞎买了。

最后一谈买日本书。逛日本书店，比较近的南京路内山书店和别发书店。日本书定价实在便宜，如辞典及日华翻译对照本是我看得懂的，就买了。日本所影印我国碑帖画谱，定价均较我国书店便宜，可惜用纸没有宣纸洁白。别发书店陈列的书，都是非卖品，却是可以任人抽阅。日本印刷术发达，各科目都有出版，走进别发书店，可以消磨大半天，如图版之书，都是原色彩印，翻阅细看，无人来干涉，犹如置身在图书馆中。

人各有所好，爱买书算是我的嗜好。我早年失学，一无根柢，业余买些书翻翻，我买书初由杂志而文学书而古书，因有书目作参考，知道精本善本的分别。至于能够始终读完的，还是这些期刊，我于小说，只看过名家的几部，读得很少，以散文和文史的刊物颇合脾胃，所读最多。《古今》刊过许多谈书的文字，名家手笔，自属可珍，我的漫谈，只是一个普通读者的自白而已。贻笑方家自知不免，但是我终于献丑了。

○ 原载《文史》，1945 年第 3 期第 16—17 页

买书的癖好

1947

——徐蔚南

每天不消耗几文在印刷品上，仿佛是一椿痛苦，日子便过不去似的。这情景已经有十多年之久了。除非天气太坏，或者事情太忙，不允许你有一点悠闲时间去逛书店，否则只要有一点闲空，就要溜到书铺子去，或者到街头看看书报摊也好。购买书报简直成为我的癖好了。朋友们也许原谅购买书报，并不算作为一种坏的习惯，但在我自己看去，购买书报到过度时，无论如何总不是一个好的癖好。

据说书报是精神上的粮食，也许是对的。因为我花钱在购买书报上，不管书价如何，总是尽我的能力做去，从不推诿，买了回家也从不懊悔，只有愉快。有时看见一本书深中下怀，可是价目实在太贵，身边又没有足够的钱，只好不买，但是对于那本书，简直像对情人一样老是念念不忘，假使那本书被人买去了时，心上更要抱怨自己，为什么那么算小，为什么那么懒怠，选中的书、难得的书竟失之交臂！精神上为之非常不舒服。

买书的理由常常有一大堆，常常自己和自己辩论，结果总是要买的理由充足。譬如一本插图的英文童话书，尽可不买的，但一翻那插图那么精美，印刷又那么华丽，便又想出种种购买理由来：第一，可以翻译出来，介绍给我国儿童们，何况又可得到一注稿费；第二，买回去给儿女当作英文读本念念，也是很好；第三，那书里的插图也可派个用场……理由尽管想得出，结果自然非买了那本书回去不可，可是买回去后向书架上一插，永远再不去翻动的了，除非孩子们自动去找了出来，拿来看看，总算并没有辜负那本书籍。

书价尽管贵上去，我却像书店所请的律师一般，总是设法替书价作辩护。而且自己真是诚心诚意觉得书价不贵，永远不贵。买了一本书来，你看过一遍，心上愉快，比醇酒妇人还要好，过了若干时候，你还可取出这本书来看一遍，又可发见一股新意，又是一番愉快，看书的愉快简直是无穷尽的。几千万年前的人和我对谈，作为我的朋友，几千万里外的人也亲切地和我对晤做我的朋友。他们告诉我种种的美，他们为我拆穿了许多许多的神秘，他们为我讲述无数动人的故事，他们为我歌唱，为我画图，为我做一切。一切在书中，读书真是愈读愈有味，津津有味。书中自有黄金屋，书中自有千钟粟，书中自有美人如玉，一点也不虚夸。一本书就是一个美丽的天下，“美丽天下总无言！”一本书就是一个古人，“置身古人敢不勉？”书的世界，如要颂赞，实在说不完的，我就是以这样偏爱读书的心情来买书，于是买书竟成为我的癖好。

买书的故事，回顾一下，也觉得如嚼橄榄，很觉津津有余味的。譬如我在浙江大学教书时，老是到旧书铺里去搜买明版书籍的残本以及各种印谱。零零碎碎收集了不少，明窗净几，展玩着这种断线残纨，那趣味真是难于描摹呢！

逃难到屯溪时，身边钱那么稀少，但是书籍对我的诱惑，依然强烈之至。凡是有书籍出卖的地方得去拜访好几回，居然也被我买到了二本明版《本草》的图画、十六本明版大字的尺牍书，还买了好多本明版残本和风水书。因为要赶往重庆去，路上行李不能多带，只能带了《本草图》和那部尺牍。后来到了桂林，就拿这部尺牍送给了柳亚子，到了重庆，把《本草图》送给了王世颖。

重庆经过几次大轰炸后，书店一项几等于零。重庆虽也有旧书店，集中在米亭子的横街里，但那种书店简直难于形容，书本既少，店又龌龊至极。我却依然还是时时前去采访，结果每次回寓多少还是带着点书本的。上海出的白报纸铅印书在战时首都，便仿佛是“宋版”一样的名贵，而我带回去的，也就是这种“战时宋版”。有时还会像慧星一般，出现了珍贵的佳著，我曾经发见一本艾约婴著的《中国全书》、威尔斯著的初版铜版纸印的《世界史纲》、日文本的《世界文学史话》。后两本的插图是素来驰名，而艾著更是书斋中的一个骄傲，不图竟在垃圾上发现！

有一次我在重庆一个旧书铺里站着看书，看见许多一寸大小的小老鼠在我的脚旁边乱跳乱跑，我便轻轻地将皮鞋底仰起来，待小鼠跳过来，便一脚踏下去，踏住了那根精致小尾巴。小老鼠一边挣扎，一边“吱吱”地叫，这对于小老鼠真是一个恶作剧，但到底将脚一松把小老鼠放走了完结。

重庆的几年中，也买满了二三大个箱的书本，都是无聊的破书。其中有一部分是福建版，用福建竹纸印，铅字也很清朗，倒不失为战时的美本。

胜利后不久，我回到了上海。最先去访问的，自然是三四马路带的书铺子，看见新旧书店依然如故，心上便有一种说不出的喜悦。凡是素来熟悉的书店老板，不管他们忧患的色彩已涂了他们头顶，对于我的回来，却一致高兴，表示欢迎。从每家书店里回来，我总挟了一点书本的，以一对二百的法币兑换伪币率来买那伪币定价的书，真是太便宜了。一本定价二十万伪币的书，只要化一千元法币，你想便宜不便宜呢?

我买书从来没有如此阔绰过的，走进一家书店，一动手便乱七八糟拣了一大堆，总是几十万元的伪币，老板因为赚我一大笔，满心感谢，客气非凡，一直送我到店门口，还说了许多好话。我也洋洋自得，挟了书本回去。

记得我到达上海的翌日，便买下了下列的十本书：

1. *The Concise Oxford Dictionary*.①

2. C.B.Plopper：*Chinese Religion Seenthrough the Proverb*.②

3. J.O.P.Bland&E.Backhouse：*Chinaunder the Empress Dowager*.③

4. BarryC.Easthaur：*Chinese ArtIvory*.④

5. C.A.S.Williams：*Outlines of Chinese Symbolism and Artmotives*.⑤

6. L.C.Arlington：*Le Theatre Chinois*.⑥

---

① 编者注:《牛津大词典》。
② 编者注:《中国宗教谚语》。
③ 编者注:《慈禧统治下的中国》。
④ 编者注:《中国象牙雕刻》。
⑤ 编者注:《中国古代符号象征与艺术主题》。
⑥ 编者注:《中国戏剧史》。

7. LoueseCrane：*China in Sign & Symbol*.[①]

8.《仆底查利》，摩善意郎著（大本）

9.《享利马蒂斯》，高见泽版限定本

10.《清宫史续编〉，故宫印（十二册）

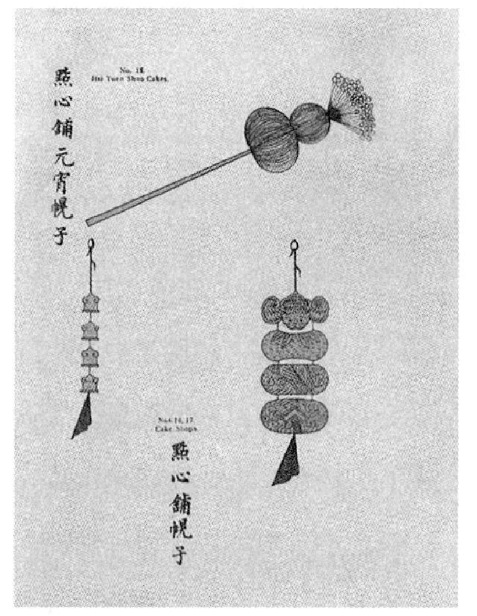

从第二种到第十种，我想一般中产阶级的读书人，就是买一种都要考虑考虑的，然而我一下子说买就全部买下了，真是阔绰之至！如果在眼前，那只好“望洋兴叹”了，譬如像第五种，在别发出售，要美金二十元，其他各种的价钱，就可推知了。

内山书店也是素来熟悉的一家东洋书店。在战争中，日本军部特工去询问内山，说徐蔚南究竟是怎样一个人，内山回答说是：“透明无色彩。”总算对于我也说了一句有利的评语。我到上海不久，就想去看看北四川路一带“日本街”的现状，同时也想去看看日本书店，尤其是内山书店。

虹口从来日本人的威风是没有了，日本商店有的已经关门，有的仍在做生意。内山书店是仍在做生意的一家。顾客很多，十之九是我国人，其中不少是书估，正在抢购中文本的以及美术书籍。我也拣了几本，那价目远比三四马路旧书店里的便宜。可是书籍的陈列早已很零乱，不像平常那么分着类，可以随意拣选的了。后来我去看内山完造，他拖着拖鞋，殷勤地赶出门来招待我进去。我们略略谈谈这几年间各人的情形，知道他的太太已经过世了，对于书店他还想能够维持一下。

---

① 编者注：《中国招幌》。

从内山书店里出来，沿着北四川路往南走，只见到处有日本书籍出售，是讲几文一斤，不是论本数或论书籍性质的。我知道了这情形，接连一二个星期，我到北四路一带去选购书籍。回想我离沪之时，所有书籍也是一概卖去，卖不去的也论斤卖给了旧货担。现在我回沪了，我也以论斤的方法来买回书籍。心头的仇恨，到此一泻而空觉得非常爽快！但是朋友们到我寓里，看见零乱地堆在地上的许多书籍，无不暗自好笑。那时人人在抢接收，人人在抢名义，然后去接收，而我却花钱去收购这许多破旧烂报。他们哪里知道我心里的快乐，顶天的快乐！

只有邵力子先生听见我收集了不少的书籍，他也为之很高兴，屡屡和我们的同事说，蔚南收罗的日本书籍不少。王世颖也是个书迷。他患的是气喘病，但为了要看我的书籍，不怕爬上几个梯子，气吁吁地到我家中来，翻了半天的旧书。

目前的情景，书籍是万万不能买的了，但是像美国袖珍本书籍以及《生活》杂志等，能力还够得上的，还不时去买了来。如果给我发见一个廉价出卖旧书的地方，那仿佛是一个金银岛被我发现了，我时常就袋中所有的余资去选购。

每次购到的书，总觉得价目便宜非凡，便对妻子女儿们宣传，说我买到的书籍是如何如何价廉物美，可是他们依然很冷谈，并不起劲，并不鼓励我，也不赞美我。我自己凝想，觉得我的买书，也许太过度了，这已成了一种癖好，当然不会是可以赞美鼓励的！想想无聊，还是往寓所附近的书店里去，看看有没有价廉物美的书报可买吧！

○ 原载《论语》，1947 年第 125 期第 24—26 页

买书杂话 1947

——王巨川

书本不但为精神的食粮，抑且为研讨学术的主要工具，所以邺架丰富的人，要写什么东西，就好予取予求，虽然不能准备十足，总觉方便不少。可是买书也不是容易的事，一个人从开始购置到有些经验，此中经过，眼光和思想上，一定变换许多，这种变换，我想是必然的吧。以我的经过而论，自小就喜欢买书。记得第一部是扫叶山房石印的《文心雕龙》，那年正是十六岁，后来又陆续买了部湖北局报的《世说新语》，印的非常漫□，但也觉得宝贵。又一天有一个亲戚来家，他年纪很大，是个基督徒，教了我们弟兄一篇赞美诗，他说谁能够先唱，我就给他四毛钱。那时我先能唱，唱得声调不差，他就高兴地给我四毛钱，我得到了钱，立刻又跑到扫叶山房去买了一部《庄子》。

当时吾住在引翔港镇的南面，长阳路还没有筑通，高朗桥是一座大石桥，桥西一条狭小的煤屑路，通到提篮桥。杨树浦路筑得很早，有轨电车也早已有了，只是离开老家有二三里路，长而曲折的石子路，崎岖不平，必须要经由这条路，才可踏上杨树浦的电车，到任何地方。我但想达到我买书的目的，跑路是不放在心上的。后来在二十一岁的时候，松岑先师招往苏州太湖水利局做一些事，所得的薪水，除了少数用途以外，全部消耗在旧书铺里。所以回家的当儿，箱笼里都是些书本，装得结结实实，累得红帽子的夫子们，压得喘不过气来，当是藏的金条呢。有时在四马路书店（当时大都在四马路，后来一部分搬到三马路）买了几部得意的东西，就一口气拎到酒楼上，要几样菜，打一壶酒，边喝边看，忘记了一切，真是其乐陶陶，认为生平顶快乐的遭遇。或者一直回到家里，逢着冷天，屋子里生着火炉，热一口刚开瓮的老酒，润润喉咙，揩揩眼睛，开始同先严谈论新书的内容，滔滔不绝的最有劲儿。先严看见吾进门时，拿着重重的几捆，脚步沉重，两肩一侧一侧的姿势，总要说着笑着。可是好景不长，遭着倭寇的侵略，什么都变成异样了。

起初买书的人，当然不识好坏，见稍微近情些的就要，经过相当的时间，才觉得不对，有的是丛书的零种，有的是作者全部的一部分，后来购到了全的，这才知道待向书铺子里去贴调，总要费去不少唇舌。至于吾呢，不论是石印铅印的，古代的近代的都好，胡适之的、鲁迅的、郁达夫的、萧伯纳的、嚣俄[①]的、屠格涅夫、高尔基的，我都喜欢看，所以一室之内，竖的也有，横的也有，横竖都有。购这类书，当然比线装的要容易多了，因为线装书的范围太大，真的浩如烟海，一辈子也备不了，尽你造极大的藏书楼，也放不下，最好必须要自己限定一个方向，拣你喜欢研究的一类，这才比较有个归纳。我知道自己的毛病，就是常常替书铺子里讨价还价，在现在，书市比较冷落，你不要，人家不会同你竞争。在从前就不同了，隔一天再去看时，所看得中的，已经被捷足者所得。有好几部书，却与姚石子[②]竞买。我们原是熟人，幸而此次大劫，石子的收藏，总算损失不大。石子人诚纯厚，早年就留上胡子，看上去似乎苍老些，总而言之，觉得有早衰的迹象，果然前年微微一病，长辞宾客了。得病的一星期前，我在路上邂逅他，还是那么温其如玉，不料奄忽以去，完全出人意外。

最可惜的要算高吹万[③]丈的藏书，在战争爆发后，我到威海卫路中社去访问他，谈话的主题，就是这批书。据说没有大量的房子可容纳，然且道路梗塞，

---

① 编者注：民国早期对“雨果（hugo）”的译法，其发音来自粤语。

② 编者注：民国藏书家、文学家。一名光，号石子，以号行，字凤石，号复庐。江苏金山（今属上海）人。辑刊有《金山艺文志》《金山文征》《金山诗征》《松江郡人遗诗》；编有《顾千里年谱》《姚氏遗书志》《云间两河君集》《王西门杂记》等数种。

③ 编者注：即高燮，江南著名藏书家，与常州钱名山、昆山胡石亭合称“江南三名士”。曾修《金山县志》。

运输也谈不到，结果《诗经》部分差不多全数搬出。吹万丈所搜藏的《诗经》，其中不少是孤本善本，种类和数量之多，不必说是他人所望尘莫及的。其余的据说被一个师长装了七大船，满载而去，足有三十万卷，吹万丈整整的苦了几天，不知这大宗的书籍，散失到了什么地方，根本上海一本也没有发现呢。

经过“一·二八”“八一三”几次的战役，我住的地方就是火线，每次的搬家，宁可把其他的家具什物，虽然贵重，也只放在一边，而书本呢，却非搬不可，但已经损失好多橱了。我最不喜欢衬纸，除非是少见或实用的外，那就无意得到了，即使不得已而选购，回到家里，必定把衬纸抽掉，重新装订，譬如十二本的变成了六本，觉得本子愈厚愈好。他如底面的破坏以及纸脚的断落，总要补葺完整，那才心满意足。在床上从不阅览，一以保护目光，二则不致折卷，所以无论经过如何的翻阅，我的书老是整齐生疏，临当写作或阅读时，打开各橱的卷帙，东抽一本，西拉几册，桌子凳子上都给放满了，像旧货摊一样。

谈到版本书，顶好的自然要推宋版，宋版很难得，常熟古里瞿氏的铁琴铜剑楼，收藏之富，江南要算数一数二。仅有山东聊城杨氏海源阁堪相仲伯，有南瞿北杨之目。海源阁经过多次的兵燹，一部分运到天津，失散的不能算少。瞿氏在古里老家的，有的已缺了头本，还算保持相当的数量，在常熟城内新宅的，那可不能问讯，幸亏所有宋版都藏在沪上，没有遭到劫数。瞿氏非常的开明，并不斤斤保守，慷慨通假，涵芬楼影印的《四部丛刊》各编和《百衲本廿十四史》等，瞿氏的书，占了其中不少的成分。有许多底本，早几年我已在凤起家里见过。

其次推刘氏嘉业堂了，在“八一三”的春间，我到湖州去旅行，便道到南浔，在嘉业堂藏书楼巡礼一周。刘氏搜罗藏弆，历史并不算长，因为它的努力，把高大的一座楼房，上上下下都挤满了玉轴牙签，其中宋本及稿本也着实不少，他所刻的嘉业堂丛书，以及硬刻的，不但数量可观，有许多种已很名贵精采。翰怡先生先前曾经送给我两大捆，可惜经过了这次变乱，他的宝藏被人家巧取豪夺的结果，善本已损失了一大部分，该是怎样的难过。所以承平的时候，公家和私人的收藏，都能有相当的保障，一到乱离，那么私人的东西，当然力量不及国家，不容易迁地为良，损害就难估计了。即如此次杭州文澜阁四库全书，幸亏搬得快，现在物归原地，并不被烽火吞去。南京龙蟠里的省立图书馆，所失掉的陆续收回，都已恢复原状了。参加伪组织而自杀的陈人鹤，他本来很高兴收买，抗战期间，他又凭着他的财势不讲数量，不择精粗，只是一味的吸收，汗牛充栋，其数可观。倭寇降服之后，便为政府所没收。去年政府曾派出一批人去日本，想把他们历年向我劫取得善本以及孤本等等，交涉收回，这倒是攸关文化的大事，可惜至今还没有听到什么。听说下文罗叔蕴在大连住宅的全部精品，都给苏联军队闯入放火烧掉，这真是无可计算的糟蹋了。

日本人和吾们同文，他们是懂得好坏，不至于一体的煮鹤焚琴，带走了的不要紧，照样还有装回来的希望。这批黄毛人，简直一字不识横画，遭着他们准完了，有什么话可说呢。

不久以前，上海成交过两部宋版书，一部是遂初堂尤刻的《文选》，海虞杨氏所散出的最后的价值，闻为十二条左右，收买的人，是著名的宋版大王陈氏，他所有的宋版书，没有一部不是上品。另外一部是南宋《群贤小集》，给三马路一家书店，在湖南收得，卖出去的代价有五千元之巨。战争以前，一部北宋本的《荀子》，也就是商务所影印的，卖到二万块钱，已经轰动一时，现在一变而为黄金时代，倒也无所谓的了。

○ 原载《雄风》，1947 年第 2 卷第 2 期第 43—44，46 页

拾旧书
1947

——郭鹭

昨《海天》发表拙作《寒夜遇书肆》旧作一首，觉得自家的生活仍旧和从前一样冷淡。得闲还是常跑旧书店的。

无论到了哪一地方，旧书店我总爱去逛，虽然买不起大部头书，就是零星也喜欢拣选一二，薄薄的本子在相当于薄薄的购买力，有时从中发现了渴慕已久的好书，或者无名作家的佳作，更是意外的收获。我不懂版本，但爱装印精致的书，好像可以提高阅读的兴味。更爱手写影印的稿本，以为可以体会作者的多方面，常常得到别人的藏本，审视印章题记，也可以默悟原主人的风尚，假使一本书由作者或旁人亲笔题赠他的友人，而其人俱为我所知道或敬慕的，则尤觉珍异。一种书求之多年不可得，一旦悄然陈露于乱书堆中，确足令人惊喜莫名。还有不易购觅的精本书籍，自家已经有了一部，偶然又发现一部同样的，心里竟恨不得也买来收蓄。一个人的“占有欲”从搜求书籍这一面也表现无遗。其实一部书除为了版本、校、注等等的不同，有时收藏同书的几种本子以外，又何必购置双份儿呢！既是一本求之不得的书，应该让同好者也有获得的机会才是道理！

拾旧书是乐事，也成了个人的小嗜好，书一到手，灯前翻检，其味弥长。不过时日一久，书本子凌乱成堆，宿舍一榻之地，又岂宜书城坐拥，眼看着尘卷盈前，也感得颇不舒畅。往往到一处地方，过些年月，积存下的尽是旧书，临行携带不便，又不忍随便抛弃，结果挟往书店三文不值二文地卖掉，我的金陵杂忆诗云：“填胸清气杂埃尘，散帙床头又等身。笑煞城南老书贾，卖书还是买书人。”自然，到了另一地方，碰见了以前卖掉的书，也许还要再买回来读的。

眼前的书价，跟着百物其涨，有些旧书也嚷着什么“按基本数二万倍”呀！“架上旧书照码加五成”已经算顶客气的了。所以近来书店常跑，书却不常买。何况可爱的书也一日少一日，不容易发现了。至于“飘流湖海载盈车”的幻念更不常有了。

达公按：拾旧书，达公素有同怜。比以案牍劳形，书束高阁，一任蠹食虫穿，无复当年“读尽生平未见书”之豪兴矣。思之抚然！寄语郭君，人生如寄，买书卖书，无足介怀，李清照归来堂藏书数十万卷，金兵入寇，损失殆尽，多藏厚亡，古有定律，又何憾焉？

○ 原载《和平日报》，1947 年 11 月 13 日第 7 版

并无怪癖的癖好

1947

—— 味橄

《论语》的编者来函，说要出一个“癖好专号”，要我写一点关于个人的癖好，去凑凑热闹。在征文小启上，特别声明，不要皱眉苦思，矫揉造作，而要实事求是，信手拈来。这原不是一个难题，因为癖好人人都有，只消把自己的癖好写出来，便可缴卷，无奈我的情形却有些特殊，所以写起来，也就有点为难。我的意思并不是说，我没有癖好，无法写这种文章，而是我的癖好太多了，要写出来，真不知从何下笔。

当然，我也并不是一个无所不好的人，比方中国人大都癖好的麻将，我就宁肯独坐抽烟决不上桌。沾了点洋气的新人物，差不多都喜欢跳舞，我却未尝跟狐狸学步，而始终故步自封。下海货腰者既不能赚到我的钱，就是那些倚门卖笑者，也不能诱我升堂入奥，因为我是没有挟邪之癖的。既不嫖，又不赌，我到底有些什么癖好呢？烟茶是敬客的第一着，算不了什么，何况我抽烟，只求其烧得出烟，无论纸烟、雪茄、烟斗都可，喝茶只求其润喉止渴，有茶喝茶，无茶喝水，从不计较。酒也只偶有客来，或应酬席间，随便喝几杯，并非三餐非有不可。有这三种嗜好的人，尝将它们比作三个儿女，其消费之巨，也就委实可观。

在衣食住三者之中，我不好吃，也不爱穿，在可能范围内，只希望住的地方舒适一点而已。这也说不上是癖好，因为有固然好，没有也并不觉痛苦，在战前是住的三层楼的洋房，到了现在战后，一家人挤在一间中国式的陋室里，也就过了。

说到战争，把我许多癖好都取消了。我少年时代每天跟着一些骚人墨客来往，于是嗜好也就转向那方面去。我临写碑帖，琢刻图章，又常吟风弄月，赏玩字画，但历年所有的成绩和收藏，都被战争所摧毁，现在连刻图章的工具都没有了。后来负笈出洋，便染上了集邮和照相的癖好。同时又爱搜集西洋名画的印刷品。以照相而论，尝为取景，煞费苦心，照定回家，即入暗室冲洗，马上用酒精把底片弄好，再入暗室印出来。如果结果觉得不满意的话，又要立刻再跑出去重新拍摄，回来再度洗印，从不惮烦。现在物价高涨，不仅不能那样大张放大，就是一张底片分作两张照都玩不起了。过去搜集的邮票和画片，被日本兵抢去，也就无意重新再来搜集了。在劫余所存在的，就是我的藏书。

买书确是我的一种癖好。无论走到那里，只要见着有书店，我就要进去逛一下，一走进了书店，就不愿出来，常要倾囊而后已。从前在日本读书的时候，最爱去的地方，就是旧书店，日本人常要把新书买来，很爱惜地读完，随即再卖出给旧书店，所以我们可以用较低廉的价钱，在旧书店买到一点污损也没有的新刊书。至于许多绝版书，尤其非经常跑旧书店无法购得。有时遇到一本好书，而能先人一着发现把它买回，把玩不忍释手，那时便有人类无比的快乐。如果发现某家有本什么我多年求之不得的逸品，而怀中又无充分的财力，可即把它据为己有，便要先把它藏在不打眼之处，回家典当衣物，想尽办法都要去买回来，若不幸被人捷足先得，我便要懊恼好几天，郁郁不乐，甚至陷于食无味、寝不安的境地。好书不见犹可，既见却又不能买回，真是人间一件最难受不过的事。我家无恒产，而又好书成癖，因此不免常有望洋兴叹，痛苦不堪。

古今中外的好书，汗牛充栋，而我的趣味，又偏偏那么广泛，线装书内容有子史经集，版本有宋元明清，已经够我买了。再加上外国书，日、英、法文的书，凡是关于文学经学的，我都不愿放过。我一向有搜禁书之癖，在意大利的米兰城中，无意中买到一本没删节劳伦思的《卡泰莱夫人的情夫》，后来又在巴黎配上了一套插图，不意放在香港全被日本人掳去，至今引为憾事。因为好禁书，而连到好买禁画，在意大利游旁贝古城，买了全套的壁画，在巴黎又买了许多名作，去年赴东京，也谋到了两套极精细绢底画本。可惜闻一多已死，不然是大可供诸同好，欣赏一番的。

十年来，我又染上了木刻的癖好，除自己在伦敦曾就名师学过相当时候之外，还搜集了不少的西洋版画，英国的木刻，曾皮维克以下，直到当今的大家作品，我买了一大箱回来，都不幸在香港同遭劫运。因为对西洋木刻的爱好，也就常涉及中国的版画，郑振铎出版的那五大辑，我当然都买了，就是其他中国的木刻插图书，我都感到有购买的需要。伦敦有一部《三国演义》，每面的上半截，都插上一张木刻，可惜落在外人之手，我们把它照相出来，看看复印件了。

我因为自己也醉心于木刻的最新而又是最旧的那种艺术，由欣赏之余，不免技痒，偶然也刻几幅。虽然刻得不好，但我却有一种理想，我要用外国木刻的技巧，来表现中国的画面。我最讨厌看到许多中国人作的木刻，背景是洋房子，人物是高鼻子，就作品本身看，没有一点中国的气息，除了技巧和构图较为拙劣而外，和西洋的木刻完全无异。我不反对艺术受点外来的影响，不过一定要能反映出民族的特殊作风来。我很愿把中国的图画，尤其是花鸟草虫如浑南田等人的作品，用西洋技术，籍木刻重现出来。可惜劳生碌碌，时间不许我在这些雕虫小技上去下功夫。

友人们见到我的字画，都说我天资不坏，如肯用上四五年功夫，定有很大的成就，我自己也确是有此志愿，在十五岁以前，我几乎见不得笔墨，随时遇到都要写几个字，以止技痒。至于那些泽山碑史晨碑之类，也通临写过若干通，后来对于隋康人的写经，和新出土的魏志，都极酷好。只是跑到外国去，每天都与钢笔为伍，对于中国的字画，几乎绝缘了。一搁下笔，就是二十多年，现在重见到那些东西，真有如两小无猜的竹马之交，或少年时的情人一样，虽未免有情，然劳燕分飞，已各有各的归宿了。

日本在战败之后，许多大家庭都无以为生，只好把邺架所藏的图书拿出来变卖，以补足家用。我恰好在那时重游日本，便又唤起了我少年时的旧好，我便向人借了几万圆日金，买到了许多好版的古书。这次最大的收获，就是一部

《三希堂法帖》，每本大及三尺，共计二十四本，分装四木箱。还有一部《历史墨迹大成》，也有二十余卷，其中有许多，如大词人李后主的笔迹，就是我从未见到过的，日本人不仅照年代把它影印出来，而且还附有解说和小传。搜罗自晋及清，真可谓集书法的大成了。在书法之外，我还买到了几部国画的大成，现在所保存的中国名画，差不多都搜集齐全。像我们爱好字画的人，有了这几部东西，已够消磨一个老境而不愁了。

我是一个与文字结了不解缘的人，并无什么怪癖，如果一定要说癖好的话，那我只能说我好买书，书中自有颜如玉，黄金屋！

○ 原载《论语》，1947 年第 125 期第 325—326 页

买书随感录

1948

——白永

无论别的东西怎样贵，对于我好像全是次要，因为生活程度可以尽量压低，何况根本欲望就不高。只有书价一涨，对于我的压迫特别大。一个有特别嗜好的人，可以把所好的东西看得比衣食还重要，典衣沽酒，何尝不是这个意思。自然有人会骂，到底是肚皮吃饱了，才说出这种话。然而对于生活趣味，但有一分能够满足，恐怕谁也不愿牺牲。专门做消化粮食的机器，总是不大好受的。古人所说博弈犹贤乎已，盖亦深有所慨而言也。

读书就代表我吃香烟，夜读更可以看作吃老酒。有人喜欢吃雪茄或白干，好比读书喜爱贾谊《过秦论》与辛稼轩的词，非痛哭流涕不行。但我则连缠绵悱恻的也读不进，我简直怕透了空论与不能了解的喜怒悲欢，没有别人那么多推想的能力，可以揣知关西大汉与十七八女郎拍红牙板的味儿，老实人只求了解一点真实，无如历史又是专门扯谎骗人的东西，于是从零碎事物上一点一滴的来看，假使能够把这许多珍珠穿起来，也未尝不可价逾连城，可惜我们队伍中，能够创通义例给人以整体印象者又殊不多，不妨仿效古人的口气叹一声："甚矣哉读书之难也！"

午倦书抛，意境固然很好，但一有职业，即碍难北窗高卧，所以不等书抛，早已加急入梦。还有一层，一间房子顶一根金条，要想明窗净几一人独享佳趣，亦复等之幻想。大家兴趣不齐，你要看书他偏听无线电，要不然客人来了，逼得你非流亡不可，都比催租败兴还要命，只有十点钟以后，大家上了床，世界完全成为自我管领，宁可不灭电灯，牺牲一点别人睡觉的时间，大致可得两个钟头的畅读，所谓情味浓醇，真好似吃醉了老酒，直到邯郸道上，还在继续映演书中故事人物。

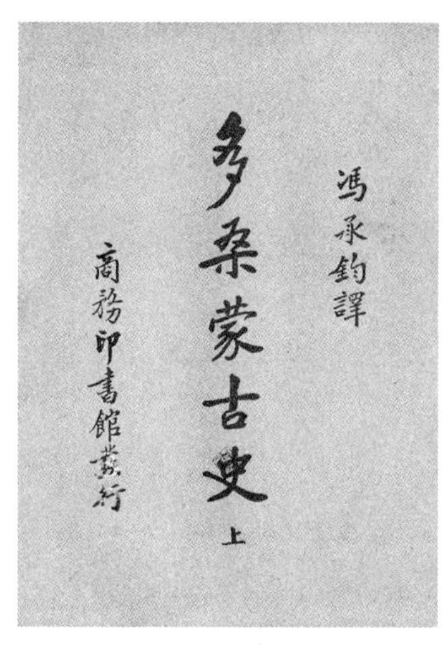

前些时，商务印书馆大廉价，平常看了书价倒吸一口冷气的我们，好似奉了赦律，然而，像买配给物资一样，我们照样轧不到头一份，大清早九点钟以前就有若干人排在铁门之外，等候“别苗头”了。幸而我不大买小说之类，受的影响还小，可是，我在河南路附近的许多旧书店里，已竟发现了许多敲着梅花图章的廉价书了，原价标签扯去或揩去，依样写上惊人的价钱！譬如冯承钧译的《多桑蒙古史》，头几天据说很多，后来就一本不见，全被他们掏去了，这也可以叫做流入黑市罢？我在第一天买了近二十种的年谱，因为传记文学是我的爱好，但价钱也就到了一百多万！有许多史学界的名著没人问津，即如冯氏所译的全部《中亚南洋史地选考》，我就不曾看到有人买，这个证明在今日生活状况之下，太专门的学问已经没人敢动手，冷门就永远成了冷门。

三千七百万买全部《四部丛刊》缩印本，合不到三石米，按战前物价，才三十元，真乃便宜透顶，但你若一加巡视，便可以看出问者寥寥，是购买力低呢？还是有钱的人本质差了呢？从前大腹贾一旦发了横财，还肯买部《廿四史》装点一下客厅，如今的暴发户大约也不再动这种脑筋，因为书价虽涨，究竟赶不上金钞，他们无论买什么，都先得计算涨价的速度呀！还有，大的暴发户看不起这些“穷人美”的东西，他们倒宁可花金条买《支那古铜精华》《朝鲜考古图谱》，或是金镶玉的烟麻沙版，字大纸白的经厂版，可以充充内行，可以待价而沽，生意经之中寓风雅，也是今日新兴的风气。

白报纸每斤破千万大关，本来印售即是赔钱，印了字的纸头没有白纸价贵，可以车来车去在仓库里作筹码，所以大书店都不大肯出版东西，把旧书弄出一点来应应景儿也就算了，对于我们非要精神食粮不可的人们，威胁太大了。这几天中央研究院的出版物减价，竭我之所有，补齐《史语所集刊》，而第二十本的《蔡元培先生逝世纪念号》，累得我跑了三次，还是没有出版，光是车钱，赔了十几万，心里虽不免浮起书店官僚化的怨怒，可是但求能肯印行这种纯学术立场的东西，已是万幸，也就不敢再苛求其他了。

○ 原载《申报》，1948 年 6 月 27 日第 8 版第 25274 期

一个奇迹

1948

——津津

一天，笔者因为职务关系，途经虹口公平路一隅，一眼瞥见路旁一个旧货摊上，放着一叠用绳索扎在一起的簇新的西文杂志，我屈下身躯一看，其中有的是法文戏剧杂志，有的是英国出版的刊物，其中以美国刊行的化学、数学、经济、社会、新闻学、艺术等杂志占大半。经我随意挑选了五六种，旧货摊主系论斤计值，结果我花了法币十九万元，买到了价值美金二元一角五分的一九四八年四月份至五月份的最新出版的期刊，其中还包括一本今年五月份的《读者文摘》在内，在这百物飞涨声中，不可不说是一个奇迹。

笔者震于这奇迹之余，却免不了几点感慨。第一，说来说去，书籍的命运终是不济，如果这一些不是书，而是尼隆丝袜、唇膏、钢笔，或是领带，也许早已得善价而沽了。我想肯花钱买价值美金一元的领带的，总比购买同值的书籍的人，来得多吧。且不要说学以致用，这时代似乎以知识为装饰品的人，他愈来愈少了。现在我们的耳旁似乎只听到数字的夸炫，譬如说某甲花七千万元定制一套西服等等，反之，纵使是附庸风雅之徒，也似乎不合时宜了。

其次，我是一个相信“机会可遇而不可求”的人。什么时候，我再能买到类似这一次的便宜书，就很难说。我的一位学音乐的朋友，尝在一家寄售商店内发现某大作曲家的整套唱片，当时以相差数万元，未能成交，等他带了钱再去买时，已遭别人捷足先得了。其实，买唱片如此，买书如此，人生的机遇何尝不然，只是光有机遇，而不知如何运用，依旧无济于事。这里常常使我记起某期 Fortune 译著中一篇传记内的警句云："机会是给有准备的人支使的。"

○ 原载《申报》，1948 年 5 月 26 日第 8 版第 25242 期

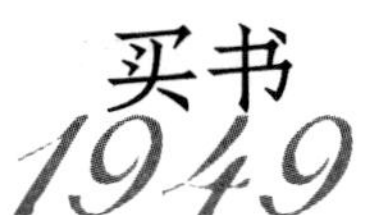

买书1949

——叶健铁

我离开了上海已整整的五六年了，一直蛰居在乡间，从此断绝了精神食粮，看不到一点新书刊物，如冬眠的动物，不食不动。

从前做学生时，宁可穿着破袜子上学，还把家里每天给的中饭钱扣下一半，省下各方面的零用钱，只要积蓄到能买一本书时，就偷偷送进了书商的手里，满心高兴地换了新书回来。

哪知离开了学校，生活的担子，如一付笨重的犁，压得透不过气来。每天为着维持最低限度的生存而挣扎，面对着充满报章的新书目录，心头忒忒地，贪婪地都想买来看，但是如何活过这穷困艰难的日子，还成问题，买书是更不可能，想买书简直是在做梦。

几年来看不到一点新鲜的书刊，精神上难过得如失落了魂，又如烟鬼发足了瘾，没有烟吸一样。而现在看到了这许多新书广告，又被不少的推荐话、介绍词，说得再也遏制不住这一颗想买书的心。

难道我穷得三四本书都买不起吗？现时代的文化已进步到这样的一个阶段，难道过去所得到的一些知识就认为满意了吗？以过去所求得的一些知识，怎能解决现在错综复杂的各种问题呢？难道我真要像冬眠的动物，不食不动，甘愿脱离了时代的轮子，蛰居终老吗？

贫穷如一条无形的毒蛇，钳制着我，竟使我摆脱不掉，我愤恨、愧恧。我生活在现时代中，一定得抓住时代的轮子前进，物质生活即使苦一点，断绝了六七年的精神食粮，再也不可缺少了。

于是，决计等到校里发了薪水，无论如何抽出一部分钱来，买几本早已渴望着多时想看的书，至少也可消解一下多年来一直威迫着我的知识荒。

等待着，等待着，挨三阻四，才领到了一笔多么微小的数目——购不到一石米。还了欠的账，剩下的已不及一半。妻又在打算，将这剩下的作派各种用途，然而算来算去，剩下的数目太少了，还不够购买她预算要买的货物的一半。但我恨她，她绝不提我早已向她说过的：待发了薪买几本书的事。

“横竖这钱不够买什么，让我买书。”我恨恨地对她说。

待我发现，就是这一点少得可怜的收入，已被她背着我买了几样家里实在不可缺少的日用品，剩下的已不满二十元了，假使再不赶快将这钱买书，那么买书又是不可能了。

立即找出几张从书店里寄来的新书目录，挑选几本早已渴望着要看的书，但选来选去，这些书都是亟需想要看的，实在分不出先后来，勉强挑选了几本，估计一下定价，已超出我剩余的钱数倍。只得将选出的几本中，拼命忍痛割舍，选之又选，结果最后只剩下三本。将书名、作者与出版处开明清楚，预备二哥赴沪时托他买。

妻见我将这剩下的钱，无论如何不肯拿出来，大大的不开心，一直在我耳边唠叨着：“没有饭吃，要饿死；没有书看，不至于死吧！你身上的衣服已经破得这样，还不想法些钱，添制一件，你以后怎能见得人？你看孩子面黄肌瘦，老早没有什么油水下肚，还想将钱瞎花呢！买书！买书！你以前看了这许多书，现在竟不能养家活口，反不及黄包车夫，我真不懂你看了书有什么用！”

我怎能埋怨她无知的责怪呢？一清早赶到离家三四里远的校里去，整天提高着嗓子在喊，傍晚再得拖着疲乏的身子回家，永不间断的每天都是这样，然而换来的钱，不够维持一家四口的吃饭，更不要谈添衣零用了。念了这许多年书，仅值这几个钱，怪不得使她失望，瞧不起“书”了。

收入如屋檐下的滴水，一点一滴，支出却如开放了的闸门，那样地大量流出，维持最低限度的生活，还刻刻在忧虑，哪知意外的用途，常又不断的到来。摊派的捐款，保长已三番四次的来催着要，迫不及待，怎能再拖欠呢？并且看到他的那张油滑势利的面孔，我早已讨厌，怎能再受得了他的品评催索。只得硬着心肠，忍受内心的痛楚，将预备买书的钱拆散了交给他。

忽然孩子病了，半闭着无神的眼，死呆地躺在母亲的怀里，我能忍心看着他受病的折磨吗？妻也为了孩子的病，夜间不得安睡，形容已憔悴不堪。这样又把剩下的钱完全用光，再欠下了债。

买书，在这日日贫穷中讨生活，哪里有钱买书呢？穷得仅仅买三四本书都不可以吗，我恨恨地立起身来，将写好的书单撕成粉碎。

○ 原载《中建》，1949 年第 3 卷第 16 期第 16 页

PART 2
失书录

旧时书事

杭州卖书记 1907

——四明语生

去冬，以浙江优试，往杭州卖书，见士子腐败，故不能无言，惟余系一书贾，仅就卖书一方面言之，此外各事一概从略，又不善属文，其中状态只能道及百分之一二而已。

余夙业石印书生意，戊戌以后，旧书生意日绌，历年亏耗，处境之困难，有非笔墨可能形容者。

去秋得汴梁友人书，谓该省考优人数颇多，若贩新书来，可获厚利。余心动，乃摒当千余金，配新书数箱，行有日矣，有友自杭州来，闻余将赴大梁，谓余曰，子多病，北地气候寒冷，恐不适于卫生，力劝余无行，且谓浙省亦将考优，闻报名之数，多至二千余人，为子计，不如往杭州。余从之。

余将往时，栈中石印旧书颇多，伙友劝余携往，余以心理学猜度，此种书在今日万无销行之理，拟不携往。伙友力争之，谓自申至杭州所费水脚有限，销则数年之亏耗一旦可复，不销则不过稍费跋涉之力而已。余犹豫不能决，伙友取《牙牌神数》一册，谓余曰，此数颇验，为君占之。得数曰“莫嫌舞袖太郎当，敝帚千金价自昂。自古痴人有痴福，羡他始终得安康”之句，伙友曰大吉，益劝，余乃从之。

到杭州，在学署前赁屋二椽，陈列新书，余以为人情喜新恶旧，若陈列旧者，必不能动人耳目，岂知实大不然。

试期将近，有蹩足者、有驼背者，三五成群，蹒跚街头，彼何人斯，是所谓品学兼优之士也，细察其形状，大抵十人之中，染烟霞癖者居其半，形容枯槁杳无生气者又去其三，求其少有精神者实无一二也，至余肆中，见陈列新书即瞠目视之，曰此洋书店也，言讫出门去，少开通者，谓此教科书肆也，我辈无所用之。日数十起，大都语言无味，面目可憎。余至此不禁为吾浙前途悲。

当晚，余将一椽陈列旧书，并标示旧书目录，次日来购者络绎不绝，至入场之前一日，生意颇好，是开肆至首场之日，共购去六千余元，内新书售去者，不及六百元耳，所谓“敝帚千金”诚不虚也，龟筮真有灵哉。

首场以前，售去各书以《御批通鉴辑览》《时务大成》《西学通考》《西学大成》《中西算学大成》《策学通纂》《格致书院课艺》《南菁书院课艺》等书为最多，至书之面积愈小愈妙，取携带方便也。

新书中，最好者为《欧美政体通览》《万国史记》《万国商业历史》《算学公式及原理》《通商约章》《成案汇览备法》《京师大学堂讲义》为最佳，介乎新旧之间者，莫如《校邠庐抗议》《盛世危言》《变法评议》《海国图志》《瀛寰志略》《日本国志》《圣武记》等书畅销最广，因价值既轻，携带又方便，兼可供剿袭之用也。

购书者来问书名，为近数年来耳所未闻，大都为《新文学大成》《新学大全》《科学大全》《科学通览》《洋务丛编》《新法汇编》《立宪丛书》为最多，名目奇异，倘有人以笔记之，想不下百余种也。来问时，余以《法政丛编》投之，靡不合意，惟携带仅十余部耳，若多带，定可广销至四五百部，籍此输入政法思想，实善策也。

购书时笑话甚多，最可笑者有二事，有看《明儒学案》节本，以黄梨洲为日本人，余谓非日本人，乃吾浙之余姚人也。其人与余争之再三，彼谓余读日本书中见黄梨洲，中国书中从未见过，故余知其为日本人，言讫而去。又有购《立宪集成》一书，余以其人初闻“立宪”二字，乃购宪法书以供场内抄袭之资料耳，乃以昌明公司发行之《宪法》与之，摇首称非是，余对以无此书耳。彼云上海出的，余谓新从上海来，并无此书。彼云东洋游学生出的，余一笑置之，遂去。

往年，凡遇考试时，同业中之黠者必镌典试者之□，无则伪造数首，题曰某大宗师课艺、某主试课艺。此次来购支大宗师课艺者，日必数十起，入场之日尤甚，倘有人早作此举，定必利市三倍。

首场出场后，因题目关系日本及德国事，来购日本史及德国史颇多。近年新出各书，德国史仅《日耳曼史》一种，余以《日耳曼史》与之，佥曰，德国史非是书也，一笑。

首场既竣，购经义者络绎不绝。凡有经义，不问优劣，一概脱货。而《五经合纂大成》《五经汇解》等书销场亦广，如《经籍纂诂》《说文解字注》等书，绝无人顾，问彼，谓考优可以提倡国粹者盍不早计。及之二场前，售去之书约计千余元，而新书仅二十余元而已。

教科书绝无销场，科学书销路亦绌，往年数学书夙称好销，此次亦颇绌，因数学中记号都用欧文，销场之绌，所由来也。即有购者，皆非此道中人。新书之无销路，因士子脑中满装支学，司守旧喜欢大卷白折，此销场之所以不广也。

小说书销路亦绌，因书名太新，价值太昂所致。商务印书馆所出《聊斋》《三国志》《说岳传》诸书，颇有售者，惜未多带，若将《吟边燕语》改为《西洋聊斋》，《侦探案汇订》一大册改名《西洋包公案》，其脱货必速。

士子风度之卑下，不及初等小学学生远甚。凡小学生来肆中，与之谈，颇能知世界大势，彼士子则不能也，甚至如支那社会张博望心算学普通名称，犹有不能解者，呜呼，我浙江之优生竟如此。

考生思想之鄙陋，有不能言语形容者，尝见有小学生一群整队而过，考生四五人咸怒目视之，谓恶用此为者，他日我得势，不杀此辈誓不休。余闻其言，不禁为之股栗，此辈一日得势，其作威作福可想而知。

金衢严处四属[①]士子，思想尤劣，其相识者在肆中相遇，必谓此次如天之福，苟能得手，必先夺宾，与款项为晋京川资，若朝考得手后，再合群划翻学堂，我辈须立定主意云云。

---

① 编者注："金衢严处"四府，指的是金华府、衢州府、严州府、处州府。

余在肆中，置长桌一，罗列新书，任人翻阅，籍以开通社会，观者颇多，及收场，书中指痕累累，白纸变黑，细察痕迹阿片为多，无怪外人讥我国人为不洁也。

以上就余目睹情形拉杂记之，噫，我浙人程度如此卑下，将来结果可想而知，虽然友人在他省赶考市而归者，所述情形大概相同，无以名之，名之曰“二十世纪中国之怪现状”。

○ 原载《时报》，1907 年 3 月 6 日第 9 版

卖书

——西岩

小明渐渐的哭的睡着了，秋心也躺了下来。黯淡无色的灯下只剩了子明一个。他立起身来，走到那惟一保留着的书架的前面。架上除了几本七零八落的旧书，几乎完全是空空的了。只有一部本版书看来远很整齐的，子明伸手取下了这部书，又回到了油灯下。

他呆呆的坐在灯下，抚摩着夹书的木板。他的手指轻轻的，温柔的摩挲着那板子，好像他所抚摩的是他爱人的纤手，叫人一见就知道他是一个真正爱书的人。那木板的光泽和颜色也像在告诉这样的宠幸并不是偶然的事。可是今天，子明的眼光却并不灌注在书上。

他的心太乱了。他和秋心已经十几天没有吃过一顿正式的饭。现在小明的牛奶粉又没有了，只是哭着嚷肚子饿。秋心本来身体弱，近几个月来，没有充分的营养，现在又加上小明的日夜啼哭，简直瘦的不成样子了。她也真可怜，在家的时候天天受后母冷漠，嫁了他没几天，他的差使就掉了，可以说从来没有过过一天安乐的日子。借钱的话是不用提的。他认识的人只有几个，目下的同事，他们谁都是穷教员，谁都是东拼西凑的过日子，有些人还有七八个孩子，想来比他还困难些。卖东西呢，他早就没有东西可卖了。他先前还有几本书，可是书和装书的架子都陆续的换了饭米了。那旧书店的掌柜给他那样不堪的代价，还装出特别照顾他的神气来。可是他此时就是要卖与他，也已经没有书可卖了，除了几本他天天得用的教科书，和几本破烂不堪的诗歌，那是他多年不离的伴侣。这几本书，不要说没有人买，就是出卖了也不够一天的吃用。

现在不得不轮到这件了。他低下头来看一看手中的书。他不知道这部书在他家有多少年。他只知道他的父亲无论到那里去都带着这部书，晚上没有事，就打了半斤黄酒，对了它慢慢的喝。他父亲最后一次病时，这部书也一向在病榻上伴着他，直到将死时才郑重的交给他，叫他好好的保存着。他以后也把它当作枕箱中的鸿宝，永远的带在身边。他不但轻易不给人看，就是自己也不大解开那夹板来，恐怕它的古纸经不起常常的翻弄。他因了它不知得罪了多少人。

唉，他现在的厄运也可以说是从它得来的。他四年前在部里当差的时候，他的上司一天叫他进去，说总长听说他有一部宋刻的《陶渊明诗集》，上面还有陆放翁、元遗山亲笔题的诗，要借去看一看。他那总长是有名的藏书家，听说了好版本是无论如何不轻易让它错过的。不知道谁去献殷勤，把他那部书报告他听了。他没有法，只好送去给他看。送去之后，过了一两个月还没有还他，他就去见他的上司，请他去取回来。上司说总长说他公事办得很得体，有心要提拔他，书的事情搁一搁再提吧。他明知道上司的意思要他做一个人情，可是他假装不懂，二次三次的去催，到后来还是亲自去见总长，才要了回来。果然，不到三个月，部里裁员，他的名字也在里面了。

他一向以为这部书与他是今生不会分手的了，他将来死的时候，也像父亲交他那样郑重的交给小明。小明在他手中至少可以得到一种不是没有价值的遗产。现在都完了。明天早晨只好送它去给它的新主人。也许楚泽的话不错，那个日本人不至于打很大的价，那么五六百块钱，又可以勉强的过一年半载了。

他叹了一口气，慢慢的解开那书夹的带子。木板里露出黯黄色的古纸来。他轻轻的揭开两页，心中说道："我要与你分手了。我实在没有法。要是我是独身，就饿死了也舍不得卖你。可是可爱的小明已经绝了粮，去年白润的秋心也又黄又瘦了。我保存了你，就不能保存他们，还不如靠你的帮助，去保存了他们吧。我一向没有敢多与你相对，现在要分手了，让我尽量的细味一次吧。"

他坐在灯下，一字一字的读，一页一页的翻。桌上破旧闹钟的短针从九点上移到了两点，他还俯身坐在原来的地位。玻璃灯的煤油也快干涸了，火焰缩得像豆一般的小，还发出一阵阵的煤烟味，他正想合卷上床，他的眼光突然触见了一个字。他完全清醒了。他想这字的刻法，是明朝才有，元以前是没有的。他浑身发热了。这时的灯摇摇的要灭了。他连忙找了一枝洋烛点着。细细的找，居然又找到了两个可疑的字。这部书十九不会是宋版，那么陆放翁和元遗山的题跋一定是假造的了。

他坐不住了，立起身来，不停的在室内走着。完了完了！这部书既然不是真本，谁还肯出大价钱？他指望得的生活费，现在又没有希望了，秋心和小明以后又怎样呢？他的眼中，只见秋心黄瘦得像胡同中天天向他要钱的老乞婆，他的耳中，只听得小明嚷："爸爸，宝宝饿！宝宝要吃吃！"的声音。自然，要是他自己不说，人家也未必看得出，可是，难道一个人穷了，就连信义都不讲了么？

"子明，怎么你还没有睡。你这样的跑来跑去，不要把小明闹醒了！现在什么时候了？"

"现在三点半过一点。我刚才睡不着，现在正要上床了。"

他一夜也没有合上眼。

第二天早晨子明第一个起来，就把昨天留下的半碗冷饭和了水煮起稀饭来。一会儿秋心和小明都醒了，小明嚷着要东西吃。秋心舀了些米汤去喂他，他喝了两匙，不吃了，哭着要吃奶。他们又想了种种的方法去哄他。他和秋心喝稀饭的时候，已经九点多点了。

"你得去了，"秋心道，"楚泽昨天不是约了今天拿书去的么？"

"我想不去了。这部书不是宋版，那题跋都是假的。这样的书卖不得几个钱。那么倒不如留在家里了。父亲留下来的东西只有这一件了。"

"这真是那里来的话！你昨天并没有说它是假的。"

"我昨天晚上才知道。"

"你也许错了。"

"我已经找到了三个证据。"

"以前别人拿去看的时候，有人说过没有？"

"没有。"

“那么你不说，人家也未必知道。”

“秋心，这是你叫我去骗人了。”

“要是你昨天就出卖了，难道也是骗人么？”

“昨天我自己不知道。现在既经知道了，不说实话就是有心骗人了。”

“现在又没有人要你去打谎。你只要不作声就是了。人家看出看不出毛病来，这是人家自己的本事，与我们没有什么相干？”

“秋心，我想不到你……”

“你不看看小明。像这样的下去，不消几天……”她说到这里就哭了。停了一会，又说：“何况你也许，自己没看对。”

没奈何，子明夹了书走了出去，一步一挨的走到了楚泽的寓所。两个日本人已经在那里了。介绍过后，也一声不响的把书交给了楚泽，一声不响的坐下了。两个日本人看了一会，面上露上极端的高兴。一会儿楚泽代他们问他是不是要价六百元。

他道：“是的。不过……不过……”一面说着，一面立了起来。“我不想卖了。这书不是真宋版。”他接着把他昨晚发见的疑窦一一指出了。“我没有早说，因为我自己昨晚才知道。”他末了收束说。

他说完这话，面色都变了。他好像一个踌躇生死问题的人，已经跳进了水里，心中反宁静了下来，虽然他此刻眼前所见的，只是秋心和小明带着怨恨的可怜的眼光瞧着他。

不知过了多少时候，他才听见楚泽在同他说话。“上村先生要我说，他都很明白你不愿意放弃这部书的意思。你为了它把你的差使都丢掉的历史，他也听说过。要是你真不愿割爱，他没有什么说。你如果可以通融的话，他也不要沾你的便宜。他不同你打价，出一个老实价钱，他可以给你个整数一千元。”

“我并不是想争论价钱。这些题跋实在不是真的。”他还呐呐的争辩，可是自己也不认得自己的音声了。

“算了罢。”楚泽阻止他，“这又不是你勉强人家买。”

五分钟后，一千元的支票在他的口袋内，楚泽送他到门外。

他嗫嚅的说：“这真好像是做梦了。”

楚泽笑道："这些古董，本来就像做梦。要是你当它是真的，假的何尝不是真的？要是你当它是假的，真的也就是假的了。不要呆着了，再见吧，回去了替我问候秋心和小宝宝。"

末一句话没说完，他好像忽然想起了一件要紧事情，右手掀了掀帽子一转身头也不回的走了。

○ 原载《现代评论》，1926 年第 4 卷第 101 期第 11—14 页

卖书

——少怀

他睡在床上似乎昏懵的想着，但总是很难得到一个确切的办法。

一刻，在他嘴里不期然发出了一声没奈何的吟声，“这怎么办呢？眼看着自己快要饿死了啊！”随即用了忧郁的眼光在房里面望了一望，仿佛在希望着自己房里还能想出一个最后的办法；但这个似乎是失望了，事物如用了森严的默语告诉了他底东西已没有什么了。可是最后终于在他眼里捉住了一件东西，并且在他那 Meiancholic 的脑里响动着一种凄情的向他诉语一般的声音：“朋友呵，你真破落得太可怜了，你不好拿我们去变卖一下救救自己么？”

他心里如一时拨开了愁云，得到了什么启悟似的。忙从床上站了起来，走到书位旁边去，用手摩着他眼光所直射的一墙书，并将书一本本地抽出来，再一本本地打开看了，看着都还清爽，他又幽然地吟着：“朋友呵，你得救我，今天我真要迫卖你们了！”

口儿是那么吟着，心灵却又感触一阵伤感的情绪，这使他如受了别人谴责要凄泣一般，觉得自己竟沦落到这般了，——连自己几本残留的宝爱的书都要变卖去了。啊，这在演着多末滑稽的剧！他又一时想起了他往时曾读过了那篇《白茶》里的俄国大学生底有趣的故事来，不觉怆然笑了。

他走在街上很清冷，秋风在吹着街树，黄叶一叶叶掉下地来。大约因为他身上穿得太单薄了，颇感到了一些秋寒，心里已没有再想什么，只顾夹着书在向前面走。不觉一刻已走到了 S 马路，风景是遽然转换了嘈杂，街心里只拥挤着无限的人群，互相在挣扎着，喧攘着，人力车和电车也在那儿不断地过去，两旁商店楼上也乱鸣着骚闹的音乐，这使他如逼视了一幅资本主义社会底争夺的血惨惨的画图。但这个于他此时心里没有深的感应。他继续从人丛里走过去，恰巧他走到了一个收买旧书的书店门口停了。伸头向里面望了一望，正发见了一个胖胖的书贾正靠在书柜上独自出神，他走进去，慌向那胖家伙说道："喂！伙计，这里有几本书，请你看看。"

"什么？几本书……"胖家伙即刻走近来，将书乱翻了一翻，最后还向他丢了一个鄙夷的眼色"唔？侬这个都是洋书啊！不值铜钿啦，你想要几多钱？"

"三只洋。"

"一只洋好么？"

"呸，那么便宜！……你真要买，请再添只洋。"

"……"书贾冷然地，用着不睬的神气反身走开了。

他心里一时受气了。只得羞赧地拿了书又走出来。他想着当买这些书的钱都是他忍受着饥饿才买来的。当时买来也费去了八九块钱的光景，此时怎么穷潦，也不能一元就卖去，凭空替那贪狠的书贾生些利润，于是，他拿起书又走到隔壁几家一样收买旧书的书店里去。天咧，谁知这些使书贾看都不看了，都用直截了当的口吻仅回答他一个"不要！"他此时心里真分外感到窘迫了，什么都绝望了，如他希求唯一的一线曙光，转袭来了黑暗。他木然地站在街角上站着，眼前的人潮只映在他底眼里如影幕上的人物地在移动着，眼睛是晕眩了，肚里空洞着饥饿，两腿颓然无力。

"这才没有办法了，但不能让自己平空饿死啊！好罢，好罢，就投降去，准一元卖给那胖家伙罢。"心里是这么想着，双脚又已回转到头家那所铺里了。胖家伙还是冷然地站在那里。他不得已又向他说道：

"好呀，伙计，就准你说一只洋。……"说时，他已精神涣涣地将书丢在他书摊上了。

"什么？侬的书又拿来卖给我了吗？哈，我先前是说了六角钱的啊！"书贾说时，现出一付奸滑而贪婪的鬼脸，依然是冷冷地靠在书柜上，惟悄悄望了他一眼。

“呸，岂有此理！原先你不是说了一只洋吗？一刻就变鬼了！……啊！可恶的家伙！你真骗人！骗人！……”他凶狠地向着书贾那家伙诅咒起来了，急急地拿了书走出来。心里不再是仅充塞着伤感、羞辱、饥饿；心里已被燃烧着对那市侩的书贾底一团愤火了，不！是对这个全资本社会底疾视的愤火。他感着这个社会什么事情都是不合理的！黑暗的！奸滑，贪鄙，欺骗，自私的种种的毒流在无限地毒杀着千千万万的人心！对着这个罪恶的社会，只有反抗，反抗，最后赶快把它推倒！……

他复走在烦扰的街头上了。心里只有愤恨的光明的情绪在燃烧着。

○ 原载《读书月刊》，1930 年第 1 卷第 2 期第 165—169 页

哭书文

——林焕平

记得“一·二八”战争的时候，日本的飞机炸弹，在“一·二八”的清晨和“一·二九”那一天，首先就去光顾了闸北的东方图书馆和商务印书馆，也许我的一部十万字的长篇小说的原稿，第一次所写成的一部长篇小说的原稿，就藏在那里毁灭了，那是给张资平先生看，他说替我送了去编进一部义书的，而那以后，我就没有机会看见过张先生。

那时我还在暨南大学当苦学生，我很喜欢看书，这是实在的，差不多那时所有的新出版的进步书籍，社会科学的、文艺的，我都买齐了，我都看过了，而且我看得很仔细。我的手头经常有一根红蓝铅笔，看到最好的地方，打双红圈；较好的地方，打单红圈，好的地方，打红线；坏的、不对的地方，则由蓝笔打斜纹线。此外，还批满了详细的书头，因为我自己有一个坏习惯，就是读书而不记书，因此，我非这样做不可，也因此我爱我的书郑重过我的生命，我很有条理的放在书架里，需要参考时，一拿出来，就可以找得到，这个习惯，一直到现在都没有改变，不管它是好还是坏。

我也很喜欢练习写文章，那时我已写了很多，把它们叠起来，总有两尺高那么多吧，诗歌、小说、剧本都有，以诗歌为最多。那时候，我写的东西，差不多都给白薇女士看的，她很鼓励我，也替我介绍去发表，但那时正是罪恶的铁蹄践踏得文坛没有半点自由空气的时候，大多都无法发表、我只好把它们存藏起来了。

“一·二八”战争爆发了，我所有的书籍，我所有的原稿，连同我所有的用品，都放在暨南大学里，深夜里炮声轰醒了睡得酣甜的我们。记得在“一·二九”的凌晨，郑洪年先生交涉到一列火车，把所有的男女同学都载到苏州去了。只有极少部分的同学没有走，在炸弹的机关枪扫射之下，在真如镇给十九路军的伤兵包裹了两天伤口，才退到法租界里去。我也是这少数同学中的一个，而我的书，我的文章和我的东西，也就掉在那里，让强盗偷，让炮火毁，乃至后来被日本兵当柴烧来生火取暖，永远不再为我所有了。

我很难过，也很愤恨，直至一九三三年夏我出国的期间，我简直不买书，不写文章。

不过难过与愤恨，只是一种感情上的冲动，自己的性格只爱买书，爱看书，爱写文章，总是没有办法制止这种本能的欲求的。在日本的五年间，虽然有足足两年是躺在镰仓七里滨的病榻上听太平洋的呼啸，但在其余的三年间，所买的书，所看的书，所写的文章，委实不少。

这些东西，到去年“七七”的烽烟爆发的前夕，日本军阀把我目为反日作家，人民阵线分子，强迫着我离开时，我便分装成七大箱，把它们载回来。记得是花了二十块的车费，才能从东京运出横滨，到上海进山码头上岸，在海关检查时，把箱子一个个打开来，都是什么世界文学全集，莎翁全集，托翁全集……那年青的海关华员还羡慕不止地对我笑着说：“文学家！文学家！带了这么多书！”这些书，都放有唐山路我的一个朋友所办的学校里。至于文章，除了一九三四年春印过一册《苏联新教育概观》，和一本《苏联新教育纲要》，及半册《世界历史》的译稿外，所有关于艺术文学的，包含已发表、未发表过的，都分别编成《艺术论的诸问题》和《古典作家研究》两册书，共十九万字，分别交给友人所办的潮锋出版社及新启蒙书局出版，订明于八月底以前出书，自己才安心回到南国来，看那几年来为着担心我的病体而消瘦得可怜的老爸妈。那时候，我还准备回南国一转，就回上海去的。

但是，哪里知道，我脚刚踏上香港，而“七七”的炮声已响，到我回乡下爸妈的身边住了两个礼拜，折回广州去之后，“八一三”的炮火又在闸北响起来了。

唐山路！呵！唐山路是在日本人势力的区域里，炮声一响起来，便不准中国人通过，后我军在胜利的威勇之下，一路由杨树浦，一路沿苏州河北岸，夹攻汇山码头的敌军登陆的唯一根据地，敌机便疯狂地把唐山路一带炸成了焦土……

我怀念我的书，我的文章。我尤其怀念我的友人。

三个礼拜之后，他才来了一封信，他说，我们是安全地脱险了的，但是，一切的东西，连你的在内，都掉了。

又隔了一个多月，才接到潮锋社的编辑人来信说：“你的两部稿子，潮锋的一部，给老板带回无锡去了，新启蒙的一部，则交给了你的同乡林君，但他是不知道了下落。”

天呀，我的书，我的文章，又完了，又是五年的心血，有些还是在病榻里焦心苦虑写下来的哪，又全完了。

我一想起这件事来就伤心，我一读到关联到这样的事的文章就愤恨，但是，毁灭文化，东洋和西洋的法西斯主义者都是一样的。正如金达尼拉说：“让我们不要设这些吧。当一个人自己毕生的作品全丢了的时候，把自己全部工作生活中所做的一切东西全部丢了的时候，最好还不提起吧。”但使我们能沉着地，如金达尼拉一样，一方面拿着画笔，一方面带着军队保卫马德里，从血的斗争中，向法西斯主义者讨偿血债。

○ 原载《申报》，1938 年 12 月 9 日香港版第 4 版第 282 期

卖书

——俞仰修

随着抗战的发生，我的职业，也就在侵略者隆隆的炮声下，被打碎了！

处在这人浮于事的孤岛上，要另外再谋一个职业，真是一件很不容易的事。所以我的失业期，也就跟着战事的继续，一天一天的延长，到现在已经足足有九个月了。虽然寄居在一位亲戚家里，用不着出什么膳宿费，饮食问题暂时可以无忧，但是精神的食粮，却是不可省的。每月的书报杂志费，和零用钱，已经把我手头有限的几个现款，用得差不多了。

过去，因为觉得自己学问的不够，一向是在一个补习学校里读些夜书的，失业后还依旧维持着。不过，日间仍有许多空余的时间，所以最近很想趁这不易得的机会，再来补习些其他的知识。但学费和书费，却使我发生极大的困难。

在多方的设法下，总算学费是给我办到了，但书费仍还不能凑足。

“怎么办呢？还是卖去一些旧书罢！”我在没有办法之下，心里这样想着。立刻就把我以前购入的书，来翻检一下，但当我见到了各种书籍之后，心里就又踌躇起来，“哪一部书可以卖呢？都是我所心爱而且需要的呀！”因为过去一半为了经济的困难，一半为了无暇读无益的书，所买的只限于自己所需要的书籍，一切小说书类，我是不大进门的。就是单只这一类书籍，我在购置的时候，实在也是非常不容易的。所以，觉得现在若把它卖去，未免很可惜，即使以后可以重新买进，然而这在我是一件不容易的事啊！因此我又不想卖了。

“然而不卖我的书，费又从哪里来呢？并且这样的读书机会，于我是不可多得的呀！牺牲些旧的书籍，来换新的知识，也是值得的。”终于我在自己的鼓励下，检出了一部缩本《中华大字典》，决定把它卖去，因为它的定价比较大，可以多卖些钱，并且我用着它的时候，也比较其他各书来得少。

在某处的一个旧书摊上，我开始找它——《中华大字典》的受主了。

“这部书要否？”我向书摊主人问。

“要的，”他——书摊主人——说着，把书拿过去翻阅了一下，接着说，“要卖多少钱？”

“三元。”我回答说。

“三元，不值的。”他又把书约略翻一翻，“一元钱卖不卖？”

“这样的一部书，只值一元钱吗？至少二元半钱，否则不卖的，要不要？”我觉得他的估值过低了，就定出我最低的卖价来。

“不要。”他似乎很坚决的回绝了我。我也就拿着书走了。虽然他后来又曾叫我，说：“一元四角卖不卖？”但我没有回答他。

起初，我希望把这部书卖三元钱，至少也卖二元半钱，但经他还出这样的价格后，我倒有些失望起来，但还想在别的书摊上，或者还可以抬高些。谁知出乎我意料之外的，一连又跑了几个书摊，他们的还价，竟没有什么上下，这可使我大为失望了。我心里气忿，懊伤，很想不把它卖去。但这思想，终敌不了我迫切的需要，所以结果我是忍痛的以一元六角的代价，把它卖去了。

《中华大字典》啊！此后不知道你转入哪位新的主人手里，我却不能再和你见面了！虽然我以后或者可以再买一部，但那岂是你的原身呢！我在翻阅现在所读的书的时候，总是深切的念它，不能把它忘记。

○ 原载《青年周报》，1938 年第 14 期第 16 页

读书与吃书

1942

——崇华

去年十二月八日以后，沪渝交通断绝，父亲有好几个月没有寄钱回来了。我们家中的生活，仅依赖些微的积蓄，勉强维持了几个月。六月二十一日，币制变更后，我们的生活更感觉到困难了。

暑假快过完，学校又要开学了，我和三个哥哥的学费，简直毫无办法。

有一天傍晚，母亲和我到一位父亲的挚友刘伯父家里去，商量关于我们学费的问题。商量之后，决计把家中所藏的一部《四部丛刊》卖去，作为我们的学费。母亲也答应了。

父亲最爱买书，他所赚的钱，差不多都买了书了。这些书代表父亲半生的心血，也是我们家中惟一的财产。我做梦也没有想到：现在会为了我们的读书而把它卖掉。

今天，刘伯父来搬书了。我和三哥把已经包好的书，一包一包的搬上洋车。含着泪看着那壮健的车夫，把父亲半生的心血，我们家宝贵的财产拉走了。回头看着母亲愁容满面的脸，我的泪禁不住偷偷地流了下来。这些书所得的代价呢？付去了我们四人的学费，所余的不足一月的家用。这学期勉强混过去了。下学期的学费怎么办呢？下个月的生活费，又怎么办呢？啊！我不敢往下想了。（七月三十日晚记）

秋天过完了，冬天又来了，孩子的我，又糊里糊涂的过了几个月。这几个月里生活费用还是不断地高涨，米卖到七百元一担，煤球卖二十六元一担，而父亲还是没有一文钱寄回来。家里的生活，虽承一位朋友按月借一点钱。但是这区区之数，那儿会够呢？

前星期，母亲和我又到刘伯父家里去商量关于吃饭的问题，结果，只有和以前一样的卖书了。家里的藏书，虽然不少，但是能够卖钱的，只有一部中华书局出版的《二十四史》。只要价钱卖得比现在书局里的定价便宜，就不愁没有人要。

前三天，刘伯父来了说："书已经有人要了，你们快请出来，过两天送到我家来。"昨天晚上，我和哥哥们一块儿整理着这部书，大家心里充满着忧伤。眼看这部《二十四史》能够留在家里的时间，是不满二十四小时了。

今天早晨，我到学校去上课。回来吃午饭时，眼前已经没有这部书了。我默默的吃完了饭，怀着一颗创伤的心，走到楼上。我想：这部《二十四史》顶多吃到今年年底。要是明年，父亲还是没有钱寄回来，我们的读书和生活怎么办呢？

（十一月十四日记）

○ 原载《申报》，1942 年 11 月 19 日第 6 版第 24665 期

卖旧书 1943

——宋慕法

在C城住了两年，心里有点厌倦了，很想到别的地方去换换环境，可巧重庆的N学校正少一个英文教员，因此决定过了暑假到重庆去。

古人有“蜀道难，难于上青天”的话，从C城到重庆，虽只有短短三四百公里，未必真的就像上青天，但在现在的交通情形之下，的确不是一件容易的事。别说车子不易找，就是找到了，司机先生的气也不是好受的。根据自己最近到Y镇去，在车上目击一个所谓“黄鱼”因为多带了几件行李被司机凌辱的情形，不禁预先打了几个寒噤。所以为了免遭那位不幸的同胞的命运起见，不可不先实行“紧缩”，少带几件行李。

我的东西虽不能说多，大大小小倒也有五六件。虽然都是些破旧的书和衣服，丢了都还有点舍不得。因为在目前的情况之下，腹之不能果，奚暇添衣服哉？所以补起来，还可以赖以遮羞。至于旧书，倒还可以卖掉几本，卖些钱来弥补弥补旅费的不足。不过，话虽这样说，这几本书都是我从杭州逃难出来随身带着的，一路来不管怎样流离颠沛，从来不曾和它们分离过，好像共过患难的老朋友，一旦把它们抛弃了，不免有些惭愧和依依之感。而且自己对于书，一向有宁可送朋友不愿卖人的怪脾气，再加想到从前看过的郭沫若先生所作的在日本卖书的那篇文章，更加对那几本旧书亲热和抱歉起来，觉得不忍和它们分别。但为上述的那个原因，也只好割爱了。

C 弟最近卖过几本旧书，听说我也要卖旧书，便自告奋勇地要陪我去，于是我们决定在十号的早上到此地的一家拍卖行去，这里拍卖行原有三四家，据 C 弟说这家比较最客气。

十号的早上，吃过早饭，约了 C 弟，便怀着惋惜和抱歉的心情到那家拍卖行去。至于书，因为太重了，自己拿不动，只好请 C 弟家里的一位工人拿来。我们跑得很快，他因为负重而落后了。

到了之后，因为书还没有送到，不得不先到各处去看看。我平生不曾做过生意，对于做生意也并不怎样有好感，现在自己卖起东西来了，心里不免起了一阵异样的感觉。但卖书总比发国难财好些，心里也就没有什么惭愧之感了。

好容易，书送到了，我们于是推开账房先生的门，去和账房先生商议标价。

“× 先生，你好？”我因 M 君的关系是知道他的姓的，所以向他打了个招呼。

“嚯！那么多的旧书？”他很不屑地向书瞟了一眼，冷冷地说。

这很使我的自尊心受了些打击，同时缠绕的情景便在我的脑海里浮现了。那时敌人已经迫近拱双桥，学校为求继续开办起见，不得不急急地避到建德去。在建德过了两个多月艰苦的生活。末了大多数的同学连每个月两块六的伙食都包不起了。眼见家乡沦陷，前途茫茫，经济来源断绝，不得不把勉强带出赖以御寒的衣被贱卖掉一些，换取一两块钱来买番薯果腹。在同学们卖物的时候，那些所谓来“收旧货”的商人们的面孔是颇令人难忘的。他们那副带着冷嘲和鄙夷的眉目似乎在说：“拿去吧！这几块钱我布施你们，我并不稀罕你们的东西。”我当时手头还有两个钱，似乎还没有接受他们的侮辱的必要。但此刻我终于尝到这滋味了。

我的五年来不曾分离过的书，一本本地都被这位账房先生以贱价标好了。有几本我希望他稍许标得高些。

“太旧了！”这是他斩钉截铁似的话，似乎是毫无商量余地的。

“先生，”我终于忍不住向他反驳了，“书籍不比衣服，欢喜看的人是不讲究新旧的。”

“我就喜欢看新书！”这是他第二次的斩钉截铁似的话，我再也没有话可以反驳了，谁叫我来卖书呢？咎由自取，活该！

在现在这种世界做人，感觉早已有点麻木了。所以自尊心虽然颇受这位账房先生的打击，倒也没有郭沫若先生当时的心境。但“民以食为天”，我们这批既不能不吃饭，又要自视清高，不肯去贩货，发国难财的家伙，卖旧书和旧衣服，虽不免要看账房先生的嘴脸，倒还不失为一条出路。但想到旧书和旧衣服终有卖完的一天，和最近朱森教授的死，不免有点自危之感。照现整个的国家民族在生死的斗争间挣扎着，我们这些人既不背着枪到前方去和敌人拼命，在后方尽点应尽的义务，吃点苦，原是万分应该的，但自己的胃不断地向自己发出警告，或者一天到晚听到家里的嗷嗷待哺的声音（当然，目前不至于如此），有时难免要怀疑一下是否还该捆着肚子去讲清高，所以古人到底聪明些，说，“衣食足，而后知荣辱。”

一路来，心里胡乱地想着，不觉已到家了，想到中饭还不成问题，也就不再为这些事，去“费脑筋”了。

○ 原载《宇宙风》，1943 年第 130 期第 254 页

卖书散记
1943

——思果

寒家有书数百册，每遇到迁居常常令人头痛。平时我是按我的口味置放的——写出来也许是 ×× 学，因为我是混合了心理学与逻辑来排列的，近案处是“最爱读书”，其中分本国文和英文的，又分文学、历史、语文学……案上是参考书、辞典（小的最近，一套一套堆下去），又分中文的、英文的……再就是“珍本”。所云珍本并非唐刻宋椠，不过是原版西书或是装订较美，印刷清楚的而已。再分下去书虽没几本，名目甚多。但到迁居装箱时，不免与妻生气。她是现实不过的，看小箱子的空处把书本很经济地按着大小放入，于是我便很生气。前此心理学上、逻辑上的价值，这样一来就破坏无遗了。于是我决心卖去一部分不甚用着或不爱看的书以轻整理的负担。实在说，近年来，度日艰难很想换几文钱。

还有一个原因想卖书，有几次时局紧张，我想万一真跑得仓皇，一本也带不走，不如卖去算了。

有一晚上决心挑一下，我在书架前一一细看，这批破烂的书不知怎的，到要卖去时，本本都有情了。我回想往日买书的不易，往往看中一本书要计划几个月才能买来。还有大半都是便宜书或旧书，买来有的因为忙也没看，有的常常翻翻，但都做了我生命中的一部分了，我血管里有着它们和血同流。现在因为贫穷要拿它们换钱（出卖老朋友），我第一次流出羞耻的泪。

不过我终于检出一部分来了，约有三十四本，取舍的标准很多，大约以不常看及版子坏的为限。所云贫穷还未到十二分的地步，所以版子好能多卖钱的书仍不忍释手。有些书自己用了苦功下了注解的谅也卖不出钱也不卖。有些书销路好（如小说）我却没有。为了买书困难只有——读价值的书我不买，总是借来看的。但全买精读的，以一个从业的人像我这样忙的哪里读得了。我又十分悔恨，我的兴趣又杂，所以买来的书有好多是销路坏不过的，此刻叹息也无用，买时本不打算卖的也。我又悔恨不该在书上写许多感想什么的把书弄污了。

那晚我挟了那些相依为命的朋友，跑进一家书店去。那老板我先就和他谈好要卖书的。我心里跳，脸上红，竟说不出话来。他接过书先就锁了眉。“卖不掉，都有名字。”他慢吞吞地说。我感到莫大的侮辱，我说：“不要紧，你看能卖的就卖，我不是做生意的。”

有一批医书，比较新，他拿下了，他用鄙夷的眼光看了其余的一眼，说道：“这些书你留下也可以，我就算五块钱，这一部分书我算十块钱。”我气得直哆嗦，心里想不卖了。但又一想医书反正用不着，卖掉也罢。我一挥手对他说：“医书卖给你，其余我带回去，我告诉你，我不是做生意的。”

挟了老朋友回家又悲又喜，这是一年前的事。

一年来物价更高，生活更艰难，我又想起卖书的事来。我再三选也选不出许多能卖钱的书来，许多爱我的朋友好心送我的书，我饿死也不忍卖，虽然那里面有很值钱的书，我向来没有嗜好，就是爱买两本不太贵的书，心想，有二三年没有买过书了，也没有省下一座洋房来（如某位吸烟友人所云）。现在还要卖出一部分。

母亲看我理书，劝我别卖出，说将来买不到，并且妹妹和我的孩子要读的。我哪里不知这，我又想有些书将来怕绝版，检出又放进。妻虽平时说笑话说我爱《牛津字典》更胜于爱她，但看见我卖书凄然的精神却也十分不忍了。家里人打了好多的节省主意要让我保留几本书，但我十分明白一切方法都想到了极点，再想也难了。我们相对哭笑不得。

几个晚上我忙于标价，刮去名字和图章，撕去已旧的包装纸，害得我看书的时间都没有了，这次不卖给那吸血的书商了（他赚了我很大一笔钱，因为以前那医书给一位中医买去了），我交给委托社。

我不知道我的老朋友能值几文，因为有一家我常走过的书店里放着好多旧书，永远静静地躺在架上的。

〇 原载《正气周刊》，1943 年第 1 卷第 3 期第 19—20 页

卖书记 1944

——赵荫棠

大概是四年前吧，我作了一篇文章登在最后一期的《朔风》上，题为《读买藏》，其中所谈，是我从读书到藏书的经验。那个标题，三个动词连在一块用，是仿照北京《藏摸跟》——即捉迷藏——的俗语，我觉得很有意思。买书藏书，亦即占有欲之表现。有许多人藏着书，不惟作自己一生的把玩，还预备作为子孙万世之业。而我呢，根本没有这种想法，我于二十四年三月六日在一本书的后边写了几句话说：

“去年曾购一册，为托名王森之贼所偷去，荏苒数月，至今方能补缺，又不知此书将落何人之手也。买书原为我用，何必问后日事？只要在我用时，能用得着，不再被若王森者之贼偷去，便心满意足矣。”

那时只想着怕人家偷，根本没有想着卖。实话说吧，“卖”字对于我是一种耻辱，我不用的东西，送人或扔了均可，至于卖，我是期期以为不可的。东西尚不可卖，而况书乎？

后来读《郎潜纪闻》，见有一条云：泉州李中丞馥，抚吾浙时，收书极富，一时善本，齐入曹仓。每册皆有图记，曰“曾在李鹿山处”。后缘事讼系，群书散逸，人以为印文之谶。然亦达已。

李公的旷达，我觉得很有趣味，也很想刻那样一个图章，偏印在我所买的书上，谶语的话，我根本是不相信的。不料图章还未刻，逼我卖书的事情便发生了。古人只有语谶，而我竟有心谶，岂意一动而神先知乎？一笑。

是在三十一的春夏之交，隐忍了七年的事情必须要解决了。解决这件事，是得用一笔款，几个朋友替我计划这件事，起初说是借款，以书作抵押品。不料所要解决的问题很顺利的解决了，而款却未借到手。箭在弦上，不得不发。到底该怎么办呢？一个朋友便提到卖书的事情，我听这话，浑身打颤。我要肯出这一着，我早就那样的解决了。我要肯出这一着，我早就离开北京了。周围的朋友自然是说，不要紧的书存着也是存着，但哪是不要紧的呢？设若不要紧，我根本就不买，我可不是藏书家。凡我所买的，都是我的灵魂所系，我要卖去一部分的书，就是卖去我的灵魂的一部分。那个朋友很聪明，他跑到我已无人管的家里，把书挑出十分之二，笑着说："这样是于元气无大伤损的。"我忍痛的笑一笑。说着不伤元气，哪有不伤元气的？我想建设的三传系统就被打破了，《说文解字诂林》也随着去了。西文的论文和文学史之类，也被挑出几种，最惊心动魄的，是有关于我的本行的几种：《西儒耳目资》，我费了许多精神，生了许多气，才能买到。明版白棉纸《古今韵会举要》，是我最爱的，里边夹着一张当死的当票，是买它的纪念品。被挑出来的书，堆在屋地上一大堆，我不敢正视它们，索性跑出去，两夜没有回家。怎样拉走的，我也未曾管。那个朋友不惟聪明，而且慷慨，竟然把他自己所存的书，贴赔里边许多，以足所需要之款。我听到这内情之后，我对于我的自私，非常的惭愧。

一过暑假，物价一天涨一天。新管家虽然很会过，却管不住入不敷出，于是又零零碎碎的卖起书来。卖一部，心里便起两天惨痛，好在棒子面儿仅涨到一元左右，大盒马克利烟仅涨到五六角，卖一部书尚可维持十来天。而且书之卖给师友者，他们还要藉端多送钱，所以在此期间，灵魂虽有伤损，尚无大伤损也。

不料到了去年夏天，物价又比前年加几倍，于是老同文《廿四史》便换了棒子面儿，它的周围，也零零碎碎走了许多。今年春天，棒子面儿涨到四元多了，于是实行打倒英雄主义，把先年所存的文学理论及艺术美学之类的二百多种西文书全数卖出去了。这些书是我从民八到民二十精神所寄托的东西，买时，也真费了许多心血。俭衣省食，又加之以借贷，什么苦都受了，在买时，还有两位先生替我帮忙，一位是孙孟尔先生，我的中学英文教员，他办个公司，能直接去英美买书；一位是张凤举先生，我的大学教授，他与北京饭店西书部老板相识。这两位先生，据说都在上海，这次到上海，我想总可以见着他们，不料一方面地生，一方面事忙，终于未达到目的。离合之数，想在天也。

小说之类，木版的、石印的，全以字数价钱让出去。暑假之间，请谢刚主同来熏阁掌柜到家吃便饭，又卖去旧书之一大部分，其中最使我心神不安的，是《音韵日月灯》与《洪武正韵》《音韵日月灯》极完整，在北京现已难见，《正韵》版亦佳，读之目爽心适。

在南行之前，因为没有安家费，约市场五洲的老板到家，他买上瘾了，我也卖上瘾了，把甲骨金文的书卖给他之外，更把明版《五音集韵》也搭进去了。

到现在，我的韵略堂之书，也真够“略”了。春时，我的朋友让我作两篇文章，一是《韵略堂小记》，一是《读骚小记》，题目出得虽好，我却没有作。而今呢，竟作这篇《卖书记》了。唉，写至此，回头一看书架，大有空空如也之势。楚辞百余种，留着读吧，无谓的泪满可洒在这顶上。韵书，是留着供学生参考的，不能卖，也没人懂啊！

爵青先生说满铁要买书，我在一个座谈会里写一字条回答他说：“提起卖书，我心痛的很，在我不需要钱的时候，我一本也不想卖，一旦需要钱，便随便让书估拿去。此时我真不愿提此事也。”

从南边回来，北大文学院有两个女生想帮我的忙，也说某处要买书，我亦以此话答她们，我本是个穷措大，在买书时不斤斤较量，所以沈兼士先生尝向人说：“他买书是不问价钱高低的。”待卖书时，也是抱着不斤斤较量的态度，糊里糊涂的来，糊里糊涂的去，在别人总以为是如此。殊不知在我的心理上却是两种滋味。欲得之切，所以不敢论价，伤去之远，所以不忍论价。这又是多么耻辱的事吧，从自己的书斋，一包一包往外拉书！所以有两三次卖书，都托朋友与书估商量价钱，自己躲得远远的。

说不想卖，恐怕是还得卖吧？昨天借了三百元，除了车钱，缴了房租，尚余联币四元。距发薪尚有十四日，版税又一时拿不到手，我哈哈大笑了！

回想过去，真如梦寐。始而想研究音韵与文学，期间又要研究小说史，研究“三传”，研究《诗经》及《楚辞》。在每一段的过程里，我对于搜集参考书籍，都会发一阵迷。韵书与我发生关系最久，所以梦得在深庙古寺里发见古版韵图竟有数十次之多。韵略堂所存韵书，在未卖之前，说是甲于全国，也非臭夸，现在只余十分之七了。待这十分之七扫数卖完时，我是什么样子，不敢想。姑作旷达语，只有是这样说，自我聚之，自我散之，也是一件快事！

三十三年十二月十三日于韵略堂。

○ 原载《文艺世纪》，1944 年第 1 卷第 2 期第 10—13 页

群书疏散记

1945

——纪果庵

朋友都知道我收藏一点书，其实那寒俭的几架断简残编，绝谈不到“收藏”二字，不过爱书的人，都是家有敝帚，享之千金，往往喜欢夸张，与窖藏金银囤积货物者大不相同，于是好些人要我写文字，皆指定谈书。版本我是不懂，真想赚钱的大书店也不敢问津，不过于书肆荒摊，猎取一二，偶有盼望许久而未买到的东西，于无意中得之，欢喜赞叹，情不自禁，其寒贱气亦极为大人先生所嗤笑。从前曾写过许多关于买书的文字，虽然是身边琐事，毕竟可以代表聚散的沧桑，何况写的时候，正当物聚所好，心中多少有些高兴，因而信笔乱说，不知其被人视为寒乞相。在南方一住五年，除此以外更无长物，但对此区区，其恋惜之感更大于官商之对于财务姬妾，当这人人自危举棋难定的时候，尤其不能释然，所以近来常常想到如何疏散的问题。

我买书的方向是杂乱的，除去专门的自然科学应用技巧，以及可以指导人人升官发财的政治经济一类书外，差不多都有兴趣。就是自然科学，关于生物与植物的书也欢喜，去年我还向中华农学会设法买陈嵘先生的《中国树木分类学》呢。至于历史的、笔记类的小品，金石类的印本及拓片，尤所爱好。就中金石类对于我完全是好玩而不是学习，可以说是我的贵族收藏。记得当新旧法币交换时，曾用一百八十元旧币买《缀遗斋彝器考释》，心里很不痛快，以为书商敲我竹杠，现在思之，岂非梦寐。去年书估看见我的《清仪阁古器物文》，说可以值六七千元，我认为是笑谈，而实际现在出六七千元也没有货色。我疏散书籍，当然首先以此种书籍为对象，因为他们不是时刻需用而价值又比较大些。去年春天我有机会回北平，向书店打听寄书的情形，据说私人书籍还不困难，若是书店大批的寄，便容易被扣或积压，于是给家中写信一次寄了二十包，其中包括《越缦堂日记》正补两篇及《涧于日记》等，本来不想寄他们的，因为开去的目录多，家中无心将他们选入。除此以外，大致都是些金石印本，如《周金文存》及《奇觚室吉金文述》，虽中多伪器，但书已难买，我却都用很少的代价得到。又有初印《攈古录金文》，书品特别宽大，刊刻毫无泐损，清人所篆刻的金文，要以此种为最好，阮氏款识及《筠清馆金文》皆不行。那好像一共只有三四天工夫就顺利收到，心里很高兴，也正因为这个缘故，当我自北归南时，认为寄书的事并不严重，遂暂行中止，实在也是感觉得买了书总应当放在身边，即使不看，也有一番安慰，将来的事，何必想它。从去年夏天起，南京渐有空袭警报，有时报纸上也记着飞机过境的事，然而究竟还是迟缓的，大家不甚放在心上。常在中报上些文章的顾芦园先生，开始把他的书疏散到苏州去，在他的文章里面记着，仅仅寄到第四十多包，就发生遗失短少的情事，如此岁月，行李长物，遭此劫数，乃是家常便饭，自己还庆幸着没有将书扫数寄出去。在这种环境之下，文物无论从哪方面都有损失的可能，焚毁，劫夺，抢窃，再加上运输的不便，牛弘所记五厄，还没有一次是由运输而生，此亦古不及今之处。因念前年曾见保文堂有《殿版列朝诗集》一部，装帧甚雅，纸墨精洁，因议价未谐，不能在南方出手，不得已又寄回北京，不意竟在车上遭火焚，原因是跑生意的太多，油和火柴发生摩擦，结果乃殃及池鱼。当时听了，以为是偶然中的偶然，只怨书商运气不好。不料后来这样的事，全不在话下。交通情形随空袭的增加，益加不能正常，北平和上海的信件常会迟至两周至一月，不管怎么样，委实感到书是非想办法不可了。普通心理，在战乱及危险期间，都有迁地为良的倾向，虽然最后不可知，似乎事前尽了人事，便增加一层可靠性。民国二十二年长城战役，我正在北平，目睹北平住民，西城迁到东城，东城则迁到西城，大家乱成一团，全不想想有无意义，现在对于书籍好像也是这种状态，假使不寄走它，一若必要遭逢危险，却不考虑也许寄走在当前就会靠不住的事，人类心理的弱点，大约一到非常时期，便表现的无遗了。

第二次决心疏散书籍，正当去年旧历年前，铁路交通既时有故障，打着牛皮纸的包裹也不耐烦似的，选择什么书寄走呢？东看看，西看看，觉得哪种都可爱，留在身边也好，寄走让它安全一下也好，犹豫不决，在旁督促着的妻，甚至都有些生气了，“到底寄不寄！”她哪里知道我心中的难过？最后找到了《王静安先生遗书》，因为有两部，不妨寄走一部罢，书也小些，包裹容易，又配上其他的书，一总是七包，狠狠心，送到邮局去。邮费已竟加价，每包的费用连挂号是七十元。这样，把书的命运完全交给不相干的第三者，简直是想也不敢想的事。没有几天就是新年，这是我在南京第五次度岁了，虽然照例有很多同乡，烧一些乡土菜，吃两盅白干酒，到底抵不过心中预感的悲哀，好像彼此兴致都异常萧索。元旦，本地人都衣冠楚楚去贺年，我们这些异乡游子，格外心中不畅快，几乎整天都在闷睡。后来想起何不趁机理一理该寄的书，电灯又没有，点着蜡烛从架上搜寻，又找出几种金石书，如《窸斋集古录》，二十九年我买第一部时，不过三十块钱，让给学校，我自己的却是二年后花了一百六十元钱买的，书乃第一次印，比后来本子略小，纸质亦较好，并且在某肆配到《释文胜稿》二册，乃是架上得意之品。另外还有福开森编的《历代著录吉金目》，及《中国艺术综览》两种，《武英殿彝器图录》《簠斋吉金录》各一函，《十二家吉金图录》和郭著《卜辞通纂录文丛考》，吴著《金文历朔疏证》等亦附入。福开森的书到南京后才开始收集，这本《历代著录吉金目》，比静安先生的《国朝金文著录表》以及罗氏补订的《著录表》都丰富几倍，至于真伪杂糅，当然在所难免，在我们外行人宁去此多许胜少许，而且他附录释文，更便检索。我常想如果有人肯照丁福保先生那样，作成一部《金文甲骨集释》，将各家考订释文，按时代先后分器分字编成一书，其便于学者，比《说文诂林》不知又要大多少倍！如此兵戈遍地，复有何人措意及此，只求现存典籍，不再遭劫火，已算万幸了。《中国艺术综览》乃英文本，出版地似乎在香港，盖其时事变已起，内容是将中国艺术分为十类，先说明后图版，我所买的是合订本，比分订十册者要好的多。此书印刷相当精致，但去日本所刊各种研究调查的图录尚远。我们如果常注意东方文化研究所的出版品，便知道中国的历史语言研究工作，近二十年来，都是在亦步亦趋的模仿着日本。中央研究院所出的集刊，更是步趋着《东方学报》。于此我们不能不佩服国外汉学者治学的精研，和他们国家对于文化事业的倡导培补。成帙的著作，如《中国文化史迹》《中国佛教史迹》《东洋历史参考图谱》《东瀛珠光》等等，都是洋洋大观，令人目不暇接。中央研究院的《殷墟发掘报告》《田野考古报告》等，虽亦精详明晰，但印刷装潢，较之《殷墟遗物研究》《殷墟白土器研究》《貔子窝》《乐浪》等书，也要差得多。若住友氏所印的《泉屋清赏》，梅原氏编的《支那古铜精华》，中国新印的《金文图录》，虽称精美，亦不能与之抗衡，无怪容庚氏在《海外吉金图录》及《秦汉金文录》等书中感叹了。福氏所印，最精美的，要推北平刊行的《校注项氏历代名瓷图谱》，色彩鲜艳，纸张考究，与原本（原本文佚，有清宫摹本及转摹本）相去无几，但这纯粹是奢侈品，对于瓷器的研究并没有若何帮助，或者还不及薄薄的小册子，徐守白的《钦留斋说瓷》呢。金陵大学文化研究所曾印《福氏所藏甲骨》，仅薄薄一本，又商锡永氏曾与之合编《中国历代书目》，亦金大出版，这两种我还没有。金石书籍寄起来有一种麻烦，就是重量太大，例如容白所编《商周彝器通考》所附图录，可为显例，但这不算太厉害的，日本所印的《乐浪发掘报告》，在今日是无论怎样不能付邮的。我有一册《龙门石窟之研究》，也是东方文化研究所版，当初是书店从北京带来的，因为重量实在大，在平时这种书不失为精美，到非常时期却成了累赘！（《海外吉金图录》的精印本采用散页氏有同样情形）去年有友人北返，曾托他们带回，结果仍是因为笨重而被拒绝，故此类物事，大约只好任他们的命运了。龙门的拓片我搜集得很不少，大都皆系裱本，邮寄亦有困难，让他陪着那些《研究》去吧，就是派专人把他们送回去，不是在火车上东西也会不翼而飞吗？

除去金石以外，还有几册印谱，全是从旧书摊头买到的，其中最可爱的是吴岱秋收藏的《晚翠亭印辑》和一种无名氏的《昌羊宝印存》，吴氏所辑为胡菊邻、吴昌硕、赵撝叔诸家之作，昌羊宝则是西泠八家居多，甚至还有何雪渔的，恐怕一定靠不住了。古印方面我有一部《匋斋藏印》，至若故宫传拓的《金薤留珍》。罗氏传印的《赫连泉馆印存》、天津周氏、濮县陈氏、双虞壶斋吴氏、西泠吴氏，诸家的印谱，心向已久，而无缘收到，罗氏、陈氏及双虞壶斋收藏尤为海内之冠，或在战乱之后，存者亦不多矣。中国印人皆有摹古癖，实则古印的变化，何如今日之活泼？我看黄牧甫的印谱，晚年全仿汉印，实不如早年学郑石如、吴让之的可爱，也许这是外道之谈，但会仿古的人，一定不为古所泥，想该不错。印学至晚清一变，恰如书家帖派之变为北魏一样，现在摹汉之风已流行近四五十年，似乎又该有变化了，不知内行人以为如何耳。

去年秋天，我还从北京买《春明梦余录》《万历野获编》《道古堂全集》《烟屿楼文集》① 等书，不意不到六个月又想尽方法来疏散，人事不可量，岂此而已！《春明梦余录》只有古香斋丛书本，略加翻阅，未能读完，为凑邮包重量，也将它扎在《曲海总目提要》一起，贴起暂作十元的邮票了。孙退谷不无亡国之恨，故晚年避居西山，不问世事，此书专记启祯以来宫廷旧事，名曰“梦余”，显然有孟元老、周密之意，我们应当对他表示同情的。我的北京风土书如《天咫偶闻》《藤荫杂记》《印潜纪闻》《天下旧闻》《北平风俗类征》等，皆尚未寄，日本印的《唐土名胜图绘》及北平市府编的《旧都文物略》，也姑且叫它们在书架里休息，不管看与不看，我感觉有这么几本书在身边，好似离北京不甚远似的。倒是光绪《东华录》，因为篇幅很多，看起来不大方便，先把它打发了。这一次一共寄十二包，恰好北平来了回信说第一次的七包已收到，于是另检十四包，本来这不是什么高兴的事，就连目录也不曾留，到今天再让我追想是些什么，竟有许多记不出了，又有人说，下关的邮件堆积如山，这些东西是不是也躺在那里，听着警报而抖颤呢？假定它们有知觉的话，其悲哀与凄凉，正不在天涯游子之下！所以，我也可以算残忍的了。但一不做二不休，昨天终于又包了十四包的《书道全集》出去，当包装的当儿，我还再三打开裱纸，留恋的看看那些影写版和特制的铜版，和文假名虽不知道，那些带颜色的纸是怪诱人的呀！我买此书时原缺第一册，托在日本留学的学生给配，果然很

① 编者注：（清）徐时栋撰。

顺利的配到了，既是起始是这样幸运，或者在旅行的时候也不会遭到什么意外吧？

亲爱的伴侣们！希望短时间内和你们再会。

乙酉春分寒雨中烛下

○ 原载《申报月刊》，1945 年复刊 3 第 4 期第 125—129 页

我已失去的旧书

1946

——曙山

试过了一种日刻旧版本之《唐诗绝句》，因又想起，我于这次中日之战中，曾把所有的书籍、稿件、日记和照片等等，尽失于京寓之裴家桥仁爱里七号，及于四月还都到那里一看，果已变成一片农田了。那里有我留日五年全部的日记（多为东京新潮社之《新文艺日记》本），是最为可惜，其次便是几种已绝版的中、英、日文的旧书籍。

那些历十余年的稿件和日记，既不可复得，固较失去一切家产衣物为尤可痛惜，然而单是失去二千余册的书籍，恐怕此生也决不易重行购全了。且事隔九年，而当时连书目也未曾携至后方，故今在记忆中已多半记不清楚。

兹仅略述几种原在海外的多已绝版的旧书：

首为与《唐诗绝句》差不多的日刻旧版本之《诗话四种》，内为《六一诗话》《沧浪诗话》等，其纸质与线装则尤为精美。还有日刻诗韵等数种，与上述诗话的纸质和线装是同样的可珍。特别是曼殊大师在东京印的《文学因缘》初版本，是旧账簿式的一小册，铅印活字，中英对照，而其装潢则尤为精美绝伦。又当台湾割让日本时，有台人李某为著《东游八十？日记》，以大号铅印字线装出版于东京。其字里行间有欲哭无声者，惜其今已不能目睹台湾中国版图也。此书我曾扼要为述于上海《大美晚报》副刊之《火树》，今若得重读之尤可见一斑。又有汉译早在日本出版之《世界著名暗杀案》及《大亚细亚主义论》

等，也都是已绝版的好书。

次为日文书，首如宫崎寅藏的《三十三年落花梦》原本，和其后有加以考订的翻印本，于其东京大震灾后，实都是不易再得。而国父参加岭南闹起义后，归而写著《支那革命实见记》，国父亦为序，以及《支那革命小记》和《共和以后》等，今恐其亦难于再得了。他如大限重信的《东西文化之比较》，我在战前曾迻译过约三分之一，皆已连载于南京之《政治评论》，今则原本既失恐永难译完。即如河上肇的《经济学原论》，有在震灾前出版的一小册，后亦曾被人视为珍物。尚有可买而非早已绝版的，不于此并谈。然犹有在巴黎出版的汉译《夜未央》一种，我于民国十六年在上海四马路旧书摊上买到了一册，当系初版本，而今失了则尤为对不起一个友人。

单以日本而言，向藏有为中国自己所无的古书、古画等甚多，何况这次在作战之初，又必到处劫掠去了不少呢！记得钱玄同等翻印唐代小说《游仙窟》，就是从日本抄来之一，而国父在早年所绘制的《中国地图》，亦是藏在东京大桥图书馆，此外真是举不胜举了。总之，今日我们必须去把那些东西完全搬回来，以符胜利的意义，并聊偿所失。

○ 原载《中央日报》，1946 年 1946 年 7 月 3 日第 7 版

卖旧书 1946

——方君

为了爱读书的原故，二十多年来聚积下了不少线装书，其中固然有费了好些钱才得购来，其中也有好些是不常见的版本。我一向在兴致来了的时候尽自去抚摩着它们，翻阅它们，往往是自昼至夜。二十多年来的辗转流徙，自然丧失了许多，但为了是心爱之物，每一次逃难，都于事前有了准备，所好的还损失无几，而这损失无几的六百多本里面，着着实实跟我结了二十多年的缘，我也很感激它们频年给我不少的智识。

我这许多年来对它们的保存实在费了不少的心力的，怕霉了，便小心地去曝太阳；怕蛀了，便洒臭粉，藏胡椒粒，无论至贫极病的时候，日日都得去整理它们，拭尘埃，理残页，不忙上几个时辰，总不肯罢手。然而，到如今，再也无法将它们保存了，为了贫，也为了病。病已是不能再事迁延不治的了，同时食齿又繁，家里消费的人实已不少。于是，在典质俱尽的情况之下，只好并此而去之而已。

在初，我的念头还只转到英文书籍上去，以为胜利了，以后交通无阻，文化要恢复以前的构通，只要有钱，英文书籍不愁没买处，便整数的售给旧书摊，要回来一个看得见的代价，但也剩着一本，那是 The Opium Clippers[①]。

① 编者注：即《鸦片船》。

那书是一位美国朋友送给我的，市上没有售处，据说香港找不出第三本来。我可不是为了这些，而实在是为纪念一个友人的赠与，才要把它保存，永资纪念。

而现在，连那本版书籍也难以与我一再结缘了，迫而又去放弃了它们，放弃了它们，可以使我换回不少治病的药物和养活一班寄生虫的物质。人总是在这方面打算吧！我已给负累得麻木起来，连人也不想继续去做了。

这批书籍从明版的一批中捡回了较为完好的两部，一是《春秋繁露评》，另一是《谢宣城集》。《谢宣城集》只有一本，经过藏书人的重装，书面上写着“高齐读本”四个朱字，又用墨笔写着“谢宣城集明张溥百三家原刻本丙子十月十九日重装”两行小字。《春秋繁露评》是两本成为一帙的，序后有名平远的识：“明刊本董子，陈孝廉廷瑛所藏；孝廉卒后，书散假，而此本平远购之。叶楚白先生，与远在教忠学堂同事五年，劳而不伐，简而静，数年如一日。其董子所谓正其谊不谋其利，明其道，不计其功者耶？今将北行留赠此帙，且识景仰。”下书“宣统三年正月平远谨呈并记”等字。

这两部书我要留下尚还有一段因缘，并不只是较为完好而已，而是，书籍现在已不值钱，就算并此而卖了，也增加不了多少的代价，倒不如留剩些好罢。

有人说，儿子出卖其先人的藏书是蛀虫，那末，我出卖自己的藏书可算是自己的蛀虫了！

○ 原载《申报》，1946 年 6 月 28 日第 8 版第 24556 期

售书记

——郑振铎

嗟食何如售故书，疗饥分得蠹虫余。

丹黄一付绛云火，题跋空传士礼居。

展向晴窗胸次了，抛残午枕梦回初。

莫言自有屠龙技，剩作天涯稗贩徒。

以上是一个旧友的售书诗，这个旧友和我常在古书店里见到。从前，大家都买书，不免带点争夺的情形，彼此有些猜忌。劫中，我卖书，他也卖书，见了面，大家未免常常叹气，谈着从来不会上口的柴米油盐的问题。他先卖石印书，自印的书，然后卖明清刊本的书。后来，便不常在古书店见到他了。

大约书已卖得差不多，不是改行做别的事，便是守在家里不出门。关于他，有种种的传说。我心里很难过，实在不愿意在这里再提起，这是一位在这个大时代里最可惜、惨酷的牺牲者。但写下他抄给我的这首诗时，我不能不黯然！

说到售书，我的心境顿时要阴晦起来，谁想得到，从前高高兴兴，一部部，一本本，收集起来，每一部书，每一本书，都有它的被得到的经过和历史。这一本书是从哪一家书店里得到的，那一部书是如何的见到了，一时踌躇未取，失去了，不料无意中又获得之；哪一部书又是如何的先得到一二本，后来，好容易方才从某书店的残书堆里找到几本，恰好配全，配全的时候，心里是如何的喜悦；也有永远配不全的，但就是那残帙也很可珍重，古宫的断垣残刻，不是也足以令人流连忘返么？哪一本书虽是薄帙，却是孤本单行，极不易得；哪一部书虽是同光间刊本，却很不多见；哪一本书虽已收入某丛书中，这本却是单刻本，与丛书本异同甚多；哪一部书见于禁书目录，虽为陋书，亦自可贵。至于明刊精本，黑口古装者，万历竹纸，传世绝罕者，与明清史料关系极巨者，稿本手迹，从无印本者，等等，则更是见之心暖，读之色舞。虽绝不巧取豪夺，却自有其争斗与购取之阅历。差不多每一本，每一部书于得之时都有不同的心境，不同的作用。为什么舍彼取此，为什么前弃今取，在自己个人的经验上，也各自有其理由。譬如，二十年前，在中国书店见到一部明刊蓝印本《清明集》和一部道光刊本《小四梦》，价各百金，我那时候倾囊只有此数，那末，还是购《小四梦》吧，因为我弄中国戏曲史，《小四梦》是必收之书。然而在版本上，或在藏书家的眼光看来，那《清明集》，一部极罕见的古法律书，却是如何的珍奇啊！从前，我不大收清代的文集，但后来觉得有用，便又开始大量收购了。从前，对于词集有偏嗜，有见必收，后来，兴趣淡了些，便于无意中失收了不少好词集。凡此种种，皆寄托着个人的感情，如鱼饮水，冷暖自知。谁想得到，凡此种种，费尽心力以得之者，竟会出以易米么？谁更会想得到，从前一本本，一部部书零星收得，好容易集成一类，堆作数架者，竟会一捆捆，一箱箱的拿出去卖的么？我从来不肯好好地把自己的藏书编目，但在出卖的时候，买书的要先看目录，便不能不咬紧牙关，硬了头皮去编。编目的时候，觉得部部书本本书都是可爱的，都是舍不得去的，都是对我有用的，然而又不能不割售。摩挲着，仔细地翻看着，有时又摘抄了要用的几节几段，终于舍不得，不愿意把它上目录。但经过了一会，究竟非卖钱不可，便又狠了狠心，把它写上。在劫中，像这样的“编目”，不止三两次了。特别在最近的两年中，光景更见困难了，差不多天天都在打“书”的主意，天天在忙于编目。假如天还不亮的话，我的出售书目又要从事编写了。总是先去其易得者，例如《四部丛刊》《百衲本二十四史》之类。《四部丛刊》，连二三编，我在前年，只卖了伪币四万元；《百衲本二十四史》，只卖了伪币一万元。谁想得到，在今年今日，要想再得到一部，便非花了整年的薪水还不够么？只好从此不作收藏这一类大部书的念头了。最伤心的是，一部石印本《学海类编》，我不时要翻查，好几次书友们见到了，总要怂恿我出卖，我实在舍不得。但最后，却也不得不卖了。卖得的钱，还不够半个月花，然而如今再求得一部，却也已非易了。其后，卖了一大批明本书，再后来，又卖了八百多种清代文集，最后，又卖了好几百种清代总集文集及其他杂书。大凡可卖的，几乎都已卖尽了！所万万舍不得割弃的是若干目录书、词曲书、小说书和版画书。最后一批，拟目要去的便是一批版画书。天幸胜利来得恰如其时，方才保全了这一批万万舍不得去的东西。否则，再拖长了一年半载，恐怕连什么也都要售光了。但我虽然舍不得与书相别，而每当困难的时光，总要打它的主意，实在觉得有点对不起它！

如果把积“书”当作了囤货——有些暴发户实在有如此的想头，而且也实在如此的做，听说，有一个人，所囤积的《四部丛刊》便有二十余部——那么，售去倒也没有什么伤心。不幸，我的书都是“有所谓”而收集起来的，这样的一大批一大批的“去”，怎么能不痛心呢？售去的不仅是“书”，同时也是我的“感情”，我的“研究工作”，我的“心的温暖”！当时所以硬了心肠要割舍它，实在是因为“别无长物”可去。不去它，便非饿死不可。在饿死与去书之间选择一种，当然只好去书。我也有我的打算，每售去一批书，总以为可以维持个半年或一年。

但物价的飞涨，每每把我的计划全部推翻了，所以只好不断地在编目，在出售；不断地在伤心，有了眼泪，只好往肚里倒流下去。忍着，耐着，叹着气，不想写，然而又不能不一部部地编写下去。那时候，实在恨自己，为什么从前不藏点别的，随便什么都可以，偏要藏什么劳什子的书呢？曾想告诉世人说，凡是穷人，凡是生活不安定的人，没有恒产、资产的人，要想储蓄什么，随便什么都可以，只千万不要藏书。书是积藏来用，来读的，不是来卖的。

卖书时的惨楚的心情实在受得够了！到了今天，我心上的创伤还没有愈好；凡是要用一部书，自己已经售了去的，想到书店里去再买一部，一问价，只好叹口气，现在的书已经不是我辈所能购致的了。这又是用手去剥创疤的一个刺激。

索性狠了心，不进书店，也决心不再去买什么书了。书兴阑珊，于今为最。但书生结习，扫荡不易，也许不久还会发什么收书的雅兴罢。

但究竟不能不感谢“书”，它竟使我能够度过这几年难度的关头。假如没有“书”，我简直只有饿死的一条路走！

○ 原载《周报》，1946 年第 18 期第 15—16 页

卖书

——何苦

今年不大买书，原因是书价贵而收入薄，每次想把留着的一些钱买一本曾经在书店看中的书时，总是被临时需要的急用把这笔钱移作别用，于是只能把希望留到下次，而“下次”的机会往往也是这样轻轻牺牲掉，使我把买书一事，列入奢望，不敢向书店去随便蹓跶了。

为了买不起新书，于是想起自己一点旧书，假如卖掉了一部份旧书，不是可以去换几本新书吗？因此我想到了尘封在书桌一角的十二册《老爷》杂志。这十二册《老爷》，是前年冬季，外汇率还相当平稳的时候，我托书店直接向美国去定来的。能够保全到现在，其中还有一些小小曲折。我留给书店里的地址是自己的办公所在地，每一期杂志总是在每月的十六日左右可以收到，不大有很久的耽搁。但是当六月份的《老爷》收到以后，七月份便久久不来，反是八月份的一期倒在八月十七日收到了。我猜想多半遗失，否则怎有八月份的来了，七月份的倒姗姗来迟之理。

可是我总得努力查一下，假如查不到，只得去补购一本。我去托办公所的收发那里查询，有许多外国杂志寄来之后，是经由收发送到另一部门去作参考研究之用，我猜想这本杂志也许混进了研究室。这一种猜想果然不错，查询的结果，不出所料，果然在那边，而且经过办事人员拆封，翻阅，传借，到底因为没有失主来认领，仍旧静静地躺在书架上。起初在查询的时候，完全存的是缘木求鱼的想法，现在居然求鱼得鱼，使整年的杂志不致缺失，使我颇为欣喜。

这一次卖书，首先便想到整年的十二册《老爷》。我想，还是把它卖掉了吧，换几册新书来读读。对于这份心爱的杂志，在决定要出售的晚上，不免起了惜别的意思。我看过里面每一幅漫画，读过每一篇短篇的文章，放弃掉而预备留着慢慢细读的是几篇较长的小说。这一个机会显然是失掉了。还有这许多不厌再看的，无言的与有言的漫画，以及彩绘的风情女人，此刻都要分别，不免黯然。不要说这些，便是单拿《老爷》杂志里的广告来当课本读，就足可以供你欣赏揣摩。这些，到明天都要分别了，究竟和原来尘封在书桌一角有甚长的距离呀！

到下一天，我决定去卖掉，跑进旧书铺，老板听说是《老爷》，甚表欢迎，问我是几年份的，回答他是一九四七年，十二本完全的。他说这样吧，一共算三百万，合金圆一元。

这数目使我在九月初逼炙的骄阳下打了一个寒噤。金圆一元！不能换一册新的《老爷》，就是连一本《晚邮周报》都不够买，如其想以之买一册《现代丛书》，更是差得太远了！

我只能把十二册书仍旧搁起来，不卖也罢，不是可以温故而知新吗？可是，读新书的希望，又要顺延下去了。

○ 原载《申报》，1948 年 9 月 7 日第 8 版第 25345 期

卖书记

—— 弘贤

为了应付生活的急需，我最近三次去卖书。

第一次还相当顺利，我带了一部《历代名印选录》去卖，那是明代嘉靖年间的刊本，也是我家收藏的一部老古董，虽然那目光犀利的书商还不住的挑剔，说出并非原拓印存的外行话，但到底还给我一个相当可观的价钱，足以使我买八斗老米。于是我在聊以自慰的条件下出让了这一部著名的印谱，而带了几斗米回到了寄住的家。

第二次是非常不顺利，因为我带了一部《韩文考异》，这文起八代之衰的韩昌黎，并不为书贾所重视，跑了几家收买旧书的铺子，结果都不肯用买破纸的价钱来买，而且书商还诚恳的向我说明，这一类古老的文章不如一部平常的小说有销路。我也承认他的话对，因为在现今读文章的人已如凤毛麟角，而脍炙人口的小说却真个是不胫而走。于是我决定仍把这部古文放起来，等到有人提倡韩文时再来出卖。

第三次也是出乎寻常的不顺利，虽然我拿的是李笠翁的两本传奇和一部黄眉故事，可是这些说部和剧本也似乎赶不上时代了。而在书商的眼光下还特别鄙视这些竹纸木刻本，尽管在过去已保存了几十年，然而的确是赶不上新闻纸的坚韧的，于是我在书店的过低估价下，又依然带回来。因为倘若两部词曲还换不到几枝香烟，那我又何妨保留这名作的警句来把玩咀嚼呢。从第三次后，我便不再想去卖书了。

○ 原载《申报》，1948 年 9 月 5 日第 8 版第 25343 期

卖书

——尤墨君

屈指算去，自吸粉笔灰过生活以来，足足已在四十年以外了。半生不喜别的，只喜书籍。宁可着得破些，吃得差些，惟有书籍则不可不买。因此之故，寒舍一间陋室里，桌上，架上，甚至洋油箱中，破皮箱中，都装满了书。某书在何处，某书压在某书之下，只有我一人晓得，家人从不敢妄动；故这间陋室，虽未高挂“闲人莫入”的虎头牌，然而仿佛已成为我的禁地了。

近几年来，不知如何，每感到穷教员呒啥做头，故立誓不再买书。以前喜欢跑跑新旧书肆，挖腰包换得一二本书，挟着归家，当作珍宝似的收藏起来。现则索性连日报上所刊各大书肆的新书广告也不敢正眼对它瞧一下，为的是每摸腰包，“空空如也，吾叩其两囗而竭焉”！校中图书室内，固不乏我所爱读的书，然而这些书，只好把它们当作贵宾看待，不敢屈留多日。

老妻曾屡劝我，后辈既非读书子，要这些书何用？不如亲自整理一下：可留者则留之，不可留者则卖之，甚至或论斤秤去之。她的话未尝不对。然奔走衣食不暇，那有余暇整理？即有工夫，试问，一部诗读，还是十三四岁时学仿五言八韵试帖时买来的，现在固无需它来指导，然故旧情深，又怎忍把它割爱，论斤卖去，使它做避魂纸，或甚至在大饼摊上出现呢！

最近舍弟值仁亦动卖书之想。其理由是留之何用，及今卖去，还可派派别的用途。因劝我既非研究本国历史，一部开明版《二十五史》倒着实可以换些鱼肉吃吃。其话对极。不过这次返里，见到那部《二十五史》还是紧守岗位，木着它一贯的不动姿势，站在那破书橱中，尽其守卫之责，我也只好对它盯了一眼，叹息而出了！

寒舍本藏有多年本报，且已装订成册。大约家人因见我没出息，故趁我在沪时，竟硬手硬脚地秤斤卖去，以易斗米。我因自忖：除非他们肯下毒手，我是决不愿再作卖书之想的。

○ 原载《申报》，1948 年 11 月 29 日第 6 版第 25427 期

失书 1948

——鲍忠祈

大概寒士们对于书籍都有一点偏爱，一卷在手，爱不忍释，新册古本，视作珍藏。

读本刊白永先生的《曝书随记》提醒了我，区区的几本藏书也好久没有去照顾它们了，倒并不是我对它们忽视，实在是一则我住在学校里的时候比较多，二则因为我缺少一个较大的书橱，不能整整齐齐的编排陈列起来，每次为了参考需要找寻一本书后，就非得翻箱倒箧不可，结果弄得杂乱无章，七零八落，而又没有机会去加以整理，我一直认为这是一个莫大的遗憾。可是现在连一本新书都买不起的我，除非论斤秤两的把旧书卖掉，才有资格买书橱，不过那却与徒有空皮夹而没有钞票一样的笑话，所以，书橱的希望始终没法去实现。

趁着暑期的空闲，我发兴把杂堆在一起的书籍搬上晒台去，也顾不得骄阳施虐，我挥着汗一本一本地打开来，让这些整年不见天日的书本，沐一个畅快的日光浴。

像故友重逢似的，我一会儿与那《浮生六记》中的沈复招呼，一会儿又与马克·吐温笔底下的汤姆莎耶寒暄。看着这一大堆的书报，有许多纸质已泛黄色的，它们的年龄也许比我还大，这大多是父亲或是大哥们所珍藏的，其他的都是我十数年来累积买来的，它们增长了我不少的知识，我曾经为它们陶醉过，今天好像又温了一次旧梦。

我得意地望着：古帖，新卷，薄本，厚册，中文的，英文的，文艺的，科学的，开本小的……，我突然发现一件奇怪的事，我用手把眼睛重重地揩了一下，怎么，开本较大的一些书都哪里去了？我急得几乎跳了起来，我返身奔回那间堆书的小室，那里还有影踪呢？

我于是想起了月前被母亲辞退的一个女佣，因为她偷窃报纸供给她的情人——一个卖鱼的贩子，被发现了。我仿佛看见那些主妇们手中的包鱼纸就是我的书，我好像看见那些书已经碎尸片片！

没精打采地回上晒台，我看看那些幸未遭劫的书，不禁痛心那些已丧失了的，这里还包括了一部我最心爱的《辞源》。这是我自己不小心的后果，这些书不毁于炮火之中，而断送在这种情形下，岂不可惜？

太阳落入了西方的屋顶下，我收下了曝晒一日的书。第二日，我花了一整天的时间去整理，分类编目，放入箱子后，我加了一把锁。

买一架书橱的愿望，又复荡漾在脑际了。

○ 原载《申报》，1948 年 8 月 16 日第 8 版第 25324 期

我的书

—— 巫怀毅

不敢走进书店已有好几年，最大的原因是书价太高，虽然老板或店员在递给一本书到你手中时，态度上仿佛在说“贵吗？卖出门我们便买不回来了。”但是，买书的人心中还不是有着类似的感喟：“下次来时我能照样再购这么厚的一册么？”

前天偶然衣袋里有一点儿余钱，凑巧又从旧书店经过，便不禁走进去，像饥饿者觅得仓储那些食物令我眼花缭乱，待问问售价时，一双手只好轻轻的将书放下。《双城记》那样一册便要金圆券三元五角，而自己身上现有的法币仅够折合半数还不足呢。

因为书贵，便想起从前在一位朋友书橱上看见的一张纸条，上面写着一句拒人借书的话：“书是你的头颅，你愿意把它借给别人吗？”

话很有趣，打算借书的人当然只好望而却步了。当时觉得那人好笑，十足书呆子气的悭吝，竟自将书比成脑袋，其实世间上何尝没有肯将自己的头借与别人的呢？樊于期便是一个，只可惜借出的动机政治性太浓厚了一些。说到头，我们不得不推崇梁遇春的《“还我头来”及其他》了，先生他仿佛是讽刺许多人虽有一个形式上的头，而且似乎是指的作家、思想家之类的人，但却装满了别人的命令和意志，干脆一句，就是俗话骂人的“没脑筋”。自然，这年头儿谁又会有“自己”呢。谁都好像一个家庭中媳妇，这样做不合公的口味，那样做又与婆的脾气不同，不讲别的，一个中小学生就会为读书难坏了。上半年来一位国文老师是推销《经史百家杂钞》的，管你了解不了解，他简直像顽固的老乳母，只要诓得孩子不哭，一堆粗硬的糖果便塞进小嘴里去，有孩子消化不了生出毛病呢，反正孩子的爸爸妈妈会去找医生，下学期碰巧学校聘得经售《的呀妈呢》的先生，于是恰如灌了几大杯冰淇淋的冷食后，又填下一半碗热腾腾的红烧蹄膀，当然闹肚子了，一提笔做例行作文，便“于戏”“呵哟”纠缠不清了。结果，穿大褂和制西服的老师看见了都不顺眼，遭受到两方面的责难。

从书贵扯淡到思想，再绕回到国文卷子，未免离题太远，因为无力量购书，还是讲我的书吧。说到我的书，当然不能用“藏”，只有怪可怜的那么几册。照旧货半价再七折八扣卖给残书店老板，最低额的金圆券也不够一握的。但我仍很珍视它，如像尊敬我的朋友一样，因为我们十几年交往的成绩，在别人和自己互相选择之下，谁也是仅有屈指可数的朋友。书亦然。什么海内孤本之类，其身份近于富家小姐，穷小子如吾侪者岂敢妄攀。含有深沉大道理的著述呢，它又像一个故作庄严神圣的说教者，矫揉中还夹杂些虚伪成分，令人不愿亲近，剩下的便只有个人口味偏爱的文学作品了。

一本书的遇舍，多少带一点因缘，记得十多年前读过郁达夫先生的小说《采石矶》后，对诗人黄仲则的作品颇为向往，过旧书店时便一定问问有没有黄氏的诗集，但两三年中总是徒然。一天去城外拜访朋友不遇，归途里看见一家骨董铺摆着十余函线装书籍，随手翻阅，见有扫叶山房版《两当轩集》。真是“众里寻他千百度，蓦然回首，那人却在灯火阑珊处”，大喜过望之下，便忘记家中有无油盐，掏空袋内所有易书而去了。

抗战当中，购书癖几乎完全打消，一是书价随百物逐渐涨高，其次是自己不大欢喜土纸书，那样的印刷物读起来眼睛太吃力，并且碍难借与同好者，因为一经两三人过手，它就变成败絮。而我读了满意的书总爱向朋友推荐，朋友喜悦便让他携去，就是一再转借至于那书蓬首垢面而归都无怨言的。土纸书如一个营养不良的人，它哪能负起这样长途旅程的跋涉呢。所以，我的小小的书架中，仅有几十本当时出版的定期刊物和几册书而已，现在说来，却又应当算是珍贵的纪念品了。

我对心爱的书也未能免俗，不仅只是一读再读就算完事，还有着强烈的占有欲的。但也往往因买一册书而打若干次算盘，多少书都是节省下一双袜子或好几天不吸香烟才弄到手里。常常为价钱的多少与旧书店老板讲两三次，也就是跑两三趟生意始能成交。得书如此之难，所以，当一册书失踪后，我不仅怀念它曾给我以精神上的愉快而已，还会为我因它而少下的享受和花去的时间惋惜呢。

我爱我的书，但我不同意那书橱上贴的拒绝别人借阅的语句，更憎恶那些堆书满楼，却并不一顾也不肯让人捧读而偏任蠹鱼蛀蚀的“雅人”，因之，我十余年辛勤工作中的节余所换取得的几百册书，现在已寥寥无几了。

借与人而收不回来的一些书当中，最难忘记的应当是《漫郎摄实戈》[①]那一册，希□读过这本书的动机，正如小仲马在看见玛格丽特死后被债权人拍卖所遗什物，因发现这不为人注视的小说而写出那巴黎发生的动人故事一样，我却是在读了《茶花女》之后而搜寻那本书。那时还在念书，课余之暇也爱偷偷的瞎涂一些现在想起来脸上发红的东西。其中之一即是以本地一个不幸女人为主角，摹仿《茶花女》而好笑的作品。侥幸为一报纸副刊采用，月终取得稿酬时便掉换得那黑色封面的那小说的译本，不过，这书在六七年前便伴着一个年青女人躺在地下去了，并且，不幸得很，就是转借书给那女人的朋友，也在今年春天长离人世。那女人性格恰是漫郎，朋友也大有骑士葛里煜的精神，一场突发的恋爱，使他陷入忧郁的深渊不能自拔。

我的书失落者固多，但非无踪无影，当我从记忆中去寻觅它们时，发现几乎每一册都有着美丽或凄婉的故事。比较轻松有趣的是最近借出的两册，借书

① 编者注：即普莱沃的《曼依·雷斯戈》。

的朋友前几天告诉我，他比我还爱它们。他说："因此，我已将它编入我的藏书目录了。"起初我难免苦笑，接着想到宝剑烈士那句话，也就释然了。承朋友看得起的那两本书现在已很容易便可购得，一是纪德的《田园交响乐》，另一是谷崎润一郎的《春琴抄》。

三十七年，九月。

○ 原载《长歌》，1949 年第 1 卷第 1 期第 14—15 页

PART 3

曝书录

旧时书事

跋《红楼梦考证》

1922

——胡适

我在《红楼梦考证》的改定稿（《胡适文存》卷三，页一八五——二四九）里，曾根据于《雪桥诗话》《八旗文经》《熙朝雅颂集》三部书，考出下列的几件事：

（1）曹雪芹名沾，不是曹寅的儿子，是曹寅的孙子。（页二一二）

（2）曹雪芹后来很贫穷，穷的很不像样了。

（3）他是一个会作诗又会绘画的人。

（4）他在那贫穷的境遇里，纵酒狂歌，自己排遣那牢骚的心境。（以上页二一五——六）

（5）从曹雪芹和他的朋友敦诚弟兄的关系上看来，我说："我们可以断定曹雪芹死于乾隆三十年左右（约一七六五）。"

又说："我们可以猜想雪芹……大约生于康熙末叶（约一七一五——一七二〇）；当他死时，约五十岁左右。"

我那时在各处搜求敦诚的《四松堂集》，因为我知道《四松堂集》里一定有关于曹雪芹的材料。我虽然承认杨钟羲先生（《雪桥诗话》）确是根据《四松堂集》的，但我总觉得《雪桥诗话》是"转手的证据"，不是"原手的证据"。不料上海北京两处大索的结果，竟使我大失望。到了今年，我对于《四松堂集》，已是绝望了。有一天，一家书店的伙计跑来说，"'四松堂诗集'找着了！"我非常高兴，但是打开书来一看，原来是一部《四松草堂诗集》，不是《四松堂集》。又一天，陈肖莊先生告诉我说，他在一家书店里看见一部《四松堂集》。我说："恐怕又是'四松草堂'罢？"陈先生回去一看，果然又错了。

今年四月十九日，我从大学回家，看见门房里桌子上摆着部褪了色的蓝布套的书，一张斑剥的旧书笺上题着"四松堂集"四个字！我自己几乎不信我的眼力了，连忙拿来打开一看，原来真是一部《四松堂集》的写本！这部写本确是天地间唯一的孤本，因为这是当日付刻的底本，上有付刻时的校改，删削的记号。最重要的是这本子里有许多不曾收入刻本的诗文。凡是已刻的，题上都印有一个"刻"字的戳子。刻本未收的，题上都帖着一块小红笺。题下注的甲子，都被编书的人用白纸块帖去，也都是不曾刻的。——我这时候的高兴，比我前年寻着吴敬梓的《文本山房集》时的高兴，还要加好几倍了！

卷首有永瓛（也是清宗室里的诗人，有《神清室诗稿》）、刘大观、纪昀的序，有敦诚的哥哥敦敏作的小传。全书六册，计诗两册、文两册、《鷦鷯轩笔尘》两册。《雪桥诗话》《八旗文经》《熙朝雅颂集》所采的诗文都是从这里面选出来的。我在考证里引的那首《寄怀曹雪芹》，原文题下注一"沾"字，又"杨州旧梦久已绝"一句，原本"绝"字作"觉"，下帖一笺条，注云，"雪芹曾随其先祖寅织造之任"。《雪桥诗话》说"曹雪芹名沾，为栋亭通政孙"，即是根据于这两条注的。又此诗中"蓟门落日松亭尊"一句，"尊"字原木作"樽"，下注云，"时余在喜峰口"。按，敦敏作的小传，乾隆二十二年丁丑（一七五七），敦诚在喜峰口。此诗是丁丑年作的。又考证引的"佩刀质酒歌"虽无年月，但其下第二首题下注"癸未"，大概此诗是干降二十七年壬午作的。这两首诗之外，还有两首未刻的诗：

（1）赠曹芹圃（注）即雪芹。

满径蓬蒿老不华，举家食粥酒常赊。衡门僻巷愁今雨，废馆頹楼梦旧家。

司业青钱留客醉，步兵白眼向人斜，阿谯买与猪肝食，日望西山餐暮霞。

这诗使我们知道曹雪芹又号芹圃。前三句写家贫的状况，第四句写盛衰之感。（此诗作于乾隆二十六年辛巳。）

（2）挽曹雪芹（注）甲申

四十年华付杳冥，哀旌一片阿谁铭？孤儿渺漠魂应逐[1]，新妇飘零目岂瞑？

牛鬼遗文悲空贺，鹿车荷钟葬刘令[2]。故人惟有青山泪，絮酒生刍上旧坰。

这首诗给我们四个重要之点：

（I）曹雪芹死在乾隆二十九年甲申（一七六四）。我在考证说他死在乾隆三十年左右，只差了一年。

（2）曹雪芹死时只有“四十年华”。这自然是个整数，不限定整四十岁。但我们可以断定他的年纪不能在四十五岁以上。假定他死时年四十五岁，他的生时当康熙五十八年（一七一九）。考证里的猜测还不算大错。关于这一点，我们应该声明一句。曹寅死于康熙五十一年（一七一二），下距乾隆甲申，凡五十一年。雪芹必不及见曹寅了。敦诚《寄怀曹雪芹》的诗注说“雪芹曾随其先祖寅织造之任”，有一点小误。雪芹曾随他的父亲曹寅在江宁织造任上。曹寅做织造，是康熙五十四年到雍正六年（一七一五——二八），雪芹随在任上大约有十年（一七一九——二八）。曹家三代四个织造，只有曹寅最著名。敦诚晚年编集，添入这一条小注，那时距曹寅死时已七十多年了，故敦诚与袁有同样的错误。

（3）曹雪芹的儿子先死了，雪芹感伤成病，不久也死了。据此，雪芹死后，似乎没有后人。

（4）曹雪芹死后，还有一个“飘零”的“新妇。”这是薛宝钗呢，还是史湘云呢，那就不容易猜想了。

《四松堂集》里的重要材料，只是这些。此外还有一些材料，但都不重要。我们从敦敏作的小传里，又可以知道敦诚生于雍正甲寅（一七三四），死于乾隆戊申（一七九一），也可以修正我的考证里的推测。

我在四月十九日得着这部《四松堂集》的稿本。隔了两天，蔡孑民先生又送来一部《四松堂集》的刻本，是他托人向晚簃诗社里借来的。刻本共五卷：卷一，诗一百三十七首；卷二，诗一百四十四首；卷三，文三十四篇；卷四，

---

① 作者注：前数月，伊子殇，因感伤成疾。

② 作者注：此二句又见于《鹪鹩庵笔尘》，杨钟羲先生从《笔尘》里引入诗话，杨先生也不曾见此诗全文。

文十九篇；卷五，《鹪鹩庵笔尘》八十一则。

果然凡底本里题上没有“刻”字的，都没有收入刻本里去。这更可以证明我的底本格外可贵了。蔡先生对于此书的热心，我是很感谢的。最有趣的是蔡先生借得刻本之日，差不多正是我得着底本之日。我寻此书近一年多了，忽然三日之内两个本子一齐到我手里！这真是“踏破铁鞋无觅处，得来全不费工夫”了。

十一，五，三

○ 原载《努力周报》，1922 年第 1 期第 4 页

鸥侣闻歌记

1923

——胡寄尘

这一件事是民国八年的事，如今已成陈迹了，旧事重提，禁不住心上生出一种感慨来。虽然是一件很寻常的事，但是印在我脑筋里，久而不灭。本已过了几年，脑筋里的影子，已渐渐的淡了，不提防一有触动，又立刻恢复它本来的状况。我自己也不知道是甚么缘故，一灯独坐，这些事又如潮般打上心头来了，随笔把它写下来，当一篇小说看也可以，当一篇记事的白话文看也可以。

且说民国八年的时候，我们几个朋友，结了一个作诗的社，取名叫作鸥社，是取如鸥鸟一般闲散的意思。有一次雅集在上海四马路杏花楼，这一回是番禺潘先生作东。潘先生是广东人，杏花楼也是广东馆子，所以潘先生喜欢往这里来，他点菜叫酒，和堂倌们都是说广东话，我们听了，落实如听说外国话一般，一句也不懂。喝了一回酒，潘先生又发起喊一个广东歌妓来唱一枝粤讴，当时大家听了，以为这个很新鲜，便都拍手赞成，我这时候独反对，说道，“粤讴虽然好，争奈我们不懂何。”毕竟我一人的反对，拗不过多人的主张，况且这次雅集，完全由潘先生作东，东家既要这样办，我们做客人的，还有甚么话可说呢，只好静候那歌妓来唱粤讴了。

停了片刻，歌妓来了，只见她很朴素的打扮，身上着一身的黑色衣服，头上挽一个髻子，也没有插戴甚么装饰品，面色是黄而微黑的，也不过是中人之貌，但举止是很大方的，走进来向众人行了个一鞠躬之礼，便在房角里坐下来。另外有一人，替她拿一张如琴一般的乐器，安放在面前，她便拿两只小铜椎敲起琴上的铜弦来，叮叮咚咚的敲了一阵。我对于这种乐器是初次听的，也不知它是甚么调子，只觉它的声音很凄婉罢了。敲着便唱起来，唱得完全是广东土音，我固然不懂，想起来旁的朋友也不懂。却有一位朋友，故意的装着能领会的样子，或者他会心在弦歌以外，也未可知。潘老先生当然是能懂的，他便一句一句的翻译给我们听，他虽是说得普通话，还带着几分广东土音，也听不十分明白，只听见中间有几句道，“你名叫秋喜，只望到了秋来，还有喜意，谁知到得秋来，便被雪霜欺，青山白骨凭谁祭，只听得空山杜鹃啼。”我当时听了这几句，虽然是尝海一滴，大可知味，觉得非常沉痛，由不得不叫好起来，但可惜全歌不能懂。

这时候，歌已唱完了，铿然一声，琴也停了，因此众宾静寂的空气里，便发出谈笑声来，歌女也翩然去了。闻说唱这么一枝粤讴，只要开消她一块洋钱。当时我们说说笑笑，不久便散了席，不提。

且说光阴迅速，忽然过了几年，我有一天打海宁路北浙江路走过，看见旧书摊上，搁了一本书，书面上写着“粤讴”两个字，我因此便记取当日在杏花楼听歌的旧事来。但这时候，我因为往学校里去上课，钟点差不多到了，不能多耽搁，便没有将这本书买下来。第二天再去看，这本书已没有了。又过了几时，我和一个当年的学生，偶然谈起这事，他说他在城隍庙里买了一本《粤讴》，不知可就是这一本？他当时借给我看，只见和我所见的一本不同，簿面上题了“校正本粤讴”的字样，又书明了是省城太平新街以文堂藏版的。我打开来一看，只见我前回在杏花楼听的那段歌，正在里面，那段歌的题目，叫做《吊秋喜》。《吊秋喜》也不过是全书里头的一首，以外还有几十首，一时也不能尽看。只看一首《吊秋喜》道：

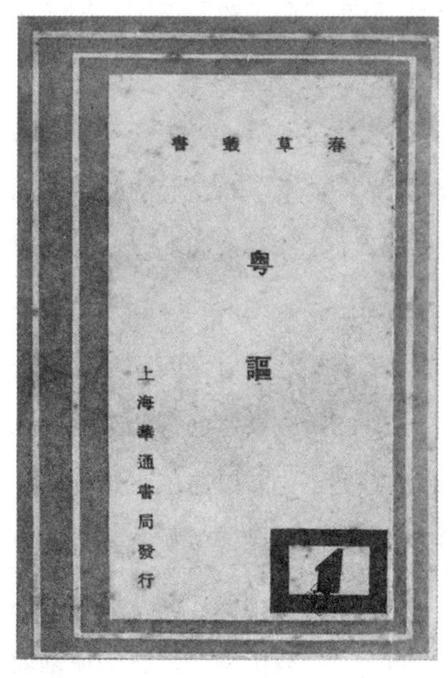

听见你话死，实在见思疑，何苦轻身得咁痴。你系为人客死心唔怪得你，死因钱债，叫我怎不伤悲。你平日当我是知心，亦该同我讲句，做乜交情三两个月，都有句言词，往日个种恩情，丢了落水，纵有金银烧尽，带不到阴司。可惜飘泊在青楼，孤负你一世，烟花场上，有日开眉。你名叫秋喜，只望等到秋来，还有喜意。做乜才过冬至后，就被雪霜欺，今日无力春风，唔共你争得啖气，落花无主，敢就葬在春泥。此后情思有梦，你便频频寄，或者尽我呢点穷心，慰吓故知。泉路茫茫，你双脚又咁细，黄泉无客店，问你向乜谁栖，青山白骨唔知凭谁祭。衰杨残月，空听个只杜鹃啼，未必有个知心，来共你掷纸，清明空恨个页纸钱飞。罢咯，不若当作你系义妻，来送你入寺，等你孤魂无主仗吓佛力扶持，你便哀恳个位慈云施吓佛偈，等你转过来生誓不做客妻。若系冤债未偿，再罚你落花粉地，你便拣过一个多情，早早见机。我若共你未断情缘，重有相会日子，须紧记念吓前恩义，讲到消魂两个字，共你死过都唔迟。

我当时读了，愈觉得很凄切，很沉痛。不过中间有许多广东土字，不能认识。但从这一支歌里，可以看得出秋喜是个妓女，她现在已死了，好像是因钱债关系被人家逼死了，这首诗便是她情人作来吊她的。但是做这支歌的人，姓甚名谁呢，还没有知道，再翻回到前面来看看，见有“招子庸”三字，知道这本书是招子庸做的。

忽忽又过了几时，看见上海《民铎》杂志上，登了一篇《粤讴在文学上的地位》，我便将这本杂志买了来看。他是为着研究文学而作的，大约说明粤讴是一种民众文学，粤讴又是一种带地方彩色的文学，是很有价值的。这些话我也赞成。他这篇文章里把粤讴的来历，也说得很明白，大约说“粤讴”是招子庸所著的书名，本是个专名，现在变为公名了，所引的几首粤讴大约都是我所见的那书本子里有过的。不过我读了这篇文章，除却研究文学而外，又将前几年闻歌的旧事引上心来。我不是和那个歌妓有甚么关系，所以忘不了这件事。我只觉得无论甚么事，过眼都成陈迹，以往的事，无论怎样，总映不到眼帘里来，却是深深的刻在脑筋里，很不容易磨灭。无论甚么事都是如此，这件事不过代表其他罢了。便是当日同在杏花楼上喝酒的人，共有十来个，有的往远地方去了，连信也少通；有的环境和前不同了；还有一位破园先生，已于前一年死了；这个鸥社也老早散了，何况那歌妓，还能从甚么地方去知道她的踪迹呢，何况连名姓也不曾知道，他年便说重逢，相见之下，也不能认识。只是她那天晚上的歌声，恍惚还在我耳朵里，伴着这歌声，便有许许多多世事变迁，朋友聚散，身世飘零的感慨，一齐打上心来，好不令人难受。分明记得那天雅集时，大家还分题拈韵，各做了一首诗，题目是《鸥社第二集》，拿“小楼一夜听春雨，深巷明朝卖杏花”十四字，为韵，每人拈取其一。我拈得是一个“小”字，我做得一首诗。纸上的诗稿已没有了，不过脑筋里的诗稿还是有的，如今便把它写下来，当这篇小说的结束。

《鸥社第二集——分韵得“小”字》

世事翻腾如海澜，世上闲人似鸥鸟。烟波往来一身稳，湖山阅历两眼饱。

春申江上偶然集，不约相逢情更好。四海五湖论交情，促膝何嫌一楼小。

或自大明泛雨至，犹有烟光在襟抱。（孙小舫）

或自西湖载酒来，衣上酒痕湿未了。（徐仲可）

太湖蓼花秋水深，（王莼农、王大觉）洞庭木叶楚天晓。（傅钝根）

更有皤鬓番禺叟，策杖翩然来领袤。（潘老兰）

嗟我故乡怀皖国，程途迢递烟水灏。（汪子实及愚兄弟）

莫问东西南北人，相逢且把一樽倒，兰亭输此第二集，竹林贤者比我少。

清闲聊可半日偷，著作那望千秋保，浮踪明日又何如，世事茫茫那可道。

○ 原载《小说世界》，1923 年第 1 卷第 12 期第 1—4 页

爱书狂者之话

1933

——阿英

在过往，有许多的爱书狂者，他们对于书籍的兴味，是非常的浓厚，旧诗中，所谓“一生勤苦书千卷”，所谓“黄金散尽为收书”，都是说这一班人爱书如何的狂热。不过这是就有钱买书的人说，没有钱买书的却不能如此，他们有的跑到书坊里立在那儿“揩油”读，有的背了手对着架上的书签发呆，有的跑上百十里路去乞怜于藏书家之门。还有的，是如郭沫若所写，找着一个很好的机会，对自己所爱的书，来“万引”一下，没钱的人也有没钱的办法。这些事，散见在古籍里的很多，也很有兴味，从这里更可以看到，许多在学问上努力的人，曾经用怎样艰苦的精神，来战胜无书的困难。自己在学问上虽然无所成就，但这样艰难的路，是不断的在走着的，因此读书时，对于这一类的事件，也特别的留意。现在，把较有意义的一部分写述下来，成一篇《爱书狂者之话》! 欢喜看这样故事的人，在读者中，大约总不乏其人吧，这算是《序记》。

明代末年，藏书最富的，在大江以南，要推钱牧斋，他有宋元精本极多，不幸，遇了一次火劫，这些书都变成劫灰，只有在东城的无恙。其间，有宋版的北宋前后《汉书》，牧斋买此书，仅出价三百余金，因为《后汉书》缺两本，卖书的人特别减价。牧斋把这部书看得很宝贵，委托许多书贾访求补全，其间的一个，某次停舟在乌镇时，到岸上买面做晚饭，面店主人在败簏里拿出两本书来做包裹，书贾看见，竟是宋版《后汉书》，而且正是牧斋缺少的两本。他很高兴，商得面店老板同意，花了“几枚钱”买得，但其间的一本，缺少第一页，问面店主人，说是对面的邻人刚刚托了面去，书贾便去对邻，连这一页也要了来，连夜的赶到常州，送给牧斋。牧斋欣喜欲狂，办了很好的酒席请他吃饭，并送他二十金。这部书，到了清初，被“居要津者”取了去，《牧斋遗事》上所载如此。

钱牧斋不仅买书也曾卖过书。在宋牧仲的《筠廊偶笔》里，我曾经看到一则关于他卖书的事，说王弇州先生有一部宋版《汉书》，得之吴中陆太宰家，纸为罗纹纸，字类欧阳率更，是赵文敏的故物，卷首有文敏自作的小像。

弇州也把自己的像印在后面。他死之后，钱牧斋用千金买得，后再卖给四明谢象三。牧斋卖书后曾说：此书去我之日，殊难为怀。李后主去国，听教坊杂曲，挥泪对宫娥一段，凄凉景色，约略相似。

古人作文，有得句如得官的感想与快乐，由牧斋的故事看去，失书是和失江山一样的严重了。牧仲又说：“顺治间此书归新乡某公，近已携往塞外。”

京口有个李维柱，听到有这么一部书，尝说，假使能够得到此书，当每日焚香礼拜，死即殉葬。古人爱书的狂热，于此可以想见了。

吴兴陈锡路玉田，著有《黄妳余话》八卷。第四卷有一则题作《针史》的说：

荆州街子葛清，自项以下，遍体刺白居易诗，凡二十多处，人呼为“白舍人行诗图”，此事大奇。王阮亭《香祖笔记》云尔。按葛清事，见《酉阳杂俎》。《杂俎》所载倒青一类甚多，统谓之鲸。又《清异录》云，自唐末无赖男子，以札刺相高，或铺《辋川图》一本，咸砌白乐天罗隐二人诗百首，至有以平生所历郡县饮酒蒱博之事，所交妇人姓名年齿行第坊巷形貌之详，一一标表者，时人号为“针史”。然则如街子所为，亦殊不足齿数，阮亭独为之诧叹何耶？

陈玉田的笼统的结论，我是不敢同意的。我觉得刻诗刻画，是和记妇人姓名等等一样，是表示被刺字画者对某一事件，或某几个事件狂爱的。这样的爱书狂者，他们的热情是更可感佩。

宋牧仲《筠廊偶笔》又载：李玉衡国瑾，穷到没有钱买书，日取国学经史版，摩挲读之，手爪尽墨，久而淹贯，为世名儒。玉衡穷得很，住在庙中，日仅一食。冬夜没有火的时候，和两老仆共被敝袭而坐。像这样“取版摩挲读之”的读书人，真是难得。

宋代的钱思公，生长富贵，而只好读书。他读书的时间分配，是最有趣味的，据他自己说，是“坐则读经史，卧则读小说，上厕则阅小词”，他什么时候都不肯释卷。欧阳永叔所记如此。同记又说，宋公垂在史院，每走厕，必挟书以往，讽诵之声琅然，闻于远近。至于永叔自己，则所做文章，都在“三上”，所谓“马上”“枕上”“厕上”也。

说到欧阳永叔，想到了苏东坡。几月前，读明李日华的《紫桃轩杂缀》，有一条关于东坡抄书的事。《杂缀》说，东坡曾自抄《两汉书》一部，当抄完的时候，自己高兴的了不得，自夸以为贫儿暴富。东坡对于书籍之高，是于此可以想见了。《杂缀》叙述以后，是发着感慨说：今人买印成书，连屋充栋，竟亦不读，读亦不精。书日多而学问日疏，子弟日愚，可叹也。买书是一件好事，但买而不读，徒供虫蛀，或留给子孙拍卖，这样的爱书狂者，是毫无意义的。

李日华的《紫桃轩杂缀》《又缀》，我所见到的有三种本子：一是明刻本，连《六研斋笔记》《画腾》《续画腾》等共十册，中缺《杂缀》一卷，书贾索二百元，当然无力购取；二是巾箱本的《携李丛书》本；三是影印的蒋心余批注本，此本缺《又缀》卷三。就中，以蒋本为最有趣，批注完全如塾师改学生课卷，令人喷饭，又令人想见此老读书时的有趣的神情，以及他对明代作家的态度。这些批注，有的是很有道理，有的却未免苛求。

摘录若干则于此，使读者想想这一个天真的爱书狂者之狂态：

此论可笑，何必琐琐；明人读书，不研究字划，但囫囵读之；“折”字不通，无此句法；大约唐人类书如《初学记》、《艺文类聚》等书，先生似未曾见过；此条段不可存，辱没煞名士矣；竟不读书；不唐不宋，无此诗法，知先生于此事，竟是门外汉；足下似未读《杂骚注》；此等不知，抄之何为此；公诗学极浅，于杜尤格不相入，妄为之词；其实足下未曾望其项背；杜撰字可恨；不敢说程朱，未脱明人习气；此是《考工记》之文，抄之何为？可见明人不读书；此又不知从何书抄入，若知是《周礼》，不抄矣；不伦不类；明人著书，不通如此；此由明代诸人之空疏；其书足下曾见否；先生家中，想不蓄类书；可笑；穿凿可恨；

“兵”之与“丘”绝然不同，何来此悠谬之谈？此为明人不通字学之一证，此据《癸辛杂识》，宋人已不通矣。

不知什么时候，从谢肇淛的《文海波沙》里，抄下了一则《藏书》，说爱书狂者的爱书，真是无微不至。此则余文是：古人珍重书籍，家藏率皆精好。邺侯牙签三万，至新若手未触。谢晔书，自校雠，列二十橱。沈鳞手写经书满数十筐。陆龟蒙得书即录，所藏虽少，皆精可传，非徒夸多已也。然不数载，竟丧于子弟兵燹之手，故杜进书尾跋云：“清俸写来手自校，子孙读之知圣教，鬻及借人为不孝。”陈亚诗云：“满室图书杂典坟，华亭仙客岱云根。当时若不和花卖，便是吾家好子孙。”二君之虑深矣。然不肖子孙，荡产如风扫箨，即万语淳淳，安能禁使不鬻哉。但得鬻于赏鉴之家，代我珍藏，尤胜于无赖子架上鼠吃雀污揩儿和泥也。

赵文敏书尾，跋云：“聚书观书，亦匪易事。观书者净几焚香，澄心静虑，勿卷脑，勿折角，勿以夹刺，勿以作枕，勿以爪侵字，勿以唾揭幅，随摸随修，随开随掩，后之得吾书者，并奉赠此法。”至哉此言，可谓无我之盛心，典籍之鲍叔矣。

此条虽不免有迂阔可笑之处，但古人爱书若狂，对书的顾虑深远，可谓用尽心机矣。

十年前，购得《施注杜诗》一部，有泾县查氏手校，藏书，子穆读过，查日华等章。归家翻阅，其间竟藏有梅曾亮名片，及梅曾亮亲笔小简各一，喜出望外。其小简云：弟现在收拾书箱，颇有厌多之意。前八吊钱所买苏诗，吾兄若需者，即可奉让，亦不必原价。如已买得，祈示知也。此颂辰佳，不具。即候回示。子穆吾兄年大人。年弟梅曾亮顿。

当时曾将此简借给商务制版发表于《小说世界》十三卷。名片当然是中国旧式的，印木刻“梅曾亮”三字，朱红纸，上注数语，是送查子穆藕粉等用的。于此知我所购“苏诗”，实系梅曾亮藏本。名家卖书，在这小简内，可谓又得一意趣。

○ 原载《申报》，1933年9月12日第14版第21702期

我的读书生活

1934

—— 叶恭绰

前几天梁得所先生叫我做一篇关于自述的文字，预备登在《大众》杂志，我想，我一生经理的事，自己感着兴味而同时又可引起读者兴味的无过于读书，因此将我的读书生活写出如下。

我因为生在一个积学的家庭（先祖南雪公以文学教导后进凡数十年），或者遗传环境均有关系吧，因此从小就有书呆之目，但记忆力并不好，在家塾念死书总不记得，也同其他的人一样的毛病爱偷看各种书。十二岁，从先父仲鸾公到江西，先父是一个潜心学问而善于启迪的人，早年同沈子培、文道希、梁节庵、梁杭叔、汪景吾、林迪臣诸公都是互相砥砺的朋友，到江西后，恰好文道希先生家藏书极多，于是就叫我拜文先生为师，并与文先生令郎公达为友。文先生于是许我自由看他的藏书，他的藏书大约有一百五十箱左右，大半关于历史地理的，经集两部分书亦不少，我差不多每天都到他府上翻阅，翻阅后就捡几种带回家里。其时文先

生在家时少，我与文达往往彼此赌看书的快慢，及记忆的多寡，大概我的记忆力不如文达，而看得比文达为快。我十三岁到十六岁之间，约莫每天可看二十册的书（自然都是本国书，但那时制造局广学会等等译出之书已颇流行，故亦多涉猎）。那时候我的朋友有梅颉云（光仪）、斐猗（光远）、桂伯华（赤）、诸真长（宗元）、欧阳竟无（渐）、蔡公湛（可权）、夏鉴丞（敬观）、杨云谷（增荦）、陈师曾（衡恪）诸君，都是智识界有名的人物（现在去世的不少），彼此交换书籍亦系常事，因此我得见的书着实不少。先父宦游不得志，家境不宽，但对于我的买书是不吝惜的，所以我不到廿岁却自己有十几、二十箱的书。那时，我因受桂、梅、欧阳三君的熏陶，已开始研究佛学，史、地、文字亦有相当嗜好，先父精研数学我确是一窍不通，不能继起，文公达湛深经学，几乎一段段的注疏可以背诵得出，我却不感甚么趣味，倒是训诂小学有时亦去研究，到底是哲学与文艺的趣味浓厚些。

丁酉年我十七岁，离开江西入北京（今之北平），又已先大父之丧返粤，其时朝野间新机初启，风气顿开，坊肆译印之本如云而起，我过上海购得多种，真如贫儿暴富，日夕攻读，寝馈俱忘，但那种阅读是毫无方向与条理的，不过囫囵的装入肚内而已，然杂乱的新智识却因此增加了许多。

在粤居住两年余，颇以文艺为时流称许，其时熟友为詹谷人、桂东原、沈养源、胡清瑞、展堂昆季、孔熏白、徐信符诸君，家兄道绳先生，亦习于文酒之会。先大父藏书及坊间新出读物，乃相间浏览，亦时与上述诸君互相借读，复约设一萃庐于双门底黄文裕公祠内，专流通新籍，与沪上诸报馆书庄相为呼应，故新出版的图籍，我们可以最先看见。

随后我便入了北京大学，后又跑到湖北去教书，我担任的课目是历史、地理、国文等课。那时我自知学问不够的，但既担任了此职，第一要对得住人家，第二要顾住自己名誉，只好日夜努力补充应需的学问。大约那时期是一生最辛苦的日子吧，每天平均有五点钟的功课，奔走三四个学校，每月批改二三千篇的卷子，并且不能认真求学，那时只有星期日是我整天看书的日子，别人各种游戏休息都是没有我的份的，虽然是十分勤苦，但不能不说是学问有所增益。那个时期所阅读的仍以史、地、经济、财政、文艺等类为多。

厥后我复入北京从事交通行政方面，一晃的廿余年，当时我深知交通事业关系国家社会前途的重大，而且一切基于科学，至少要具有相当的认识与知识才可应付裕如，否则盲从或武断都是极不妥的，但那时没有多少师友可以辅助，不得已还是求知于书，但交通的门类太多，而且我国的交通事业完全与外交财政都有关联，要是没有相当的研究，应付必多错误，所以要想阅读的书籍极其广泛，精力时间都所不许，而且政界的习惯免不了应酬，因此读书的机会只有两种，一病中，二公余，所谓公余与普通不同，即时时下榻于部中，籍以摒除一切是也。光绪十三年，我曾卧病将一年，其实读书很多，又民十一住日本神户凡九阅月，得阅读日本出版书籍不少。

阅于专门书籍我是这样读的（因时间与文字的关系），令人先将目录摘出（无目录者则编一目），如其中有需阅读者令人先口述其意，再笔录其译文，其不需要的则舍之，或者要研究某一事项时则令专门家觅一较完善之书，口述其大旨及要点，如须留备参考的则译出存查，因此各类需要的知识统可得出大概，这似乎是一件补充专门学识的好办法，但是要有好的助手。

同时我对文艺及史地的研究兴趣仍然未减，哲理及考古学亦时时涉及，经济、外交、金融诸问题更不断地因需要而从事参考，但方面太多，极感消化与贯串的为难。老友冒鹤亭尝说："叶某之脑譬如仓库，其中一部分一部分分别存储不相混杂"，这虽是过奖的话，但的确有此情，只可惜不能消化与贯串罢了。

书有只能读一遍的，有可读数十遍的，亦有不必细读只可披览的，大概有时间性的东西多半只能读一遍或只可披览，社会科学方面的书往往足供研究而不耐咀嚼。读书这一件事除掉益智而外，尚有陶情淑性的功用，但又不是消闲，因为这个世界没有多少人是应闲而尚要去消的，不过如果闲得无聊，自然读书比叉麻雀打回力球等等都好。

今年以来，我的生活较为宁静，故读书时间占了许多，但因身体关系医生严戒多看，故亦不能无所断续。民国十九年廿年间，在医院住了九个月，医生云并新闻纸不许看，然厥后乃群书满室，至受甚强之干涉，又夜间不甚能看书，否则不能安寝，故日中乃较忙。

我先祖藏书善整齐，每得一书手自折叠装钉，入架编目，我不能如是，仅求不散乱而已。昔岁南迁，书籍乃成一大累，今年及门陈文中乃为我编一全目，然凌乱遗失的，必仍不少。

我读书不甚求版本，所以没有很贵重的书籍，不过关于艺术的书籍向来系高价的，因此所藏这一类的书亦颇有价值，我对于藏书、刻书、印书、编书的事都甚感兴趣，前此关于《四库全书》《天禄琳琅》《碛砂宋藏》等等，谅必已有许多人知道，此外刻印的书亦不断的去做，近年所编《清词钞》尚未完工，所集已有五千家左右，这也是我近日工作的一种。

我因各国文字的不同，深盼我国翻译事业的发达，可以令多看很多的书，又因我国文字偏于文学的，往往说理记事不能十分明白确当，所以我又颇喜欢那种清楚爽利的白话所著的书，但可惜真能清楚爽利的实在不多，我在文艺的立场并不反对文言，但不赞成堆砌浮词，靠装饰做生命的作品。

我有立而看书的习惯，又从前吃饭的时候也一样看书，因胃病关系已经戒除，又有看书时不与人酬答的习惯，曾因此为某长亲所怒斥，这毛病到今未能去尽。

我读书虽不是一目十行，但亦颇快，所苦不能深思熟虑，所以要注意的事情往往须重行觅读。

我无高声朗诵的习惯，但文艺却烝系除外，尝以为文艺非有音节诵之能铿锵高下抑扬动听的不是好文字，且有时声调里面亦可以咀嚼出意味来。古人所说一书未完不读他书的话我愧未能，因为我是往往多少种书同时阅读的，其法系这部书看几页，那部书看几页，随后再求其联贯。我对于图书馆的事业极所赞许，因为我到今天依然感觉书的贫乏，自东方图书馆被毁，我即感受许多困难（因为以前我常借读），所以极希望一般好读书的人得有一种救济与帮助。

年轻的时候往往因书少而生不满，近廿年来积书渐多，又苦目不暇接，有许多好书来不及去看，所以劝一般青年还是趁早多读些有用的书，不致虚度光阴。

以上系杂写我的一切经过与感想。

○ 原载《大众画报》，1934 年第 13 期第 8 页

书鱼消夏录
1934

——叶灵凤

就在前几天，天气热得最厉害的几天，有一个下午，我走进了愚园路的那家著名的旧书店，我获得了一个忘去了溽暑的适静的几小时。

书店里并没有冷气的装置，只有一架小小的风扇，四壁堆满了书，沉重的使人窒息的旧书。从街上走进来，喘息未定，闷塞的空气只有使人益发感到热流的逼人，诧异着自己怎么不踏进一家冰室而踏入了这样的一个火坑。

可是，当我脱下了外衣，拭着额上的汗，开始向架上浏览的时候，虽然汗是愈流愈多，我却渐渐的忘记这炎热。

在那里，有一册薄薄的书，是我屡次想买而总是交臂失之的；在这桌上，有一部我已经购藏的好书，可是版本却比我的更好。在那桌上，我翻了一翻，暗暗的冷笑，足本的《迦桑诺伐忆语》算什么呢？我有一部私家印行的而且是插图限定本，这也算得珍本书吗？

这样，翻着灰尘厚积的书，两手渐渐的黑了，汗也愈流愈多，也许脸上早已有了几条黑色的指印，可是我却不再感到热。

从酒里面，有人忘去了现实的悲哀；从赌博里面，有人忘去了肉体上的病苦；同样，从书里面，我忘去了炎热。

对于我，书是一个无言的侣伴，而且是个永久的侣伴。用着惨淡的心血换来的报酬，我都花费在书上。从每一册书上，我都可以隐遁我的灵魂。

不仅是炎热。对于我，这人世悲欢离合之中的巡礼者，书籍可以使我忘去了现实，使我可以拾起凋残了的梦。

在不能忍下一滴眼泪，在无法忘那一丝颦笑的时候，我便将自己埋藏在书中，埋藏在这纸的墟墓中。从这里面，我能寻获我所不能寻获的梦境；从这里面，我能遗忘我所不能遗忘的记忆。

也许是因了这样的原故吧，在这世间，对于怯弱而善爱的幸福，我敢毫不怜惜的挑战。我有我的王国，我鄙视着人世的荣华。

可是，没有几架书的一间小室，枕边没有一册书的一个长夜，对于他，人世将是一个怎样荒凉而难耐的沙漠呀！

这样想着，拭了汗，从旧书店里走到街上的时候，我又开始喘息于热的炎炉，人世的炎炉中了。

○ 原载《小说》，1934 年第 4 期第 20 页

书的普及版

1934

—— 关敬之

走过马路，时常看见排排坐的商店陈设货样的大玻璃窗。各种各样的货色摆得很整齐，有时非常新奇。商店的窗饰术，近来是很有进步了。

然而在一排斗奇炫巧的大玻璃窗中间，近来也时常看见有瞎了一只眼似的收歇了的铺子，这在晚上年红电光射得人眼睛生花的时候，尤其触目。好像这是在表面看来还算繁盛的市场上插了“不景气”的草标。

然而又不知道从什么时候起，这些瞎眼似的倒闭了的商店门前，凭空添出许多临时的书摊子，大都利用窗沿做书架，摆着翻版的旧小说，《红楼梦》《水浒》《三国志》《儒林外史》《大红袍》《岳传》，乃至《曾文正公家书》《秋水轩尺牍》《桃花扇》《浮生六记》，应有尽有，甚至还有成亲王之类的石印的字帖。

这一些书，大都是新式标点分段落，报纸印，牛皮纸的封面。定价倒也并不怎样低，可是卖价却“放盘”到叫人难以相信：通常是一折再打九折。你花这么三四毛钱，就可以得一部《三国志》了。这是从前没有的！这样“普及版”的盛行，一方表示了需要的广大，但又一方也未必不反映着“不景气”潮浪中书业的挣扎罢？我常常这样想。

无论怎样，“普及版”的流行。总是一件好事。在买书的人的钱袋一天天瘦小了的今日，“普及版”总是对于“文化”有益的东西。

我跟这些小书摊有过好几次的交易。很使我钦佩的，是这些“普及版”的印刷倒也不见得坏。白话的旧小说如《三国志》之类，简直没有什么排错的字，而标点也大致妥当。不过文言的《世说新语》之类，错字却比较多了。这也难怪。“不景气”时代的这样的“普及版”，为了成本关系，当然不能聘请“通人”做校对呀！

最近，“普及版”的应用又扩充到非常“硬性”的大部书了。先有了锌版缩印的《二十五史》的广告，接着又有排印的《二十六史》的广告，预约价是越来越便宜了。《二十五史》的样张，我们见过，照相锌版印，错字倒无须顾虑，只嫌字体太小了一点，只能备查，不便诵读。《二十六史》呢，还没见到样张。但既系排印，想来要用六号字来排罢，字体不算太小，可是，可是，看了《世说新语》“普及版”之类的错字太多，我忍不住要想到这普及版的《二十六史》不知是延聘了几位老先生戴了老光眼镜在细细校对呢？

校对这件事，绝不是机械工作。“正史”之类倘使用“机械工作”看一字对一字那样校出来，难保不闹多少笑话罢？“普及版”的必要条件总也得是“读得下”罢？不知怎么，我觉得照相机的“眼睛”总比人的眼睛可靠。

○ 原载《申报》，1934 年 10 月 16 日第 14 版第 22088 期

治学自叙

1935

——邵元冲

寒宗自明以后，累世业农。余自髫年渐有志于坟索，就学私塾；每于塾师架上抽假数帙，携归阅读，越数日又往抽易以为常。然所读多无统系，所耽在笔记杂札诸编，以其文不艰深，叙事多委婉能尽人意。

十龄读《史记》，大爱好之，自是始有志于史学。先慈闻里中故家有藏书出售者，乃以银二饼得书一巨簏归。其中有《紫阳纲目》及明戴羲辑之《二十一史文钞》，虽多残短，已侈然自以为坐拥百城矣。

庚子以后，新学书渐出，乃得读《地球韵言》《天文歌诀全》《体通考》《富国策》《盛世危言》《泰西新史揽要》诸书，由是而抵掌谈时务。读《书目答问》《四库总目提要》《文史通义》，始究心目录之学及学术流别。

癸卯，拟治学绍兴府学，因疾不果，然是时徐伯荪、秋璇卿诸君皆在越讲学。甲辰乙巳之交，《汉帜》《醒狮》《民报》《黄帝魂》诸书报皆渐流布，《国粹学报》亦已刊行，越郡图书馆且多陈列备览，于是民族大义所感甚深，而于乡邦文献，尤好读《黄梨洲遗书》。

乙巳年乃在乡设广智学会，会友各须认读书报，纂写札记，每周聚会讨论，以证心得，并作学术讲演，实际则为研究民族主义。会员中有负责于每月向上海密购《民报》等送会互相传阅，此后一部分会员多加入同盟会，则当时学会之效也。

丙午以后，治学杭州，课程之暇，多就图书馆假阅史部及丛书。此数年中，阅书最多。尝读诸子选本，教师戒以选本支离破碎，不足窥学术之全，乃专习《管子》。昔家居时尝治性理诸书，并仿袁了凡作功过格者数年。入校以后，乃习为日记，今犹存数帙。

自后居东居沪，续有记述，然行事因多宜秘，故每中阙。而自民国七年后至今，十七年中绝无间断，今已得数十册，盖以养有恒之习，亦以自省其立身行事也。自庚戌至壬子三数年间，多治法学家言及宪法，故于民国元年在上海操笔政，关于宪法问题，与法家某君多辩难之辞。而癸丑宋渔父被戕案作，租界当局认应桂馨寄居租界，不允引渡，予乃援据法理，以犯事地在沪宁站，属中国地，应犯为中国人，杀人为刑事犯，故应交中国法院讯理，乃卒得将应犯引渡，此又当时一小小故实也。

癸丑亡命东京，于协助总理孙公党务余暑，颇能读书，除浏览政治典籍，撰著民国杂志文字外，温治旧籍，日有常课，如《文选》《汉书》等，皆经全部圈读。又每夕除作日记外，另以一册考验修养，曰省察日录；又以一册记读书心得，曰知愧日札。得闲则更裹干粮至帝国图书馆作尽日之阅览，如是者亦历年余，乃得幸免荒芜。

自民国六年，从孙公护法粤中，羊城自阮芸台、陈兰甫诸公敬教劝学，文献所萃，书肆林立，故暇辄蹀躞其间，罄微资以购之，所贮乃渐增。嗣后往来南北，通都僻邑，职务之暇，辄以徜徉旧书肆为乐，每归则煤墨盈手，尘土堆襟，而其癖不改。相知有觅予而不得者，乃往往于旧书肆中遇之也。

民国八年后，留居欧美，多治经济社会学，聚书之愿益奢，而西籍价昂，不易多购，除必要之书外，则亦多于旧书肆中求之。彼邦以图书馆普及，而居舍隘不易多贮书，故每购新书读后，辄廉值鬻之书肆。而游旧书肆者如能细心物色，则往往可得数月前新出版之佳书，而其值仅为三分之一或半价者。予每周之末，至少必以半日消磨于其中，而偶得佳本，则挑灯披诵，每至宵分。以是归国之顷，亦达十余巨箧。凡政治、历史、经济、社会诸参考所需要籍，大略备矣。

居欧美数年，治学之余，兼以考察经济组织、劳工状况及各社会主义团体。其间主旨纷繁，派别各异，然因时制宜，随环境之需要，谋组织之适应，充实内力，振作精神，则大致皆同。关于调查所得资料，及各团体出版物，数亦极多，除一部分排比刊布外，年来人事卒卒，尚未暇为全部之整理也。

近数年中，虽人事栗碌，然聚书之愿，亦与日俱增，所到之处，辄多搜购，而史部地志，朝章国故，及明末诸遗老著作，皆所笃嗜。每闻书肆新刊目录，必加循览酌，为选购，因意在参稽，故多为普通版本。且诸务猬集，亦未获按时研习，作辍无常，学殖荒落，弥用自惭。

比岁外侮洊臻，民俗浮脆，故恒以心理建设之义，勉人以涤濯旧染，发皇卫国之精神，并致意于历史鉴诫，民族文学，以充实教育，唤起民众，藉收明耻教战之效。自愧寡陋，少不闻，道然区区之志，行已则勉葆有恒之习，于学期免于怠荒，于人则谆谆致其惟智识乃能救国之义，瘏口哓音，垂涕而道，冀共黾勉前进，以充实人人之智能者，进而充实国力。要知现代惟智能优越之民族，乃能自求生存，大言壮语，悲愤激昂，于实际皆无济也。谨持此义，以自勉而互勉。

〇 原载《东方杂志》，1935 年第 32 卷第 1 期第 62—63 页

入厕读书

1935

——知堂

郝懿行著《晒书堂笔录》卷四有“入厕读书”一条云：

“旧传有妇人笃奉佛经，虽入厕时亦讽诵不辍，后得善果而竟卒于厕，传以为戒。虽出释氏教人之言，未必可信，然亦足见污秽之区，非讽诵所宜也。《归田录》载钱思公言平生好读书，坐则读经史，卧则读小说，上厕则阅小词。谢希深亦言宋公垂每走厕必挟书以往，讽诵之声琅然闻于远近。余读而笑之，入厕脱裤，手又携卷，非惟太亵，亦苦甚忙，人即笃学，何至乃尔耶。至欧公谓希深言平生所作文章多在三上，乃马上枕上厕上也，盖惟此尤可以属思尔。此语却妙，妙在亲切不浮也。”

郝君的文章写得很有意思，但是我稍有异议，因为我是颇赞成厕上看书的。小时候听祖父说，北京的跟班有一句口诀云，老爷吃饭快，小的拉矢快。跟班的话里含有一种讨便宜的意思，恐怕也是事实。一个人上厕的时间本来难以一定，但总未必很短，而且这与吃饭不同，无论时间怎么短总觉得这是白费的，想方法要来利用它一下。如吾乡老百姓上茅坑时多顺便喝一筒旱烟，或者有人在河沿石磴上淘米洗衣，或有人挑担走过，又可以高声谈话，说这米几个铜钱一升或是到什么地方去。读书，这无非是喝旱烟的意思罢了。话虽如此，有些地方元来也只好喝旱烟，于读书是不大相宜的。上文所说浙江某处一带沿河的茅坑，是其一。

从前在南京曾经寄寓在一个湖南朋友的书店里，这位朋友姓刘，我从赵伯先那边认识了他，那年有乡试，他在花牌楼附近开了一家书店，我患病住在学堂里很不舒服，他就叫我住到他那里去，替我煎药煮粥，招呼考相公卖书，暗地还要运动革命，他的精神实在是很可佩服的。我睡在柜台里面书架子的背后，吃药喝粥都在那里，可是便所却在门外，要走出店门，走过一两家门面，一块空地的墙根的垃圾堆上。到那地方去我甚以为苦，这一半固然由于生病走不动，就是在康健时也总未必愿意去的，是其二。

民国八年夏我到日本日向去访友，住在一个名叫木城的山村里，那里的便所虽然同普通一样上边有屋顶，周围有板壁门窗，但是他同住房离开有十来丈远，孤立田间，晚间要提了灯笼去，下雨还得撑伞，而那里雨又似乎特别多，我住了五天总有四天是下雨。是其三。

末了是北京的那种茅厕，只有一个坑两垛砖头，雨淋风吹日晒全不管。去年往定州访伏园，那里的茅厕是琉球式的，人在岸上，猪在坑中，猪咕咕的叫，不习惯的人难免要害怕，那有工夫看什么书。是其四。

据《语林》云，石崇厕有绛纱帐大床，茵蓐甚丽，两婢持锦香囊，这又是太阔气了，也不适宜。其实我的意思是很简单的，只要有屋顶，有墙有窗有门，晚上可以点灯，没有电灯就点白蜡烛亦可，离住房不妨有二三十步，虽然也要用雨伞，好在北方不大下雨。如有这样的厕所，那么上厕时随意带本书去读读我想倒还是呒啥的吧。

谷崎润一郎著《摄阳随笔》中有一篇《阴翳礼赞》，第二节说到日本建筑的厕所的好处。在京都奈良的寺院里，厕所都是旧式的，阴暗而扫除清洁，设在闻得到绿叶的气味青苔的气味的草木丛中，与住房隔离，有板廊相通。蹲在这阴暗光线之中，受着微明的纸障的反射，耽于冥想，或望着窗外院中的景色，这种感觉真是说不出地好。

他又说："我重复地说，这里须得有某种程度的阴暗，彻底的清洁，连蚊子的呻吟声也听得清楚地寂静，都是必须的条件。我很喜欢在这样的厕所里听萧萧地下着的雨声。特别在关东的厕所，靠着地板装有细长的扫出尘土的小窗，所以那从屋檐或树叶上滴下来的雨点，洗了石灯笼的脚，润了踏脚石上的苔，幽幽地沁到土里去的雨声，更能够近身地听到。实在这厕所是宜于虫声，宜于鸟声，亦复宜于月夜，要赏识四季随时的物情之最相适的地方，恐怕古来的徘人曾从此处得到过无数的题材吧。这样看来，那么说日本建筑之中最是造得风流的是厕所，也没有什么不可。”

谷崎压根儿是个诗人，所以说得那么好，或者也就有点华饰，不过这也只是在文字上，意思却是不错的。日本在近古的战国时代前后，文化的保存与创造差不多全在五山的寺院里，这使得风气一变，如由工笔的院画转为水墨的枯木竹石，建筑自然也是如此，而茶室为之代表，厕之风流化正其余波也。佛教徒似乎对于厕所向来很是讲究。偶读大小乘戒律，觉得印度先贤十分周密地注意于人生各方面，非常佩服，即以入厕一事而论，后汉译《大比丘三千威仪》下列举“至舍后者有二十五事”，宋译《萨婆多部毗尼摩得勒伽》六自“云何下风”至“云何筹草”凡十三条，唐义净著《南海寄归内法传》二有第十八“便利之事”一章，都有详细的规定，有的很是严肃而幽默，读了忍不住五体投地。

我们又看《水浒传》鲁智深做过菜头之后还可以升为净头，可见中国寺里在古时候也还是注意此事的。但是，至少在现今这总是不然了。民国十年，我在西山养过半年病，住在碧云寺的十方堂里，各处走到，不见略略像样的厕所，只如在《山中杂信》五所说：“我的行踪近来已经推广到东边的水泉。这地方确是还好，我于每天清早没有游客的时候去徜徉一会，赏鉴那山水之美。只可惜不大干净，路上很多气味，——因为陈列着许多本草上的所谓人中黄。我想中国真是一个奇妙的国，在那里人们不容易得着营养料，也没有方法处置他们的排泄物。”在这种情形之下，中国寺院有普通厕所已经是大好了，想去找可以冥想或读书的地方如何可得。出家人那么拆烂污，难怪白衣矣。

但是假如有干净的厕所，上厕时看点书却还是可以的，想作文则可不必。书也无须分好经史子集，随便看看都成。我有一个常例，便是不挐善本或难懂的书去，虽然看文法书也是寻常。据我的经验，看随笔一类最好，顶不行的是小说。至于朗诵，我们现在不读八大家文，自然可以无须了。

○ 原载《宇宙风》，1935 年第 5 期第 222—223 页

一折八扣书

1935

——亢德

有位先生近来常赞美一折八扣书，说是花了三五块钱，就可买到一大堆不无可读的书籍，真个是造福寒士。这是实情。记得在下三四年前，就想看看《饮冰室文集》，但直到上月在某处等公共汽车时才从地摊上买到。所以迟到，就因了地摊上的《饮冰室全集》只要六角大洋，大书店里的《饮冰室全集》可要六元光景。书非必读之书，书价觉得很大，自然只好不买。不过一折八扣书售价虽廉，内容却难如人意，十分之八，是些黑幕大观，香艳小说。最好也不过《饮冰室全集》《曾文正公家书》之类。此类书籍自然也值一读，不过值得一读之书，却也不止此类。譬如以文集而论，《饮冰室文集》在卖一折八扣书，《胡适文存》也该卖一折八扣；以小说言，《儒林外史》《官场现形记》在卖一折八扣，《彷徨》《呐喊》《子夜》《春蚕》也得卖一折八扣，总而言之，当代名作著名译品也应该加入一折八扣的队伍，以便到民间去。

这个工作要叫专出一折八扣书者去做是无望的，因为他们出一折八扣书的动机实在还在于谋利，要他们出版税而印销路无多少把握的新书，恐怕绝不可能，做这个工作的人应是真正“促进文化”为务的出版家或作家个人。

譬如说，《呐喊》《彷徨》《胡适文存》这几种书既经销到一二十版，出版书店自然已经赚钱极多，作者所抽版税，理应亦已不少，假如双方合作，来个一折八扣版，且不说薄利多卖。就是一钱不赚，也是于己不损，于人有利的事。

尤其在不靠版税维持生活的作家，更可来此一举，造福寒士。他如世界名著的翻译，读者之少，译文的难读当然是一原因，书价之贵我想也是原因之一，我有几位朋友闻《萧伯纳传》之名颇想一读，及至听说该书售价两元，就不由得望而却步，我尝窃想：假如我中了航空奖券，我必卑辞厚礼，请人创作或翻译来作一折八扣书卖，可惜这是空想，因为航空奖券尚未中着也。

我热烈希望出版家和著作家中有人出而印行一折八扣的当代名著名译，我必奉送《宇宙风》广告全面，以表赞助之微意，假如不弃葑菲的话。

○ 原载《宇宙风》，1935 年第 3 期第 116—117 页

借书
1936

—— 斯全

到这小县城来做教书匠已两个月了，第一个星期日到过一次公共体育场，里面附设着一个小规模的图书馆，我就在里面坐上半天，几乎翻遍了里面各种书籍。管理员是一个戴着极度近视眼镜的中年人，他见我是生客，所以特别注视我的行动。当我翻到书橱里的书的时候，他竟是从用木栅拦着的一角办公室里走出来，仿佛审问我似的问我到底要看什么书？到这小县城来后，我就不想来说话，同事们对我也都很隔膜，我觉得这里的人们都具有一种特别的典型，而那图书馆里的管理员就是个代表者。我只有对他微笑，当他第二遍问我时，是否他见我态度强硬，或者他没有懂得我的俏皮的回答，就悻悻然地退回一角办公室了，虽然也还是留意着我的行动。最后我翻到一册在上海时朋友托我购买的书籍，当时我跑遍了四马路的每家书店，及城里城外几个比较有名的旧书摊，但是都没有。写信回报了朋友，他要我随时留意着，即使是借来抄一抄也是好的。现在竟是在无意中找到了这册踏破铁鞋无处寻的书籍，我就想借来快邮给我的朋友，因为我知道这里学校里的师长是可以向图书馆借出的。

于是我不得不向那位管理员交涉了，我先告诉他我是这里中学校的英文教员某，那册书想借出去。他似乎是吃惊，又是怀疑，其实用心理学分析起来，那位典型代表的管理员是应该同时被吃惊和怀疑交战着的。我知道他处处注意着我的行动是提防我是偷书贼，但是穿蓝布棉袍的我竟是这里中学校的英文教员，他的呆钝的眼珠子在深度玻璃片里转动了，似乎想在什么地方搜寻一点我是英文教员的特征来。我们隔着木栅半向呆立着。这该是那位管理员的灵机吧，他用生硬的英语问我在中学里做了几年英文教员了？——这小县城里仅有这样一所由地方经费所开办的中学校，学生是少得可怜的，因为足供温饱的人家就不想读什么书，想读书的学龄子弟却都是帮着他们的父兄做卖买。所以每学期从小学毕业的名单上升入中学的常常不及十之一。那位管理员能说几句生硬的英语可算该县的超等人才了。但是我当时笑了起来，愚笨的人往往想自作聪明而其实做出最愚笨的事的。我也用英文回答他我决不是偷书贼，那册书用来包花生米是显得太浪费一点的。我没有管他听懂了我的话没有，伸手在一块水板上题上我的名字及所借的书。

第二天，在教员室，我的朋友校长笑着告诉我："昨天晚上图书馆里的管理员到我家里来问起你的名字，他说很不放心你借去一册书。我告诉他你是我的老朋友，由我的面子才到这里来教书的，那册书由我负责罢。他才道歉似的说今天要来拜访你。"

听了校长的话，我欲笑都无从了，我希望我的所授课的学生们都要更愚笨一点，否则我的罪孽太深重了。

下午那管理员果然来拜访我，我吩咐茶役回他不在校，以后我不敢再上图书馆去。

○ 原载《申报》，1936 年 3 月 20 日第 17 版第 22588 期

铅印旧书

1937

——杨莲生

诸君莫嗤鄙所谓一折书或一折八扣一折六扣书，须知这些不过是长江大河的小支，铅印旧书（包括仿宋字、仿古字、楷字等）已经成为国内一般书店的主要业务了。正像火车火轮之代替骡车帆船一样，铅印与影印必然的要夺取木版与石印的地位。谁也拦不住，就连悲欢也没有用，我们莫论是非，且说事实。

木版几乎是一千年来中国唯一的印书方法，直到清末。连通行民间的小调小曲唱本戏词都是用模糊的木版印的。也许本来不甚模糊，因为印的次数过多而然罢。但木板刻字不能过小，所以同时字数较多的旧小说等，则是石印，字迹大抵小得可怕，不知害了多少人成近视眼。现在唱本戏词小说，至少在较大的都会里，已经成为铅印的一统天下了。

说到士大夫的用书罢，则似乎很少用过石印，除却旧式私塾的课本，“三”“百”“千”“四书”“史鉴节要”“东莱博议”之类，这些私塾课本有很好的销路，适应新的印刷术较为灵敏，所以在木版铅印之间有石印一个阶段，其他士大夫用书，则直接由木到铅，缺少石器时代。

中国的新史学运动和新国学运动，都较后于新文学运动，因此铅印旧出最初的范围是《红楼梦》《三国志》《楚辞》《笠翁曲话》《陶庵梦忆》等文学作品。往往是新式标点，再冠以名人的长序或考证，近来明人文集与笔记，亦多加入铅印，也常有名人序跋或签题，但是考证少了。词曲的翻刻，亦极一时之盛，

《六十种曲》《元曲选》《六十名家词》《清名家词》《词综》《世界文库》的一部分。中国文学的看家宝贝都差不多受到铅印的洗礼了。

应史学国学等的兴盛，从印书随即有了转变，经史子集的大规模铅印盖始于中华书局，用铅铸的聚珍仿宋字，印在木版用的中国纸上，大有调和新旧两全其美之意。式样悦目，携带方便，用中国纸比较耐久，也是好处，可惜错字太多，这是现在铅印旧书的通病，误人不浅。

现在，铅印国学书（包括史学书）的事业，正是如日方中，随便说罢，商务的《国学基本丛书》《万有文库》的一部分，开明的《二十五史补编》，大东的《古今图书集成》，神州国光社的《内忧外患历史丛书》，世界书局的《国学名著》预约，十期八期，续出不已。

铅印旧书确是适应读者需要，这事书店老板最明白，不过专凭他们未必就做得好。铅印旧书纵然不需要统制，也需要指导：印什么，怎样印。

关于印什么，显然有两种趋势，需要多的书与珍本书或违禁书。讲到珍本禁书，清末民初，已有铅印宋末明末文集，如“国学扶轮社”[①]等是也，当时的意思，不见得是纯学术的，似有宣传民族主义的意味在。这种书现在很少人注意，但颇有好书。好像知堂先生罢，因为花十几块钱买到一部抄本的明人著作而欢喜，其实已见于民初铅印的《龙潭室丛书》，几毛钱便可以买到的。有专印范围很窄的书的，如北平文殿阁的《国学文库》，内容似限于宋元明清外族边塞的史料，可惜定价贵，而且中国学术界还没有很多人注意到这些“冷门货”，听说这“文库”是仗着我们善邻的购买者来维持续出的。需要多的书与可印的珍本禁书，读者最好随时介绍。

关于怎样印，那就有很多琐碎的意见。所根据的原本错字应该较少，最要紧，校对要精细，标点要负责（最好附带正误表，因为一字不误很难）。册本不要太大太厚（《二十五史补编》即有此病）。不要把许多书合成丛书而不零售，在习惯上虽成套而可以分开的书也不妨单印，如《二十四史》，有“前四史”而

① 编者注：国学扶轮社，是清末民初上海的一个出版机构，是吴兴王均卿和山阴沈知方等主持的，以刊行中国传统文化读物为主，如《列朝诗集》五十六册，《清文汇》一百零一册，《文科大辞典》十二册，《古今说部丛书》六十册，《明朝四十家小说》八册，《适园丛书》十六种，《香艳丛书》八十册等。

缺少其他史的很多，这样可以便于采购。纸用好坏两种，以适应不同的购买力，近来书业多困于外国纸贵中国造纸业未能急起直追，书店们不妨联合起来办个造纸厂试一试，这问题太大，姑且不说。最后，不要定价太贵，贵的结果只是使人少买或不买，而且，你能印，他也能印，旧书并无版权，竞争的结果终会把书价拉下，虽然不至于就一折八扣。

○ 原载《书人》，1937 年第 1 卷第 3 期第 73—74 页

曝书记
1937

——朱雯

偶然从书桌上抬起头来，看见日历的下端印着“七月初七”几个黑字，哦，今天是牛女相会呵！当这个思念闯进我心上的时候，我似乎有点惘然。时光过得真快，我好像有着不可言宣的慨叹。然而不等我在惘然下去，孩子健已吵着要吃母亲早晨买来的巧果了。我随即立起身来，哄着孩子到他母亲身边去。又划了一支火柴，点了一盘线香，一卷烟，幽闲地在室内踱着步。

这是我简陋的书房。面南的壁上挂着一幅改琦的画，两条俞曲园的对。面北的墙上挂着几帧自己和妻儿的照片，靠窗安放着两张书桌，对面便是一列三只很大的书橱。这是我日常生活的所在。在这书室里读书，在这书室里休息，也在这书室里踱步。每天饭后，或者工作得疲怠，或者被孩子纠缠的安静不来的时候，我总是衔着烟在室内蹀躞着，我看着这三橱的书，心里总是非常愉快的。这三橱的书，虽然跟别人比较起来，也许简陋的可笑，然而在我自己，已觉得无上珍贵了。

这一天，我就衔着烟在室内蹀躞着。不知怎么的忽然立停在书橱前，像一个生客似的仔细看着满橱的书籍。而且，又像一个书肆的顾客检视着陈列的货品，我把脚跟渐渐地移动着，从最南一橱移到最北的一橱，我像一个好奇的孩子，贪婪地瞧着万花筒似的，仔仔细细地俛仰乱看着。我忽然发现许多的书籍，已经发霉了。哦，一个黄霉天竟会把书籍都弄脏了！啊，我嗫嚅地自语着，有意无意地看着窗外的阳光。

阳光灼热地照耀在白垩的墙上，我从暗处骤然回过头去，觉得眼睛发花。这是午后二时光景，太阳虽然偏西一点，但是这个并不湫隘的天井中，依然储着皑白的阳光。窗槛上晾着孩子们玩水泼湿的袜子，我也想把书搬到外面去晒晒了。

当我扔去了烟蒂，开始搬着书的时候，我便任意翻看着所藏的书籍，我素向没有把学问弄得专精的企图，因此我的书籍是很杂的。这里面藏着各方面的书：文学、哲学、社会科学等类都有。而文学一方面，搜藏的也比较庞杂的，中文的固然有，外国文的也很多；新的固然有，旧的也不少。如果以论文、小说、诗歌、戏剧来分划，尤其要纷歧得琐绪万端了。不过，门类尽管不同，却有一点是相同的，就是我所搜藏的书籍没有一册不是崭新的。说来很可笑，我以前有一个独特的脾气，不喜欢看自己买来的书。这话怎么说呢？就是我每次购买一种书，这书总是早已看过一遍的。朋友们介绍了，或者自己从广告上找到某一种书，我总是先向他们或者图书馆里借来看，看了一遍，觉得值得购买的，才出去买一本。这一本已被自己取得所有权的书，便好好地保藏起来，要不是参考而应用它，就不再会翻看的。然而也有许多借阅不到的书籍，我只能径自去买了来，于是，看的时候就特别的留意着，用纸包扎好了，然后正襟危坐，一页一页地翻看下去，不使污渍。因此我藏着的书，不肯轻易借给别人。有一回，一位较客气的朋友来我这里借书，并约定了归还的日子，我倒不好意思拒绝，只能借给了他。当我将一册崭新的书递给他手里的时候，心里是很有些依依不舍的，然而毕竟递给了他。我一直暗暗算着他归书的日子，那位友人果然没有爽约，在约定的那一天傍晚将书带来了。可是当我打开那纸包的时候，我的失望是十二分不小的：那册本来很干净崭新的书，现在已经陈旧的不像样子了。挺括的封面上，满是古磁般的坏碎的纹路，书角都已卷了起来，背面并有很大的三四块油渍。我把书捏在手里，心是无限的沉重，不料那朋友说："我看书是很当心的，没有弄坏你的书吧？"我苦笑着，满腔的抑郁无处发泄似的苦笑着。我想象得出他是那样用心地在看我的书，即使在吃饭或睡觉的时候，恐怕也是手执一卷的，所以会有那么多的油渍和皱痕。但是被他糟蹋了我的崭新的书，无论如何跟他表不起同情，也排解不开我心里的抑郁的。自此以后，我更怕人家来借书，除了几个相知的友人而外。所以，在晒书的时节，我还可以发现许多没有裁开的毛边书。这些书，自从藏入了我的书橱，还没有被看过一页呢！书而有知，我想它们抑郁，一定也是不小的！

近年以来，因为我要看的书，往往不是朋友与在图书馆里所有的（请明白，这里的图书馆是小得可怜的！），所以不再先向别处去借阅。而且，近年以来所添置的书，往往是数十册甚至数千册的巨帙，事实上也不容易借阅，所以，以前那份独特的脾气，也难以“故态复萌”了。不过，我所搜藏的书，即使被我看过一遍或几遍，仍然是崭新全新的，就是书脊上的许多灰黄的“风印”，那是几年来被时光侵蚀的痕迹，宛如一个年老的人，脸上的皱纹是毕竟遮掩不过的。可是，这书脊，现在又平添了若干霉点了。我暗地里责备着自己的疏忽！

书脊愈是灰黄的书，对于我却愈有亲切的滋味：因为在那些书本中，埋葬着我不可复得的童年！那些书本，大半是原作者或是友人们送给我的。我翻看着它的时候，可爱的童年又复追逼在眼前了。我仿佛看见自己努力写作的样子，也看见自己如何大胆地将文学作为终身的职志，而不自量力地与一般朋友结社出版的情景。这些过去，虽然幼稚得可笑，却也天真得可爱的。在为衣食奔走的现在，早没有那份天真的野心，过去的壮志，已给十年的世故，磨折殆尽了。而偶然地还会在书本中发现一页细小的纸片，记录着当时与朋友们一起在图书馆中读书的对语（因为在图书馆中不许谈话的，所以我们写在纸片上），便更觉得黄金的童年，逝去的可惜，而无猜的友情，现在也疏远得骇汗了！

靠北一个书橱的最低的两排，陈列着许多古旧的线装书，那是我父亲的遗产。这里包括着《周易》《尚书》《诗经》《四书》《左传》《史记》这一类的书。每册书上，都有银朱的圈点，以及银朱的批注，因而想到父亲从前读书的时候，是很恳挚勤勉的，可是父亲没有看见我诵读他所读过的书，已经离开了我们。甚至，将四书连朱熹的注释也都核要地背诵出来，谆谆地教诲我的母亲，也在一年半前撇下了我们，很不安心地长逝了。这一年半来，我非但不敢再读《陟岵》《蓼莪》的诗篇，即使翻看这些古旧的藏书，也不免于邑靡既的。不过，这些藏书虽然潮湿得很，却并没有发霉，只是封面和钉线已经绽破得很多，而无知的衣鱼，已绣上了许多深陷的花朵了。

硬脊的西书反而最容易发霉，我不明白容易发霉的原故。如果说脊上浆糊胶水没有干，那么，有许多书已经藏了七八年了，难道还没有烘干吗？翻到西书，我又不能不责备自己的无恒了！这里有三种已经被我着手翻译的书，可是到现在全被搁置着，一部是乌泼登·辛克莱的《曼尼萨斯》，那时一部历史的长篇，我译去了《清晨》这一章，大约有四五万字，发表在一份杂志上，就没有再译下去。一部是纳赛休斯的长篇《贫女日记》，也只译掉了一小半。另一部是科布尔的短篇小说集，这一篇《演剧的生活》都没有结果呢。这种“靡不有初，鲜克有终”的恶习，是最可鄙的。我几次想接译下去，可是往往为时间，为勇气，为心绪所阻挠，我也惟有忍受我良知的最严厉的谴责了。“人而无恒，不可以作巫医”，我每次读到这一句论语的时候，脸上就会无端地灼热起来的。

我这样蹲在书橱的前面，一壁翻着，一壁幻想，不觉把书抛了满地，孩子擎着没有吃完的巧果，顽皮地坐在散乱的书上，嘻着嘴问我：“爸爸又要搬家吗？”我告诉他，才搬好的家，不会再搬的。他便毫不思考的说：“那么，我们吃晚饭去！”我陡然一惊！想不到在书橱前蹲了一会儿，已经是半天了！看看满院的阳光，早已偷偷地溜走了。晾在窗槛上的孩子的小袜，早被收拾起来，我的书，只能到明天再晒了。

吃过了晚饭，孩子又在吃巧果，抬头等着看那架桥的灵鹊。我却静静地在窗前抽着烟，突然想起《晋书》上高祖七月七曝书的典故，以及崔寔《四民月令》上“七月七日曝经书”的话，觉得今天的事情，暗合前人的故事，欢喜得很。只可惜思潮汹涌，触怅万端，及至把书搬好，已经不见了太阳，徒呼负负了。

“日转蓬山晓曝书”，我哼着韩驹的诗句，觉得明天一早起来晒书，也还是很有诗趣的。

○ 原载《好文章》，1937 年第 9 期第 112—119 页

藏书与读书

1939

——味橄

我生平别的嗜好都没有，就只是爱买书。走到朋友家里，最使我注意的，不是他陈设的华丽，家具的优良，或招待的殷勤、烟茶的考究，而是他邺架上的藏书。如果一个相识，他家里有几架书，不问是蟹行文字，或线装古籍，我都觉得此人可与谈话，其家可以留恋。

每在繁华的市上走过，我看不见那些高大的百货商店，或是什么食品公司，吸引我的目光，只是书店。我不看见书店则已，一见到一家书店，没有不走进去巡阅的。无论是大书局，或小书摊，无论他所发卖的书，是新是旧，是中是西，他对我都有一种吸引的力量，我可以在一家极破旧的书店里，消磨几个钟头，连肚子都忘记饿了。好书真比什么还可爱，我常要倾囊倒匣才能离开书店。

有时无意中买到一本得意的书，回家简直视同拱壁，爱不释手。我并不马上去读它，我只把玩它的外形，如装帧、纸张、印刷、字体、格式或是插图等等。我先把那整个的书反复地细看它的外表，然后看它的内封面，至多再读它的序文，决不愿一下就把它的内容完全读了的。我要留着以后慢慢来读，仿佛一杯美酒，我不愿一口就将它吞掉，我要留在杯中，先赏玩它的颜色，然后嗅取它的香气，等到它的色香使我饱足了，才开始一口一口地来透尝体会它的味道。我觉得一本好书，作者著述的时候，除了他执笔以前的腹稿不算，临到动手写时，还要经过多少苦心，一字一字地去推敲，写出来有时还得一再的易稿，然后始能完成一部佳作。一饭一粟，来处不易，一本好书的产生，更不是容易的事，我们岂可草草读过，不说对不住作者，就对自己的本身说，也不应囫囵吞枣一般地来读书。走马观花，就读了也等于未读，因为歇不了多时，你不仅把书的内容完全忘记，甚至连书名都不复省忆。

说到读书，我们真应该从小孩子去学，试看一个认识字的小孩子，每当他得到一本故事书时，他多么喜欢，常要废寝忘餐，拿在手里把玩，先反复细看它的外表和书内的插图，然后根据每一幅插图的书意去推想那故事的内容，等到把全书翻过几遍，实在再不能忍耐了，才专心一志地开始去读文字。当他读时，他忘记了其他的游伴，忘记了糖果、玩具，忘记了了身外的一切，他一颗小小的心，完全被那篇故事吸住了。等到他把那篇故事读完，他心中早已没有保留其他杂念的余地，故事中的人物，甚至小如一个蚂蚁，都如生地在他脑海中活跃，占据了他整个的心灵，日夜萦思，好几个月都不能忘怀。

读书要这样去读，才不负作者不欺自己。如果只一目了事，单看了一点大意，真是罪过。所以我每当一本好书到手，决舍不得在几个钟头内就把它读完的。尤其是谋了多少时候谋不到手，突然无意中在旧书摊头得到，更不愿草草读过，而辜负了自己寻觅它的一片苦心。但这种私心是很不容易得到人家的了解的。我的太太虽是很爱读书，然而她每次看到我不惜倾家荡产去买书，就不免有点抱怨似的说：“老是看见你买书，又从来不看见你读，买了有什么用呢？徒然糟蹋了钱，家里到处都是你的书，连放的地方都没有了！”

我也知道我买书成癖，很想以后节省点钱存在银行里生息，要买新书也得把现有的翻阅一遍再说。然而计划尽管这样计划，每次临到好书当前，就忘记了太太的话，忘记了自己的经济状况，非买几本回来，总觉得如有所失一样。记得从前在英国的时候，我的一个买书同志，为要避免太太的烦言，每次买了书回来，就抽出自来水笔题献给太太的字样，他太太虽然说“这样的书我又不要读”，可是对于他这种送书的好意，总不好意思骂他不该买。我觉他这种夫妇共藏书的办法，实在不错。古人也有篆“某某某某夫妇”印的图章，印在他们的藏书上的。

书果然要给人藏的呢，还是给人读的？这个连三尺童子也知道书是应该给人读的。然而中国人为什么老是叫做藏书呢？我记得从前倾心西洋文化的时候，免不了对中国的旧东西都存鄙弃之心，这种忘本的幼稚病，驱使我有一次竟妄动笔墨，谬评某文人不应把他的藏书目录刊行出来，献给西方一博士。我说西方有一文人，以其一部伟作献给他的一个烟斗，而我国这位学者竟以自己的藏书目录献给一位博士，适成一个尖锐的对照，末了我还说书是买来读的，不是买来藏的。其实现在想来，真觉多事而不应该。印一部专门书的目录，并不是完全无益于人的事，何况书固然可以读，又何尝不可以藏？我国五千年的文化，不是随便可以鄙薄的。古代相传至今的东西，虽一字之微，能不失其存在，自然有它的道理和价值。我以前也犯着一般欧化青年的毛病，觉得中国旧有的东西，都应该改良，应该急起直追模仿西洋的物质文明，现在觉得真是少年意气。后来年龄与时间告诉我，中国的旧东西，并不都是坏的，值得我们保存的遗产实在太多了。等到我欧航以后，这种信念，尤与日俱增，近来简直变成一个国粹论者了。

有人问我欧游的感想如何，我的回答是极简单的一句话："我看不起西洋人，从此更知道珍重国故。"我觉得西洋的物质文明，毕竟是一种浅薄的东西，再以社会情形来说，中国所有的坏事，西洋不仅都有，而且更甚。中国现在许多陋习都是从西洋人学来的。中国的旧东西并不坏。我们要学西洋，不是学西洋的皮毛，是要学实在的东西。如果单是把自己的姓名颠倒写了，不仅不能使中国富强，徒然显露了自己的浅薄和无常识。我说浅薄，为的是这样只能迎合几个英美的商人，正同请洋人吃饭给他预备西餐和刀叉一样。其实他更爱吃中国菜，而且既到了中国，也应该吃中菜，我们到西洋去，也不是去学怎样用刀叉吃番菜的。至于姓名是代表自己的国体，更不应去学人家的。空名的变更，果有何补于实际呢？我说无常识，是因为就在西洋如意大利、匈牙利诸国，也是和中国一样，是先写姓后写名的。如意大利的大诗人但丁，就是这样，他们同在欧洲尚且不与英法等国同化，我们远在亚洲，实在不必多此一举。我在去欧洲以前，英文姓名虽也曾把姓写在名字后面，但到英国与人交际，以及在伦敦出版的小书上，都是保存中国旧有的习惯写姓名的。

话说出了轨，现在再回到藏书的问题。我在上面说，中国的国粹，虽一字之微也莫不有它的道理。就说藏书的藏字罢。藏是收起来，里面含有一种重视和珍贵的意思，但决无永远不拿出来读之意。可见既有收藏，自然随时可以取出欣赏，高兴时就取而读之，读罢又复藏之箱笈，正所以表示爱书而重视书。

书也并不是只能读，而不能作别用的。有时我们因版本不同，虽是同一种书也常要买上好几本，以便互相考证校雠。有时因为是初版的古本，或是有题识的，或是有插图的，我们自然舍不得将它读破。还有某一类的书，根本就不是可读的，如辞典类书，只能供必要时查阅之用。至于其他社会百般，一个人无论如何渊博，也不能尽知，只能到临时去找来看。以孔子之渊博，问到农事和园艺，就只好说“吾不如老农，吾不如老圃”，我家里虽然也有好几本养鸡的书，但我相信我在归农以前是永远不会去看它的。我如果不对某一颗星发生兴趣，天文学的书我暂时也不要读。不过这些书我都爱收藏一点，以便心有疑问，得以随时解决。有时因为在书上读到断章的引用句，而想窥其全豹，有时因为看了马可孛罗的游记而想查考当时的中西交通，诸如此类，都得家中有各种全集专书，才能随时应用。

中国有句古语说，养兵千日，用在一时。藏书有时也和养兵一样，尽可有藏而不用，不可要用而无藏。家里书藏得多，要什么有什么，实在是学者一大帮助。

偶读《寄园寄所寄》，见上面转载着《鄘古新语》中的一个小小的故事，说有人盛夏凿一新池，客来赞美着说，等待来年好种荷花。主人说何必要待至来年，马上可以使它长出供客赏玩。客人视为戏言。等到酒后来看，池上果然绿云千朵，清香摇曳，已经是满池的荷花了。客人为之惊讶不堪，问主人何来此魔术？主人却说“为佳宾姑借催花檄也。”其实只是因为主人后园中盆荷甚多，他叫人搬来带盆沈水，以出奇娱客而已。

这故事即作为藏书多时可收奇效的一个旁证，亦无不可。那主人后园中平日培植有各种花木，所以客人谈到什么他就可以拿什么出来，使人倾倒。主人尽可不爱荷花，但他后园仍不可不备。书尽可藏而不读，但不可不藏，也就是这个道理。好藏书的人，并不一定是浏览万卷的通儒学者，他的格言是：藏书千日，用在一时。

照以上这样说来，也许有人要疑心我是只赞成藏书，而不主张读书的。其实在我意思只在解释我国祖传的一个“藏”字之未可厚非，和藏书与读书之并无二致。我国图书馆的设备既不发达，要读书的人非自己购买不可，因此读书与藏书便结了不解之缘。在有藏书癖如我这样的人，有些爱好的书，即算图书馆有得借，或甚至我已读过一遍，我还是自己要去买一本来收藏，如果不是个人所有，拿在手里总觉不过瘾似的。

我从前有一种习惯，凡是自己的书多半是没有读过的，我专借别人的书来读，凡一本书我读了满意的，或是觉得将来还想再读的，我便去买一册来收藏，其余只读一遍就够的，当然也就读过就罢了。

买书与到百货商店采办货物不同，有许多书既不是有钱可以买到的，而且也不是随时可以搜集的。买书除了有充分的资本而外，还要有善相书的人。没有学识的人，单照着书名去买，而不知选择内容，买来每每无用。有了钱，有了人，还不够，还得有悠长的岁月，和大好的机会。买书犹如访贤，要四方八面去访求，世上好书既不多，寻访自然也不容易。坊间所常见的书，多是些迎合世俗的低级趣味的作品，真正的好书，常遭绝版之厄运。

藏书家的宝库，既是这样一本一本，穷年累月而注以心血的结果，他自然是特别爱惜，而愿加以珍藏的。在平时也只取出来，或日夜加以摩挲，或夸示佳宾贵客。他不放心随便借给别人，既担心久假不归，又怕被人损坏弄龌龊了。就是他自己取出来读，也小心翼翼，要用特制的封皮包着，在明窗净几之下展阅，那时他便能领会与古人对谈之乐，而神驰于想象的大世界中。

但这种聚精会神来读书的时候，在一般有职业的藏书家是不常有的。所有的藏书家都抱着一个期待，要在他辛苦多年，把生活问题解决之后，便摆脱一切俗务，把自己关到图书室中去，每日用充分的时间，来发掘那无穷的宝库。

○ 原载《宇宙风：乙刊》，1939 年第 12 期第 526—529 页

灯下道故

1940

——文载道

只要等到我有点闲暇的时候，便会习惯地跳上电车到西藏路一家旧书铺子里去消磨几个钟头。如果逢到价钱凑巧，而版籍又稀见的书；或者是有关于历史上几种大事，几个人物的野史轶闻，就不顾一切的将它们买定下来。好在这家书铺子交易已经有好多年了，无论巨细的数目，买时一概记在账簿里，等到节上才如数拨付。因为我买书的经济来源不“独立”的原故，所以一年之中所购买的书也极其有限。这也就影响了我不能很痛快的到其他书铺里去任意挑选。有时眼见得许多精良名贵的图书而无力购藏，等到钱弄到了却又被有力者捷足先得的光景，真是有无法形传的惆怅和懊丧。而同时，由于有几家书铺子定价的高昂无度，生怕暗中吃亏，更使我怯于问津了。

在七八年之前，为了一部托名李卓吾批评的《西厢记》，曾费了不少的心计凑足一笔款子去将它急急买来，后来才觉得自己已经做了一回大大的“黄瓜儿”了。在“悔之不迭”之余，从此更不敢随便出重价去买书了。

谈起我跟西藏路那家书铺往还的根源，实在还不得不感谢上海西泠印社主人吴先生。那时我所买的书大都是扫叶山房一类的蓝布套，石印的本子。因为它的价钱的确较木版的便宜，而所需要的又皆有现成的货色，不像木版那样的要等到书店有存书才可购到。不过自从我买了木版的以后，就很少有到那些买石印的铺子去的机会了。到了现在，我便将这些石印的本子搁置在另外的一架书橱中。因为这些本子有时也还有用得着之处。它们虽不配入藏家之堂奥，而却予实用者以帮助。例如朱子集注的《楚辞》，王先谦注的《庄子》，如果急于查考应用，而一时又无木刻的出售的话，那就只好去买它们的了。

尝见梁任公先生的《饮冰室藏书目录》中所列各书，就颇多铅印及石印的本子。这部《饮冰室藏书目录》印于民国二十二年十月，出版者为国立北平图书馆。书中有任公先生肖像一帧，并自题数字云："任公五十六岁像，戊辰二月自题。"时适为北伐告成，五院成立。先生著《辛稼轩年谱》而未竟。翌年己巳，公历一九二九，遂于一月十九日卒于北平。惜哉！书凡四册，于经史子集之外，兼及丛书、附录、补遗，末附部首索引。而作为一个著作家的应用的图书，可说大致齐备了。至其附录之一中所收的，大都为晚近名人的著述，如梁漱溟先生的《东西文化及其哲学》、柏拉图之《理想国》（商务印书馆铅印本）、董显光先生《东路中俄决裂之真相》等。还有如周作人先生的《欧洲文学史》，胡适之先生的《尝试集》（民九年铅印本），谢冰心女士的《繁星》，郑振铎先生主编、民国十年商务印书馆印行的《俄国戏曲集十种》，则是在目前也还在销行的文学名著。而最令人觉得有趣的，杭州大方伯照相馆制的《西湖十景》，也一同收在中间。这时适当俄罗斯革命不久，所以还有几册研究俄罗斯专著，如邵飘萍撰《新俄国之研究》、日本川上俊彦撰，而为高踞现今华北要津的王揖唐"老爷"所译。其附录之二中，则都为日本人的原著，自经学、科学、心理、宗教、政治、哲学、经济、思想、传记以至《印象主义の思想与艺术》《佛教美术概论》等类，详采博罗，无所不包，也即目前之所谓"社会科学"。表而出之，亦足见梁先生平素治学之宏博丰富，不局促于一格，不凝滞于旧说，则对于研究梁先生治学的好尚及范围，似乎也不无有若干的贡献。

而尤其值得提出来谈一谈的，就是关于梁先生逝世以后，其家属对梁氏所藏诸书所处理的方法。据北平图书馆所发表的梁先生全部藏书的数目，计刻本、钞本共三千四百七十种，四万一千八百十九册，此外尚有金石墨本及梁先生手稿私人信札等。因为梁先生生前曾经有口头遗嘱，愿将生平所藏书藉，寄存于国立北平图书馆。故于逝世以后，其遗族即将各书如数移庋该馆，至民国十九年二月始经天津黄宗法律师代表梁氏亲属会具函证明正式移交。并开了五项声明于下。其中之最重要者，则为下列各条：

（三）永远寄存以供众览。

（四）（上略）梁氏亲属会对于寄存书籍，愿保留自行借用之优先权利，并愿遵守一切有关系之规则。

（五）关于庋藏之条件，除（一）保险费由馆方担任外，在五十年内梁氏亲属会不另请求其他任何条件。五十年以后，遇有必要时，梁氏亲属会得向图书馆商订相当条件。

梁先生卒于民国十八年，移庋之议亦发于是年之春。至十九年而正式移交，于二十年六月北平图书馆新馆落成之日，特辟梁氏纪念室陈列先生平日所用书桌文具，四壁庋置金石书画以资纪念。我觉得这个办法很值得一般藏家的仿效或参考，不仅有裨于许多读者的景仰观摩，而且还能免于散佚和疏失。常见有很多巨商大贾的生后的藏书，往往为不肖的子孙随意抵押遗弃，真是千载之下犹为扼腕的事情。其次，即使后人能好好的保管，但保管未必同于热烈的爱护，也许为了后人的性情不同，爱好各别，眼看着这一大捆一大捆的白纸黑字，安知其不有“食之无味，弃之不舍”之感？若幸而能免于散失和拍卖，但对于藏者的原来的志趣，不是大相径庭了吗？因为这究竟不同于遗产。遗产——指限于金钱一类，无论是贤和不肖的子孙，大抵都知道应该如何去利用和管理。而对于书籍骨董之类，除落魄时供变卖之外，给予无意收藏的后人，岂非“味同嚼蜡”？成为一种累赘。

从梁先生的四册藏书目录中，我们可以看到梁先生平日所涉及的学术范畴的广阔详赅。但他所藏的图书，却以便于实用者为限，版本的“精椠”与否，倒还在其次。如余绍宋先生在目录的《序》上所说：“任公慨然谓世之颛爱宋元版本者，直是骨董家数，许为余书作序，以张其说，故其所藏，但期切于实用，不必求其精椠。上自典册高文，下逮百家诸子，旁及东瀛海外之书，无不殚事收集，其意非徒广己于不可畔岸之域，谓先哲庋藏之意，无所不赅，固如是也。”这是说明了梁先生购书的本意和原则。

此外，尚有讽喻一些斤斤于版本的优劣，而流弊所至，反使作伪者乘机蜂起的“末流”的一段话，不妨录在这里：

自明季以来，士习空泛，每喜窜改古籍，又迭经丧乱，旧帙放失，于是深识之士，乃始搜访遗书，讲求善本。内府所储，珍若琳琅，流风所被，精椠日出，百宋千元，竞事著录，影钞雠校，顿还旧观，其有裨于后学之考订，与夫补亡收佚之功，诚有足多者。顾其末流，则专斤斤于镌刻之精粗，传本之多寡，而不审其书是否有切于实用。徒征印识，刻意装潢，小语丛残，视同鸿宝。偶有著录，非是弗称，黠贾乘之；而作伪者缘以兴焉。“骨董”之讥，宜所难免。独任公能见其大，以绍复观古人藏书之恉，今观所遣之书，普博周悉，则其欲序吾书之意，亦略可睹矣。

余先生所说的这许多话，的确可说是切中时弊，而其愤慨于末流的附庸风雅的“恶趣”，更觉得淋漓尽致了。

写到这里，不禁想起了几位文学工作者所藏的图书来了。听说北平马隅卿教授的藏书亦已归了“公家”，这消息不知是否确实，然而倒是一件值得纪念的事。尤其是马先生毕生所藏的一些“俗文学”。在上海，则鲁迅先生所藏的中、日、德诸国的图籍，也是值得我们关心的。虽然我们知道许广平先生也和先生在时一样宝贵珍护，不至疏散损失。不过我以为鲁迅先生所藏的书，实在有编成目录之必要。或者先将他藏的一部分旧书整理起来，分类成目，发表于期刊之上。如能设法将他分庋于北平的部分一并编入，那就更为详备了。还有如鲁迅先生的全部日记、全部书简，虽然说来“谈何容易”，但也不能不盼望早日的收拾成功。当此“鲁迅研究”之声响彻文坛之际，这三种工作如能及早完成，则对于鲁迅先生全生涯的研究、抉发、阐扬、考察，岂非是一笔可贵的收获？而予从事“研究”者亦是一种丰厚的裨助。然后待抗战建国全部告成之日，民族遗产积极整理之后，一切“先知先觉”者得到褒扬光大之时，我们更要求当局设一个永久纪念的办法，像辟专室以垂念梁任公先生那样的来尊敬这位民族革命的导师！

这里，得回到前面所说的我跟那家书铺最初的往还。那时我还在一家“公司”里服务，下了办公时间以后，就信步到广东路的西泠印社中随便坐坐，时而也买几颗石章托他们刻一刻，因此也认识了主人吴振平先生。

有一次，我忽然想买一部寒山拾得的诗，跑遍了三马路一带的铺子都说没有货色。后来听说商务印书馆的四部丛刊中有单行本出售，系影印常熟瞿氏铁琴铜剑楼藏的高丽刊本，听了极为高兴，就连忙跑得去，不料店伙却回说已经卖光了。倘能买到，却只要四毛钱就够了。于是我便想到了西泠印社，以为也许那边有冷僻的书寄售。当即致电给主人吴先生，他的回答也说少见得很，不过他叫我到西藏路一家书铺子去问问看，或者有存书。

就在通话以后，恰巧也到了放公时间，我便依址到西藏路大庆里，其店招曰“中国书店”。一问，却居然有着落了。因为这类书十分冷僻，所以也被搁置在孤零零的一角。总目曰《景宋本寒山子诗》，“甲子十二月建德周氏新刊”，楮板洁阔，极为醒目。并有“乾隆御览之宝”一类的钤记。然而一询它的价目，却要大洋九圆，得毋一噤？辗转折让，说是寄存的书实在没有好处，结果总算打了九折一个。并涂了数语云：“寒山和尚诗于淡泊中寓亲切禅味，读之自有一番道理，实在隽永可喜也。读好书真像逢好友，吃好茶一般，虽然此种味道，不必多使人知晓也。时在中华民国廿四年，书是八月购得，而记却是十一月八日晚上写。”现在重新抄录一过，真也有不胜其胡说八道之感了。

集之前有“朝议大夫使节台州诸军事守刺史上柱国赐绯鱼袋闾丘胤”的序及赞。但查《四部丛刊书录》所记，与此本颇多不同之处。周氏新刊本除闾丘胤的序及赞之外，所余六十叶除寒山子诗占四十八叶外，别无其他题跋。惟末附丰干禅师录《与拾得诗》。四部本所录有宋释慈受诗一百四十八首，戒煞偈十首则无之。《书录》亦云“皆与他本不同”。我曾经见有石印本拟寒山子诗，似为四言，惟是否即为慈受所著者，则恍惚间不复省忆了。四部本《书录》又云有黄荛圃题跋，此本亦无有，是则周氏新刊本不及四部本多了。

至于这书的内容，也无非是宣传禅理，散布教旨而已。然而假使我们以另外的一种眼光来探窥它们呢？那就大有用处了。胡适之先生的《白话文学》，郑振铎先生的《中国俗文学》，就不免要采撷这一类的著述，而据为重要的材料了。胡先生说“寒山拾得都是走嘲戏的路出来的，都是从打油诗出来的”，中又化了一段文字来考据寒山拾得的历史，可惜因为关于他们的记载太少，故所得也十分的简略。然而眼前的胡先生，怕连简略都不能获得了吧？总而言之，无论是何种内容的书籍，如其能畀它以历史的地位，予自己以客观的、理智的，处理调排的态度，则任何著作都可读，可买，可藏，《金瓶梅》就决不会成为“诲淫”的书。

反之，则即使熟读马克斯、牛克斯，于自己且尚无益处，更谈不到对于读者了。所谓开卷有益云者，实在只能作为一种好学的勖勉，而不足成为治学的方法。正如《蒙训》中的陶侃运甓一样，也只能甚言其光阴之须爱惜，不能使人“如法炮制”的去做。而且事实上也决没有“天真”到这样的孩子，空下来就把一片一片的瓦片努力去搬。要是果真这样，岂不与“惜阴”之本意反而柄凿，世间安有此蠢绝人寰的傻子哉！

这里说到我买了这部寒山子诗集之后，才知道上海还有这么一家书铺。一面看到四壁所置的许多琳琅秘籍，更有如入山阴道上之概。从此我心中便有了“中国书店”四字了。不料事情碰得凑巧，刚刚又碰到卫聚贤、金祖同、陈志良三位先生主持的奄城金山陶片展览会开幕，地点在南市文庙公园。我在报上看到消息后，即于次日驱车而去。查旧日记民廿五年二月十六日中有记云：

“晨八时起。因今日欲去文庙。故起得较早。用泡饭一碗半，驱车至文庙，获见陶片数百枚，在奄城金山两处发现。云是汉以前，或即吴越时之遗物，大概乃当时瓶瓿等之碎片。纹作席、麻布、水浪、粗弦、蔑、回字、绳形等几种。适金君祖同在场主持，余叩其片之所自来，承彼详述经过情形及陶片之年代。并赠余一枚，甚为可感，敬此谢之。金君才华瞻富，人极谦和，已有著作。会中有一块买地券，系明隆庆时物。查隆庆即穆宗朝号，名载垕，嘉靖之子，万历之父也。碑长约一英尺二寸左右，共十六行，每行十六七八字不等，词句颇有趣味，稍暇当研究之，出展览会，已中午十二时矣。”

有了这样的一个因缘，使我跟卫、陈、金三位先生进而互相来往。祖同又为我介绍阿英先生，至此才知道他原来还是太阳社健将钱杏邨先生。我的那篇《明代买地券考证》完成后，也曾经过钱先生的润饰，而由祖同作主发表在《大美晚报》的《考古周刊》上，当时的编者为郑师许先生，承他覆函奖勉。这使我对考古渐渐觉得有点儿兴味。后来又随卫先生和祖同一同到苏州访古，他们固然获得不少的材料，但在我这个毫无考古学基础的人，除逛了几天，领略一下姑苏的湖光山色，看看馆娃宫的遗址，所谓屧廊等类的旧迹，又回想到吴王夫差跟西施姑娘的当年罗曼史之外，于我个人却毫无所得！记得卫先生还曾经拾到一枚鹿角，以为也是吴越的旧物，这推断的正确与否此刻固无从说起，但却使我想到白石道人的“残雪未融青草死，苦无麋鹿过姑苏”的诗句来了。而曼殊大师《吴门依易生韵》中，也有“今日已无天下色，莫牵麋鹿上苏台”之句。有了这两种诗，不禁也加强了我的信心，我想，也许竟是那时候的东西呢！如今回想起来，那一碧无际的太湖的水，那七子山头的萋萋的草，以及馆娃宫前的断砖颓瓦，传说中西施妆台旁的无主的蓬蒿，真有无限的苍凉，无限的怆惘之感啊！

自从认识了阿英先生后，我买旧书的兴趣也跟着浓厚起来，中国书店方面因祖同的关系也允许我可以记账了。后来由阿英先生的介绍，叫我向一张报纸去投稿，因此我便认识了柯灵，一直到现在。可见人生的遇合离聚，实在都有因缘，勉强不得。

这几天盛传西施姑娘将搬上银幕来了，姑且将我的一首歪诗来作结束吧：

香车骆马草如茵，梦到馆娃分外亲。
红袖若能关大计，青山只合属佳人。
吴宫才说销元霸，越国已闻戮重臣。
斯意古今同一例，五湖无主日粼粼。

○ 原载《宇宙风·乙刊》，1940 年第 27 期第 521—525 页

挥汗漫谈

1940

——文载道

古人曾说，“一日之计在于晨”，这对于勤恳的工作者，的确不失为一种座右铭。但对于碌碌无足道如我这样的人，不知怎的，却往往乘着落日的余晖，来遣此有涯之生。唐人诗云，“夕阳无限好，只是近黄昏”，虽只寥寥十个字，却也启悟了我们不少哲学的意蕴，与“曲终人不见，江上数峰青”之句，同样令人以无穷的低徊怅触。虽然在煤灰和汽油味扑鼻的十里洋场，“压根儿”谈不到什么画意诗情，但我个人对于黄昏的喜爱，却并未因此而有所变异。而一年之中，最易于消磨我的黄昏中的生命的，说来恐怕还得推几家书铺子吧？于是文章在这里应该转入了正传：

那是几个月之前的一个黄昏，中国书店店伙杨君前来通知我，说书店方面最近买进了一大批旧书，原是东北某将军的一位秘书所庋藏，这次因故出卖，价目却着实便宜之至。而且每部书都经过装帧，加以布套，更觉异常悦目。并嘱我赶快的去买，以免别人捷足先得。且好书若一经公诸同好，则迟去一步也就难免要少得一部。盖书籍的得失有时往往取决于机缘的巧合。杨君还给我看一看这批书中的一部分目录，其中的确有许多颇中下怀的东西。于是于感谢杨君的盛意之余，就跨上电车一径到了中国书店。

果然在桌上、柜上，以及地上堆置了不少的蓝布套子的旧书，套子的里页还贴了一张“收藏卡”，是以铅字印就出于藏者的特制。内分编号、编类、书名、刊本、撰人、种数、函数、册数、卷数、附考等等，一望而知是一位阔绰的收藏者所有。然而面对着这一大堆一大堆的累累图籍，不禁又引起了我这贪婪的欲壑，大有目不暇接之概。昔人曾有以“书城”来形容藏书的丰富，龚定庵赠其友人的诗，即有“拥书百城南面王”之句。那末，鄙人在那一次似乎可说是匆匆的跑了一趟。幸而这些书的定价还十分公道，可以使我多买几部，并即挑选了几种比较少见一点的书，虽然也谈不上如何的名贵精良。只是给需要参考或涉猎时的裨助而已。待到拿回家里，已是晚餐时间了，又连忙急急的用了饭，抹了嘴，先将所买各书逐一的盖上朱印后，才重新在青荧灯火之旁予以慢慢的品赏，细细的摩挲。

在那次所买的几部书中，有一部是藤花榭藏版的绣像《红楼梦》。前有“小泉程伟元”的序文，初以为即是胡适之先生所说的“程甲本”，及后看到右角有“重镌全部”四字，始知还是后来的翻刻本，也就是胡先生所说的“程甲本已有人翻刻了”的翻本之书。分两函，共廿四册。刻工及印刷虽未见怎样的精细，但版本的年代在目前看来总算还相当的“旧”。记得我最早所买的《红楼梦》的本子，还是上海鸿宝斋的石印本，署名《金玉缘》。不过买来后一直没有好好的将它读过，后来又随身带回浙东的家里，现在家乡沦陷，这部《金玉缘》大概还搁在尘封中吧？

及至民国廿四年脱离一家公司后，也适在这种溽暑蒸人的气候中，一面感于日长如年的无聊和困闷，便向亚东图书馆买了一部汪原放先生标点的《红楼梦》，共六册，销行已达十四版，也便是据“程乙本”排印的。读完了亚东本《红楼梦》以后，又读了一遍顾颉刚和俞平伯先生合著的《红楼梦辨》，不禁大为叹服两位先生读书的精湛敏捷，觉得这样才真正表现出了治学的精神，给后来者开辟了一条最理想的读书蹊径！由于俞先生在《红楼梦辨》中的提示，我才知道高兰墅还曾经续过了《红楼梦》。于是我又到有正书局去买了一部《国初钞本原本红楼梦》，共十二册，民国十六年五月二版，定价大洋二元四角。正文的眉间及每回结束处皆有批评，书前并有“德清戚蓼生晓堂氏”的序。回目共只八十回。俞先生在《辨》中之《五》说：“红楼梦本子虽多，但除有正书局所印行的戚本以外，都出于一个底本，就是程伟元刻的高氏本。”足见有正本的

《红楼梦》价值之高贵，而且到眼前还可成为一种独立的本子了。

我们知道，有正书局本是以发卖碑帖为其最大业务的。它的主人就是狄平子先生，别署平等阁主，书法尤为当代所推崇。诗人王统照先生且誉为现代第一书家。所谓“满城争说叫天儿”之句，也便是狄氏的《燕京庚子俚词》中的原文，盖所以讽喻当时的满清朝野，在联军直逼京师之际犹恣情于歌台舞榭而“聒不知耻”，表显了十足的亡国气象。有正书局除印行大部分的碑帖之外，间或还刊售或寄卖一些其他的著述，如上述的戚蓼生本的《红楼梦》即为其代表之一。又如张凤博士编的《流沙陲简》，以及彩色的《芥子园画谱》等。还有一部是《铁云藏龟》——即《老残游记》作者刘铁云先生所收藏的甲骨文录。寒斋曾于四五年前购了一部，当时仅售大洋六元，现在听说已经绝版，而市价也早已超过原定的了。

说起这部《铁云藏龟》，虽然在编制和印拓方面，未见得怎样的精致和讲究，但因为刊印的年代远在光绪癸卯年间，而中国的印刷技术也还没有达到昌明和精良的程度，则有这样六册的书，其实也可说是差强人意的了。而且那时候国内外对甲骨文字的研究，地下工作的发掘，同样还没有引起普遍的注意，没有展开广泛的探讨，不像现在那样的既有多士的埋头努力，复有珂罗版等的可资利用和帮助，能够以脑和手，以人为和工业来做到尽善尽美的成绩，甚至还可呈请政府的援助。近年来文坛上对于刘铁云先生的学问道德和事迹的考察，评骘，似乎颇见勤繁。尤其是《宇宙风》，还时常刊载着有关于刘先生生平的各种文字，这不能不说是一个好现象。如前二期的本刊里，赵景深先生在《小说琐话》中，更“希望刘（大绅）先生能够把抱残守缺斋遗诗全部刊印出来”，使我们对铁云先生有进一步的了解。此意大佳，鄙人在这里也复举手赞同。

查刘铁云生前正当清廷多事之秋，庚子联军之役，刘氏因参与难民救济工作，终至因此被流放新疆而死，还带了“汉奸”的恶谥一同进了坟墓。如罗振玉在《五十日梦痕录》中所说：“联军入都城，两宫西幸。都人苦饥，道馑相望。君乃挟资入国门，议振恤。适太仓为俄军所据，欧人不食米，君请于俄军，以贱价尽得之，粜诸民，民赖以安。君平生之所以惠于人者实在此事，而数年后柄臣某乃以私售仓粟罪君，致流新疆死矣。”但罗氏所记的以太仓米案而致刘先生于死一点，其实还不是主要的原因。在这里我可以介绍一篇很中綮的文字，以为关心刘先生受谗与被诬的读者之参考。那就是去年春天风雨书屋出版的《剑腥集》，作者阿英先生，他对于晚清文学研究之精到，此处自亦勿待我的饶舌。《剑腥集》中有一篇《庚子联军战役中的刘铁云》，便是针对这问题而作。原文颇详，兹引其要旨于后：

“实则铁云之死，其主因并不在此，而是当时封建的贵族阶级，借故迫害进步的智识阶级的一种阴谋的事象。从铁云的政治思想，治河开矿等主张上，是极容易看到的。所谓售太仓粟的罪案，不过是藉词而已。”

其次又云：“铁云为着太仓粟，确实与当时权贵有冲突，而且冲突得相当激烈。这一点，《梦痕录》固然没有说起，后来的人也很少知道。”

这里所引述的两段文字，可说是以最现代和最新鲜的眼光来推断刘先生被诬的因和果。然而恐怕也是最了解刘先生平生的一个人。若允许我套一句用熟了的成语，则“地下有知”，刘先生是应该为引为思想上知己的。

又如文之最末一段云：

“总之，根据已获得的既有的材料去看，至少可以断定，铁云流于新疆，太仓粟之被作为理由，这经过的纠纷，事实上全是因子，但大家都不曾发现，或加以注意。我们公允的说，太仓粟的购取，固不能罪铁云，平粜二万两的担负，一定要放在铁云身上，也是毫无理由。李中堂曾参与其事，而不能予以公允的解决，似不能单纯的谓为救济人员间的纠纷。新思想致铁云于死（参看胡适《老残游记叙》），古器物致铁云于死（参看刘大钧《刘铁云轶事》），太仓粟致铁云于死，但我们决不能忽略，致铁云于死的，还有这另外一种“交恶”的原因，“爱国其罪”，不幸铁云竟因此而丧其生！”

这几句话都说得极为动人。刘氏不幸恰巧碰到了这样的一个时代，真是所谓“丧乱死多门”。士大夫之动辄得咎，恐也无足深怪。刘氏的“死”离眼前已经很久了，但不料随意给人戴帽子，添颜色之类的卑劣的倾向，却还流行于此刻现在。

犹忆阿英先生最初发表这篇大作的地方，好像还是《文汇报》的副刊《世纪风》，然而也正当这类倾向发展得十分厉害的时候。然则这种流风余韵之浸溺于“黄帝子孙”的心，又何其如此的悠久而且磅礴呢！提起刘氏跟古器物的关系，我虽然还不曾读过刘大钧先生的文章，却还想谈一谈上述的这部《铁云藏龟》。

此书分装六册，题云“抱残守缺斋所藏三代文字第一”。这所说的“三代”，不知是否指“夏商周”而言，若然，则夏代的文字倒不大容易举出来，“禹贡”恐怕是不能算进去吧？因为“我华夏”起源最早的文字，到此刻为止，可以使我们放胆相信的似乎还得推商代的甲骨文。孔子云：“夏礼，吾能言之；杞不足征也。殷礼，吾能言之；宋不足征也。文献不足故也，足则吾能征之矣。”观此益足佐证。虽然相信《内经》是黄帝所作的，也可谓“实繁有徒”，这且不去说它。那末，下面应该是“却说”了。

却说这书的前面刊有罗振玉的一篇序，说明甲骨文字的起源和当时使用的情形。次为仁和吴昌绶的序。复次则为刘氏自己的题识。中述及他所得的这些龟板的来源，有云：

“予悉得之定海方君药雨，又得范姓所藏三百余片，亦以归予。赵执斋又为予奔走齐鲁赵魏之郊，凡一年前后，收得三千余片。总计予之所藏约过五千片。己亥一坑所出，虽不敢云尽在于斯：其遗亦仅矣。”

这恐怕要算福山王懿荣殉难而后收藏最多的一个了。而这部《铁云藏龟》也可说是纪录甲骨文的著述中的最早图书之一。从此以后，才引起中外学者的逐渐注意，逐渐查考，以及逐渐研究。于是有王国维、罗振玉诸氏的磋论和阐扬，有中央研究院的有计划的发掘，以至有郭鼎堂先生的《卜辞通纂》等的成就，为中国的甲骨学放一闪灼的异彩！

又查刘氏在《识》内说的“定海方君药雨”，本是北方最负盛名的收藏家，特别是古钱一门，素有“南张北方”之称。但不料相隔三四十年，此公忽然在沦陷后的华北走着红运，大做起高等法院院长来了。据说他收藏的一些石经，颇引起伪满方面的觊觎，曾经派人前去收买，而此公居然以“等到皇上入关，即为觐见之礼”一类的话来作回答。当时，我曾写了一篇小文投到柯灵编的《民族呼声》上。因为鄙人和他还忝属同乡，故知之也较为详备。如果依照明末王思任致马士英信中的大义说来，所谓“我越乃报仇雪耻之邦，非藏垢纳污之地”，而我的故乡也正是山明水秀的浙东，则就非请他“明水一盂，自刎以谢天下”不可了。

自《铁云藏龟》印行后，一直到去年，又有孔德图书馆出版，李旦丘先生编的《铁云藏龟零拾》之续。而近几年来，一部分作家皆进而致力于考古之学，如诗人陈梦家之研究金石文字等，则将来必有杰出的造诣呈献于我们的眼前，该是毫无疑义的。天气虽热得可以，但夏天的黄昏，却是一天中使人最足逗留和工作的时间。于挥汗摇扇之余，总算勉强的凑了几千字，也真是所谓只好让它去“灾梨祸枣”的了。

○ 原载《宇宙风：乙刊》，1940 年第 29 期第 25—28 页

江湖日记 1942

——顾蔗园

笔者于民国二十七年后的冬季，从南京到苏州去，一住就是三年。在开头抵苏时，觉到换了一个地方，一切的环境都变易了，就发愿开始写日记，从那年的冬季起，一直到翌年的秋季以后，写得快到一年光景。虽则所记的都属个人的琐碎事情，因其为人生过程上的某一片段，所以敝帚自珍，留作过后的翻检，引以为乐！有些是曾在报纸上发表过的，有些至今还未曾披露过。《作家》编者，索稿于余，就抄录了民国二十八年五月廿七、廿八两天的《江湖日记》塞责。关于“时令”性，是恰恰适当其时，但是在时间上，却已过去了三年哩！

著者

五月廿七日（星期六） 捉获文字窃贼两名

晨起晴昙，午雨，下午晴，晚雨。这样地一天几变，已经到阴晴不定的黄梅季节了吧？俗语说：“做天难做四月里天（阴历计算，恰是四月），秧要日头麻要雨，采桑娘子要晴天”。天公的倏忽变化，也是在揣摩人民心理的一端吧？早上听到天空中布谷鸟的唤声，因此测知已到江南麦秋季节。

枇杷已经上市了，黄黄地像金弹子般的，光只看看，已经馋涎欲滴！诵沈朝初的《忆江南》词：“苏州好，沙上枇杷黄，笼罩青丝堆蜜蜡，皮含紫核结丁香，甘液胜琼浆！”恨不得效法东坡学士的在岭南日啖荔子三百枚的故事哩。下午，赴本城蕞葭坊小学演讲。听讲的有小学协进会第一分团所属的各校校长、教员，共五十多人。我的讲题是《从实践兴趣说到科学化的治学方法》，颇自夸引证周详，讲述趣味，历两小时工夫，听者还不至现出倦容。

覆绿堉信函，叫他在京中的旧书摊上，留心找觅一点需要的书籍。因为经过了这次事变，京寓中历年搜购的书本，散失得颇多，其中虽不是藏书家所称的“善本书”，但大都是为着应用，零零星星地逐渐搜罗得来的，有些并且已经绝版了，再遇的时候，颇不容易，缘是至今还耿耿不能忘怀哩！

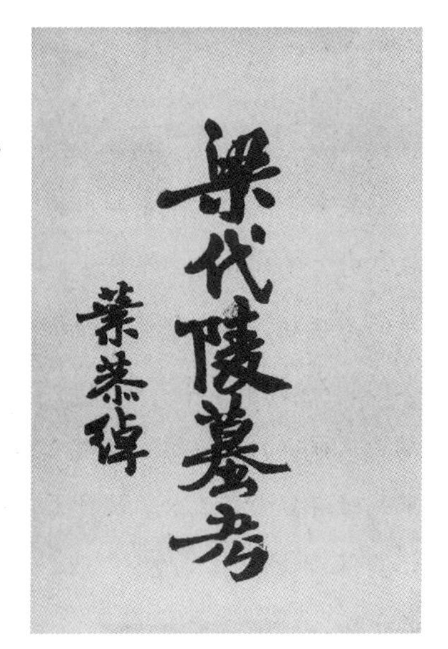

论到手头应用书，如朱希祖的《六朝陵墓调查报告》，书虽普通，但并非到处可买到的，因此就向朋友处借一本《梁代陵墓考》来，作为写考古文字的参考材料。这本《梁代陵墓考》，是上海徐家汇司铎张璜（华亭人）用法文写的，原名Tombeandes Liang，民国元年出版。到了民国十九年春季，叶恭绰与中央研究院，古物保存所人员，去踏勘金陵东郊外的萧梁诸墓时候，考古专家卫聚贤拿这书给叶做参考，叶恭绰因为内容充实，就请廖德珍译为华文。又因为书中所载的史迹和帝王名谥，译文颇有出入，叶氏特地亲自改正了，然后付印出版。张璜著这书时，引用了七十三种参考书，足见他搜罗考据的勤恳。当时出版未久，张就逝世，并没有第二种供献于世，极所可惜的！张璜这一本考古书，他不但纠正宋代的欧阳修、陆游等对于梁太祖的陵墓，误认为宋太祖的错误，而且对于梁代陵墓上的石兽——天禄辟邪（俗称麒麟），引证欧洲考古图说，断定和墓上的石柱同样是西方美术作风传入中国的影响。我读完了这本书，刚才恍然于朱希祖父子，他们自炫为博雅，而大逞厥辞的，实在完全照抄了张璜的著作。我在读书无意中间替张老夫子捉获文字窃贼两名——朱希祖和其子朱偰，岂不痛快？

五月廿八日（星期日） 在双料二十年以后

阴。好多天没有游逛街市，颇有点静极思动，就趁午前闲暇，偕同沈祖光君遨游护龙街一带。多时未来，历访诸骨董摊肆，摩挲翻阅，很感到兴趣！在某旧书铺买了一本清人徐子晋（康）所著的《前尘梦影录》，是江建霞（标）所刻“灵鹣阁丛书”里的一种。江标在这书的首页，写了一篇序文，把徐康此著介绍得极为详尽道：

标生也晚，年十六七时，曾见窳叟（指徐）于玄妙观世经堂书肆中，闲述访古源流，皆非寻常骨董家数。以后即出游离乡井，不能时见叟，然未尝一日忘也。戊子（清光绪十四年，一八八八）归里，与令子翰卿习，与论收藏，如读清秘籍，益叹家学之不可及！未几，闻叟已归道山，访问遗事，潘芴盦（志万）为余言，有《前尘梦影录》在，匆匆七八年，始介芴盦问之翰卿得副本，读而刻之，仍如对叟坐于玄妙观书肆也。

书肆为湖州侯念椿所设，侯亦年六七十，目睹各家藏书兴废，分别宋元椠刻，校钞源流，如辨毫厘。尝称之曰：今日之钱听默。曾属其将数十年来藏书见闻，杂写一册，亦吾乡掌故也。方今事事崇新学，而于金石书画图籍，一切好古之事，恐二十年后，无有知之事，可概也夫！

光绪二十年丙申（一八九六）十一月十六日

元和江标，记于来阳（旧属湖南衡阳道）舟中。

江氏序中所忧的，二十年后，一切考古之者，恐无人能知。但在我买书的今天，距离江标作序，已经四十三年，简直超过了双料的“二十年”，自问尚有个和他们的同志，去买徐窳叟的《前尘梦影录》，并且加以细读，是不是出于江标当年的意料吧？

○ 原载《作家》，1942 年第 2 卷第 6 期第 249—251 页

谈借书

——郭梦鸥

要想读书，必需买书，买不起书，那只有借书了。

借书本来就是一件好事，也是雅事，不然为什么公家私人设立许多图书馆图书室专供人们的借阅呢？尤其在百物涨昂，生活艰巨的今日，一般喜欢阅读找些精神食粮的人，望着涨到十几倍书价而买不起的穷文人，只有出于借之一道了。以前许多有买书癖的朋友，现在差不多都转到喜欢借书了。可见，买书现在一般人是谈不到的，大家脑子里都在打着借书的念头了。

一提到借书，实在使我有些感慨系之了。甚至于可以说头痛。一般借书的人，至少我所遇到的朋友，脾气好的实在太少了，能够克期阅后原物归还的委实不大多见。大半都很古怪，都很随便自私，简直是不道德，虽怪古今许多藏书家宁可把万卷图书锁在楼中以饱蠹鱼，却不肯让人一窥内蕴，借更谈不到了。这种过分的怪脾气，殆亦有所激而然叹？

我本来也是很喜欢向人家借书的，自己的书也极愿意借给朋友的，以为这是有无相通所谓意思，现在才知道，有无相通是不大容易办到的，还是彼此不通吧！我不向你们借，你们也别向我借！当然，我也承认这是我渐趋于乖僻的一种，可是，又有什么办法呢？

家伯合奇先生，他和陈人鹤先生一样的喜欢买书，他们就常常谈到买书的经验，谈得津津有味的，可是一谈到借书，就皱紧了眉头，若有无限感触似的。家父公铎也是可以不吃饭不可不买书的人，然而对于人家问他借书却十三分的不高兴，说起来，也难怪，自己费尽心机时间金钱，甚至还要从买米买菜的钱省下来，与太太大吵大闹一番才买到的书，一旦被人轻描淡写不在乎的拿了去，又怎能不气愤呢？

的确，一般借书人的脾气，委实太恶劣了。家父有位朋友，学问是很不错的，他对看书的理论是："凡是一个读书人，看书必须是吃书，嚼书，如果能把一部书统统吞了下去，那再好没有了。"那意思是读书要读得熟。他当然是照着他的理论读书了，他自己有书，就是真的吞嚼下去，鬼也不去管他，可恶的是，他从来不肯买书，而爱向人借书，借了书，总是弄得一塌糊涂，十本只剩六七本，而且这六七本的每一本必定弄得缺页破烂，才心甘情愿。你如果表示不满之意，他便大发理论了："书买了不看，那么买书干嘛？买了书而不借人看，那么根本就不必买书。"说罢便自己动起手来。碍于面子，你又只好看他拿去。

记得有一部中华书局出版的影印《贯华堂水浒传》，被这位仁兄看得每本都印上许多"油条"的油印，然后拿回来还你，真是又气又怜。

此外又有一位老夫子，指甲留得二寸多长，据说他留此指甲者即为了便于看书的缘故。说也奇怪，爱借书的人，自己总不大喜欢买书，大约也就为了自己不大喜欢买书，所以不能不出之于借。老夫子借了书来，还是要还的，而且也能如期交还。惟是，他每翻阅一页，必用长指甲在书角上约一寸半的位置，重重地顶了一下，书的底角便翘了起来翻过去了。然而这翻过去的书，也就算了完结了，不是被顶裂了一行，便是破了一个洞。

家伯家父为了屡次打击，都不愿把书借给人，但是我还是不相信，因为我自己看书时必定克期而完，尤其是借来的书，必如期奉还，所以不信，难道天下没有同我一样的人吗？正好我这时候，以极便宜的代价，买了千余册的完全关于新文艺的书，这时正是书店不敢发售此类书，青年又渴望阅读此类书籍，我就抱定牺牲精神，在我服务的学校中公开无条件的借阅了。不论先生学生，认识不认识，我都肯出借。这末一来，果然借阅者如山阴道上，起始是很使我兴奋喜悦的。但是渐渐就苦死我了，终至于失望。我几乎变成了图书馆的职员了，虽终日与书接近，自己却不能抽暇阅书，除为学校工作外，时间就全费在借书还书、还书借书这些无谓的工作上面，尤以一二爱虚套的朋友，借了书还要同你瞎三话四，一天时光，瞬息即过，到了晚上，日记上就记满了："李 ×× 借《子夜》一册，《爱与愁》一册；张 ×× 还《石灰王》一本，又借去《煤油》一部。"开头都是这种流水账式的记载。后来便不然了，日记上关于借书纠葛的记载，渐渐于带叙带论体了。如：

"李一东还《铁轮》一本，封面已脱去，可恶。"

"王大成先生借去鲁迅《热风》，薄薄一册，看了半月还不还，索之数次，还要不悦，真是岂有此理。"

"高大头今天又来借书，辞之，悻悻而去，这家伙实在可厌，老爱乱涂乱注。"

为了好意将所有的书借给人家看，不及半年功夫，千余册的书，已损失了三百余册，在剩下六百多册中，不全破碎涂改者亦不下三百余册。能够幸免完整者不到二百册了。而且都是不相干的书。不但没有一位感激我，他们还认为我借书给他们看，好像是天经地义似的，反过来说，因为你既然一视同仁，那么你不借给某一位，某一位就有指谪你的权利了，当然某一位是绝对不会反省一下人家为什么不借的原因。

同时，我也得了许多教训，一般借书者的脾气，是各各不同的。大约喜欢借有插图书籍的朋友，你就得当心他撕了你的插图，因为他也许正是一位搜集图画的专家，我的一本胡仲持先生译的《世界文学史话》，中间的人头插图通通被撕光，就是一例。有的向你借碑帖或画谱，那么你就干脆奉送，因为他也许要临绘三年五载说不定。

被借出去的书，很少能够"完璧归赵"的，借者看得高兴时，他会提起笔题上"绝妙好辞"四字的，不高兴时那就在封面上写"放屁放屁，真是岂有此理。"那就未免有些粗俗了。虽然吴稚晖是很赞成"放屁放屁"的，但我看了这"绝妙好辞"的"放屁放屁"的题词，就有些作呕。

大约新诗以及民间情歌和短篇散文小品一类，也最有遭遇腰斩剜腹的危险，看到"我的爱人在山边"这样的情歌，便把它撕下来介绍到千里之外的爱人去吟讽了。散文小品也会当活页剪下来夹在他书包里，至于我书籍的损毁，那当然是小事了。

那末长篇创作就可免此罪罚了吧！然而不然，侥幸的，看得破破烂烂的送还你；不幸的，就如石沉海底，无踪可寻。你问他，他会笑起来说：“这部书真好，我已转借老谢去看，你且叫老谢直接还你。”这样一来，好像他的责任完毕。问老谢，老谢会皱紧眉头，作沉思的样子，继而突然曰：“啊，是的是的，我看过的，但是，好像我已还给他了。”于是你又只好来问他，这时他也莫名其妙了，结果是：“待我找找看，一找到就马上还你，对不起。”于是乎这部书就宣告永远失踪了。过了一年半载，也许会从老张的床底下找出来，然而这毕竟是少数。

说了这半天，好像说的是一般人对于阅读的脾气，其实不然。这些人，他对于自己的书，是不会下此残酷手段的，撕、涂、折、卷，种种恶习惯，往往是施之于借来的书籍。这些借书者的脾气之所以如此，大半就为了这书是借来不是他自己的缘故吧。

幸而这些书都是我自己的，上了一次当之后，整理一下，把剩下的六百多册的书，通通运回家中钉在木箱子中了。

我对于借书人的脾气是领教得够了，所以对于借书者也总不大信任。然而不幸我现在又担任了一个图书室的工作，当然不能把所有的书都钉在木箱中，图书室的书无论如何是要借出的，于是乎，我又再度受到了这些苦恼了。除了上述的种种事实外，竟有些先生们，借着“参考”“应用”“研究”等堂而皇之的理由，不断地来借，借，借，却不归还，虽然你规定每人只能借三本，而且辞典一类参考书不能携出室外，然而他们偏要携出，偏要不绝地借。说起来，长官还要责备你办事不力，不该违章出借。一些地位较高的同事，他要批评你不该太顾人情，怕得罪人。其实违章犯法的，正是他们这些人。你如果认真起来，不许多借，他们又有话说了，什么法律不外人情啰，这些书不是你的，你不借误了公事你担当啰。于是乎又只好借了。借书者脾气之不易对付，有如是者。近来更有一位新来的活宝贝，不到两月工夫，已不断地借了数十部的书籍，被其借去数目已超过任何一位，大有“囤积”之势，而且介绍外边友人来借，你要想讨回来吗？难如登天，三推五请，还不了一两本，反之，还你一本，马上又借了两本去。我常常想，这个图书室索性移设在他的卧室中也好，免得麻烦了。幸而我年龄比较大些，有些涵养了，不然一定要吐血。

写到这里，人家要以为我是一位反对借书的激烈分子，这实在是冤枉，我虽然屡屡上当自找麻烦，而爱将书借予人的脾气，则仍未改变，不过比以前稍微谨慎而聪明一点而已。

我对于借书这一个问题，始终是赞成的，我总觉得有书的人，绝对要有把书借人看的存心，而借书的人却绝对要尊重自己的人格，养成一种良好的借书脾气。有书而不肯借人，这是因噎废食，应该视人而借，不可不借。其实借书人如果能够归还而不损毁，则有书者必乐于借予了，并且以我的经验，自己的书，往往搁在一边不读，以为终有阅读的一天，终至没有读成，借来的书却每能克期阅后，且看得特别迅速而精细。借书脾气好，有信用，那么有书的人往往会把好的书介绍给你。你的得益处实在不少。所以我总觉得一个喜欢借书的人是可爱，只要他的脾气不怎么下流自私，能够阅后归还，那么人家就是最心爱的书籍也是愿意借给的。我许多朋友会把他们贵重的书籍借给我看，甚至绝对不愿借书给人的合奇家伯，也特许我借阅他的书，而且鼓励我借阅，都为了我借书脾气好，因而也得了许多便利，所以我用了十三分的诚意来期望一般怪脾气的借书者，改变过来，不要太自私了。要想打动不愿借书给人阅读的乖僻的人，自己就得养成优良的借书脾气，这样就可以虽在生活艰困之下，仍然可以造成了一种彼此借阅，有无相通的借书风气了，这对于文化界的前途也是不无影响的吧？

○ 原载《风雨谈》，1943 年第 8 期第 156—159 页

书的故事

1944

——纪果庵

我喜欢收藏一点儿书，不一定每册都读，看见有趣的书就买下，随便翻翻，没事的时候，盖上两方图章或是签上自己的名字，也是一种喜悦。似乎在《越缦堂日记》上屡次看见这样的话，找出来翻翻，却翻不到，中国书没有索引，真是讨厌，如日记之类，若不经整理编排，想要利用，盖更困难。但在同治十三年十一月的日记上，却有：

“夜归馆后，童仆渐睡，内外寂然，红烛温炉，手注佳茗，异书在案，朱墨烂然。此间受用，正复不尽，何必名山吾庐邪？然或精神不继，或尘务经心，便亦不能领略，此事固当有福。我辈读书偶有解会处，不特放浪花月，非可比拟，即良友清谈之乐，亦觉尚隔一尘。所恨者，生苦多病，又客居不恒，常被俗人聒扰耳。”

我们处在今日，连这样的享受也没有，晚间想抽暇读点书，不是防空演说就是节约用电，若是连电灯都没有，油灯自更不必提。白天则是种种俗人俗事“聒扰”，读书云乎哉。这儿所说的俗人俗事，并不是要将自己列于人世生活之外，实在因为许多人许多事不能不使我们感到头疼，与我们兴趣相去太远，只好用“俗”字来替代。然我们还是得去轧油轧糖买配给米，到底脱不了俗的。所以我每感如陶彭泽之流，终算是幸运，生于此时，要仍不免此厄耳。

我们把书作为功利主义的求学问，是一种读法，亦另是一种境界。我想这未免有时太执着，好像买了奖券，一定盼望得奖，设不得，心中总有一点怅怅，学问固然要去求，然总以得其自然为佳。我买书不必都读，这也是理想之一。但是如果读书属于耽美主义，那真是需要若干陪衬，明窗、净几、香茗。插架琳琅，牙签万轴，虽然不是宋元佳椠，却也不是亥豕鲁鱼的劣本，这还是小事，最低要不愁米，不愁盐，外面天塌下来与我无干，这才够得上红袖添香茶烟琴韵的派头，我们不用说没有这种遭际，就是有此环境，看看北风一起，满街冻死鬼，恐怕也要兴味索然了。我们不是玩物丧志，乃是要在可能范围之中求得一点安慰，正因为现实问题迫得人不敢不忍正视，不能不寻觅一隅以为屏蔽，有人骂逃避现实是不对，我是承认的，可是手无斧柯，除此也别无他道。所以把吃饭的钱省下来，买几册心爱的书，应当是苦恼，而不是快乐，不过隐去了苦恼不提，我们情愿为目前一丝温暖所诱惑而已。

于是就不能像暴发户那么，买大部的《廿四史》《图书集成》之类的，摆在客厅里充门面，这种书，也许自入主人的厅堂起至以微末的价值再卖给旧货商人止，竟大半是不会有过主人手泽的。直如晋公伐虢，璧则犹是，马齿加长，不过寄存一时罢了。然而架子一定是精美的，装潢一定是考究的，主人所欣赏以及向别人傲视者，盖在此而不在彼矣。若我们则只能收收零星残帙，家里是住房客厅书斋三位一体的，书架往往无有，桌头放不下，也许就置在墙角，偶尔咬咬牙置办一二只藤制的小书架，也放不了多少东西，有时便叠床架屋的摆上去，使这种先天不足的家具大有不胜负荷之势。而且古旧的房子，没有水泥地，没有好的天花板，老鼠以书箱为溷厕，天雨更是淋淋漓漓，要想把书保存得干净也十分不容易。我又天性懒散，书老是随手擎出一本就不管了，倒在床上看一会儿便永远放在床头，坐在案前检阅亦可久置不顾，往往一部书分散到好几处，必需遇见机会才重新剑合延津，太太常为此向我抗议，我也管不了许多，我有一个最高原则，就是书须为我所役而我不能为书所役，《越缦堂》同治二年正月二十日日记云：

“自昨夕至今晨，整比书籍，甚费心力，以案头之书，必取其最要者以待相次而读，而书有常资考索者，尤宜置于群籍之前。斋中无书架，仅纵横置两案。又空其十之四为看书作字地，留其十之二置杯碗灯红奁盒笔砚之属，全又性颇喜洁，知惜书，即日阅之物，亦必使整齐不少散乱。又不欲见丛残书，故或箧或阁，或床或几，或近或远，或高或下，皆极费匠心。”

于先生之懒，我则有之，可是要我费一夜的工夫去摆列分类这些“丛残”，就绝对不耐。去年暑假好像曾清理了一次，下着很大的决心，弄得一身臭汗，摆好甲又不易对付乙，排了乙便又舍不得丙丁，如李君之所谓两案者，我还很抱歉无有。书桌很小，今年才能换一只大一点的，据说市价已达数千百元云云，这桌子也放不下几册书。加上笔墨信件以及小孩子常常不经意放在上边的书包玩具，一天到晚，倒是连写字的十分之四也没有的机会居多。工具书呢，也有几种，如咬了牙关花十二块钱买的《辞海》之类，如今虽值六七百元，我也仍旧不大重视。总感觉这种书是低能的，除非在课堂上讲授打破砂锅问到底的时候，要查明一番，其余用到的时间很少。何况如果真的要问到底，这种东西也是不行。我常见有人写某人的史传迳抄《中国人名大辞典》，无论如何，不大像话。平时读书，究是陶公的不求甚解态度为主，可以偷懒是第二层，许多书求甚解反失去意味则是诚然也。因之书桌上面就没有工具书的位置，字典等都是放在最下层。这也算是昔贤与我们的区别吧？

既是不必要求有用，买书自然避免“切于实用”一途。我可以没有《十三经注疏》，可以没有《昭明文选》与《古文辞类纂》，但却愿意花一个月的薪水买了崇祯本的《帝京景物志略》，这好像太贵族，而实在是出于癖好。譬如我也花五块钱买一部没人问津的光绪版或同治版的《都门纪略》，无非因乡土的敬爱，才有一点研求与求知的心。昨天用一百元买了《盘山志》，康熙版同治补修的，亦有数页模糊不清，题签乃是家乡仅有的进士李江先生，这相隔有三千里了，我一直在离盘山四十华里的乡里中生活二十年，却到今天才看见乡里的书，不必管内容，其为欣悦，已可知晓。可惜自家的县志终于买不着，空望远处的寒空寄遐想。我又希望从我的书中得到一些故事，这即收藏家所说的掌故是，惟此事可遇不可求耳。去年暑假，曾买到《渔洋精华录》，本已有过一部了，可是这一部上面有“李释戡读过书”的印记，又全部都校过，似对渔洋之诗，未尽赞可，对笺注之陋，订正尤多。散释先生乃昔时授我们宋诗的教授，而且京中寄居的桥西草堂又是我常去的，这书既为先生旧弁，当然还是珠还合浦为佳。秋天草堂相约看桂花，遂将书呈还，先生很高兴，说是事变中失书甚多，能够觅还的仅此而已。然我的喜悦又过于先生，假使我的藏书中，能够一一逢其故主，那是多么有趣的因缘呢！所以在散释翁以仅此一书得归故主为恨，而我则以居然有一书逢着故主为欣然。人之离合是绝大哀乐，物我一如，物之离合，又焉知不是如此。一种书在几十年光阴之内，逢到不少刀兵水火之厄，又不知转移了多少主人，有的主人对它是宠爱，有的则是冷淡不措意，也许因此就终身沦丧了，为书设想，不是也很可悲怅吗？叶缘督藏书纪事诗记我的远祖文达公云：

韩非口吃著《说林》，校雠《七略》似刘歆，山河泡影谈何意，一见公羊涕不禁！

注曰：赵清常没，子孙鬻其遗书，武康山中，白昼鬼哭，何所见之不达也？余尝与董曲江言，大地山河，佛以为泡影，区区者复何足云！我百年后，倘图书器玩，散落人间，使鉴赏家指点摩擦云：此纪晓岚故物，是亦佳话，何所恨哉！又云：尝见媒媪携玉佩数事，云某公家求售，外裹残纸，乃北宋椠《公羊传》四页，为惆怅久之。

足见文达亦不为达，说“人亡弓人得之”的孔子，不知怎么样，大率能真的泡影山河者确不多。事变以来，海内书籍付劫灰者何止亿万，我所教读的学校，在塞上群山中，放暑时还太平无事，不料从此自己常阅的几册书遂告永诀。说起来有什么好东西呢？那时我喜欢把上海刊物卖文的稿费改买新书，有好多书店是附带着邮购部的，这事并不困难，所以虽是山城，却也有邮差送来盖着上海邮戳的印刷品。每天在校门前等候年老的邮差几有盼望爱人之心，若买的书迟迟不来，其惆怅思念也不减于失恋。我所常常看的如阿庚画的《死魂灵百图》，对照鲁迅翁的译本非常有趣，那时只卖两块钱，现在我每次逛旧书店都注意这本书，却迄未遇到，或者当时印得便不甚多。又如《苏联版画集》，纸张讲究，印刷精美，且有数幅为彩色者，价钱不过一元七八角，今日是想要印也无从印起了。我又喜欢收藏信笺，故亦买鲁郑合编的《北平笺谱》，这书之失落，尤使我思之心痗。廿九年买《荣宝斋笺谱》不下三部，已要十六元一部，而前后都被朋友索去，目下反一册无存。目前到松竹斋买了两三种信笺，已竟是一百多元，其花纹尚不是我所爱好者。后来曾听到从塞外古城来的人说，学校的书都被本地人抢光了，在某街中摆了地摊出卖，一角钱一堆，这位朋友并亲见一个人从学校里出来，脚踏车后座上捆了许多本万有文库，这自然也是要打入地摊的了，我很痴心的问他曾看见我的书吗，他笑着说，那么多的书，谁记得你的我的呢？但是我希望着，希望着，直到现在还希望有一天我的书会碰见他的旧主人，如我会把所收的书还给别人一样。

《东湖丛记》："王述庵司寇（昶）有一印云：二万卷，书可贵，一千通，金石备；购且藏，剧劳勚；愿后人，勤讲肄，敷文章，明义理；习典故，兼游艺；时整齐，勿废置；如不材，敢卖弃；是非人，犬豕类！屏出族，加鞭棰。述庵传诫。"这似乎更多此一举了，藏书家告诫子孙的很多，但是子孙能遵诫的则极少，甚至可以说没有。且即使无意拿它易饼饵，亦不见得没有人算计，如唐太宗赚兰亭故事，智永禅师终于被套入圈子。

《花随人圣庵摭忆》记袁漱六藏书云："漱六名芳英，道光间名翰林，工文能翰墨，初为松江府知府，时江南遭洪杨之役，公私赤立，文献扫地，常州苏州诸故家藏书以次流布于外，漱六锐意搜罗，有见必设法得之，莫能与之竞。江南北旧家卷册以及卷葹阁问字堂之片纸只卷，皆揽有之，以故所藏书，甲于一世。据云，袁罢官归里，书载数十船以西，尽移存长沙第中，逮殁，未能清厘就绪。其子榆生不喜故书雅记，以五间楼房闭置诸籍，积年不问。光绪初朱肯夫（逌然）督学湘中，任满离湘前，曾亲莅五间楼房者勘验，则两层自下至栋，皆为书所充塞，非由书丛踏过，莫移一步，以书纵横堆垛，即移亦无从遍阅，惟随手翻之，辄是宋元佳椠而已。肯夫出后，为言于木斋，（李盛铎）时木斋随官在湘，方以抡扬自许也。肯夫且谓东南文献菁华，盖在此五间楼中，听其残毁以尽，吾辈之罪也，吾力不及，时也不许，子其善为谋之。木斋计往宅中验视，一切如肯夫言。顾安所出其书而理之者？榆生豪迈善饮博，境固不裕，然人以鬻故籍请，必为所抶，客为木斋计，先出重金请榆生所狎友居间恣其所用，用罄，又复饵之，以是往复积数千金，所狎友稍稍吝之，榆生不乐，友因曰：天下有借无偿，宜难复借！榆生曰：偿乎？吾焉得办此者！客曰：君乃无产足以议抵者乎？曰：尽之矣。客曰：人言君家书多，吾固未信。榆生距跃曰：书乃可易钱乎？客曰：是未可料，姑试为之！明日客斋书数十册诣木斋所，大抵康乾间版，无甚佳者，姑如其价留之，榆生果大喜，木斋求观目录，客捎四大本至，以蝇头小字书之，非精本且不录，一望知为藏家老册，非榆生所新编也。木斋指名求书，不得，则运数箱来，令其自理，自是辗转，木斋获袁氏书不少。明年榆生罄所有数百箱载汉皋竞售，购者麇集，浙江丁氏亦在其列，木斋尽力求之，如量而止。据其所言，亦志在与蠹虫争胜，取天下之物，还与天下共之已而。前后所得，盖不过原藏十之一二也。”此所记恍如《聊斋志异》《阅微笔记》，而陈登原君的《典籍聚散考》并不及之，可见尚未为学林所悉知。费尽心机取之，还是成几百箱的散出去，无怪令人生无常之感了。我在事变后也看到不少公私藏书零落散亡，而苦于无法措手，同时更看到不少巧取豪夺的收藏者，尤不便推测其将来何若。不过庄子说得好：“毛嫱西施，人之所美也，鱼见之深入，鸟见之高飞，麋鹿见之决骤，四者孰知正色？民食刍豢，麋鹿食荐，蝍且甘带，鸱雅耆鼠，四者孰知正味？”我们把书当做性命，正有人把跳舞赌博当作性命，我们把吃饭钱换了断简残篇，他们把宋元佳椠换了浅斟低唱，其为有所宥蔽，在近道的人看了，或者是一样的罢？

因之又想起一点幼年的事来，我是农家子，可是父亲和祖父辈也读过一点书。祖父且曾中了秀才，也有几大箱书存放着，大约以《大题文府》《小题文鹄》《四书题境味根录》之类居多，自然是毫无价值。但也有《澄衷蒙学堂字课图说》《绘图四书速成新体读本》等，既有图画，便为小孩子所爱好，父亲在外面作事，我常吵着请求母亲开开衣柜上面的书箱找这些有趣的书，后来我又发现一部全图的《三国志演义》，虽是铅印本，而每回必有一图，第一册又有一百多页绣像，今日回想，殆是照陈老莲所绘翻印的，故与他本颇多不同。这宝贝使我满足了不少天欲望，常常用白纸影在绣像上描绘，但不久这书就被我看得七零八落，再也够不上原数。就是那些四书字课图说等，也带到学校里去和小朋友赏奇析疑。时间一长，也是东一册西一册的收拾不来了，父亲曾再三的加以申斥，到底改不好。六叔那时已上中学，他也是有书癖的，一年正月，忽然大家商量在客厅里成立图书馆，我们把那些老古董统统搬出来，又加上自己买的新书，也编了目录，立了规矩，实际上是没人去看的，只是给空廓的客厅加上些点缀而已。不意六叔从这年暑假一病不起，仅仅上到中学二年级就夭折了。从彼时起，这些陈谷子烂芝麻的东西，再也没人收拾过，七八年前祖父病故，我回到家乡，父亲很慨叹的说："你们这些书，烧的烧了，丢的丢了。我一天到晚在愁城里过日子，哪管得了这些！再过两年，恐怕家里连一本也不会有了。"我听着殊为黯然。

今春果然父亲又来信说，因为家中不能安居，只好到舅父所办的小学里去教点书，钱挣不了多少，为的是有了职业可以免去许多麻烦，但因所授历史地理等科，一本参考书也没有，实在困难，要我赶快寄去几册。六十岁老人还要去就业为小学教师，我心里已竟相当苦痛，而这小学教员又是如此之贫乏。我到市上选了几种历史的书，可是查一查都有些不妥当，遂未寄。想还是买《通鉴》《纪事》《本末》等书寄去吧，书还没有买，听说父亲已不做教师了，但信却无有，我连连写了信去问，至今也不见回复，昔人诗云："田园寥落干戈后，骨肉流离道路中"，不想因为几本书又惹起我的不必要的感伤，真是抱歉，只好打住罢。

○ 原载《天下》，1944 年第 5 期 第 9—12 页

期刊过眼录

——文载道

《古今》第四一期上载有挹彭先生的《聚书脞谈录》，其中谈到五四以后新文艺版籍的沿革得失，并略述挹彭先生自己所收庋的几种新文艺图书，末后又提到一些著名的期刊。这对于有搜藏癖的读者，不能不说是很好的材料。又因《古今》向来注重这方面的著述，去年且有《蠹鱼篇》的辑印，可惜这篇《聚书脞谈录》刊载太迟，不及收入进去了。

叙录版本的渊源，书市的掌故一类作品（不论单行或篇章），古往今来固已不鲜，不过这大多数还限于木版的古书。至于记录“五四”以来新文艺方面的，到目前止似觉不多。而其中之写得较繁博的当推阿英先生，这正像他对于这方面收藏之丰富一样。

但我另外记起还有一位姓C的朋友来，他搜庋的质量恐怕还要超过阿英。单只他的一些丛刊杂志，差不多就大概完备了。C先生早年也曾写了一点诗歌等作品，后来则创立书屋，专心于出版事业，如史铁儿之《乱弹及其他》，即他苦心的搜罗与保存之力，而他对每本书的印刷装订尤其力求精美。凡是看过精装本《中国大革命序曲》（法A.马尔劳著，王凡西译，原价一元，一九三八年八月初版）和《意大利的脉搏》（意西龙作，绮纹译）等书的，自然就会明白。由于这些关系，再加他经济比较宽舒，而又有爱收搜的兴趣，因之他在城南的几间住宅，便成为一座巍峨的书城了，这在阿英当也对之而逊色。

然而不幸——真真的不幸，在“八一三”的一役，C先生在挈眷仓皇出走以后，不曾将他的藏书迁出，到了后来却十九付为劫火了。但C先生非常达观，依然的经营他的事业和收藏。间或跟他谈起，那也不过付之一笑而已。而且后期的《鲁迅风》也是承他精神与物质的协助，才能扩而至于半月刊。我又听说《鲁迅全集》最初也曾经过他的计划出版。像他这样的不因身外得失而消极，而灰心的达观者，恐也不能说多了。例如我对另一位朋友告诉他这一切经过后，并问他：“如果这所遭遇的是你，又将怎样？”他即毫不思索的答道：“那我也许要发疯了！”这话实在不算夸张，揆诸武康山中白昼鬼哭故事，则一生一死，同样是书林中最伤心的事。

现在，我想将我十年来跑冷摊，访书市的一些经历与见闻，陆续的记他一鳞半爪，而先从新文艺方面做起。这一因我谈古书的资格还太浅，收藏太贫乏；二是新文艺方面的“书话”在目前似乎不多，不妨让区区来凑个起码的数，而参考起来也较方便容易。但这里我还想加以别择，那就是先来谈一下所过眼的期刊、丛刊。换言之，就是替家藏的一些杂志做个提要罢了。当此八表同昏之秋，区区图书之聚散正在未可知之数，然则留片言只字于人间，以代他日摩挲涉猎之资，也算此日的一种准备吧。——自然也希望幸而吾言之不中！

记得商务印书馆曾印过《期刊日报史》，著者好像是外国人？不知道这中间有无提到中国期刊的史实？不过在《宇宙风》（？）上曾看到这书的书评，似乎很对此书表示不满，而对商务之以巨幅印行出版，尤觉近乎浪费云云。那末，想也不必设法借来参考它了，虽则这颇同于“耳食”。除此之外，专门的记述中国杂志消长的史料，像戈公振先生的《中国报学史》般的，到眼前还未见出现。我生怕误于孤陋，还特地翻过一九三五年生活出版的《全国总书目》，则连名目都没有。而在新闻学方面，如新闻学通论至新闻学论集，就共有三十余种之多，单是新闻史也占到四种。可见这项工作在八年前还是付诸阙如，后来也并不听见有过。但事实上，倒是一桩值得努力的事业。因为我们既然对中国的新闻事业有了上列这许多的著作，则推之于杂志方面，照例总得有几本可以查考的书了。而且中国的杂志和日报成长的年岁，也没有差得过远。那末日报有，期刊应该也有。据曹聚仁先生在其《文笔散策》（廿五年八月商务版）

一五八叶上《清末报章文学的起来和它的时代背景》一文所说，则刊物在清末已经流行。至于它地位的重要，正是十九世纪后叶维新派计划中的“洋务”之一环。当时一般开明的士大夫，就时时奏请开设编译馆，以广知识与视闻，如安徽巡抚王笃棠、刑部侍郎李端棻都上过呈文。他们特别的注重于翻译西文，俾使知己知彼，启迪民智。可惜后来虽有过几种刊物，而大部分还被制于欧美传教士之手，作推行基督教的文字先锋。

说来可怜，据曹先生所记：

中国的定期刊物，以马六甲（Malacca）出版的《察世俗每月统纪传》为最早（一八一五年出版）。这刊物，系耶稣教的传教工具，……其中除了宣传耶稣教义，刊载天文、轶事、传记、政治之类的新知识，兼刊载一些新闻。

我们再从这时候出版的一些期刊而观，所谓报纸与刊物之间并没有像目前那般严格的区别。因为这时日出一纸的日报还不曾创办。像最早的《申报》，就是每月只十五期（原作“每本”），每一叶为一章，一月为一号，相当于目前杂志的性格。所以曹先生题虽作《清末报章文学》而以当时所出期刊作引证者，正是缘此。（阿英有《辛亥革命书征》刊前开明版之学林，内即载清末的许多革命刊物之提要，惟其他的小说论著等单行本也兼收目中。今《大众月刊》所刊者似据此原文也。）

这里可以使我们明了的是，中国之有定期刊物，至今已具一百廿余年历史，较之同治十一年（一八七二）创立的《申报》还早五十几年。但对于我的这篇文字，只能附带作一引子。因为我所收藏或过眼的，还是“五四”以来思想立场及文字体裁皆有显著之变化的进步的定期刊物，而内容也大部分不脱文学历史范围。自然，前面业已申明，只以家藏的为限，有许多著名的刊物而非我有者只能暂且略去了。

辑述中国期刊发展的单行史料，既如上举之缺乏，倘要参引，就只好求诸个人的文章。偶然记起阿英的《海市集》（北新版），总算找到了《西门买书记》《海上买书记》各一篇。后者仅谈古籍，不必赘引。前者虽非专记刊物，然颇足借重之处。其中有述其得《新青年》之故事云：

我的一部《中国青年》合订本，几年前被一个朋友烧了，今年我在这里又买到，价钱也只两毛一本。这卖书的人很知趣，当我买了这部书，他就问："先生，我还有一部禁掉的《新青年》，你要么？"我知道他有些门槛。"在哪里？"我问。他说："在家里。你先生要的话，我们可以约定日子，我带到这里来。"像这样的事，我不知道遇到几次。有时他们没有，在委托他们代找以后，他们也会到处去寻访，直到找到了时。

发表这篇《买书记》之前，大约亚东还不曾重印《新青年》吧。要不然，"这卖书的人"何至视为禁脔，郑重其事呢。其次，像阿英末后说的书籍卖买情形，确是经验之谈。你如果有志于秘辛档案（姑限小规模的）之搜罗，就得先跟书店主人讲交道。还要着眼于从前如邑庙西门间的一般冷摊，——今天则如沪西极司非尔路、辣斐德路等（因我曾收得全部《语丝》），扩而至于外埠的苏杭。若只靠三马路一带的旧书店就行不通。因这并非他们业务重心。——既然讲了交道，如再能相济以缓急，那末，他们一有良书，便先给你留起来，偶然的缺少现款，也一样可以成交。这也可名之曰欲擒故纵。盖不论"士农工商"，人有时终难免为情感所左右。所以在阿英的家里，可时常看到书店掌柜的影子，恐怕他的一些晚清珍本小说，与绝版之新文艺书及刊物，一部分即得之于这样的机缘。有一时期一位姓 W 的书商失了业，便耽在阿英家里由他供给膳食与零用，一面就由 W 替他理修散蚀的书。——而在事实上。凡是南北的收藏家，多少跟书店有了相当交谊的。像上次某书店之开业，陈人鹤氏就帮过主人的忙，而主人则报以某氏的日记稿本云。这可谓一举而两得，假以时日也不失为书林的逸话吧。

曾经有人慨叹过，中国是一个缺少调查与统计的国度。此在文化部门亦然。例如自"五四"以来，中国究竟有多少种的文艺作品及刊物呢。对于前者，总算生活的《全国总书目》有了一部分的记录。可是后者却尚待努力。但自良友公司印行《中国新文学大系》后，在阿英编的《史料·索引》中，幸而后面附着《杂志总目》及《主要杂志详目》两栏，可使我们约略明了。《总目》以部首检引，起杭州片月社之《一片》（一九二四），终长沙出之《潇湘绿波》（一九二五）。《详目》则自《新青年》《新潮》《少年中国》《小说月报》……至《语丝》共十三种。每种前附提要，次即每卷每期目录。再后是特刊专号目，计十余种。按编者之序例成于一九三六，距《新青年》（第一卷名《青年杂志》。一九一五年九月十五日创刊。地点北京）之发刊已二十一年。在此过程中（此后暂略），全国之定期刊物，根据这杂志总目所载，单属文学一门，约摸二百八十种光景。空间横遍全国之名都大邑，计上海、南京、北京、成都、硖石、杭州、宁波、广州、湖南、武昌、河南、云南、吉林、潮汕等约三四十处。时间多自一九二三至二七，及更早的一九一五之北京《新少年》、一九一九之《学灯》（《时事新报》附刊）。但一九二七——即中国大革命后之杂志俱不在内。大概编者以北伐为中国新文学的一个分水岭。而"良友"的意思，原来也打算替"五四"以还廿年间的文学活动作一史的鸟瞰。因此，由于这《杂志总目》之提示，廿年来的文艺刊物，总算有了可以稽考的眉目，这是值得我们感悦的。

现在，要说到我个人所收藏或过眼的期刊了。根据三四年前目录所记，约一百六十种。而内容复什不一，不独文学一门，惟以文史的为多耳。后来因故销毁的约占十之一二。至编目后次第所得复约二三十种。还有，太平洋事变后所出的又占二十种左右（包括随生随灭）。其中或许有不全的。这因我自一些家藏的日报全部被焚后，对此后的收藏兴趣皆接踵减失。除了承几家杂志社的按期赠阅外，再也鼓不起兴趣，而书价的增涨也令人感于负担太大。然而今天回头来看看这些旧出的刊物。不论篇幅之丰厚，内容之精彩，作者之荟萃，真令人感到手不释卷，而一与现行的对比，则又不胜隔世之叹。虽然今日客观条件的束缚亦为主因之一。不过听说现在有少数的杂志，在主持者倒自愿不要它的刊物好，销路多。例如那些目的只在报销一类东西。此则如区区之孤陋寡闻，又未免要少见多怪了。虽然从前并非没有无聊的刊物，但数量决不像今天的多，而做法也未必如此露骨耳。

这里随便的举几个刊物来说。首先是生活版的《文学》。最初的编辑是郑（西谛）傅（东华）两先生，后来则由王统照先生接编。依我看后期的要较胜于前期。尤其是几本专号（如"儿童文学""中国文学研究"等），大可当作文艺读本来看。同时在《文学》一周与二周纪念时，还有过"我与文学"与"文学百题"，厚皆三四百面，而应征写作的又多属南北的学人与作家。后来又有过

"小品文与漫画",算是《太白》一周年纪念特辑。这些地方,也可见得生活书店之眼光远,魄力大,及编者作者等之能踊跃努力,而使生活蒸蒸日上,奠定不拔之基础。

刊物必须有一种特殊风格,这自是老生常谈。但我觉得刊物的风格,往往也多少表现出主编者的个性。观于王编的《文学》即是一例。《文学》的态度比较"中正和平"。它对于文坛的论争,时事的变迁,世局的激荡,都有它的立场,它的反映,而决非与世无争超然自尊的山林文学。但它决不随波逐流,一唱百和,而只分出一部分的时间精力加以"适应"。大部分的,却是沉默坚定的为中国创作界尽切实之责,切实之力。而这跟王先生的个性刚刚吻合。再如鲁迅先生与高尔基之逝世,《文学》也有它的哀悼文字,而这些文字,像郁(达夫)郑(伯奇),傅(东华)茅(盾)及编者自己的悼诗,论量不满十篇,论质却篇篇有至情至理无限感人之处。比之鸡零狗碎敷衍搪塞的某些专号,即不知强过多少倍!这一点,又像王先生之文学活动,他于小说、诗、散文都有其精深的造诣(我最爱他的诗),但产量却不满六、七本。这种严谨而精细的创作态度,恰径通着他编辑的作风。他曾对我说过:"办一份杂志,必定能使这刊物在停刊以后,还能引起许多读者时时阅读、参查,以至使这刊物的格调成为后来者仿效的对象,才是一件有意义的文化工作。"这话使我印象分明而悠久。同样,上月中有位先生也发表过类似的卓见:"一个刊物如能在登峰造极的时候把它停办,倒是最合算的事,超过它停刊的损失而有余。"——这话虽要相当代价,至少将杂志牺牲掉,然而仍有它的收获。综合两位先生的意见,即刊物的外形虽然消失,而它的精神、声誉、地位、风格,却在在能引起读者永恒的留恋忆念。像望道师编的《太白》之停刊,徐懋庸先生就写过《悼太白》。

古书有版本,刊物也有版本。不过这版本不定在于纸张的优拙、年代的先后等,而是有点历史性、故事性的成分。例如《文学》就有过战时的小型版。而发行及编辑人,这时也由"原任"的傅东华先生收回自办。一共出了二本,版式是三十二开,每本封面的用纸都不同。大约容纳了八九篇文字。记得复刊词中编者的几句话,很令人玩味。大意是,在目前这样混杂的时代,希望《文学》的作风能保持一种"人要热,我偏要冷,人要高张,我偏要沉默……"的

“偏”。我觉得这决不是在提倡立异鸣高，而是在举世附庸雷同中求一点特出的卓拔的风格。而在几年后的今天，这话尤值得重视与实践。

凡是这一类含有历史性的版本，我终是竭力搜罗。如同时的《光明》《烽火》，也出过战时小型版，存在日期则较《文学》的为长。《宇宙风》也与《逸经》《西风》等联合发行战时特刊。后来，《宇》《西》两风又告复刊而《逸经》却小别成千古了。同时，其他因沪战的影响而纷纷停办的也复不少。特别是《文学》《作家》《中流》《世界智识》《月报》（开明版）等，都已有了固定的风格和地位，实在太可惜了。又如生活书店的《中华公论》，战前由郑西谛、胡愈之诸位领衔主编，是一本高级的政治、经济、国际、学术、文艺的综合刊物。这里面以郭（鼎堂）郑（西谛）二氏的考古辨史为最出色。尤以郭氏的《借问胡适》，简直是对这位博士的挑战；而他代已死的鲁迅先生打不平，更觉淋漓痛快。不过，郭氏也并非一味的在发泄他的愤火，事实上，这篇文字，对于学术上的贡献，却是“建设多于破坏”。譬如他之考释《高宗谅暗》及《正考父铭》，都是当代考据学上的煌煌伟观！——从生理学的见地来整理中国的“遗产”。

不过这一时间的刊物，似乎寿命多不能“克享遐龄”。像前述《中华公论》刚出第二期就听到沪北炮声响了。但战后的上海，曾经有一本学术性刊物，而仅出一期即告停刊的，说来也很有掌故的价值。这刊物名叫《离骚》（好像是吧）。署名的编者是刘西渭先生，实际上是阿英主持。刘只写了一篇散文。创刊号因稿挤，我的一篇考证乡土史地的文字遂不及放入，旋由黎庵拿去给《永生》刊载。至于这《离骚》的下文也从此洞庭木落渺渺无踪了。后来碰见阿英时，大家就戏呼之为海内孤本。其实，目前要拿出这样的一本书来的，确也没有几人了。写到这里，我忽然想起，如果要收藏期刊，上海有一个人该是最合适的理想的。此人为谁？曰：五洲书报社主人卜五洲先生也。要是他能从创设以来就一种种保留的话，岂非也是洋洋大观了么？

杂志里面，像《离骚》样的昙花一现的，自然还有好几种，出二期停刊的更多。像萧军等编的《热风》，黄硕编的《报告》，徐讦、宾符合编的读物，都是只此一回并无下文的。更有趣的，记得连目录都已登过广告却终于不见下落的也有过。诚以文苑之大，自无奇不有也。

话又回到我的书筒里面：算来要算《燕京学报》与《语丝》得来最不易而也最得意了。现且略记渊源于后。

《燕京学报》创刊于十六年六月。年出两期。由燕京大学合组编辑委员会（旋刊名单，由顾颉刚主编）编辑。初仅一百六七十面，后渐增厚。内容纯以学术为主。我渐得之于中国书店，然第一、第二两册终无法配致。有一回托书店设法，却被掌柜反问道："我出你一百元钱一本，你有书吗？"时米价尚一千余元，可见此书之身价。（现良友《新文学大系》全部市价六七千元。《学报》本子较大，系多一倍半，可以参考或推想）而我也只能认此两期永不睹面了。不料至翌年的某天薄暮，在 W 区的一冷摊里，居然瞥见了一、二、三，三期。当时一问价钿，倒也要每本二十元，并问他是否可剔去第三期。答说："去须一起去，先生不在乎二十元钱。"结果以五十元买进，以第三册送与 Y 书店。于是自第一期至廿六期始告完备矣。但后来听朋友说，廿六期以后的还有几本，而又终未觅得。旋又承《古今》读者北平英愈庸先生的割爱将廿七、廿八、廿九三期赠我。他所藏也是全份的，却为我而牺牲全璧。中间曾去函阻止，而英先生终于邮寄至沪。似此盛情，永不能忘，且彼此仅以文字通好，素未一面，尤可说大出意表之外者也。

其次则为《语丝》合订本，也是在那 W 区所得。价尚公道，则以第一册合订本已缺。杂志一有残缺，就像美人之有斑疤，未免丰韵大减。后来又想到阿英家里时有重复的书或刊物见赠，或许还能配添，遂买了下来。当夜跑到那边托他赶快找寻。第二天果然差人送来第一册合订本！

这两种期刊是我个人搜藏史中最愉快最不能忘的一笔。未必输于精钞旧刻。特别是《燕京学报》，在南方更其不易弄到全部，而内容又极有价值，凡是所谓有历史考据之癖的人，无不对之而摩挲不已。其次《语丝》中以周氏昆仲之文为最多。树人先生部分大概在《全集》中皆已收入进去无有遗佚的了，而作人先生的一部分则见于《谈虎集》，但还有许多用笔名写的却尚未收入，因此爱读苦雨翁前期文章者，《语丝》尤不能不看。

然而话虽如此，我手中残缺的期刊依然不少。如《中央研究院历史语言研究集刊》，原来每本四份，我尚少最早的几份，二月中曾配到两本，却一共还少五六份模样。又如《燕京学报号外》也无过于有，目前正托友人配购，恐一时也未必有何办法。而目前书价之大再加联币之高，更非短期内个人力量所能完偿。

此外，尚有介乎书籍与杂志之间的丛刊、丛书及专号等。如上举之《燕京学报》号外是一种，由一人执笔作固定题目。亦有文学性的亚东之《我们的六月》《我们的七月》，商务之《星海》，大江书铺之《文艺研究》。出版的日期没有确定，执笔也非一人，而略有同人性，文字则较结实，现实色彩比较少，实则与杂志也并无怎样大不同，只是他发行的方式是与书籍相近。所以杂志在日子一久便失去销路，而丛刊还可维持一点时间。大家知道在四五年前，凡是新出的杂志，几乎十之七八采取了丛书的形式，尤其是较硬朗泼剌的。这原因不消说是为政治的压力。因这时发行杂志必须向工部局登记，丛书则择每一期中某一篇作品为书名，旁注 ×× 从刊之一，便可以书的方式避免这限制了。前后计有《公论丛书》《杂文丛刊》《文艺界》《朝华丛刊》《文学集林》《学林》等。不过这样的做法，自然还有问题。例如登记虽避免但查禁依然很严，而经登记许可的倒反稳妥了。还有是营业上的，杂志如《西风》《万象》《宇宙风》已有了一个固定的名称，对读者也有固定的印象，到了出版期，向报摊一买就是。丛刊则这期换 A，下期改 B，反使读者不易认清名目，因此两者之间也可说各有利弊。我觉得这一类文艺丛刊中之最充实的当推开明版的《文学集林》了。在今天看来，大部分还是颇有意味。而开明同时出的学术性的《学林》也很精博，非目前的“学术界”所可同日而语了。

上面皂杂地说了一大堆，因限于篇幅，无法将其他的杂志一一叙及，而且搬弄查考也复大难，只能到此为止。最后我还有一点希望：希望将家藏所有期刊能像从前中华图书馆协会那样的编一本《文学论文索引》（分一、续、三，三厚编。民国廿一年——廿五年出版。内载自光绪三十一年起中国报章杂志之文学论文题目数千篇）。虽然材料没有这样优厚广泛，但供个人或小范围之用也就勉强够了。以后续得自再续编。关于这工作，去年本承友人苗埒兄相助，只是一二人业余的力量决不能完成，且待将来再说矣。还有，中国文学浩如烟海，自四部而至俗文学，都有待学人的批判钩稽。因此索引工作的确值得公家（私家能力过尠）的主持进行。这一点，且俟异日重写他文以资提促吧。

卅三年四月既望，夜。

○ 原载《古今》，1944 年第 47 期第 16—21 页

借书的烦恼

1946

——溯因

我自幼珍惜东西，不像别个孩子喜欢破坏丢弃，而爱好收拾保藏。这也是受了家庭环境的影响，因为我的家人大都是爱好整洁的。尤其是对于书籍，我启蒙时所读的《三字经》《百家姓》，没有一页破坏，至今还保存无恙。往后年龄渐长，爱好整洁之癖更深，一本书读过二年之久，不沾一点墨迹，没有一只卷角；一本字典用了二十余年，除了形态旧一点，还是完完整整，没有一页破碎，脱页。所看过的杂志书报，更是平烫干净，跟陈列在书店里的新书丝毫无异。

这是因为我看书时有一种习惯，就是不滥加卷曲，硬拉，翻书时不用中指和食指夹起书页，或是用拇指指甲刨起书角，而是拇指轻轻的在书边翻起的。同时我的手上，桌上也保持清洁，所以绝无油渍污垢染上书本。书一经看毕就安置好，不乱丢乱塞。

可是近年来，我的书不能再保持从前那样的整洁了，因为环境的改变，我的书不能再让我只容我自己一个人看了。亲友们问我要，我不能不给他们看，我也乐于给他们看，因为，我愿意他人也能从那些书中得到智识，启示和乐趣。

不幸，等到物归原主时，跟拿去时面目全非了：本来是平平熨熨的，现在是布满了褶痕、皱纹；本来是干干净净的，现在是染上了油渍、污垢，书页中有时还夹着西瓜子或香葵子的壳片。更糟些，书脱出了页，封面、封底与本身只剩得几分皮肉相连了。看到了这副情景，我的心头不由不冒起一股无名火来。但是在他们，却除非是书的本身撕破了，其余的他们根本不算做一回事。即使书的本身撕破了，他们会陪你一个笑脸，不是怪讨厌的孩子，便是怨可恶的耗子，你不但不能斥责他们，还得赔还他们一个笑脸呢。何况，我的肝火虽大，胆量却小，我根本没有斥责他们的勇气。曾有一次一位同事问我借小说，为了怕又要弄到“焦头烂额”，所以预先知照她：“书不要弄坏”，但她悻悻地的回答了我：“我又不是小孩子，我先生也做过呢！”从此我便不论在事先事后，都不敢再说半句话了。

书弄糟了，虽然我不再有那胃口去保存它，但把它撕了生炉子，或是论斤当废纸卖掉了，那也没有甚么了。成问题的却是向他人借来的书给人弄糟了，我却要负上责任。为了这，若是可能的话，我往往把借来的书不让人见到。可是我又觉这样太自私了，阻碍了智识的传播。同时却又觉得保持书的完整是我的责任。

于是我烦恼了——是个不算大也不算小的烦恼：我应该不应该改变我的整洁性癖，以理智来消灭我的无名火？遇到向他人借来的书应该转借给人家以利用这传播智识的机会呢，还是不转借给人家以尽我保持书的原有的完整的责任呢？

我认为我的爱好整洁的习惯是好的，是不错的。假如大家都有我这种习惯，书店里的老板也许要大皱其眉，但图书馆的馆长却要额手庆幸了，他图书馆里的书籍的寿命至少要延长数十倍，这就增加了每一本书的效用，同时也就节省了图书馆里无数的金钱，以及修补、装订的工夫和材料。我认为这一习惯正是每一个大国民所应有的。不爱好整洁是我国人的恶习、病态。无论个人、家庭、社会都处处表现着不整、秽芜、杂乱无序的现象，这是引起外国人藐视我们的一个重要的原因，我不但不应该舍己从人，改变我固有的习惯，更应负起纠正他人不良习惯的责任。可是怎样去纠正他们呢？我没有指责的勇气，也没有严词规劝的胜术。为了一本书的整洁而提取了人家为反感，那似乎有些小题大做，得不偿失；因为能承认他们的错误的人是不大有的，能接受你的教训而纠正他们的习惯的那是更难得了，那末你又何必去做这种徒劳无功的事呢？

于是，我时常被那些由我的习癖，责任感和怕惧互相发生的矛盾所搅扰着，而感到了不大也不小的烦恼！

○ 原载《申报》，1946 年 1 月 26 日第 6 版第 24403 期

藏书的故事

1947

—— 李佩秋

幼时家中景况好，向父母索买书钱，皆能如意。十五六岁时藏书量已经可观，一共有二三千册的样子。那时的零用钱都费在置书上，曾经有了一角钱，老远地骑车到琉璃厂置一本《罗宾汉故事》。我喜欢把图章盖在书上，假使封面画着月下荡舟的人物，我会把图章盖在月亮里。这些书在家中堆得满谷，沦陷后北平的书损失很多，我整份的《青年界》等杂志都用车拉出去扔掉。

在北平时，有一次我在佣妇手里看见一张托切糕的纸，我接过来一看，是中华书局《四部丛刊》版的《金史》，我非常惊讶，这块切糕不是要使大部头的《四部丛刊》零散了吗？何况又是近代出版的书，心中不由为这书而感伤惋惜起来。我曾亲见一位医生家用《医药月刊》生火，虽然这书免费并且有些宣传品性质，可是按中国杂志印刷水准看，算是顶精美的书了。一本书仅能引一个火。

有些人生前收集很多书想遗之与子孙，以为即使子孙不爱书，却留给这么多的书，或者可以熏染变化其气质。写到这里，我记起一个惊心动魄的故事，某年我在河北大名府勾连，听得一家乡绅卖书，据说藏书量很可观，我的嗜好迫使我由一个古玩老板介绍去参观，我战栗起来，为了他们的祖先而悲伤。我从来不曾看如此讲究的私人藏书，他家里用粟本做成的夹板墙藏书，实可称之图书四壁，几个屋子都空了，还有零散而精致的壁隔。他家收藏品的承销者有四方面，一位北平来的书商，他运走大部的书籍，如类书中之《册府元龟》《太平广记》《古今图书集成》等，里面我听说还有一部嘉靖版的《廿四史》；第二方面是本地儒雅的县长，我赏鉴过他的书法诗词，这儒雅县长把最精美的古玩和善本拿走，他比那位书商捷足先登；第三便是本地的古玩商；第四方面是当地的驻军，他们好像品鉴力不甚高，差不多搜购光了古玩，量的方面多，质则差一点。我在尾声里得到一部白纸武英殿岳氏刻《十三经》，在诗经首有“乾隆御览”的印鉴。以后听说他家老太爷在大内做总管，可能他的钱是不义之财，然而用心如何深刻呵！这位老人不是羡慕“诗书传家久”想造成典雅的家风吗?我眼见这幕浩劫，使我目眩神骇，也许我太爱书了。

我忠告富有的藏书家，书是很容易散失的东西，要费不少的财力与心血，可是当你们的子孙不喜欢书时，不要妄想用书的力量去熏染他们，取法西洋办法捐给图书馆最好，假如你再愿意留个名的话，不妨在每一卷首配上你的名字。

○ 原载《国际新闻画报》，1947 年第 83 期第 8 页

旅行与藏书

1947

——顾仲彝

我的癖好有三：一曰游山玩水，二曰收藏书籍，三曰抽吸香烟。第三件已在上期《论语》里写过一篇《香烟颂》，不必再噜苏了。

游山玩水是我第一个癖好。我小时身体单弱，父母轻易不让我出门游玩，在家闲着无事，总喜欢凭窗远眺，幻想天边之外，有无穷的美丽景色。及长，家乡邻近的名胜总是我假期足迹所到之处。进了大学以后，只要一有较长的假期，没有不约伴出门去游山玩水。江浙一带的胜景，我早就走遍了。大学毕业以后，游玩的机会更多了。但为经济与时期的限制，还有许多地方没有到过，我立志在五十岁以前，要走遍全国，饱览各地的胜景，以完成我的宿愿。

一个人走到山水丛林之间，远离嚣扰的尘世，觉心脑为之一清，俗念为之涤净，回到大自然的怀抱里，真有飘飘然欲仙之感。暖和的阳光好像更加亲切，清香的空气好像更加甜蜜，青山绿水就像温柔的绣阁，飞瀑可与交谈，艳花脉脉含情，清朗的泉水潺潺跳跃，犹如仙女的妙歌曼舞，高傲的松林巍巍独立，好像老友的侍立卫护。在这样心旷神怡的境界里，我真是无求于人与世无争了。我独自一人爱笑就笑，要哭就哭，谁敢说我一声痴癫。我可以在急湍的泉水里洗足，我可以在平滑的大石上睡觉。我不必再担心为小人所算计，更不必忧虑为应付而感伤。我有一次在天台山上的石梁瀑布处盘桓终日，不想再回到山下来了。

我不喜欢有人工雕琢的西子湖，而喜欢荒芜一片的黄山。荒芜而自然自有它的风趣，雕琢过的风景就难免不带俗气。人工堆砌的假山远不如一片平地来得悦目。苏州城里的几家花园，我最讨厌的那些假山，清代文人的俗气和酸气，娇揉做作，摹仿成癖的种种坏处，在假山里全部表露出来。

我喜欢划船，自由自在的划，毫无目的的听凭它东荡西歪，浆击着水，水面上就起了笑涡向船后面飞驰而没；碰到芦苇，它们自愿低身让开，等你船过去，它们又挺身摇摆，向你点头告别。在月下划船更是幽静神秘，船向黑暗中驰去，不知会遇见什么神仙奇迹。你引吭高歌，芦苇里说不定会飞出一群鹭鹚，长啸着跨过你船身向高处飞去。天地之大，到处有你天然的伴侣，无往不是你无穷的乐趣。

收藏书籍是我第二个癖好。我从小就爱书，从小就收藏书，好在家里从前开过书铺，近水楼台，只管拣喜欢的往自己书房里搬。不过我的爱好书，并不为了版本，更非专为收藏而收藏，我是为了要看要读。

我每次搬家，第一收拾一间舒适的书房。我在满壁图书的小室里，好像到了另一个灿烂的世界，要什么有什么，每本书是一个小宝库，小说给我形形色色的人物和社会，剧本给我各式各样的舞台演出，诗把我带到想入非非的美丽的世界，哲学把我引入智慧的宫殿里去。我可以在这小世界里废寝忘食，关上门十天八天不想出去。

我常常梦想将来有一天我能把全世界的文艺、戏剧、小说、哲学的书全套都收买了来放在一间合乎理想的舒适的书房，我不愁吃不愁穿，成天到晚在里面一本本的翻阅。疲倦了就在沙发里睡觉，饿了就吃，渴了就喝，不管白天夜里，不知春夏秋冬，不问世间一切事情。我愿意埋葬在里面不与外界发生关系。但这是梦想，因为生活和事业不让你有这样宁静的日子。

收集全套文艺书籍我是下过决心的，在南京读书的时候，只要身边有钱总往书店里跑，有时买到连回来的车钱都没有。在暨南教书的时候，每星期必跑南京路中美和别发两家西书店至少一次。后来跟别发的英国人搞熟了，可以记账，可以照外汇率结算（即照定价折成中国钱不加运费），每次总是抱了一大包回来，放在书桌面前，有时没功夫看，摸摸翻翻觉得也是很高兴的。

可惜我的小图书馆遭了三次浩劫：第一次大学毕业前半年，我家在嘉兴遭到回禄，十多年心血付之一炬；第二次，“一・二八”之战，我在真茹暨南住宅内遭到洗劫，书损失了一半多；第三次，“八一三”之战，我家在苏州又遭了一次洗劫！幸而书籍的损失还是最少。现在我书架上的一点小小成绩是我上演税和稿费积聚下来的收获，到今天教书的待遇如此之薄，书价如此之涨，但一领到薪水，总要省下一部分来买书。妻看我带着一包包书回家来，常常不免要有争吵，但我这癖好无法改过来，只好在衣着和吃用方面打算盘了。

在这年荒世乱的时候，我这两样癖好，都有未能过瘾之虞，但愿中国早早停止内战，实现和平，到那时候我可以畅快的游山玩水，大量的收集中西图书了。

○ 原载《论语》，1947 年第 125 期第 321—322 页

旧书之灾

1948

——朱光潜

中国文化的特色之一，是印刷业最早兴起而也最盛行。我们略翻阅叶德辉的《书林清话》之类书籍，便可以明白我们的祖先在印书和藏书方面所费的心血和所表现的崇高理想。远者不必说，姑说满清时代，刻书是当时国家文教要事之一。在京师的有武英殿，在各省的有金陵、杭州、成都、武昌、广州各大官书局，都由政府资助，有计划有系统地刻印四部要籍，地方文献多由各当地书局分印，大部头著作一局不能独刻的则由各局合刻。刻书流传文化，是一件风雅的事，官书局之外有许多书籍的爱好者，像阮元、卢文绍、毕沅、鲍廷博、伍崇曜、黎庶昌、王先谦诸人都以私人的力量刻成许多有价值的丛书。当时读书人多，书的需要大，刻书也是一件可谋利的事，官局与私人之外，又有许多书贾翻刻一般销行较广的书籍，晚起的商务印书馆是一个著例。现在，官书局久已停闭了，私人刻书也渐没落了，书贾更不必说。从前许多辛辛苦苦刻成的书版大半已毁坏散佚，偶有存在的也堆在颓垣败壁中，无人过问。

从前，各大都市都有几条街完全是书肆，有钱的去买，无钱的去看，几乎等于图书馆。现在的情形就萧条不堪了，抗战初我到成都，西御龙街和玉带桥一带还完全是书店，到抗战结束那一年我再去逛，这些书店大半都已改为木器铺和小食馆，剩下的几家都在奄奄待毙。从前我在武昌读书的时候，沿江一带旧书店也顶繁荣，去年我经过那里，情形比成都更惨，有些像穷人区，破书和破铜、破铁或是纸烟、花生糖夹杂在一起，显然单靠卖书就不能撑持那破旧的门面了。听说苏州、广州、长沙各地，情形也大相仿佛。我因而联想到伦敦的切宁十字路，巴黎的赛因河畔，以及东京的神田（？）区，我不相信经过这次大战破坏之后，那些著名的书肆区就冷落到这种程度。

中国旧书聚汇的地方当然是北平。经过九年的抗战之后我回了这旧都，看见厂甸和隆福寺的那些书店居然都还存在，而且还是琳琅满目，美不胜收，心里颇为欣慰。可是每一家都如深山古刹，整天不见一个人进来。书贾为维持日常的开销，忍痛廉价出售存货，我花了四万元买了一部海源阁藏的《十三经古注》，二千元买了一部秀野草堂原刊的《范石湖集》，其它可以类推。买过后，我向店主叹了一口气说："如今世界只有两种东西贱，书贱，读书人也贱！"事隔一年，今冬我逛这些旧书店，大半只是"过屠门而大嚼"，书价比去冬要高二十倍了，我买不起了。显然读书人比去年更贱了。书是否真贵了呢？古逸丛书的零卖每册合到两万元，许多明刻本及乾嘉刻本也只要一两万元一册。稀见的书或许稍贵一点。我买最平常的稿纸也要八万元一百页，一册旧书至多就只合到纸价的四分之一，刻工、运输、储存等等都算不上钱。旧书除研读以外还有一个用途，可以当废纸。当废纸它可以卖到两万元至三万元一斤。许多大部头的书现在是绝对找不到顾主的，像《图书集成》只能卖一千余万元，如当废纸卖，可望加倍。所以，这一年来，许多旧书是当作废纸出卖的。废纸有什么用场呢？一、杂货店可以用来包东西，买花生米拆开纸包一看，往往是宣纸木刻南监本《五经》的零页；二、废纸可以打成纸浆做"还魂纸"，质料好的印报章，质料坏的作厕所手纸。手纸也要值二三十万元一刀，一刀手纸和二十册左右旧书价值略相等。请想一想看，这情形是多么惨！

想什么！在这科学昌明时代而且是新文化运动时代，旧书本已无用了，活该做手纸！于是我联想起科举初停的时候，我父亲把家里几大箱时文闱墨送到荒地里，亲自掘一个冢，把它们"付之丙丁"，"葬之中野"，我当时幼稚，不免惋惜，父亲说，"它们没有用处了，留着占地方。"现在一般线装书的无用是否等于时文闱墨的无用呢？其中无用的当然不少，可是大部分是中国民族几千年来伟大的历史的成就，哲学思想的结晶，文物典章的碑石，诗文艺术的宝库，于今竟一旦一文不值了么？西方文化发展到现代这样的高潮，荷马、柏拉图、但丁、莎士比亚、康德、歌德、卢梭等一长串的作者并未变成陈腐无用，何以孔子、庄子、屈原、司马迁、陶潜、杜甫、朱熹一类人物就应该突然失去他们的意义呢？

于是我又联想起一些我所知道的藏书家，父祖几代费尽心血搜罗起许多珍善本，到了家庭衰败时，子孙们不知爱惜，把书籍送到灶房里引火，或是称斤出卖去换鸦片烟。就一家来说，这是家风的没落，子孙的不肖。现在我们整个民族也就像败家子了。各都市旧书的厄运很明显地指出两个事实：第一，过去几千年的中国文化已到没落期了，黄帝的子孙对于祖传的精神产业已不知道爱惜了；其次，一般中国人不像欧美人那样以读书为正常的消遣，在读书中寻不到乐趣，没有养成读书的习惯，所以书不行销。

我知道，在这兵荒马乱的年头，拿珍惜旧书来谈，未免“迂阔而远于事情”。但是，如果我们想到秦始皇焚书一事在中国文化史上的意义，那么，目前书灾并不是一件小事。汉兵入咸阳，萧何马上就派人抢救官府的图书，他所做的在当时也似是不急之务。我们要记得，现在各大城市遗留的一点旧书，是在这过去九年空前大劫中所未被敌人毁坏或抢掠的一部分，如果这些再毁于我们自己之手，我们不但对不起祖宗，对不起自己，也对不起人类。纵然目前有许多大家认为比较更紧急的事要做，我仍然认为，抢救旧书亦是一件急不容缓的事。好在这件事只要有人肯做，做起来并不太难。

第一，我向政府建议：在最近三五年中，每年提出约当现值一百亿的款项，这数目实在很微，不过是维持一个国立大学两个月费用的数目——分发各大都市的公立图书馆，或大学图书馆，责成它们就近采购当地旧书。采购的程序，须尽量把大部头书及善本书摆在前面。各图书馆已有的书复制几部也无妨，反正这批新购书是国家的产业，现在造册刊目代存，将来可以由国家分发以后陆续成立的新图书馆。

第二，我向有资产的私人建议：抢救旧书是一件有功德的事，他们应该尽他们的力量设法采购，供自己研读，传给子孙，或是捐赠给学校或图书馆，都无不可。或是再说得低调一点，他们把这件事当作投资，将来到了承平时代，再拿出来出售，也还是不会亏本的。

第三，我向各地旧书店建议：他们这些年来在艰苦中挣扎，值得我们同情，他们流传书籍，所做的仍是文化事业，千万不能把旧书卖去做还魂纸。从生意立场说，许多小门面分立互竞，是他们的致命伤。他们应化零为整，组成合股公司，消耗较小，维持也就较易。

○ 原载《周论》，1948 年创刊号第 14—15 页

文物·旧书·毛笔

1948

——朱自清

这几个月，北平的报纸上除了战事、杀人案、教育危机等消息以外，旧书的危机也是一个热闹的新闻题目。此外，北平的文物，主要的是古建筑，一向受人重视，政府设了一个北平文物整理委员会，并且拨过几回不算少的款项来修理这些文物。二月初，这个委员会还开了一次会议，决定为适应北平这个陪都的百年大计，请求政府“核发本年上半年经费”，并“加强管理使用文物建筑，以维护古迹”。

至于毛笔，多少年前教育部就规定学生作国文以及用国文回答考试题目，都得用毛笔，但是事实上学生用毛笔的时候很少，尤其是在大都市里，这个问题现在似乎还是悬案。在笔者看来，文物、旧书、毛笔，正是一套，都是些遗产、历史、旧文化，主张保存这些东西的人，不免都带些“思古之幽情”，一方面更不免多多少少有些“保存国粹”的意思。

“保存国粹”现在好像已成了一句坏话，等于“抱残守阙”，“食古不化”，“迷恋骸骨”，“让死的拉住活的”。笔者也知道今天主张保存这些旧东西的人大多数是些五四时代的人物，不至于再有这种顽固的思想，并且笔者自己也多多少少分有他们的情感，自问也还不至于顽固到那地步。不过细心分析这种主张的理由，除了“思古之幽情”以外，似乎还只能说是“保存国粹”，因为这些东西是我们先民的优良的成绩，所以才值得保存，也才会引起我们的思念。我们跟老辈不同的，应该是保存只是保存而止，让这些东西像化石一样，不再妄想它们复活起来：应该过去的总是要过去的，我们明白这个道理。

关于拨用巨款修理和油漆北平的古建筑，有一家报纸上曾经有过微词，好像说在这个战乱和饥饿的时代，不该忙着办这些事来粉饰太平；本来呢，若是真太平的话，这一番修饰也许还可以招揽些外国游客，得些外汇来使用。现在这年头，那辉煌的景象却只是战乱和饥饿的现实的一个强烈的对比，强烈的讽刺，的确叫人有些触目惊心；这自然是功利的看法，可是这年头无衣无食的人太多了，功利的看法也是自然的。不过话说回来，现在公家用钱，并没有什么通盘的计划，这笔钱不用在这儿，大概也不会用在那些无衣无食的人的身上，并且也许还会用在一些不相干的事上去。那么，用来保存古物就也还不算坏。若是真能通盘计划，分别轻重，这种事大概是该缓办的。笔者虽然也赞成保存古物，却并无抢救的意思。照道理衣食足再来保存古物不算晚；万一晚了也只好遗憾，衣食总是根本。笔者不同意过分地强调保存古物，过分地强调北平这个文化城，但是“加强管理使用文物建筑，以维护古迹”，并不用多花钱，却是对的。

旧书的危机指的是木版书，特别是大部头的。一年来旧书业大不景气。有些铺子将大部头的木版书论斤的卖出去造还魂纸。这自然很可惜，并且有点儿惨。因此有些读书人出来呼吁抢救。现在教育部已经拨了十亿元收买这种旧书，抢救已经开始，自然很好。但是笔者要指出旧书的危机潜伏已经很久，并非突如其来。清末就通行石印本的古书，携带便利，价钱公道。这实在是旧书的危机的开始。但是当时石印本是不登大雅之堂的；说是错字多，固然，主要的还在缺少那古色古香。因此大人先生不屑照顾。不过究竟公道，便利，又不占书架的地位，一般读书人，尤其青年，却是乐意买的。民国以来又有了影印本，大部头的如《四部丛刊》，底本差不多都是善本，影印不至于有错字，也不缺少古色古香。这个影响旧书的买卖就更大。后来《四部丛刊》又有缩印本，古气虽然较少，便利却又加多。还有排印本的古书，如《四部备要》《万有文库》等，也是方便公道。又如《国学基本丛书》，照有些石印本办法，书中点了句，方便更大。抗战前又有所谓“一折八扣书”，排印的错误并不太多，极便宜，大量流通，青年学生照顾的不少。比照抗战期中的土纸本，这种一折八扣书现在已经成了好版了。现在的青年学生往往宁愿要这种排印本，不要木刻本；他们要方便，不在乎那古色古香。买大部书的人既然可以买影印本或排印本，买单部书的人更多乐意买排印本或石印本，技术的革新就注定了旧书的没落的运命！将来显微影片本的书发达了，现在的影印大概也会没落的罢？

至于毛笔，命运似乎更坏。跟“水笔”相比，它的不便更其显然。用毛笔就得用砚台和墨，至少得用墨盒或墨船（上海有这东西，形如小船，不知叫什么名字，用墨膏，装在牙膏似的筒子里，用时挤出），总不如水笔方便，又不能将笔挂在襟上或插在袋里。更重要的，毛笔写字比水笔慢得多，这是毛笔的致命伤。说到价钱，毛笔连上附属品，再算上用的时期的短，并不见得比水笔便宜好多。好的舶来水笔自然很贵，但是好的毛笔也不贱，最近有人在北平戴月轩就看到定价一千多万元的笔。自然，水笔需要外汇，就是本国做的，材料也得从外国买来，毛笔却是国产。但是我们得努力让水笔也变成国产才好。至于过去教育部规定学生用毛笔，似乎只着眼在“保存国粹”或“本位文化”上，学生可并不理会这一套，用水笔的反而越来越多。现代生活需要水笔，势有必至，理有固然，“本位文化”的空名字是抵挡不住的。毛笔应该保存，让少数的书画家去保存就够了，勉强大家都来用，是行不通的。至于现在学生写的字不好，那是没有认真训练的原故，跟不用毛笔无关。学生的字，清楚整齐就算好，用水笔和毛笔都一样。

学生不爱讲究写字，也不爱读古文古书——虽然有购买排印本古书的，可是并不太多。他们的功课多，事情忙，不能够领略书法的艺术，甚至连写字的作用都忽略了，只图快，写得不清不楚的叫人认不真。古文古书因为文字难，不好懂，他们也觉着不值得费那么多功夫去读。根本上还是由于他们已经不重视历史和旧文化。这也是必经的过程，我们无须惊叹。

不过我们得让青年人写字做到清楚整齐的地步，满足写字的基本作用，一方面得努力好好地编出些文言文对照详细注解的古书，让青年人读。历史和旧文化，我们应该批判地接受，作为创造新文化的素材的一部，一笔抹煞是不对的。其实青年人也并非真的一笔抹煞古文古书，只看《古文观止》已经有了八种言文对照本，《唐诗三百首》已经有了三种（虽然只各有一种比较好），就知道这种书的需要还是很大——而买主大概还是青年人多。所以我们应该知道努力的方向。至于书法的艺术和古文古书的专门研究，留给有兴趣的少数人好了，这种人大学或独立学院里是应该培养的。

连带着想到了国画和平剧的改良，这两种工作现在都有人在努力。日前一位青年同事和我谈到这两个问题，他觉得国画和平剧都已经有了充分的发展，成了定型，用不着改良，也无从改良；勉强去改良，恐怕只会出现一些不今不古、不新不旧的东西，结果未必良好。他觉得民间艺术本来幼稚，没有得着发展，我们倒也许可以促进它们的发展；像国画和平剧已经到了最高峰，是该下降，该过去的时候了，拉着它们恐怕是终于吃力不讨好的。照笔者的意见，我们的新文化新艺术的创造，得批判地采取旧文化旧艺术，士大夫的和民间的都用得着，外国的也用得着，但是得以这个时代和这个国家为主。改良恐怕不免让旧时代拉着，走不远，也许压根儿走不动也未可知。还是另起炉灶的好，旧料却可以选择了用。

应该过去的总是要过去的。

○ 原载《现实文摘》，1948 年第 2 卷第 5 期第 14 页

鲁迅的藏书与买书

1948

——念新

三闲书屋收藏图书，范围极为广博，并分上海及北平两处。沪部余曾见之，自线装洋装之“国籍”外，东及东西洋文字，其中自以日文为最伙，德文次之，俄文英文虽亦有搜罗，则多因其书中插图精美之故，盖鲁迅于中西美术固极留心爱护，其北平所藏之“汉画”，闻中颇多珍品，惜生前不及□□整理也。商务印书馆之《四部丛刊》，亦三闲书屋“大部书”之一，因鲁迅欲于晚年编一完整之《中国文学史》，购此以为参稽资料，且闻已拟妥计划。鲁迅与友人通讯时，亦曾论及此事，并以不能在国内得一优良静谧之环境为苦。北平虽为理想之地，然因某种条件之限制，亦足使鲁氏为之“裹足”，故终其身，此一为文苑所企望之《中国文学史》，卒未成只字。（目下论国内最详备丰富之《中国文学史》，似以北平朴社版郑著者为此中白眉，惜仅至明代而止，且已绝版）而《四部丛刊》之若干函，亦犹未启封也。

至关于三闲书屋详细之藏书目录，景宋女士或已加编录？惟对外则未见披载，此亦为有书癖者所关心。惟前此《文汇夜报》曾排日刊登鲁迅之《日记》，其中每得一书，必加笔录，读者或可由此以见三闲藏书之一脔也。

于此，复忆及沦陷时期，因生活费用之高涨，鲁迅北平家属，曾有鬻书之说，当时景宋女士曾在沪登报反对。文人心血所聚，一旦易主，自可叹息，后未知此说果否实行，抑或因上海方面之“反对”而□其议矣。惟余读鲁氏《病后杂谈之余》(《且介亭杂文》二二〇叶），述及宋端仪之《立斋闲录》一书时，有云：“这书我一直保存着，直到十多年前，因为肚子饿得慌了，才和别的两本明抄和一部明刻的《宫闱秘典》去卖给以藏书家和学者出名的傅某，他使我跑了三四趟之后，才说一总给我八块钱，我赌气不卖，抱回来了，又藏在北平的寓里；但久已没有人照管，不知道现在究竟怎样了。”然则鲁迅在早年，亦曾欲以卖书而解决其“肚子饿”的问题者也。此处之所谓“傅某”，当属江乡傅沅叔（增湘），即以藏庵图书题记著名者。顾此书初非鲁迅自身所购置，而为其先德所遗，盖其文中曾有“我家并不是藏书家，我真不解怎么会有这明抄本”云云，其为名贵可见。故余亦欲附笔一问：“不知道现在究竟怎样了？”

按鲁迅所购各书，日文方面，多在内山书店，间有西洋名著，亦托该铺代订者，则以鲁迅与书铺主人，本属至好，且时往铺中坐谈也。至于线装书籍，凡属商务书馆印行者，皆托其内弟乔峰先生代购。旧椠古籍，则自往中区一带书林市之，有时则驱摩托卡载返，可于其《日记》中稽焉。其中驻足之书店，以西藏路之中国书店为数最多（惟该店今已歇业），店中人今犹能津津道其购书之故事。据云鲁迅于书籍之装帧极注意，必择其完善情致者，于书价则颇豪爽，不求折减，而对各书之版籍源流，皆甚熟悉。此自缘鲁迅于我国旧学修养之深湛雄厚，故对版本极为讲究。《病后杂谈》曾记其因欲得吴兴刘氏嘉业堂的新刻本清代禁书《安龙逸史》，不恤一再跋涉，而受尽该处阍者之气，结果仍无所得，最后还是“托朋友去辗转买来的”，因而有感于得书之艰“好像必须是熟人或走熟的书店，这才买得到”了。

然其间亦有无意中购得禁书者，如乾隆四十六年尹嘉铨《小学大全案》，亦为清初文字狱之一，而作为此案媒孽之《小学大全》一书，即鲁翁于“端午节前，在四马路一带闲逛，竟无意之间买到了一种（指禁书——新注），曰《小学大全》，共五本，价七角，看这名目，是不大有人会欢迎的，然而，却是清朝的禁书。”则与上述之购《安龙逸史》，其难易相距远矣。

〇 原载《申报》，1948 年 6 月 26 日第 8 版第 25273 期

腐书

——徐蔚南

买书是癖好的一种，正如抽烟、赌博一样，并不特别风雅。而我的癖好，始终还存在的竟就是买书。

买书既成为癖好，自然买来的书未必本本都研读的，有的书买了来，真是仅仅翻一翻就永远供在书架上，再不去动它，甚至逐渐遗忘，后来自己也不知道有这一本书。到了抗战胜利归来，整理各种家具时，发见一小箱破烂的书本，那惊喜却非同小可，仿佛亲爱的亲友忽然出现一般，兴奋异常。

将书一本本取出来，替书“洗尘”。

这种暌隔了多年的亲友，突然相见，其中竟有很陌生的，记不起什么时候得到他们的。自己惊讶，我怎么有这本书啊？

也有黏着一段极动人的故事

一位留法的青年，带了一个法国的漂亮小姐回到他故乡，照着他故乡的风俗，请这位法国小姐头披红绸，身穿披风，坐了花轿，金锣开道，歌乐齐全，送到挂灯结彩的大堂上。接着爆竹声中，请出新娘来和做新郎的他同拜天地祖宗，正式结婚，然后送入洞房。

新夫妇回到上海后，承他们双双来访问我，并且带了一个大花篮和一本新郎用法文翻译的《洛神赋》，书面上横印着法文的书名，书名下一颗中国的图章，阴刻着篆字的“洛神赋”三字。长方形图章，约寸半长，一寸阔。据说，这是新郎在巴黎所亲手雕刻的。

我看着书面上的红印，立刻想到那位法国新娘如何在中国猎奇之后，就永远离开了她的丈夫。

也有令人眷恋的，就在整理时翻阅着也不肯放手。

青年的女画家的一本速写

小河里三头水牛，一头在水面露出头和背，其余二头只露出个头。在河边蹲着一位赤足的小姑娘，花布包头，白布衫，青布裤，草履。旁边站着笠帽青布旗袍的小姐，正迎风在笑。在画角上题着“水浴”。

江南的风景线，如何不叫人眷恋。

三个孩子都穿着新衣（推想一定是新衣），一位十一二岁的姑娘抱着小弟弟。戴着打鸟帽的大弟弟手里提着一个大蟹灯。二弟弟拖着小辫子，手举狮子灯。“北平的正月”。

石库门前吃饭。

穿着黑衫子，围着青布围身，挽着发结，站着吃。

年轻的姑娘，前留海，坐在一本电话簿那么大的凳子上，捧着饭碗。

旁边放着个竹箩。

她们欣赏着面前柳叶下的小河里的风光。（这是我的想象，否则她们如何望着前面？）况且下面就是河边的风景。

柳叶下蹲着两位妇女。一个捣衣棒高举在左首的小姐的手中，石上是一片布衣。右首的太太双手都浸在水中央。走来一位短衫长裤的姑娘，手里提着个水桶。

女性艺术家只描写女性，自然格外亲切。

蓬头垢面的老妇坐在小凳上，正在面前的木板上用手卷纸烟。大抵是她的女儿，在旁边一张杉木的雕刻的方桌上，也一心不乱在卷纸烟。这土制的烟，在重庆时所不可或缺。

农村中，生产者的一面。

好吧，画册匆匆翻过一次，就再藏起来。更有“稀世珍本”的出现！

桃花女演数《隔夜神算》 古书保存会珍藏

序文是一篇“好文章”，不可不看：

“桃花女为鬼谷子之母，得天神秘授，精晓易数，能知过去未来。昔与姜尚斗法，太公弗如甚，几不能免也。《隔夜神算》一书，相传为其爱徒秋痕所手录，实为桃花女心血之结晶。惟此书只闻其名，外问并无流传，辗转数千年，尽为方外人所秘藏，直至汉高祖时，始有僧人晋献皇室，由是浸假而人于清宫，闻世宗常按法卜算，奇验若神，爱之尤甚。无何，革命兴，宫中紊乱，太监常山，乘间窃取之，藏破箧中，凡十余年，未尝敢展页一视。盖恐泄露秘情，遭杀身祸也。去岁清宫以焚火嫌，尽散其太监，此书遂得流入民间。沿革如此。盖亦得之于常山口述者也。溯本会以保存古籍为宗旨，得此消息，遂不惜重资，商借影印。往来阅半载，始允派员去腾，不肯借出。于是只得改影印为抄印，虽形式或有微异，精神却丝毫莫爽。兹该书将出版矣，回念此书埋没在方外者，凡数千年，封藏在皇家者，又数百年，至今日而始得畅流民间，我人得睹奇书，谓非常山太监之乎功。爰缀数语，冠于卷端，聊忘不忘云尔。民国十三年六月十五日上海古书保存会谨识。”

民国十三年，就是一九二四年，距今一九四八年，即二十四年前，正是上海《鬼谷子》的世界。

有个绍兴籍的书贾，因为所经营的书店失败，凄凉地蜗居在闸北的一个弄堂内。他只得求救于鬼谷先生。《鬼谷子》果然扭转他的厄运。有一个世家，遗产中有一件稀世的珍宝，便是一本《鬼谷子》的秘本，大房二房为争夺这件珍宝起见，在新闻纸上大登广告，缠扰不休。后来这件珍宝影印出来，在四马路上，万人争购。那书贾的新书店便又建立在四马路上。

鬼谷子既出世。鬼谷子的母亲桃花女（据《隔夜神算》序文）自然亦应应运而出。

桃花女曰：余运用九九八卜一数，配合阴阳四时之气，并参易理，共约贰百伍拾陆数，将人间明日一切未来之悲欢离合，悉隐数中，靡有遁脱。如法卜算，咸能前知。吾徒秋痕，正研此术，遂以此册相贻，永保藏之。

桃花女士侧身独立，发髻簪花，耳环垂颈，左手托着一本书，右手携一算盘，因衣袖宽大，仅露算盘一角。旁边篆书“桃花女神像”。绿色印在道林纸上。神像的后页是红印“可以前知太炎”的行书。大抵是算章太炎吧。卦词比了序文和“桃花女曰”，更妙，真是更妙。

连日新凉沉醉柔乡费商量情怀若个晓袅尽炉香

演曰：此数主占者得娶有美妻艳妾之兆，若问婚姻，明日可成。

湘月落青猿笑趁此良宵归来垂钓

演曰：此数言占者现已功成名就，明日以后宜急流勇退，归来享清福也。

甫有鸦啼树旋问鹊噪檐哀音复喜信哭笑一时兼

演曰：此数占者明日家中有哀乐齐陈悲喜并作之象。

《日本必胜论》 盐泽元次著　驳骚堂

谁放下这本三六六页的小册子？从来没有过的。

《神武天皇纪》曰：“我是日神子孙，而向日征虏，此逆天道也。不若退还示弱，礼祭神祇，背负日神之威，随影压蹑，如此则曾不血刃，虏必自败矣。”

“只有战，战，战，除战外无他路。决死是必胜的基础。请信任日本必胜是绝对的！”

好家伙！目录七八十条！

第一篇第一节，“不败必胜之运续的大决战。”“战时生活战之皇道决定版。”好名词！

统后是神子前线是神兵——好标语！

假如在战争时得见此书，我其被吓倒乎？

是自己的札记簿

山西蒲州境内，麦田里柿树成阴，秋冬之间，红色的柿子累累挂满枝头，竭力引诱过路的人去抚摸，去吮吻。

土著用柿子做酒做醋，光亮亮的红水。

柿酒如蜜，一饮辄醉，醉梦中任情吻抱着所爱……

独轮车走石子路，

各落独！各落独！各落独！

那轮音多么荒凉，配着四周的山色。

武胜村里遍地是草兰，

马鼻子嗅着自己的前脚，

蝴蝶追逐马匹的后脚，

真是一幅踏青归去的马蹄香。

寓所屋子那么狭隘，亲爱的朋友们，请恕我，无地可以供给你们寄居了。

太太主张烧毁拉倒。为节省物力起见，称斤卖给旧货摊，送去纸厂做还魂纸，或者给花生米摊扯碎作包皮纸用。三十六斤。法币七十二万元正。我茫然目送卖旧货的挑着担去了。他便叫唤着：旧货吓！旧货吓！渐渐远去。怀旧的感觉中，有多少是欢笑？有多少是哀愁？

现在还藏在书橱里的，跟着岁月，自然也将逢到同样的命运，一一由收旧货的呼唤而去。去吧！亲爱的腐书！

○ 原载《智慧》，1948 年第 57 期第 16—17 页

谈书

——靖文

最近在本刊上常见到关于书的文章，得书也，失书也，卖书也，然独少见有人谈买书，足见今日文人生活的清苦，普遍皆然。虽然常为本刊执笔诸君，很少有职业文人（我猜想如此），然此点无非更一层证明一般洁身自好之士的生活苦难。在战前，买几本《现代丛书》，或其他单行本，究竟并非甚么难事。当时美金一圆，仅合三元，目前改了金圆券后，虽亦仅为一与四之比，可是一般薪给者的收入，却远非战前可比了。

我个人，虽有固定的职业，但对书店则已屡屡过门不入。所幸尚有一些存书，如果一一阅读，也还有好几年好消遣。这不得不感谢自己过去经济优裕时期勤跑书店的结果，终算今日尚能留着两架书为寒舍稍事点缀。

我过去虽喜买书，然并无藏书的癖好，因此历来失散的书较之现有的几十册来，实数倍之。而今想来，深感可惜。甚至连自己数年来少数写作与翻译的册子，竟亦没有留下几种。不过我常认为任何东西终是身外物，智识尤应是大众的东西，个人藏书而成癖好，只能看作是一种病态的占有欲。试问一个人藏了数千百册书，终其身岂能消化得了？不过在公众图书馆尚未普遍之前，私人藏书亦自有其保障文物的价值，但若将藏书看作是私人财产，则就失掉了这种意义。

我对于书的观念既是如此，所以买书亦向来不大喜欢买某一个人的全集。

甚至有时单买了上册或下册。这也许有人认为可笑。但我的意见是，一个人的生涯有限，普天下的书怎么看得了？而且不论怎样了不起的作家，其著作也不一定是本本值得看的。除非专门致志于一家一派的思想与学识，则捧着某一人的全集，究竟也无聊得很吧。

当然，全集之类的东西，即使不是专门研究这一行的，也自有其参考的价值。可是说起参考，就使人联想到读书的功利观念来了。极擅长做参考工作的人，读书必有目的，例如帮助自己的著作，教材，以及研究等等。读书而有目的，虽不可一概否定，然终是属于形而下的一类。书与书所启发的智识，在此场合只是达到一定目的的工具，而失去了精神上的享受。而我个人则认为书对于人的可贵处，正就是这种精神上的享受。

然而为了生活的逼迫，作为精神享受的读书机会，是一天少一天了，甚至弄到买一本杂志，先存着是否可供写作材料或翻译文章的念头。此情此景，实在是可恨亦复可怜。有人曾说过“著书原为稻粱谋”的话，但想不到今日就连看书也不得不与户口米的念头联系在一起！

○ 原载《申报》，1948 年 9 月 15 日第 8 版第 25353 期

不买书的原因

1948

——叶君

二十五日则仕先生在本刊发表了一篇《中国人与书》的大作，对于中国人之读书，一口咬定“这是中国人不喜读书之故，亦即无求知心之微。”这所谓中国人，如仅指非公务员的中国人，我暂不敢置可否，如系包括公务员在内，则说他们都是“不喜读书”或“无求知心”，我便不敢苟同了。何则？听我道来。我虽尚非公务员，但我系公务员之子，我们是书香门第，父辈喜读书，我也喜读书，所以我着实也读了些书，不敢说什么学当五车吧，而黑墨汁蓝墨水也着实喝了些下去；不用说，我们是喜欢买书的。但事实上买书没有呢？答曰：几月以前还买了一两本，一百多天以来，可就半本都没有买，为什么？没有钱也。我们时常在报纸上的出版界的刊内看到书的介绍，想买，而无钱买；我们时常在广告上看到一册一册目书名，想买，而无钱买；我们时常在书店内把书东翻西转，想买，而无钱买；我们时常商讨着要买什么什么书，结果是因无钱而什么书都没有买。

不错，则仕先生的甲兄不是说了吗？“我的买书之钱就在可省可不省项下节约出来者。例如红锡包白锡包，何妨改吸红锡包，或一月改吸四次，省下钱来购一书，你坐三轮车的改坐电车，看惯头轮电影院的改看末轮或不看若干次，余类推。生活的节约不损毫发，而买书之钱就绰绰有余了。”但是，我一家人不但不吸白锡包，也不吸红锡包，就连黑锡包都没得吸；出门不但不坐三轮车，就连公共汽车电车也少坐，多半的时候还是开“一两脚车”；说到看电影，除了我因别人送过我几次军人免费券而在星期日看过几回外，我家人从未看过，根本不知何谓头轮，孰为末轮。尽管如此，还是没钱。盖我们所用的钱，都是“决无可省者”，不便没有用过“绝对可省者”，也没用过“可省可不省者”的钱。

这笔开销我算给你听：我家大小有七口，父亲月入不到四百万元，而每月需食米约一石三斗，除配给三斗外，尚须购买一石，需洋二百四五十万元（就算二百四十万元吧）。拿本月来说，除二百四十万元购米外，我自己读大学有公费不要缴费，但我有一弟两妹读小学，市立小学每人缴费八十一万元，三人便需二百四十三万元，这样一来，即已超过一月收入多多了。此外，能不买小菜乎？能不理发乎？能绝对不坐电车乎？能不与友人通信乎？有毛病能不服药乎？那来钱买书！

所以，公务员不买书的原因，的确是为了穷，至少我家如此，而如我之家，想来也不在少数吧！

书呀，书呀，我想买你而无钱，我想读你而少缘。

○ 原载《申报》，1948 年 3 月 2 日第 9 版第 25157 期

什么最贵？1948

——白永

自从“八一九”限价后，您说什么东西涨的最多？

无论什么，大约都还有个谱儿，即使涨了点儿，也不致差的太多，唯有一样，可真“灶王爷打跟头——离板儿了！”这就是旧书。

旧书生意，很走了几年背运，自从胜利后，二百折一，价钱受了一大顿挫，之后，因为新刊物新作品配合着“新人物”，如雨后春笋，旧东西开始发霉，书架上的老古董，常常二三年翻不了身，连问也没人问。而且，新书是日新月异的往上加倍，由几十倍而数十万倍，信口开河，说一不二，旧书既没有主顾，又哪能如此眼看摆新书摊子和卖新书的店家，大赚钞票，再进而兼营投机股票，竟有从此大发财源的；旧书店老板，依然日日坐他的冷板凳，焉能不有所动于中。因之大多数旧书店，赶快出清存货，改营新书，眼看架子上的缥帙芸香，一律换成报纸本子，由冯玉奇而茅盾巴金，文武昆乱不挡，从此冷冰冰的面孔，也就变作笑吟吟。至于怎样出清存货，说起来真惨，大多数是论斤称卖，作为废纸烂纸，经过一番整理，再去还魂！有一阵子连广东刻本的《四库全书总目提要》都称了斤，因为按分量卖比按部头卖还可以多赚一倍呢！也有些比较爱护斯文的店家，不肯把圣经贤传付之万劫不复便重新改订价目，其改订之标准，也是以分量来计算的，可是终于不如干脆称了斤，到底也卖不出去。去年冬天，北平因为这样糟踏的书太多，才有人出来说话，主张由政府出资一百亿来收买，作为救济旧书业，嚷嚷了多少日子，算是由教育部拨了十亿，交由北京大学全权负责收买，听内行的人说，这么一点钱，也不过援救下来九牛之一毛而已，旧书之从此罹劫者简直不可胜数。

谁也想不到在牛弘五厄之外，还有这一厄，还魂厄！而这一劫比水火刀兵又全厉害，水火刀兵虫鼠吞蚀是部分的，一隅的，这却是全面的，整个的。如果发展下去，可能全部旧书，都将走入沦亡的命运。幸而来了一位救命星君"金圆散仙"！从此沧海又化桑田，旧书又翻了身，可是这回翻得又未免太凶些，从前是人们拒它于千里之外，如今是它拒人于千里之外了。

"八一九"以前，旧书每册价目顶贵的也不过五十万元，普通都在十万元左右，合起金圆来，在三分至二角之间。如今呢，极起码的书也要你五角，风行一点，版子好一点的总得一圆以上！"八一九"以前，我到旧书店去买《汉书补注》，八十本书，不过五百至六百万元；如今呢，至少十五块！有的索至二十块。请算算看，岂不是涨了整整十倍？据说这还是客气的，有的则一下子涨了二十倍。爱买不买！本来旧书是没有版权页，谈不到定价的，你若检举他涨价，又有什么凭据？所以顾客只有啼笑皆非，束手无策。

据内行人说，这种涨风，也不完全由于敲竹杠。大家重货轻币，这也是一种反映，因为最近他们同行"拍货"也是贵得岂有此理（书业买到成批旧书，或有店家愿出售存货，公开择地，同行拍价买卖，谓之拍货，先年皆以封筒写对出价，今则如拍卖场之喊价矣），譬如《越缦堂日记》不带补的竟有拍至二百元者！《翁文恭日记》亦须一百五十左右，若按原书定价，已高出数倍（二书皆商务影印，定价在五十至四十之间）。不是过于胡闹吗？实则同行竞买，不见得立即付款，而若有顾客，肯出适当现价，即使比拍价略低，亦未尝不可买到现货。这种病态，不是疯狂吗？同行之间，尚且如此，对于外行，可想而知。

全国旧书店如今也是寥寥可数的了，北平、上海、苏州、南京数大城外，几已绝迹。我们弄弄旧东西的人，常存绝灭之惧，宋代的麻沙建阳，出版业何尝不盛，可是如今却连影子也没有了！今之明清版本，即数百年后之"善本"，犹之今日之视“宋元”。但书贾是以利为前提，本以文化为本位的，像前者之称斤论值，与今之暴利敲剥，全是一个摧残！我们希望当局有合理的处置与管理，否则文化前途，总有些可怕，因为文化的资源都要被人垄断了！

○ 原载《申报》，1948 年 10 月 13 日第 8 版第 25380 期

曝书随记
1948

——白永

除去几本藏书之外，大约可以说是一贫如洗。虽然古诗人常以有书不为贫之类的话表现阿Q精神，然“煮”字不可疗饥，事到紧急，只好饱任妻孥的怨声。

《随园诗话》里似有几条说到贫穷与买书的佳句，天气这样热，没有勇气去翻检，而我记诗句的本领又最不行。只忆得袁氏自己曾有句：“塾远愁过市，家贫梦买书”，这感触倒很切实？一直到现在还是如此。有人把书比作食粮，其实这两种颇有本质的差异，饿到极点，草根树皮观音土都可以充饥，但书却不能如此迁就，宁可不看，也不能拿呕气的劣品消遣，凡是有读书癖好的人，大约全有尊重自己兴趣的倾向，这是不容讳言的。所以，如有好书而不能买，的确要“寤寐思服”。如此岁月，白报纸的价钱几乎涨了两千万倍，老板们第一是不肯印书，第二是不肯低价卖书，市场上所反映的是量的贫乏和购买力的薄弱，书价尽管三天一涨五天一改，可是书店门可罗雀，空有货色，掉不进筹码，也是枉然。于是做梦的只好永远做梦，蚀本的也无从补充，我们做梦也得不到的东西，正是他们无论如何也脱不了手的存货。《约翰·克利斯多夫》和《娜娜》在栈房里暗泣，青年学子则害单相思，即此一点，亦足以说明万事之不合理。

藏书如今也成问题。首先是房子，上海论金条，南京及其他城市讲白米，我们绝没资格花一石五斗的给书租一间屋，只好让他们在卧室委屈一下。其次是书架，最蹩脚的玻璃橱也得五千万，一具竹架或柳条架也得过千万，我们有时连床铺都成问题，哪有给他们谋一席之可能。既是这些全谈不到，还够得上藏书吗？真是寒伧煞人！

然而老鼠和蛀虫却不饶人，一部《三希堂法帖》把末册吃个精光，也许是作了鼠少爷的襁褓了，幸而留情，没有从中间一册挖个大洞。《癸巳类稿》和《存稿》的书报织满了虫网，虫卵撒在黄暗了的丝线上，好似这位三百年来的通人达士也遭了不幸一样。

没法子，把床铺抬出去，到外面九十度的阳光下去消毒。朱竹垞有《曝书亭》，钱仪吉也写了《曝书杂记》，我这只好算个曝书榻吧。虽然简陋，藉此把书摊开，犹如久别的老友重逢，每一本每一种都含有一篇曲折复杂的故事，倒也可以作为“消夏清谈”之一。

我是一个不能专门的人，读书病杂而不精，也许这就是一切无所成的根本原因罢？——眼前晒着的就包着若干矛盾，不只是《汉学诗承记》对照着《汉学商兑》那种短兵相接，譬如说从极右派的《我的奋斗》到极左的《马克斯传》都不妨研究研究，而中国本草式的植物目录和极新式编目的植物图鉴，我也都喜欢买，为的是多少可以比较出一点进步的痕迹来。也许我在杂学之中，仍然免不了有历史的偏嗜，我只恨中国没有 Fraser 爵士那样精深博大的人物，把风俗习尚写成一部伟大而细致的通史，*Golden Bough* 似的。就是吃了败仗的日本人，做学问也很肯下死工夫，无怪乎区区数十册的《朝鲜古迹图谱》和《支那史迹图谱》等书要论金条计值，在中国可曾有人作过这种不惜工本的工作吗？斯坦因爵士的《千佛》*Thousand Buddha* 以及 *Ancient Khotan* 等书，对于我，竟似随园的诗句一样，只有在梦中一睹其辉煌的面貌了。

整个地球都正在沉沦中，也许正因为此，才感到旧日史迹之可爱可宝。可怜我们自己，现今固然谈不到什么样的出版，即在天下太平之时，也不曾有过惊人的成绩。今年总算中央研究院印了一本《小屯》(即《殷虚文字甲编》)给我们挣挣面子，可是也恐怕难乎为纲。在街头报摊上看那薄得肺病三期的瘦子那样的刊物，使人怀疑莫非中国的文化只剩了这些如柴的骨头了？不用讲别的，只要你看看《星期六晚邮报》《展望》一类的美国刊物，就会感到自己是行将就木了，即使那是充满了广告与色情，不是也得有那份多余的精力吗？

○ 原载《申报》，1948 年 8 月 10 日第 8 版第 25318 期

PART 4

书缘录

旧时书事

合川张石亲先生藏书接收记

——吴大猷

前　记

余留学北平，聆梁任公先生讲中国文化史。讲述地方志时，梁先生曾数称吾川之《富顺县志》及新修《合川县志》。课余之暇，窗友闲谈，尝有以二志内容相叩询者，余则瞠目无以对。盖富顺县志为金坛段懋堂氏赞修，而《合川县志》则为合川张石亲先生所总纂者也。

吾人生斯息斯，对故乡宿儒之精心撰著，不惟不能发其幽光，竟渺然无闻，必待海内达人之介绍，乃得追从而膜拜之，实属赧颜之事。余之景佩石亲先生而渴欲读其著述自是始。

二十年春，余来合阳，时日荏苒，瞬及年余，因得闻认识石亲先生亲友，而知其生平梗概：

先生讳森楷，字石亲，合川东里芋荷沟人。生于清咸丰八年戊午九月初八日。八岁失怙，家贫，母刘加意育护之，叔祖廷宣先生闻先生聪颖，召至家附学，更资使从汤博宇明经、赵芝生孝廉、徐琴舫侍读游，学益进。厥后，受知学使张文襄公及南海谭叔玉编修，入学，食廪饩，调往尊经书院，甚为湘潭王壬父山长所赏。旋去尊经。锦江书院山长伍崧生编修，召为院都讲。时，渭南严雁峰文学侨成都，藏书甚富，先生往订交借读，凡阅八载，其造诣之宏博，实基于此焉。适遵义黎莼斋先生视察川东，先生上书自通陈义甚盛，黎先生雅重之，立延入幕，悉发所有书纵与读，而不问以幕事。光绪十九年癸巳举于乡，时年三十六。礼部报罢，南游江淮，受知于盛百熙、翁书平、俞荫甫诸先生。归，适伍崧生先生兼长尊经，应召勘校。其间，一署雅州教授，邻水训导，忠州学生，暇，辄讲述，未尝稍休。自甲午战后，国人兴起，力求富民救国之方，先生力创蚕桑公社，为全蜀倡，至民国初年，犹孜孜不倦。乙卯（民国四年），就合川县县长郑贤书先生聘，总修县志。先生以其撰著之《史记新校注》未能完尽，引为缺憾。丁卯（民国十六年）六月，携稿北上，十一月抵津，寓罗叔问先生家，借读其宋蜀大字本《史记》，阅六月，注证益详富。戊辰（十七年）五月九日，入北平，访江安傅沅叔先生，知平中官私所藏宋元椠本《史记》，平生所未见者，尚十有三本，遂决意借读，悉收入撰著内。寓邓木鲁先生家。日夜抄胥，披览不倦。先生以风烛年华，勤劳过度，又曾水土不适，抵平未及旬，而痢作，六月二十三日卒于平。享年七十有一。庚午（十九年）七月十日，归葬于合川学士山麓。

先生少秉异资，长通六艺，尤精史学，著作等身，其已刻行愈是者：《新修合川县志》七十一卷、《文字类要》四卷、《正名杂字》一卷、《人格商榷书》一卷、《赉园书库辑略》一卷、《赉园书库目录四卷》。

其已成未刻者：《通史人表》二百九十六卷、《二十四史校勘记》三百三十七卷、《史记新校注》一百三十三卷、《三国志音注》二十卷、《姓名方音类编》四十八卷、《纪元均谱》四卷、《序自凡例》一卷、《通史六鉴序例》一卷、《历史艺文经籍异同出入存佚表》十卷、《职官勋爵进退表》四卷、《通鉴校字质疑胡注正伪》二卷、《周礼名义通称》四卷、《左氏长议校》一卷、《慎密斋治经偶得》一卷、《慎密斋书钞》一卷、《通史堂书库目录》一卷、《同声字谱》十卷、《周雨人五韵征文斠订记》一卷、《声律典律》四卷、《通志余稿题话》一卷、《盐源县志序例》一卷。

已刻而中辍者：《华夏史要》二十二卷、《敦睦堂张氏族谱》六卷。

撰著未定而稿存者：《文字求源谱》《历代地理沿革表》《形势险要考》若干卷。

已成而稿失者：《选均无双谱》一百六十卷、《历史邦交录》一百卷、《经子时□杂钞》十卷、《六书半解》三卷、《忠属察学日记》一卷、《录录录》一卷。

未成而稿散失者：《癸巳行卷》内载有：《说文新附字驳议》一卷、《通鉴校勘记》十四卷、《周礼通考六书区》《六书音聚》《历史履霸录》《读史平反论》若干卷。至《四川通志之历代地理沿革表》一卷、《历代职官沿革表》一卷，则已送存通志局。

先生生平事实至多，上所述者，仅与其学术有关之陈迹，至其倡导蚕桑之努力，保持路款之清廉，则非本篇所及，至篇中所称"贲园"者，严雁峰先生藏书处也。

先生具颖异之姿，在梓里邻曲，或有短其言行，而评其志书内容之不当者，余来合阳，曾细读《合川县志》，其编次之审定，包容之宏博，实堪为现代新纂县志者之楷模。唯每册卷首，目录索引，均付缺如，增加读者麻烦不少，此应引为遗恨。然为时代所限，不足为先生病也。先生撰纂志书时，或限于时代，或持于主观，或囿于采访，因而某事叙述繁多，某事记载殊尠，此固不可讳言之事实，然亦任何史家撰著时，不可免之通病也。

民国二十一年，合川县政府有筹款收存石亲先生遗稿及志版之议，并决议措金万元，为收存各项书稿志版之资。将书籍志版等物存列县立科学馆图书部，以供大众之阅览，而命余担负接受之任。余渴欲瞻览先生之遗著及图籍已久，略志其情怀之缕缕。

接收记

先生藏书分两处：志版及一部分图书在福寿场足帛庄（亦名新房子），遗稿及大部分书籍在官渡场蒋家院子。为手续方便计，决定先到足帛庄，后到蒋家院子。

十月四日，天晴云开，风日清丽。余同教育科张希涛、科学馆沈树良两君，雇轿起身赴福寿场足帛庄张晓清家。计途程七十余里。晓清为石亲先生第四子，成都农专毕业。是日，秋高气爽，沿途水色山光，明媚柔和，行旅颇多舒快，因起行过迟。抵晓清家，已薄暮矣。

十月十五日，天阴晦，晨兴，盥漱后，散步庭院中，举目远瞩，迎面山岗，满植桑树，森森郁郁，绿云一片，询之晓清，知为张先生在时，每年饲蚕数千盖，所种植之二万余株桑树也，旋导观志版，并藉观蚕室，规模至为宏大。惜吾国丝业，近年在国际上之地位，早被日本所占领，边陲小邑，影响殊大，故自石亲先生逝世后，养蚕之业遂渐废驰，蚕室空弃未用，一任风雨浸蚀，已破毁不堪。秋风怒吼中，睹此废室之抖颤哀鸣，顿增吾人无限之感慨！早餐后，将藏书数架全部搬运下楼，放置堂屋中，逐一依原经史子集分类清理登记。本日仅登记完毕一小部分，日已西沉矣。

傍晚，陈子石先生由合川城至。子石与石亲先生有甥舅谊，此来系赞助余等清理图籍者。为人精细和蔼，新自渝针灸学校毕业归来，验其学屡效。此次来乡，与余等共处约旬日。工作之暇，或论针灸医理，或畅谈张氏轶事，或慨叹国事之蜩螗，或感喟年华之漂泊，雨夕风晨，诚切叙述，顿增彼此情感上认识不少。余鼻腔每到秋凉，辄发炎不快，得子石针之，病竖远遁。余谢答子石曰：“万病一针疗，神乎技矣！”

十月十六日，天阴微雨，早膳后，继续昨日未完工作，至午后始告完竣。以两日来清理登记之经历，知张氏收罗各书，至为宏博，版本虽不尽佳，而善本亦属不少。各书均用木夹来保护，夹上标识书名，满纸丹黄，蠹鱼立判，不禁令人敬佩张氏之精勤！午后督饬轿夫将全部志版一千六百又六块，搬至廊下，点收完竣。

十月十七日，阴雨连绵，薄寒浸人。本日将书籍、志版分头包捆妥善。志版每十块为一小件，错综大小，共计一百六十一件，书十一捆，雇工同轿夫八人，分次挑运下戴鳌溪，包船装运回合川，于是第一处——足帛庄——藏书和志书刻版，接收完毕。

连日秋风萧瑟，阴雨迷蒙，弯曲小路，泥泞油滑，挑运颇感不便，如此可贵之书，倘被风雨浸湿，或挑夫不慎，跌滑坠水，遗恨殊深，于是在挑运以前，加购大批纸壳，妥为包裹，并叮嘱船夫何海云妥为照料。又另派押船夫役杨六合一名跟船送至合川，随致信教育科、科学馆，于达到时，派人妥为起运，直安放于科学馆图书馆部。

十月十八日，天阴沉，微雨霏霏，时落时止。早餐后，雨稍停，同子石、晓清等离足帛庄渡戴鳌溪，赴蒋家院子接受张氏第二处藏书。此处为石亲先生旧策、遗稿及大部分藏书在焉。午后四钟，抵蒋家院子。细雨浸人，时已昏暗。得晤狮滩镇左镇长云帆、刘教育委员昌明智，及晓清弟季玧，略为叙谈，遂事休息。

十月十九日，天阴雨，本日整天工作，晨起督同夫役从该处藏书楼上，依所区分各书之经史子集部门，挨次搬运下楼，置放廊下，开始点交登记，直至夜幕下垂时始止。

十月二十日，天雨。继续昨日清理工作，至薄暮时始将书籍、遗稿、字书、碑帖清理完竣。全部接收工作，于此告一段落。

总计两处接收书籍志版字书碑帖遗稿书目如下：

经部一百四十八种，计一千四百二十一册

史部三百一十二种，计四千四百五十三册

子部九十四种，计七百五十九册

集部二百零八种，计二千九百四十一册

遗著八种，计二百四十册

字书碑帖七种，计一百九十九件（对联以一付为一件）

合川志书版计一千六百有六块

上列各书，经史子集之分类，因匆促点计，不当之处必多，后当详为分别整理也。

此次清点各书，约得零星之感想如后：

石亲先生以一寒儒，举于乡，不事产业，而惟今古图籍之收罗是务，满足其知识欲，此实有足多者！其所藏图籍中，如《粤雅堂丛书》《海山仙馆丛书》《汉学堂丛书》《汉魏丛书》《洪北江全集》《耆献类征》、日本刊版《资治通鉴》，乾隆钦定《石经》《玉函》《玉海》《函海》、柯氏《新元史》、上虞罗氏丛书、全套《二十四史宏简录》《系年要录》《天下郡国利病书》《读史方舆纪要》诸书，均为名贵典籍。字幅中，如湘潭王壬秋及金坛冯熙两氏所书对联，实为不可多得之墨宝。合川科学馆得此数千卷图籍珍藏以供一般好学者之研摩，实大幸事也！

纵览各书，知先生所藏书籍，包罗极富，几属欧西各国历史地理政治经济诸书，无不尽量收藏，足知先生不仅精于故而亦博于今也。

所藏碑帖，均按时代先后罗列次序，考证有加，于此足见先生整理方法之科学化也。余书筒木匣中，时常发现先生手书签条，零星笔记，以及阅报剪留之件，均嘱树良君一一收积之，已成巨束。于此可见先生之无地不留心学问，收集材料，以供撰著也。顾氏《日知录》、王氏《读书杂志》，均于平时逐处留心，积累点滴，聚为大观，治学之道，盖在于此，学者其谨识之！

此次接收各项书籍，令人最感缺如者，为整部书中，间有缺本。再，则先生遗著散佚零落，几无完整者矣！检点旧稿，知《史记新校注》一百三十三卷，尚存北平清华大学图书馆，仅余《通史人表》一百零四册、《二十四史校勘记》四十八册、《史记校字质疑》二册、《华夏史要》二十九册而已。然皆零落不全，此外有残稿三十一册，均一一收归之。至其余之著述，则不知其遗踪之所在矣！故于此记之，今后石亲先生亲故，如有获其旧稿者，盼能寄交合川科学馆，补其残缺，则幸甚！

翻检书籍时，子石于故书夹中，检得挽联稿一付，示余，疑为石亲先生所作，然亦不敢定。联云：民丁可壮哉！当此大敌在前，不惜生，不畏死，捐躯赴义，常存浩气留千古！官匪何分也！趁彼小丑过后，又筹款，又劫财，毁家灭伦，尚有恶名臭万年！此盖为悼民国十三年阴历七月十八日反抗驻军筹款之阵亡团丁而作也。回想当时民气之活跃，不禁懔然也。

十月二十一日，天开雨霁，天公似有意赞助余等工作之完成者，督饬有力，打包完毕。计四十五捆，随即搬运下杨柳溪雇船装置妥善。午后，周览正厅。及屋侧四周，藉舒数日来纡郁之气。宅旁门上，有集联一付，文曰："追其酒力醒，茶烟歇。可以调素琴，阅金经。"厅左右壁上，有木刻六秩序文，盖先生自寿所撰也。辞长不录。厅前有匾，额"北平秋永"四字，亦为先生寿时所自拟。子石兄云：人咸谓此四字为先生永逝北平之谶。姑附记之如此。

十月二十二日，嘱教育科工友潘双全押运书船回合川，至此全部接收工作告竣。下午，即离蒋家院子顺道赴狮滩校视察。二十三日，经云峰校，回合川。

○ 原载《四川民众》，1934 年第 6 期第 3—15 页

书林逸话

1942

—— 荛公

余自民国十四年寄迹故都，屈指计之，小小廿年矣。中曾旅居沪上，食教汴梁，漫游钱塘，访古姑苏，凡所至之地，莫不以搜求故书寻辑遗本为职志，盖嗜好所在，莫知其然。故十余年来，亦略有所得，尤以故都之文化市场，由购书而接交书贾，又由考订而知旧家遗物之流传，固乐事亦趣事也。于是略悉书价之起伏，书籍之循环，与大珍本秘籍之归宿，显宦学人之收藏，以及南北书价之比较，南北书贾之作风。久欲记其梗概，以留异日之回忆。因不揣浅陋，凡有见闻，分段纪述，以观察社会文化变迁者之参考。昔长沙叶德辉氏，曾撰《书林清话》及《余话》，称重艺林，惟多关版本考藏之得失，今书籍之优劣。此则注重有关社会、经济、文化者，固不敢步武前贤，性质亦各异也。

故都文化街与书业盛衰谈

世人皆知北京琉璃厂为旧书肆聚集之所，誉之为文化街，记载中又简称厂肆。实则所谓文化街者，固以旧书铺约数十百家，占大多数，而商务印书馆、中华书局两新书铺亦在其中，然其余如古玩铺、字画铺、碑帖铺、笔墨店皆在厂肆，故其意义，应前外妓寮所居称八大胡同，若细计之，又何止八巷。再则凡前外之廊房头、二条胡同及珠宝市，皆珍珠宝物、古玩玉器之聚市，京人称之曰“红货行”，其器物均有关文化艺术，似亦应在文化街范圈内，且距离极近，不过习俗凡言厂肆，则仅指琉璃厂书店而云也。

按北京旧书铺共分两处而居，最多者即上所谓厂肆，约近百家，地在南城，一在隆福寺街，位东城东四牌楼，由东至西，全街皆旧书店，约四五十家。两处合计共百余家，此真各地所无也（上指大者聚处而言，其他散于四城者，均小规模）。惟两处今日视之，虽有多少之分，而规模则同。然论其历史，琉璃厂资格最老（关于厂肆记载，有乾隆时李南涧《琉璃厂书肆记》，光绪间缪荃孙又继之撰《书肆后记》。其他散见于学人笔记文集者犹多，大率述书肆书贾名号，及贸易价值情形。次如叶德辉《书林清话》《余话》、李慈铭《越缦堂日记》、日本岛田氏《古文旧书考》，则专著版本之沿革，刊刻之异同。以上或志书肆，或记书史，皆有关文化，实一而二,二而一也。由上诸书，知厂肆已盛于乾隆，历史最远。）隆福寺则新近形成，盖隆福寺本属庙会，逢九十等日有市集，每至该日，百货杂陈，京人云“赶庙”，南方则日赶集，或赶圩，至今虽为书贾聚族而居，而庙会则仍存在。《越缦堂日记》尝云至隆福寺地摊买书，是光绪中叶，隆福寺书铺，实为由摊而店之起始，迨后市面繁荣，文物兴盛，于是“东庙”书摊，遂由行商变为坐贾，近则栉比鳞次矣。纪其年岁，至多不过五十，然后来居上，现则与厂肆东西并峙。所谓北京书肆之沿革，大致若此。

至于近二十年来，书肆盛衰，几多起伏，其性质之变化亦巨。约略言之，可分数期，自民国十年后至十五六年，书业的内容与作法，可谓率由旧章，亦可谓正统派之最末期。其内容以版本书为正宗，大都注重经部及诗文集，时物价低廉，售价虽少，“秀气”（书贾行话以获利曰秀气）殊多。凡所售货物，虽未能一本万利，而旧籍及批校抄本，以三五角钱得之，傅至数十金者，则为寻常之事。尤以故家子弟，不知先人创业艰难，视珍本秘册如敝屣，或因腾房吃租，或原箱不动，听书贾略给值而叫拉走者，亦不鲜见。故此期书肆，本小而利厚，买卖亦容易作。

自民十六至民二十六事变前，则为书业之转变期，然仍为书肆之黄金时代。所谓转变者，即是时东西科学，潮涌而入，一切学问，均高唱科学方法，于是学重实际，书尚考据，以前所注重之经部文集，渐无人顾，史子两类，乃大盛行。不过此期中，在政治方面，时有波澜，经济社会，亦多改革，而价廉货丰，从书业本身言，贸易既极兴隆，价值亦无大变动，仅不明时代潮流者，略受影响，仍不失为黄金时代。

由事变至今日，书业生计，有如吾乡挑柴扁担，盖两头尖而中间肥也。由事变初起，人心不定，百业萧条，书价亦因之大落，至后中外竞买，供不应求，价又大涨，直至去年十二月八日，三四年间，皆极兴盛，又随物价高涨，遂无准谱。凡书名稍冷僻，内容带考据者，莫不信口索价，且易出手。

今春以来，因燕京等校关闭，书业贸易一落千丈。现在书价虽大，买卖则稀，复呈疲敝不振状态矣。

旧书业之转变

关于旧书业之概况，既如上述，本来既云旧书，且以之为贸易商品，则以版本精粗，刊印初后为标准，自为当然，目为正统派，亦无可非议。自宋元后远者无论矣，[illegible]明清两代，南北书贾莫不以宋、元版书为佳货，学者亦以得之为荣奉。如范氏天一阁藏书皆宋元本，最次亦属明刻，他如聊城杨氏、昊门黄氏，亦皆以宋、元、明本为藏书之冠。

又昔时以经学八股取士，故一般风气，多注意经部集部，经部者为研究国学，专精某经之用，集部者，为摹拟古文，以备得科举后，为人撰碑铭传序，所谓敲门砖者也。至于子史两类，乃藏书家所搜辑，以备四部，及考据家所参考，以炫博学，非普通一般所阅读也。故明清间收藏鉴赏家目录所列，除宋、元本外，间重抄本秘籍，然不逮前者重要。迨乾嘉时朴学者出，考订训诂之学大行，因讲求实学，一般学者，均搜求考据记载之著，然此不过少数士大夫于学术之兴趣，仍未能蔚为风气，而讲实学之书，仍不为一般人所注重。

直至清末，李慈铭、叶德辉二氏，首倡“版本之书”与“学术之书”，应明白分划，于是学者始渐注意。收藏家缪荃孙亦主是说，光宣之际，刘师培、邓实等创办《国粹学报》，专表扬明季史实，又以当时废止经艺旧文，并重科学考据，于是旧书，亦如人之“转运”，经集两类，渐趋消沉，子史代之而兴。民十六后，其风更盛。

然子史又分若干门类，其中最遇时会者，莫如明代关于奏议纪事之旧抄本，及各省地方志。最初无人注意，民国十五六年间，如地方志之最佳者（明季清初及少见者），不过五角一本，大约一部四册六册，价仅二三元，普通者每部不过一元余。犹忆某次于隆福寺书店，见人买方志书，不论部册，以手杖量其书堆之高矮，为省手续，其贱可知。后因外人欲明中国各地版图、山川、产业、风物等情，乃大购方志，国人亦渐知其重要，价值因扶摇直上。事变后，哈佛燕京等处，凡方志书只要为其目录所无者，任何高价，均必购置。余见一明本《肇庆府志》十册，书贾竟敢七百元购得，售之燕京，得千二百元，犹因年关贬价求现，真骇人听闻矣！

又余旧藏有道光《江北厅志》，乃检阅乡邦文献之用，购得不过十余元，适为燕京所无，书贾见之愿出百二十元求让，余未之许，搁至今日，又不值几文矣。于此可见近年来书运之变迁，质言之，要视其出路而转向也。

事变后之旧书业

当事变初起，因社会人心之不安定，旧书业与古玩行，皆一度沉寂，无人过问，其时间约半年至一年。自二十八年起，人心渐趋平复，故都尤极繁荣。旧书业遂由沉寂而复活，并臻极盛。当时不佞尝谓现在百物昂贵，仅旧书尚未涨价，机会殊不可失，可惜余虽劝人购书，且明知其价必大涨，而个人因限于经济力，所购置极有限，果也。

自己卯庚辰后，因公私机关与中外学者争相搜求，书价亦随物价激增。其性质凡有关历史地理者，最贵最快，子部集部次之，惟取其内容带考据者。至前年冬季去岁春天，书价之昂，达于极点，几无一定标准。各大书店每年必出一次目录者，是时皆借口纸贵，未克印行，实则恐怕自己将价定死，不能随时增涨，徒滋后悔，且反束缚。按去年冬季以前书价，若与事变前比较，经部与诗集，约增一倍；子部随笔小说，约加三四倍；史部杂史、地理，及子部考据等，约增五六倍；至于孤本秘籍，旧抄精校，竟增至十倍以上，抑或过之。余尝谓书贾云：以前书目，现已废除，且不适用。

然余发现一原则，即凡旧书目中定价五元以上者，今皆可视为善本。此虽戏言，要亦实情。旧书之行市既如此，谚云“利之所在，众必趋之”，又云“重赏之下，必有勇夫”，于是每家书店，皆派干员或远赴苏杭沪粤，或近走齐鲁豫晋，远采近取，博采穷搜，每寄货回，均获厚利。盖丧乱之余，各地方之世家巨族，昔日收藏，大皆流出，当时如鲁之潍县，晋之汾阳，豫之开封，凡所号文物之邦，一邑之地，即有北京“出外”书贾数十人之多。因互相竞争，货底亦随之增大，加之盘费浇裹，更为书价飞涨无已之理由。

至其销路，时购买力最强者，若哈佛燕京社、大同书店，皆购寄美国，年各约数十万元。又兴亚院、满铁及国立大学，亦买不少。私人方面，如南京陈人鹤君，专买明棉纸古本，北京汪时璟君，则专搜旧抄名校精本，以及天津某名流与东瀛学者，皆善本书之好主顾，同时价亦可观。

又近三四年来，燕京大学及哈佛社因时会关系，挟其经济力，颇买得不少佳本。于是珍本秘籍，多浮海而去，言之令人浩叹。书商虽亦不愿所倚为世代生命者一去不返，然迫于经济生活，亦无可如何。自去年太平洋战起，燕京大同解散停闭，旧书业虽一蹶不振，而书籍则得以保存，不至滔滔而逝，未始非大快事也。

综观此数年间，旧书业虽极发达，钱亦赚得不少，然实为畸形发展，亦可谓是变态状况。即昔日社会所重之版本书，几无人问津，愈特别冷僻者，价值越高。于此亦足觇世变，凡好看而不切实际者，则先不买。一般守旧派兼可谓正统派书商，犹注重“金镶玉”“包角”“衬纸”者，皆不合时尚，以其皆太平玩意也。其头脑活泼，能注意实学考据者，莫不大得其意。不特经部打入冷宫，即普通书亦销不动，宜其昙花一现，不能持久。今春以来，凡“吃软片”同志，又莫不疾首蹙额，成散淡闲人矣。

北京藏书概略

北京为世界有名之文化城，所谓文化者，条件极多，而最要者，则为图书、古物、美术、建筑等。故都古物之富，藏书之多，久著于世，凡东西学人研究汉学者，莫不先至北京，其最大原因，则以北京书籍，较任何地为全也。

关于北京藏书，自然以国立北平图书馆规模最大，按其前身，原名京师图书馆，于清末成立，由缪荃孙等创始，其书籍则清季学部所藏。地址原在东城方家胡同，后迁入北海。迨蔡元培任馆长，以庚款为基金，另筑新厦于北海侧，高楼绿瓦，画栋雕梁，形势摹仿宫殿，而中西合璧，俨然与南面故宫对峙。因得文津阁《四库全书》实其中，并易其街名为文津街。十年以来购藏最多，搜罗最广，尝派馆员至沪杭收买，凡旧家珍物，名人遗著（如李慈铭、王国维、梁启超诸人手校藏书），或大批捐赠，或整起寄存，善本名籍，不可胜数。是不仅乃中国第一图书之府，即列于世界图书馆中，亦自有其位置也。

尚有一国立图书馆，而不为人所注意者，即故宫博物院图书馆，不特外人不注意，北京人亦不大知道。其原因或者以北平图书馆摆在通衢，显而易见，逛故宫则须花五角门票，不求开眼者皆不去，实则单往图书馆看书，亦不花钱也。故宫图书馆所藏，以清朝一代官书最多，善本亦富，而红本实录及方略谱牒等，则绝非外间所能得到。即以图书论，所谓天禄琳琅之富，凡宋、元本，内府精抄本，莫非天壤瑰宝。且有一事最关史事者，其中多数宋本，尚为北宋时物，因靖康之祸，金人入汴，所掳而北迁者。今据《三朝北盟会编》《瓮中人语》诸书，犹可考见其迁运时日。中经元、明、清三朝，七八百年，未全损坏，诚幸事也。余曾撰《元明清大内藏书考》一文以纪其事。世人尝云沧桑之变，此真可语沧桑矣。出有目录数册，分善本与普通本。

还有一事应附述者，盖故宫本分三馆，即古物馆、图书馆、文献馆是也。文献馆所整理者，全为前清内阁上谕及各省奏报，以其太多，因另立门户，蔚为大观，且反为人注意。本来目录分类史部下，有诏令奏议类，故文献馆所属，论其性质，实应附于图书馆之下。

犹忆十年前在文献馆搜辑史料，共一小桌者，约四五人，狭促不堪，几不能舒臂。余抄录《道威同剿逆军报》，吴寄荃丈（光绪甲午进士）则辑关于蒙藏文件，清华蒋廷黻君则录外交史料，余已不能记忆。迨后各以所辑发表，莫不略得虚名，亦可见文献馆所藏，诚如宝山之高矣。而蒋君无分冬夏，皆着其分余厚之棕色灯草绒西服裤，尤为趣事。今日走笔记之，已如隔世梦幻也。

北京图书馆资格最深者，则为国立北京大学图书馆，北京大学在光绪间称京师大学堂，已略有藏书。至民国后，因康有为、董绶经诸人之掇助，颇得善本，基础之立，实始于是。旋又逐年选购，收藏益多。其版本以明本为多，清本次之。人事方面，如李大钊、马衡、毛子水诸人，均曾任馆长。最初出有油印月录二厚册，模糊不清，至毛任时，始先出善本书目一册。大都普通书籍，勉强论之，当以明季史料最多，然其所藏，在国中亦第一流。再其研究所国学门亦有藏书，尤以碑帖拓片，明清文档，为世称道。其拓片多系缪氏艺风堂遗物，每一片上，皆有缪氏题跋，凡二千余种。据内行估计，每片约值五十金，则其总数亦可观矣。其档件则清理故宫时卖出共计数千袋，以烂纸售于某大南纸店。后为罗振玉、金梁、陈垣诸人所闻，乃设法备价赎回。除罗、金私人收藏整理外，以大部分让于北京大学，而研究所遂成立一“明清史料整理室”，史学家如朱希祖、孟森二氏皆曾主持整理，发明亦多。

除上述外，尚有一最大藏书处，则东方文化事业委员会图书馆是也。按东方文化会，原亦庚子赔款退还者所组成，于民国十六七年由王晋卿、柯绍忞、江瀚诸人发起，因欲创一文化事业，故先购书作基础。时南北书籍之价正廉，而主持买书者，又为版本月录专家徐森玉、伦哲如二氏。徐氏人称徐二爷。原任北平图书馆主任，在旧书业中颇负声望，人亦和平中正，于版本书及抄本书等善本，可谓极精，凡所选购者均有关学术珍籍，或为人所不知及不注意者。伦氏名明，于图书见闻极博，收藏亦富，通学斋书店，彼即东家，尤注意史料冷货。于是东方所藏凡经二人之手者，莫非佳椠，几集北京图书之精美，其性质纯为学术之书。尤以名校精抄稿本最多，出目录十厚册，在数量上虽不足与北平图书馆比，而其精粹，则不相上下，洵孤本秘籍之大观矣。

再次则有清华、燕京两大学图书馆，二者均后起，所购书籍，大多经史子集各类之普通者，其精粹与数量，皆不及北京大学，然亦不少。事变后清华迁移，惟燕京屹然独立。近三四年来北京旧书业，大半以燕京、大同为第一出路，因其经济力强，且无竞争者，数年之间，颇获善本，书贾每得好书，必先送燕京以求善价，故近年之燕京图书，迥非昔日清华可比，几可与北京大学、东方文化会相抗，真可谓突飞猛进者矣。其情形已见上文，兹不再赘。

上述各藏书处，均国中第一流图书馆，规模完备，不特普通书四部齐全，即善本亦各不少，且各具特质，自成风格。其他尚有国立师范大学、北平大学等图书馆，及市立图书馆等，不过全属普通书及杂志《万有文库》，毫无佳本珍籍，可云乏善足述。在图书位置，已三四等矣。

至于私人方面，最可记者，莫如吾乡傅沅叔丈藏园所藏，名闻中外，大都宋元佳本，出有《书目》《题跋》二种，足与前贤媲美。他如天津李盛铎所藏，亦多佳椠，前岁以五十万元让与北京大学。又董康氏藏书亦富，且皆善本，现在北京书贾，凡获宋元明旧籍，总先见傅、董二处，董藏法律书尤多。又前北大教授朱希祖，人称朱大胡子，购书最豪，所藏以明季史料最多，多人间未见书，现皆封存。伦哲如所藏，多清刻，然皆珍本秘籍。又孙蜀丞专藏清人文集，亦有佳本，前胡适之考证《儒林外史》，曾翻印吴敬梓《文木山房诗文集》，即孙氏所藏也。又陈援庵先生藏书以关于宗教者为多，最著者如《玉林国师年谱》，及《北游录集》诸书，皆海内孤本，人间星凤。新兴之家，如天津某氏，北京汪翊唐氏，专搜精批校本，所获亦颇可观。故都私人收藏大致如此。不佞见闻孤陋，漏万之讥，在所难免。

又据余所见南方如南京国学图书馆，规模之大，足与北平相埒。他如浙江图书馆、上海徐家汇藏书楼及南洋公学图书馆，以及私家刘氏叶氏，皆收藏极富，且皆亲览。至于宁波范氏天一阁，则人所共知，不必细表。近闻张仁蠡君，专收碑帖古物拓片，陈人鹤君，则专购明本，因未亲睹内容，不敢妄论，既负声誉，想必可观。

至于华北，事变前如山东、河北、河南各省立图书馆，藏书亦富，山东尤多佳本，余曾亲往展阅，闻事变后，稍稍散出矣。因记忆所及，特附述之。

近年来图书之聚散

每逢丧乱一次，图书文物必遭厄一次。本来书之为物，由简而绢，由绢而纸，年悠世远，保存为难。况遭乱离，兵荒马乱，所谓文物，莫不弃毁。昔汉董卓迁都长安，载书数百车，沿途抛弃。宋时金人入汴，大索书板，辇载而北。清中叶洪杨之役，江南文物图书，大半毁灭散失。历史所记，斑斑可考。此次事变，图书之聚散，变化尤巨，南方情形，吾不悉知，仅就北京见闻记之。

民国二十五年，余就教大梁，兼任文史研究所导师，代开书目，代购图籍，皆藏于河大图书馆。因系亲历，故多记忆。乱后其书复散出，余在北京曾收得数种，如《军兴本末纪略》《乱后记所记》等，强皆普通之书，睹物伤怀，不啻故友重逢也。

又山东图书馆收藏，在省立中可称巨擘，方事变后，即闻最先散出，并闻隆福寺某书店派人至鲁坐收，所获最伙。乃亲至某书店欲选购，讵彼坚不承认，且藏之极秘，即同行人亦弗得见。后余开一目录，悬之书室，愿出大价征求，不数日书样遂至，中如张兆栋《剿办问匪奏议》，及《潍县方言考》等，果有"齐鲁先哲遗书"印章，足证所闻非虚。

又闻数书店合资，派五洲书局掌柜及一范某，亲赴南京、上海、广东诸地收书，旋寄回一千余包，以广东图书馆之书最多，其价特昂。余曾选购十余种，共六七百元，较佳者，如钱大昕潜研堂藏《课子随笔》，原本《蜀故》，及《景教碑文考正》《国地异名录》《宛湄书屋文集》《休宁碎事》《征苗纪略》《禁毁书月全本》等，或盖广雅书局印，或冠梁节庵藏书章，前后皆有避蠹红纸，洵属粤东风格。又有广东藏书家陈氏、莫氏之书，亦多流出，以烽火劫余，天南古籍，竟至燕都，售价虽高，辛劳亦甚。

又上海孙毓修氏，为商务印书馆创办时之重要人物，精版本，好收藏，殁未三年，书亦流散，为北京来薰阁购得，余曾见多种，上有孙氏印，不禁慨然。中有《池南遗事稿》，乃吾乡中江李斗垣遗著，原抄本四册，索价六十元，余以太贵未买，然颇怏怏。盖孙氏主持商务印书馆，凡前东方图书馆及涵芬楼之珍籍，半经其手。乃东方图书馆数年前经祝融之灾，善本地志，付之一炬，今孙氏私藏，亦弗能保存于身后，所谓收藏家下场，固皆如是萧条耶。

前年天津李木斋藏书，以五十万元售与北大，未散于外，实庆图书之得所。去年浙江嘉兴沈氏爱日庐之书出售，由北京来薰阁、修文堂三数书店合购，数量未多，然皆佳选，多外间所不经见者。其值之昂，较之上述广东一批，犹或过之。盈尺之籍，动需数百元，亦可想其贵重矣。沈氏固以长于史学及考据著名者，故其藏书，正为潮流趋尚，宜其视为奇货也。余购得清初精刊《明文远》，残本六册，价百六千元，《古官制考》《征缅纪略》各一册，均四书元。他如《丹崖笔记》、焦理堂跋藏《白田草堂遗稿》《货币考》等，价亦称是。其书大半，不仅书商从未见过，即各图书目录亦不多载，想见其稀罕可贵矣。

惜其价太昂，限于经济，不能多购，诚属憾事，现已不知分散何所。

总之，旧书之聚散，亦如货币之流通，古今大皆如是，而旧书业在此循环中即得以维持生命。其他官私各家，散出犹众，或其质不精，或其名不显，且囿于见闻，遂不备举云。

南北书价之比较

由于书之聚散与流通，也略略可以看出各地金融情形，书之往高价的地方走，也同水之往低处流。就不佞一管之见，及书贾之言，事变之后，五年之间，南北各地流散出来的，虽无统计确数，而实在不少。但大多数都运输于北京，北京书业所收来者，又大多数售与燕京大学及大同书店（大同乃代外国图书馆及私人收买旧书图籍，代办一切手续，每月出单搜买，给价最豪，与燕京皆美国系）。

固然北京为中国文化中心，书之销路较各处为广，由此辗转之间，可以知道除了购买力之外，还有一个汇率高低的理由。如北京的书定价十元，卖与上海，便须赔若干倍，若售与美国，则可赚若干倍。于此便发生南北书价的比较标准，同时亦是旧书流通时所遵循的轨道。本来在事变前，南北书价大致相同，其略异者，则由于书贾之眼光不一，所谓见仁见智是也。同一版刻之书，在甲认为善本须多卖者，在乙或以为不算什么，此与图籍本身之“书运”有关，与个人之见闻尤有关。次则为“人不出门身不贵”之谚语，如广东、福建、上海所刻之书在本地不稀奇，在北京则难得，北方之书亦然。此另一性质，不在书价比较之内。

事变以后，因南北币制不一，其间又有许多变化起伏，关于北方书价，上文已经述及，大约经集子史至抄本善本批校本，由二倍至十倍不等。假使将南方书籍运至北方，即照原价卖，于汇水比率上，即可稳赚四五倍。但是南方书贾更为聪明，于定价时已将汇率加上，且较行市为高，故南方（以上海、南京为代表）书价，始终比北方（以北京言）为大，如商务印书馆所印的《四部丛刊》共三集，其初集在北京约一千三百元可得，在上海则需八千至万元之谱，比例之巨，较之币制比率，尤增加几成，可见南方书业者其经济知识为何也。

故最初北方书商因汇水关系，以为到南方收买货物，是发财生意，于是络绎接踵而去，至后见南方图书虽不贵，而书商则不傻，乃又废然而返。但书贾究系文化商人，主意至多，眼光亦敏，念头一转，遂不注意旧籍而着重新书。新书皆有定价，照南方所定原价出售，另私刻图章加价及运费几成，新书较旧书好卖，获利之厚，无与伦比。其最著而最普通者，如南京国学图书馆所印各书，皆影印精本，皆大有裨学术史事之实用书籍，事变前销路极广。书贾所得，不过一二成之代卖手续费，数极有限。中如《南京国学图书馆总月》及《经略复国要编》等十余种，事变后货遂缺乏，价涨数倍，去岁商人不知从何处发现一大批，运之北来，因南京有书，故成本极小，因北方无货，又照原价加倍。《国学总目》在南方，闻卖二十余元，在北方则售四五十元。《经略要编》在南方卖四元，在北京则售十二元。加之汇水，其利益真不可以数计。又如上海陈乃乾自印《室名索引》，与《别号家引》二种，合售十元，在北京亦按原价发售。又王大刚君所辑刻之《己卯丛刊》《庚辰丛刊》等，原先每种定四元，近数年定十二元，而此地书贾亦照定价，仅打九折，实则其本皆不过二三元也。较大者如清季学人平步青遗著《霞外捃屑》，白纸木刻本，凡二十册，事变前印出而未售，去年为书贾所闻，因其内容皆考据史事，正合现代潮流，乃收买至京。自去年暑期至今，一年之间，由八十元涨至百六十元，且不打折扣，合以南币，亦不知其若干矣。岂有一新刻集子，而售价千元者乎？

又今年南方某机关影印《清朝实录》，据书贾言，在南方一次须买十部，不零卖，由来薰阁等二三大书铺合购一批运京，每部售一千二百元，顷刻而尽，云在南方每部约万元，亦不知其是耶否耶。此等新书无定价可查，无南方报纸广告可考，只好听彼文化商人鼓其如簧之舌，花说柳说矣。俗语所云“愿者上钩”，其此之谓，然彼等竟在此浑水中摸得大鱼焉。总之无论币制若何，南方书商，有南方人的聪明，决不吃亏；而北方书贾，亦有北方人的妙用，亦不上当。各具只眼，另有良策，所苦者吾辈穷酸秀才，以读书为职业，换饭吃，在此双重剥削之下，虽明知其弊，亦无可如何，只好任其摆布折腾，京话所谓“认头”而已。上述仅就不佞所知者而言，其他见闻不及或琐碎者，尚不知几许也。

至于旧书，虽云价昂，京商亦非完全不收，惟较慎重，且另有办法。故北京旧书业在上海等处坐收，除上述新书外，其目标有二，一为“通大路”，如《廿四史》《十三经注疏》及各种丛书等。一则须属“快货”，即其性质内容，正为北京所时尚，目录一到，即可售出。余于上文已经述及，盖南北币制虽有差异，而上海书商，则已将汇水加上，决不吃亏。但北京书业则以“来得贵卖得贵”对付主顾，所谓不能赔钱卖也。然于苏杭二州以至南京上海，尚有多数来得并不贵者，亦一律求善价而沽。总之，南方书价较事变前，至少涨至十倍，而北方所售之南方旧书，其定价数字，最低亦与南方相等，盖仅赚五六倍汇水。彼等即怨言称无利可图也。

尚有一事应附记者，盖即南北书商对于旧书之定价与鉴别力此则有关书价，惟非比较。据不佞妄测，南北书贾。各有专长，各有学问，若论研究之深，见闻之博，似南不及北，行话所谓“吃得精”也。即以书目言，北京旧书业共百余家，各家所订售书目录，其价值大致相同，间有微小差异，亦有其所持理由。南方书店所列出目录，彼此之间，颇多歧出，如同一版本之书，甲家定价五元，乙家竟有定十元者，足征其鉴别方法，多凭主观，少从经验。故南方书店定价虽有独到处，而未能平均发展，质言之，常有过多过少之病。北方书店定价虽合乎中庸，但缺乏卓识，如遇冷僻之货，或批校善本，即不知如何是好也。

昨日琉璃厂邃雅斋人来，谓近收得明刻本《蔡中郎集》，上下二册，为黄批黄跋（黄丕烈荛圃）。问其定价，云一万二千元，并云已有某要人出价六折尚未肯卖。此真俗语所谓财迷脑瓜，以一黄跋明本，有何希奇，定上三二千元，尚不够瞧的，乃竟要万儿八千，倘售于南方，将不知若干万矣。如在南方书店，则或无此荒谬。

数年前在上海中国书店买一樗园退叟《盾鼻随闻录》，盖汪氏（名堃）不惧无闷斋原刊本，定价十元。按此书向少见，同时来薰阁有一东洋版，以五元售出，可称价廉。行话所云“卖漏了”。可见南方书商，较北方能明其所以然，于有价值之货，虽无经验（即从未见过卖过）亦敢买敢卖也。又如徐鼒著《小腆纪年》《小腆纪传》二种，皆木刻本十六册，惟《纪年》多而《纪传》少，故前贱而后者贵。当时《纪年》售四元，《纪传》售至十二元，差别极大。余在上海见各书店，于此二书均定五元，视为一律，于是结果《纪传》卖罄，《纪年》独存，盖其于书价消长，不如北方研究之细也。

近闻西南各地，旧书古籍，搜罗已空，据友人云：成都昆明市上，凡昔日地摊上几大枚（铜板）一本之书，在西南即可称善本。虽不无言过其实，但兵燹之余，又兼学校林立，学人丛聚，图书缺乏，可以想见。友人刘盼遂尝谓不能西征，最大原因在无书可读。余亦云然。盖向在故纸堆中求生活者，一旦离去，真如鱼之失水，因与书价有关，故并及之。

古书之翻印与旧书业的进步

尝闻东瀛收藏家桥川时雄（东方文化事业委员会总务主任）云："前十年东京尚有旧书铺十余家，已不如清末杨守敬、黎庶昌、罗振玉诸人在东访求故籍时之盛（按黎氏以钦使地位，搜得善本极多，回国后刊成《古逸丛书》，罗氏刊印亦多），至现在皆寥落无存，或改组为新书店。非无旧书也。盖旧书如骨董，一天比一天稀少，遂不能独立存在耳。再则内容仍旧，表面则由线装易成洋装矣。因旧书价昂，且页多字大，不便携带，当此印刷术昌明时，无论经济上便利上流通保存上，自然趋于重印一途。"

本来我国图书的价格，最讲究版本，所谓"版本"之义有二：一为初印后印，按昔日刻书习惯，又云灾梨祸枣，取梨枣木坚，板不易坏。刊成后先以红色印刷，次乃用墨，以红印本分赠师友，墨印本送各地出售。初印即指红印本，或墨色中尚带红色，成深紫褐色。且字画骨力，无缺笔断线，从美术上言，确有古色古香之致。但印刷愈多，字渐漶漫，年久板裂，文亦残缺，故后印者，常有字迹模糊不清之病，此一事也。一为补页重刻，补页者，书板或有损失，或已破坏，乃照原板样式刊印补足之。重刻者，其书本已刊行，或非佳本，或极难得，好事者乃取原文重刊之。亦可谓之翻印、翻版，普通则称之为重刻本。今之重印旧书，与以前翻版重刻，其性质完全一样。惟昔之重刻与初刊，在方法上经济上，同一艰难费事。今则不然，善本可用影印，次则可用铅字排印或石印，较之木雕，其难易相去云泥。故自清末以来翻印古籍，不知几千万种，最廉者如邓实诸人所印之《国粹丛书》，及申报馆所印之巾箱本（上两者今日皆不易购全）。最有名者如上海老同文之《廿四史》《资治通鉴》《十三经注疏》《皇清经解》等，在昔每一书之购置，动需一二百两纹银，至是数十元即可全得。嘉惠士林，洵非浅鲜。

迨民国后，如商务、中华两书局及中国图书公司、文明书局、扫叶山房等，皆有重印旧书之举，惟均普通诗文集，或属说部丛刻诸书。至十余年前，商务印书馆辑印《四部丛刊》，出至三集，又《涵芬楼秘笈》亦出至十余函。其内容则经史百家，包罗万有。其价值则朱元善本，名家校藏。在昔时士庶之家，一部犹不可得者，至此以千余元即可集古今图书之精英，其有关学术文化之普及，与夫善本书籍之流传，影响之巨。不仅中外钦崇，实自乾隆时纂修《四库全书》而后，数百年来，无此大成绩也。宜其纸贵洛阳，中外竞购。于是中华以次各书局，继踵印行（四部备要》《清史列传》等。开明书店又印《二十五史》及《补编》等。风起云涌，争印古籍，其影响于旧书业者至深且大。当时书贾谓余曰：照此情形，不到十年，全国旧书业将为商务诸家所侵并消灭。言下不胜叹息黯然。盖旧书价值，其第一义即物以稀为贵，最著者如某书之单刻本，难得而价昂，及收入某丛书内，其值立减。又如某名家之稿本遗著，当然为海内孤本，即传抄本亦足贵。及原稿刊出，则其手稿孤本，亦仅具古玩性质矣。

同时北方公私各处，亦大印书籍，如北平图书馆所印善本遗稿至数十种。故宫博物馆亦影印《天禄琳琅丛书》及其他文献史料。他如北大、燕京、清华各校，亦有印行，每印出一种，由书业即受一种影响与打击。如燕大近印《清代进士题名索引》，于是凡清之《馆选录》《进士同年录）等，皆属无用。然书商之头脑活泼，资本较裕者，亦相率自印，不敢后人。最著者如文殿阁之《国学文库》，共出三十八种，每种皆旧书中极不易得或极贵者。惟书商所印，因受书之来源与资力学识限制，大都一星半点，远不如各文化机关所印之多，更不能比商务各馆之伟大广博。因此旧书业自不能挽回其颓局与厄运。

老实说，自道光咸丰以后至清末，各藏书家及学人，辑刊丛书，成为风气，将数十种数百种有用之书，印成一函，买一部即可得数十百部，已为旧书业受病之始。今日所见丛书，不下数百种，许多秘本已被收入，不过《四部丛刊》等，不仅因翻印而得读原书，并因影印而获见古本，在背有单刻本即不要丛书本，至今有影印古本原本，又不愿要单刻本矣。故无论在经济上实用上，皆无可抗衡与争也。综括言之，新的古本书一出，除买卖上旧书业受新书店之侵蚀外，其影响最明显，亦即促使旧书商本身进步者数事：

本来书贾对于旧籍，均视为奇货。其心理莫不愿只此一家，别无分号。故翻印古书一事，无论系己印人印，皆彼等大大的不愿意者。但实逼处此，我不印人将捷手先印，亦只好择其可印者而印之，使书商的利己脑筋，渐渐开明，大家争印之下，于学术文化，裨益良多。

其次是中国古今来所有图书只要是白纸写成黑字的东西，都是他们整个遗产。今一旦大部分都被新书行侵占过去，不能不另辟园地，重建山河。另辟者即极力搜求平时不注意之书籍，与夫保守未侵夺之遗产。重建者即于旧书外，兼注意旧杂志、拓片及一切美术艺术上之软片等，推而广之，将来或将侵入古物商之范围，正所谓失之东隅，收之桑榆也。

再其次，以前书商，凡稍明旧书目录者，即称博学。嗣后恐尚须熟读新书目，藉知某书已印，何者未翻。不致以有书为孤本，以普通货为宝贝，而贻笑方家。一方面是范围缩小，一方面又工作加繁。同其他的事情一样 ，也是越来越不容易奥。

从书贾方面说，《四部丛刊》等，虽然内容广博，卷帙浩繁，究竟是贵族玩意，在大客厅的装饰，非寒士所能备。最可怕者，如商务的《万有文库》《国学基本丛书》，真可谓物美价廉。在旧书中最普通而最贱者，如《廿二史考异》《林文忠政书》等，也须三四元一部。但在《基本丛书》中，并仅拔数毛，不必动圆即足。到后来上海并有一折八扣书行世。诚如商业广告术语：贱中又贱，廉中又廉矣。其书印得并不坏，当时林语堂先生对一折八扣书极致推崇。谓花几块钱，买一大包好书，挈之上车，犹觉吃力。欣慰之情，溢于言表。然我们文化商人，手持金镶玉古本，睹此情形，实哭得不得，真叫人没法子好想也。

旧书之收买与作法

以上各章所述，虽多关书行之事，本文所记，始为旧书之本来面目。所谓旧书商，当然是贩卖古籍，既然天天要出卖，则搜求货物，也是他们最重要的一面。说到此，则北京这地方可谓神秘，因为它是文化中心，所以任何地方，凡售卖图书，无论好坏多少，都想送到北京来挂挂号，说明了就是想得高价，因为只有北京，绝不至辜负书的价值。同时任何处所、公私机关，凡收购图书者，也都先向北京要书目、索样本，因为北京的书最好最全，价亦不贵。无形中北京便成为全国旧书的一个吐纳总汇，而催促其循环者，则为旧书业。故书商对于文化之贡献，其功殊不可没，而其辛勤尤一言难尽。昔者胡适之曾向北京图书馆、北大等建议，谓购买旧书，不必再打折扣，较论锱铢，以恤商艰而保国粹，其说虽未能行，要属卓见。

至于货底来源，约分数种，其数量与利润最大者，为派人到各地方去搜求，近如天津、太原，远如云南、广东，皆有彼等足迹，谓之“出外”。其人必须精明强干，且在柜上资格较深，能做一点主者，则买货还价间，方可负责独断，否则尚须函件磋商，不胜其烦也。出外到达目的地后，其方法住于有名旅馆，有报纸则登广告，无报纸小邑，则写成小帖若干张，遍贴通衢，云北京某书铺到此重价收书。如有所获先将目录寄柜，次将货物打包由邮寄回，倘不再往他处，则人亦随之而归矣。大约出外者，决不止一处，必附带顺道侦求，如到太原者必至汾县，赴济南者必往潍县是也。凡出外买书，其本钱差不多仅所用盘川，至于货价实微乎其微，若粗计之，最少亦须有十倍利方买也。

其次便是就地收买，因为北京的藏书家与夫世家巨族，均有书画古玩，等到经济拮据或后人败落时，又逐次卖出，后者尤为书贾所欢迎。盖破落户之寡妇幼子，只知变钱，焉知书之贵贱。而藏书家尝刻许多图记，如“子子孙孙，永久宝之”，“某氏家藏”，“凡卖书者，非我子孙”等誓词，实为多余，书之名目册数尚且不知，何有于书之内容及印章耶？（陈金诏《观心室笔谈》云：“《读书敏求记》载：赵清常殁后，子孙鬻其遗书，武康山中，白昼鬼哭。聚必有散，何所见之不达耶。相传某世家故第，折卖之日，匠者亦闻柱中有泣声。千古痴魂，殆同一辙。纪文达公尝语董曲江云：大地山河，佛氏尚以为泡影，区区者复何足云。倘图书器玩，散落人间，使赏鉴家指点摩挲曰：此纪晓岚故物，是亦佳话，何所恨哉！曲江曰：君作是言，名心尚在。余则谓消闲遣日，不能不借此自娱，至我已弗存，其他何有。故我书无印记，砚无识铭。如好花朗月，胜水名山，偶与我逢，便为我有。迨云烟过眼，不复问为谁家物，何能镌号题名，为后人作记哉。所见尤洒脱也。”不佞原批云：虽如此说，然视珍本古物，安能恝然而舍之哉。余藏有纪晓岚砚二方，均极精，读氏此文，不禁黪然神往，想见前贤风格。）

书贾尝云：只要吃进去一头，便可发财。一头者即指买卖两面而言也。吃进去者指交一好主顾，或得一藏书之破落户也。二者获一，均足致富。不过所谓吃进去意义殊深，必须秘密而有信用，不致半途为人所创。余尝见旗籍后人，与某书铺交往售卖，至四五年犹未尽，余亦买得抄本数种及其书目。据书贾云：亦大不易，除逢迎其本主外，犹须接纳其仆婢，殷勤于内眷。无钱借钱，乏烟购烟（鸦片），始能做到吃进去的功夫，凡所有图书古物，不啻握之掌中矣。

其最要方法，取蚕食不取鲸吞，盖整批卖时，必找多家，而售于出高价者。若物主不整卖，则书贾尝揣其需钱时而去，去必成交。惟似此大家近年亦鲜，事变以后，普通皆一两屋书，议价拉走，大皆西去缙绅教授之家所存，较之“旗门”，又降数等矣。

与上相反者，则属门口收买，因既有铺面招牌，又标明收售古今书籍。则卖书者自然而来，行话谓之“碰柜”，言自己碰来也。碰柜之货无大便宜，盖售主已不知碰若干次也。

除上述于京内外收买书籍外，尚有“封货”“找货”之说。封货者拍卖也。现在书商有书业公会之组织，在前则有文昌会馆，公推执事人员，办理本行事务，凡书铺入会者，始得为会员，其最有益者莫如封货之举。因书行与其他各业同，出入账目，以夏历端阳、中秋、新年三节为结算期，年关尤为严重。平时不能要账，于是资本小者，或出外买得大批，而急欲归本者，或重复本与架子货太多者，或受外人委托而急卖者，乃将欲拍卖之书运至文昌馆请其封货。俟凑集相当数量（不止一家之货），馆中执事乃鉴定各书甲乙，配搭成堆，编列号目，依次环于天井长凳上。手续既清，递发通知于在会各书店，言某日封货。大约由第一号至五号，非大部头即善本，总之为较贵之书。封货时大家先检阅书堆，看某书正有用主好卖，某书现正时兴，凡欲买者将号数、封价、字号等书明秘封，交与馆中。至日暮时当众拆封，谁出价大，即归谁买，此极公至平之善举也。封货后约一星期收款，凡有缺页补配均不管，以系廉价拍卖，且属先看明白，故好坏就“是他”矣。然此又有秘密之事焉，一曰“检封”，检封者，白检也，知某某号封者已多，其价必大，价小决封不来。于是乃侦其冷淡无人注意，而其中确有一二种稍好之书者，写一最低价钱封之，结果无人竞争，稳归己得，有如白拾也。一曰“拦封”，其义正与检封相反，因某书本来甚高，恐封货者不注意，而遗漏蚀本，乃托同行知己封一相当价目，如有再多者当然卖去，否则亦将货拦回，不致为检封者所拾也。一曰“尾数”，封货既以出价大小为标准。尝有差一角一分之微，而好书不能到手，被人夺去者，于是多写尾数。如封二十元者，必写二十元零九角九分，实在付款时亦抹去。但封货时效力极大。惟未入会之书店不能封货，外人更无此权利。余亦尝云，遇有可要者，则托书贾代封，虽然价廉，然有用不着者，因其每号一堆，至少亦在五种以上也。

所谓找货，涵义更繁，一个人之书铺亦可谓之书摊，行话名之曰“耍人儿的”。每日清晨向各晓市（亦云小市）搜买残书零本，并与打小鼓收旧货者联络，运气好亦可碰见佳本稿本。以贱价售与大书铺，将其装订衬纸，转手之间，一入龙门，身价十倍处。至于大书铺找货，一曰“搜集”，每日午后，各店书贾向四城小书店出发巡视，遇有较好者，用廉值取去。小店赘本无多，有时明知货好利厚，因须“倒本”，亦只好忍痛售出，其中备受压迫拿捏，所谓大鱼吃小鱼是也。一曰“借将”，即顾主所指名购买之书，柜上适无有，不得不向同行搜求。然同行取书，最多八折，故对顾主云“找来的”，言其虽贵亦无可如何也。然用主着开单找书，差不多都系找来者，则其妙用亦可知矣。

书之来源略如上述。尚有其他方法，然不出以上范围，至其售卖作法，则分两种：一为“门市”，即不认识之人，由门口买去，此数极少，最大者则在寄走。事变以前，中外各地皆向北京选购，凡大书店，每日必接购书函数十件，同时亦寄走数十包。生意佳者，每月只此流水即至数十万元。近年以来，交通不便，外地亦鲜购书者，除同行交汇外，已形停顿。一为“送货”，即侦知京中公私机关与个人之买书者，托人介绍，持名片及书样去，问其欲购何种书籍，按时骑车送去，此中亦有尺寸，凡机关及大宅门或懂家，必派精明者，以便应对得体。买书少而外行者，则派徒弟去，略为对付足矣。

关于旧书业之买货售货情形，顺手写来，已觉不少，实则尚未尽其什一，异日有暇，当再补充。而买卖之间，道理尤多，总之不出欺诈手段与外交辞令。据书贾对余云：普通货看六成利，即售十元者其本为四元，实则岂止。如今日购彼十元之书，明日转售于彼，虽二三元彼亦不要。惟彼因图大利向吾辈指名某书找货，或单配大部头之一二种者，则属例外。因此含有要挟与所谓敲竹杠者之意存焉。

（本文为节选）

○ 原载《古今》，1942 年第 12 期第 4—8 页

三吴回忆录

1943

——谢刚主

闲云流水两茫茫。底是何人话短长？
我本无情惭西子，小姑岂有嫁彭郎。
藕丝已断三千尺，柳絮空来八月狂。
君自言尔我自听，洞天清露倍凄凉。

——《西泠金鼓洞题壁诗》

我虽生长在北方，但自幼就缅想着江南。因为我在幼年时代，常听我祖母谈江南的故事，所以江南的风景，印象在我脑子里很深。我原籍是江苏常州府武进县，罗墅湾乡下人。当清咸丰年间，太平军破了常州，先曾祖携着祖父一行，避乱跑到河南的商丘，就寄居在河南了。从同治初年到光绪末年，祖父仲琴公以教读游幕为生，生活非常困难，到光绪末年生活稍为安定了。不久的时光，在光绪二十七年的夏天。我母亲就生下我来。我的祖母，是一个六七十岁的老人，忽然得了一个孙子，那是非常的高兴。在我六七岁的时候就同我一床睡。我那时虽然认不识几个字，但是已经喜欢听讲故事了。躺在祖母烟盘子旁边，一边用一双小眼睛，看着我祖母吸烟，一边要求我祖母讲故事，祖母吸完了烟，手里拿着茶杯喝着茶，才开始说道："那时还没有你爹呢，我不过八九岁，跟着你太舅公从常州乘船到河南去。是一个六七间舱的大船，两边都有玻璃窗，可以看见两岸的风景，屋里陈设着红木的家具，坐在椅子上可以看见岸上的行人，和岸旁的杨柳。一到晚上，船靠在芦苇塘的旁边，月光照在船面上，非常皎洁，清光照人。我们都舍不得去睡觉。到了三更时分，我们都才去安歇。但是不久的光景就听见岸上劈扑的响，接连着外间舱里家人惶忙着来说：'老爷不好了，有歹人来了！'那时吓得我们连忙往舱板底下藏。待了好一会，外边的人说：'贼已走了，快出来罢！'"

我听着非常的高兴，忙问那船是什么样？贼到底走了没有？祖母说："天不早了，快睡罢，明天再讲给你听。"

第二天的晚上我又重新问我祖母七间舱大船的故事。祖母又接着说："我们坐着船，幸而平安无事，不到几天就到了清江浦。换了骡车，头一站就是红花埠。一路上风沙拍面，走了半个月才到开封。开封这个地方，灰土是怎样的大，每到春天，黄风扑面，桌椅上的土，都有一钱厚，要是刮了大风，天色昏黄，对面都看不见人，哪有江南春天那样的美丽。要是提到食品，更不如我们常州了。我们在家乡的时候，每天晚上可以吃到水磨汤团和绉沙的馄饨，但是一到了河南，哪里可以吃到我们家乡的风味呢？"

说来说去，无非是这一套的故事，无形中我就对江乡起了个很好的印象，可是我虽然到江浙不少的次数，但是总未遇见七间舱的大船。

我二十岁以前曾到过常州，看望我外祖父、外祖母。二十以后我到清溪与我妻段庆芬女士结婚，虽然是父母为我作主，但是我们的感情，一直到现在还是保持着融洽，有时吵几句嘴，但是不到一刻的工夫，又言归于好，相视而笑了。我写这篇拉杂的文章，就是我的太太为我研的墨。

我这两次到江南，都是逗留了几天，谈不到有什么感想。我稍觉着得到一点印象的就是近十年来漫游江浙，共有三次，一是民国十九年奉国立北平图书馆之命，赴江浙观书；二次是二十三年到南京中央大学讲学；三次是二十七年由香港回到旧京。看到了美丽的山水，遇到了无数的师友，触到了无限的感慨。在寒风扑面的旧京，晚来欲雪的天气，在火炉旁边，缅想以往的故事，写我游历江南的绮思。这短短的文字，就算我这篇的楔子。

海上观书

在旧都文津街有一处碧瓦朱甍的建筑，就是国立北平图书馆。我们在办公室里，可以看见北海的琼岛和一泓的秋水，北海边石栏上依着不少的游人，水面上飘荡着残荷，还有几只野鸭子在游泳。那种幽静的光景，真是一个读书的最好所在。那时我正服务馆中，整理明清的史料，因为要参考的缘故，馆长袁守和先生就派我到江浙去，参观江浙公私各家的藏书。我听见上海涵芬楼藏书最为完备，而力成其事的，就是张菊生先生。

菊生先生是先师梁任公先生的老友，我当日在任公师侍席的时候，曾经代任公师写了不少的函札，可是未见过面。那天的黄昏，我就到藏园去，请傅沅叔太世丈写一封介绍信，傅先生说："菊老是我的前辈，你见了他，必须要特别的恭敬。"我只有静默着，听着他老人家的吩咐，接到傅先生的介绍信，才唯唯的退出。同时请陈授庵先生介绍到徐家汇土山湾天主堂图书馆去看书。又请冒鹤亭丈写信给南浔嘉业堂刘翰怡先生。部署已定，就于民国十九年九月十九日由北京动身，在天津乘船到上海去。

二十二日的早晨，到了上海，住在北四川路老靶子路同学陆侃如兄的家里。第二天早晨，我雇了一辆黄包车到极司斐尔路四十号张菊生先生家里去。一座极幽洁的楼房，楼房前面，草地如茵，种着几棵芭蕉，和几棵桂子和棕树。由侍者引导到客厅里去，侍者端上一杯茶来。我看见屋内陈设着无数的土俑，和其他的壁画。不一忽，一位极矍健的老者，轻松的步履从楼上下来，那就是张菊生先生。我连忙站起来，深深的鞠了一躬，携上沅老的介绍函，陈述了我的来意。

菊生先生问起我的家世，很和蔼的问我："堂上可好？"

又继续说道："先母原籍武进，侨居岭南。据《毗陵谢氏家谱》，先母应该是你的太姑母行，我实在忝长一辈了。"

说完了这套话，老者哈哈一笑，复继续着说："母家还有念书的人，这也是可幸的事。"

我连忙站起来，改口称呼表伯，并且回答道："小侄少年失学，毫无所得，不过还喜欢念书罢了。”

菊老约我明天到他家里来看涉园的藏书，以后再引导我到涵芬楼去看书，并且又介绍我到平湖看葛嗣威先生传朴堂的藏书。菊老这种和蔼的态度，诚笃的精神，我是永远不会忘掉的。

菊老对于出版业的努力，远在数十年前。在清光绪戊戌变政的时候，任公师创办《时务报》，菊老就与任公师和汪大燮伯唐，在宣外松鹤庵，举办印刷事业，后来和夏漱芳、高梦旦诸君，创办上海商务印书馆，瀹灌新知识和影印宋元秘笈。一直到现在，他虽然是七十多岁的老人，那种自强不息的精神，仍然是我们青年的领导者。

菊老的藏书，约可分为二类：一类是乡邦的文献，一类是古籍秘刊。对于海盐张氏的家学，他编有《涉园张氏丛刊》，已在商务印行。于乡先辈最服膺的彭孙贻先生，他得到了张氏刻本《茗斋初集》、刊本《百花诗》和抄本的《茗斋诗》五厚册，后来又借到武昌徐行可君所藏的《茗斋诗》稿本十二册。他把这些书合拢来编了一部《茗斋集》，影印于《四部丛刊续编》中。

其次便是搜辑佳椠，影印流传。他以毕生之力，所编的《四部丛刊》、百衲本《廿四史》《续古逸丛书》，早已脍炙人口。其中他最用力的要算是百衲本《廿四史》了，他不惮山南海北，域外东瀛，去访求佳本，而且汇合众本，校其所长。百衲本《廿四史》问世以后，他又把生平所撰的校记，选其最精要的撰了一部《校史随笔》。傅沅叔丈为他撰《序》说：“列史旧多缺文，今得宋元初本补《南齐·地志、列传》二叶，《宋史·张桃、田况传》二叶，而夺行行文更难缕指。若夫片语单词形音易舛，而一字偶失，千里随差。如《南齐·纪》‘口中出血’，辗转误作‘舌言’。《梁书》纪侨进土囊同逆乃遗王伟罪状出入，得此究明‘鸡衣’为隋后采桑之服，今作‘鸠衣’者皆诬。‘钩鱼’为辽主游畋之礼，今作‘钓鱼’者大失。获此孤证，幸存典贇。”

沅老盛推其书，谓：王氏《商榷》、钱氏《考异》、赵氏《劄记》而后，为仅有之作。菊老为人精明矜慎，但魄力之伟大，有为人所不可及处。即如他编印的《四部丛刊》，百衲本《廿四史》，商借了不少的旧本佳椠，先制成了底版存放着，只要发现了更好的版本，他立刻就把旧的底版毁掉，虽价值千金，亦所不惜。可是给朋友写封信他老是用翻过来的旧信封。近来藏园老人，也是仿照这个办法。听说请了位工人，替他翻制旧信封，日来的工价太贵了，结果比买新信封还要贵。

涵芬楼，是上海商务印书馆所办东方图书馆的一部分。商务印书馆编译所，为普及市民教育，创办东方图书馆，捐了数十万册的书，以供民众阅览。至于商务所购的善本书，镌盖上涵芬楼的图章，另外存贮，算是商务的私产，虽然在东方一处，性质是不一样的。民国十五六年以来，宝山路一带很受了几次兵燹，所以把宋元佳椠，都送到银行库里去保管，外边的人的颇不易看见的。这次承菊老的介绍，在菊老家中看完书后，就到东方图书馆看涵芬楼的藏书。

涵芬楼所藏善本书。它的来源，可分三种：一种是该馆历来购买的善本；一种是密韵楼蒋梦蘋氏的藏书；一种是何秋辇的藏书。秋辇是何栻的孙子，何栻在道同间很有能吏的名称。但是他藏的书，却不甚好。涵芬楼所藏的书，要算是蒋梦蘋氏的书，内容最为完善。蒋氏获有周季贶氏书钞阁的藏书，内中有傅节子、戴子高的抄校本，所以涵芬楼中收罗的明季史乘也不在少数。其次便是涵芬楼历年所收的方志，曾编有目录流行于世。

我所要看的是明季稗乘等类，而且这些书，也不很为当局所注意，所以我可以恣意的阅览。我见到戴子高望所批校的《南疆逸史》和傅节子校辑的明季稗乘，我都把它辑录到拙编的《晚明史籍考》中去了。但是先哲精神所寄的抄校善本，不幸自从事变而后，都化为云烟了。

在涵芬楼看过书以后，我就到徐家汇天主堂藏书楼去看书，这个地方是不公开的，除了几个教友能阅书外，其他的人非有人介绍不可。我经陈援庵先生的介绍认识了主任徐润农司铎，才应许我登楼观书。

这个藏书楼始建于八十年前，是徐光启的故址，园林布置得很不坏，园中桂花盛开，时时可以闻到香气。藏书楼共分两层，楼上藏外国书，有十六七世纪的古本，楼下藏中国书。我看他藏书的特长，约有三点：

一、楼中所藏方志，有一千六百余种之多，如果再加四百余种，那末各省县的方志就可以齐全了。

二、古钱的收集，从上古一直到现在，有好几百种，尤其是明清两代所铸的钱，及太平天国等钱差不多都全了。

三、书目的编制，是用笔划来编的，他特长的地方，是每屋里分了好些书格子，格子上和每层都注着号码。譬如一格有九层，一面有十二格，他书架上都有一个表，把每格和每层的书都添上去，一目了然，这是办图书馆的人所可取法的。

楼中所藏关于明季史乘，并不很多，其关于明清史料的，我已抄在拙著上了。

嘉业堂的藏书，虽然在南浔，但藏书楼的主人，却住在上海，我承冒鹤亭丈的介绍会见刘翰怡先生。嘉业堂的藏书以明代史部、集部和方志为多，但秘籍佳椠，仍存在上海。我在刘君寓庐看到宋刊巾箱本《五经》，纸白如新，李壁《王荆公诗注》、《韦苏州集》、元刊《赵松雪集》、查伊璜《罪惟录》稿本。刘君藏查氏著述很多，《罪惟录》以外，如《先甲集》《后甲集》《敬修堂诗》，自查氏之书遭乾隆间毁禁以后，故家深固秘藏，幸得保留于世，可谓海内的孤本。还有董若雨的日记，日记封面是周季贶夫人李蕙题字，书法遒健，酷似何子贞，这是很有趣味的。

刘君约我到南浔去，看嘉业堂所藏明代史乘。座中并遇见董绶经先生。在沪上认识了郑西谛先生，西谛约我到他家吃晚饭，看了不少的好书，如明版《磨忠记》、《修文传》传奇、五色套版《西潮佳话》、明刻《绣像列女传》等书，饱我不少的眼福。

我在沪滨遇到了不少的师友。前辈当中遇见了蔡孑民先生、胡适之先生，同学当中，遇见了储皖峰、杨鸿烈、朱右白、姚达人诸兄。皖峰为人诚笃真挚，真是我的好朋友。我初到上海，是不认识路的，他天天领我到东方图书馆去看书，陪我出去玩，同我味雅一类的广东酒家去吃晚饭，看电影。后来皖峰到旧京辅仁大学教书，前年我病了，是得了副性伤寒症，躺在法国医院里，皖峰不隔三天，就来看我的病，一直到我病好了，他还是到我家里来看我。但是不到一年的工夫，皖峰竟为患脚气病怛化了！那天是阴惨惨的天气，飞着几点雪花，我到嘉兴寺去送殡，凄凉的灵堂，悬着老友皖峰兄的遗容。他的夫人远隔在徽州，尚未能赶回来，灵前跪着两个不知啼哭的孩子，可怜当了一辈子教授，遗产不到四五百元，这是怎样凄惨的事呀！听说达人兄近来也不在上海，同学少年在上海的多半都风流云散了。

（本文为节选）

○ 原载《古今》，1943 年第 15 期第 1—9 页

上海书林梦忆录

1943

—— 陈乃乾

寒家自经太平天国战争之后，向山阁旧藏图书，荡焉无存。先府君乡举后，即弃学经商，尝终岁作客于外，不甚顾及家事。故余髫年就傅时，家塾中仅经史读本数箧而已。迨入苏州东吴大学，从黄摩西受国文课，日就图书馆借阅，于是益沉酣于书。假日则流连于玄妙观及大成坊巷诸书肆中（当时大成坊巷中有书肆三家，其一曰大成山房。近年书肆皆聚居于观前护龙街一带，而大成坊巷中诸店停歇久矣），择其卷帙较少而价廉者购之。归里后，同里有父执徐蓉初者，力裕而嗜书，遇故家散出者辄购留之。又有费景韩时馆南浔张家，常回里为其府主访书，今《适园丛书》中所采海宁先贤遗著，皆当时费氏所访得者也。余既与此二公交游，因得略识版本。遂觉前此所购尽为糟粕，而浸渐于旧椠名钞之癖矣。

辛亥后，移家上海，所见渐广。比馆徐氏积学斋，遂得与海内藏书家往还。课余之暇，辄徜徉书肆中。诸书友亦以一日之长见推，苟有所得，必先举以相示。版本价值，每参与商榷。故三十年来几无日不与书友为伍，而江南藏书家之盛衰流转，亦历历在目。

昔之藏书者，皆好书读书之人。每得一书，必手自点校摩挲，珍重藏弆，书香之家，即以贻之子孙，所谓物聚于所好也。近来书价骤贵，富商大贾，群起争购，视之若货物、若赀产。以此贸利者有之，以此为寔货者有之，以此为书斋陈设者亦有之。且富商大贾之财力，赢绌无定，故书之流转变动亦较速。而真能好书读书者，反无力购致矣。

业旧书之商人，与藏书之家，关系最密。在乾嘉时，有卢文弨、黄丕烈、吴骞、顾广圻等真知笃好之藏书家，于是有陶正祥、钱听默诸商人为之奔走收罗。陶、钱诸人不特精鉴版本，其学问词章皆有可观。余常见袁绶阶家牡丹画册，听默与黄、顾诸人唱和题咏其后。盖当时藏书家视书贾为商量旧学风雅切磋之友。又如孙星衍为陶正祥作墓志云："与人贸易书，不沾沾计利。所得书若值百金者，自以十金得之，止售十余金。自得之若干金者，售亦取余。其存之久者，则多取余。曰吾求赢余以糊口耳。"呜呼！若此者安可求诸今之人哉。今日藏书家既为不识书趣，甚则目不识丁之富商大贾，则书贾自与普通市侩无异。藏书家既以书为逐货而贸利，则书贾亦非伺色要挟沾沾计利不可，此事势之必然者也。

在今日而作书贾，其趣味地位固与乾嘉时悬殊。即以沾沾谋利言，亦往往得不偿失。或谓业旧书者以贱值收进而昂价售出，一转手间，获利十倍，远非他业所可企及。但事实则不然，业之进货必自工厂，工厂造成货物，志在推销，一则愿销，一则愿进，故进货之交涉甚简易。惟旧书业之进货，必从向有藏书之旧家。此种旧家，虽因中落或他故而售及藏书，而旧家之气焰，依然仍在，故其态度常在可卖与不卖、似卖与非卖之间，若不运用手腕，便无成交之望。且旧家不常有，非若工厂之日夜造货也。此旧书业进货之难不同于他业也。顾主入肆购物，自必胸有成竹，看货付价，交易而退，此常例也。但旧书店之顾主则异是：入肆任意抽阅，其欲购何书，本无定见，其态度亦常在可买与不买、似买与非买之间；甚或留阅样本，至经年累月不决，书贾虽累次登门守候，卒因主顾事忙而无见面之机会，于是书贾亦不得不运用手腕以求成交。此旧书业售货之难不同于他业也。总之不论购进售出，皆须运用手腕。手腕者何？质言之：即贿赂旁人及奴颜婢膝说好话耳。

业书者在买卖手续上之困难既如此，而获利更无把握。初闻某旧家有书出售之消息，不便径往叩询，必先觅得彼此相识之人作介绍。在既看书而未讲定价格之时，必与其家之佣仆戚友及有关系之人极力周旋酬应，或许以报酬，或陪其嫖赌吃看，或借钱供其使用，一则恐其谗言破坏，二则恐其另行招致他人争购。迨既已讲定而书未携出之时，尤须与此等人交好，防其在大部书中抽去几本，则损失颇重大也。书将运走之时，若常地人缘不佳，则又有绝不相干之人，托保存本地文献等美名，藉端拦阻。经过若干次险阻艰难，幸而完璧携归，则书价、佣金、运费等正项开支以外，其例外消费已不赀矣。且进货必须付现金，而售出往往欠账，进货则巨款整付，而售出则零星收入，若并成本、利息、人工及例外消费而统计之，则百元购进之书，虽售至百五十元，亦无利可言也。

当地人藉端阻止之说，骤闻之似难置信，然事实上则屡有之。余所目击而尚在记忆中者有三事，其结果皆不同：

民国二十年，扬州吴氏测海楼藏书出售，初由当地人黄锡生介绍于北京直隶书局主人宋星五（今直隶书局已易主），拟价未谐，忽为北京富晋书社主人王君购成。王君已将书价付清，而书则尚待装运。锡生欲向其分利不遂，因扬言于众，谓富晋实代某国人经手，书将流出外洋，于是县长及国民党部出而阻止，禁其装运，惟对于善后处置则绝不提及。当时吴氏已收之书价既不肯付还，而地方上亦无力筹款以图保存，事成僵局。后经余与蔡孑民分向民、教两厅解释，保证决不装运出国，乃由两厅令江都县长放行。此一事也。

后二年，杭州崔永安之遗书售于上海书贾李紫东，已谈妥付定洋矣。时杭州富商王某购书之兴正浓，使人言于李，请全数转让，李不肯，王怒，遂托褚辅成转嘱省会警察局派警监视，不许书籍运出崔氏之门。复倩人言于崔夫人，愿照李氏原价购其书。崔夫人亦怒，既以定洋还李，并拒绝王氏之请，其书保存至民国二十七年之秋，始遭乱散失。此又一事也。

宁波藏书家以范氏天一阁、卢氏抱经楼最为著名，别有冯氏醉经阁者，亦多藏善本，较之范、卢两家，仅差逊一筹耳。惜其家保守不密，自民国初年以来，时有散出，至民国二十三四年时，始检点存书，得合族同意，整批售出。承购者为吴人李某，亦成交付定洋矣，为当地豪绅所阻，交涉历数月不决，卒由当地钱商某出赀承购。其所还定洋，李某不愿领回，遂分给当地诸介绍人，作为奔走之酬，楚弓楚得，其事始寝。

综上三家，测海楼有自刻书目流传于世，自归富晋书社后又另编书目，其中重要善本，大半为北平图书馆购藏。崔氏书善本不多，其收集亦在光宣之间，在藏书家系统上不占重要地位，虽无目录流传，亦不足惜。惟醉经阁则明刻善本甚多，即早年散出者几无一非棉纸精品，今其书存亡不可知，并目录亦不可见，所能确知者，中有武英殿聚珍版丛书完善无缺而已。

宁波自明季以来，故家藏书大都保守无恙。民国初年，凡江浙及北方书贾，每常年株守其地。其时生活程度低廉，住宁波城内旅馆中，开大房间，连膳食每月仅十八元。本地掮客甚多，每日奔走四乡，苟有发见，尽是明刻棉纸，故流寓书贾，无不利市百倍。

宁波人乡土观念甚重，每逢大批书出售于外省人时，往往发生波折。不独醉经阁如此，前此之天一阁、抱经楼皆如此也。天一阁藏书，既名闻全国，在当地则妇孺老幼无不知之。自薛福成编现存书目后，族人相继保存，迄无散失。至民国三年，有乡人冯某串同党徒，夤夜越墙而入，窃出书籍数千册，陆续运带至沪，初售于交通路六艺书局主人陈立炎，每册仅二角许，后改售于来青阁，得价稍善。立炎所得者仅数十种，散售于各家，《适园藏书记》著录之书经注疏其最著也。来青阁所得甚多，去其畸零不全者，尚得七箧，转售于食旧廛书肆。食旧廛者，金、罗二人所合组，专以中国旧书售于日本。既得此，将编目寄日本。编目甫成而事发，遂以书归乌程蒋氏，得价八千元。陈立炎及来青阁之购冯某书也，知其行不由径，故出价极廉。然亦深自虑祸，急欲脱售，方冀由食旧廛转售日本，则更可灭迹，而不知其无及矣。

冯某之窃天一阁书也，同时窃出碑帖数种及范氏祖先小像手卷。碑帖为何，今不可考，惟《宋拓麓山寺碑》后归藏园傅氏者，确为其中之一。窃书后三月，沪市渐有传闻，而范氏则未之知也。时江阴缪筱珊（荃孙）以前清遗老作海上寓公，负版本目录学重望，上海藏书家若张氏适园、刘氏嘉业堂皆月致修脯，请其鉴定藏书及编校丛书。闻天一阁事，亲往食旧廛求一观，食旧廛坚不肯认，筱珊怒，因驰函范氏究其事，范氏检视阁藏，始知确有遗失，遂派人来沪侦访，历旬日，不得踪迹，乃设计在申新各报大登广告，略谓“阁中被盗，失去书籍多种，但无关重要，不愿收回。惟有先祖遗像手卷两件，自明以来历经名人题识，世代保藏，务请送还，当以万金为酬，决不追究”云云。冯某利令智昏，亲赍手卷往，冀得万金之赏，遂被拘入捕房。讯问后，招出售于何家。于是六艺书局、来青阁、食旧廛三家皆对簿公庭矣。时租界尚为会审制，开庭数次后，判决冯某及同党监禁十年，三书店皆罚金了事。但范氏则尚不甘服，越四年，陈立炎以购抱经楼书至宁波，范氏即就地拘之，念旧恶也。

陈立炎名琰，杭州人，营新书业于上海。其所设六艺书局，涉讼时与食旧廛同时闭歇，翌年复设古今图书馆于交通路。于旧书不求甚解，苟有所遇，则低价买进、高价卖出，以糊涂赚钱而已。但其为人颇有胆识，善结交，书业公会之成立，多赖其匡助，故同业诸商颇信任之。抱经楼藏书之出售也，价在二万元以上。其时上海旧书店寥寥无几，营业皆狭小，资本亦短浅，对此无敢问鼎。立炎得沈知方、魏炳荣之助，毅然往购。比至宁波，为范氏所知，诉于当地官绅，援旧案拘之。上海书业公会同人联名电请保释，复倩人再三疏通，历旬日而事解。卢氏书虽全部运沪，惟其中旧刻《四明志》数部，则仍留归甬人保藏。时知方任中华书局副经理，别自设进步书局编辑所于三马路惠福里，遂辟进步书局楼下西厢房，以陈抱经楼书，而颜曰古书流通处。

三十年来，大江以南言版本者，书肆以古书流通处为第一，藏书售出者以抱经楼为第一。古书流通处初开幕时，列架数十，无一为道光以后之物，明刻名抄，俯拾即是。入其肆者，目眩神迷，如堕万宝山中。今之抱残守阙自命为收藏家者，曾不足当其一鳞片甲也。抱经楼藏书目录，钱竹汀曾为之作序，但仅记书名册数，尚未刊传，余拟据原书勘对，笺其板刻。但古书流通处主人以迫于偿债，匆遽散售。其第一批售于某君者，不论抄刻，任选一千册，获值一万元。书皆原装，每册厚至二三百叶，且大半有曹倦圃、朱竹垞诸人手跋。若在今日，每一册加衬纸，可改装六册，其价当百倍矣。李慈铭《孟学斋日记》记抱经楼藏书云：

凌子廉工部言，天一阁范氏书为贼卖于氓，尽碎烂之，更作粗纸，无孑遗者。抱经楼书多谢山全氏故物。贼据波时，或以洋钱六百枚购之，流转上海，为今苏松道杨坊所得，坊亦鄞人，故不知书。宁郡士夫本谋鸠资买之，俟事平，或畀卢氏购还，或公建藏书阁以借人读，而为杨半道篡去。

以上所记，似为传闻失实之言。天一阁书当时或散失一部分，若曰“无孑遗者”，则其书固至今犹为范氏子孙保守也。至古书流通处所得抱经楼书，是否全璧，未敢确定，惟证以卢青手定之目，则散失者当不逮十分之一，是杨坊篡去之说，亦非事实。然有可疑者，则综观抱经楼诸书，大半为曹倦圃、汪季青旧物，而绝无全谢山藏印或题记，意者杨坊所篡去适为全氏旧藏之一部分欤？

沈知方晚年亦好聚书，尝编印《粹芬阁藏书目录》一册。在当时则专力于出版事业，故于抱经楼书不留片纸，惟《尺牍大观》（中华书局出版）、《笔记小说大观》（文明书局出版）两书，则取资于卢氏书为多。

其时三马路惠福里弄口有博古斋书肆（今艺苑真赏杜隔壁），与古书流通处仅隔数武地。新得莫友芝藏书，插架亦离。主人柳荣春，苏州洞庭山人，外号人称柳树精。虽未尝学问，但勤于研讨，富于经验，且获交于江建霞、章硕卿、朱槐庐诸前辈，习闻绪论。遇旧本书，入手即知为何时何地所刻，谁家装潢，及某刻为足本，某刻有脱误，历历如数家珍。家本寒素，居积致小康。每得善本，辄深自珍秘，不急于脱售。有阿芙蓉癖。夜深人静时，招二三知音，纵谈藏书家故事。出新得书，欣赏传观。屋小于舟，一灯如豆。此情此景，至今犹萦回脑际也。影印大部丛书之事，博古斋实开其端。所印有《士礼居》《守山阁》《墨海金壶》《拜经楼》《百川学海》《津逮秘书》《六十家词》诸种，以一人之力而翻印旧书至数千册，可谓豪矣。蓉春殁后，其子元龙有神经病。初则广置田产，欲退隐作富家翁。忽而变计为长斋绣佛，以图超登彼岸。神仙富贵，莫衷一是。以致妻子下堂，伯道无儿，曾不数年，隳其家业，惜哉！

江宁人钱长美者，亦有烟癖，不事生产，有古侠士风。金钱到手辄尽，家无隔宿之粮。然亦屡印巨帙，如《佩文斋书画谱》《渊鉴类函》《式古堂书画汇考》诸书，皆成于其手。凡有力者所徘徊筹划历久而不能定计者，长美以旦夕成之，不稍犹豫。自清季以来三十年间，通都僻壤之以贩售旧书为业者，无一不识长美，而达官富商之喜储书者，亦无一不折节与长美交好。声气之广，一时无两，亦书林之怪杰已。

古书流通处自惠福里迁麦家圈仁济医院隔壁，再迁广西路小花园，前后九年，规模阔大，俨然为同业巨擘。凡藏家之大批售出者，悉为其网罗，如百川之朝宗于海焉。其中最著者为缪筱珊之艺风堂及嘉定廖谷似（寿丰）两家之藏。筱珊退隐沪上，宦囊不丰，既与张、刘两家联络，亦时藉旧书买卖以补修脯之不足。其《艺风堂藏书记》正续编中最精之宋本，若魏鹤山《渠阳诗注》、《窦氏联珠集》等，生前已转归他人，死后，其子僧保、禄保以遗书悉数售于古书流通处。当时依据《藏书记》点交，虽仅缺二十余种，然所存者，大抵为后印模糊或残缺抄配之本，抄本书亦什九新抄，几无一完善精品，殊无以副其藏书之盛名。所幸购书者以耳为目，只须有艺风堂云轮阁藏印而为藏书记著录者，即声价倍，其抄胥传录之新本，而筱珊以朱笔校改误字者，则视为艺风手校本，声价更高。其时购书者之无识，真堪发笑。缪氏点校之《藏书记》上，每种有筱珊手批定价，约比时价高出二三倍，盖其临终时已预为其子售书计矣。昔人以鬻书为不孝，今筱珊之贻误乃如此，亦可见寒士之苦心矣。嘉定廖氏书无特殊高贵之品，惟百数十箱皆完整初印之书，其书箱尤精美绝伦，今为余姚谢氏所得。

在民国十年前后，上海藏书家最著者，为刘氏嘉业堂、蒋氏传书堂、张氏适园。三家皆浙江南浔镇人，其搜罗之方法及性质互异：适园所购以抄校本为多，为刻适园丛书计也；嘉业堂主人刘翰怡宅心仁厚，凡书贾挟书往者，不愿令其失望，凡己所未备之书，不论新旧皆购之，几有海涵万象之势。其时风气，明清两朝诗文集，几于无人问鼎，苟有得者，悉趋于刘氏，积之久，遂蔚成大观，非他藏书家所可及；至其所藏《明朝实录》《永乐大典》残本，则海内孤帙也。传书堂主人蒋孟蘋，精力过人，除经营其轮船垦牧诸实业外，余事购书，旁及书画，皆亲自鉴断，不假手他人。海上学人若沈子培、朱古微、张孟劬、王静庵诸人每晚集其家纵论古今，主人以口酬客，以手抄书，其所影抄宋版《魏鹤山集》六十四巨册，首尾工整，无一率笔，可谓真知笃好之士矣。张、刘两家皆延缪筱珊编藏书目录，孟蘋独以此事嘱之静庵，亦具卓识。

静庵为传书堂编藏书目录，甫成经、史、子三部及集部迄元末，忽奉宣统南书房之召，遂弃而北行。后孟蘋商业失败，以书质于 ×× 银行，即据静庵所编之目录移交，故明人集部独留，其经、史、子三部中之最精宋本数种，亦为蒋氏截留。当时 ×× 银行点收之人非知书者，且以此为暂时抵押性质，故不注意及此。迨抵押期满，书为涵芬楼收购，亦即由银行移交。时传书堂善本书虽全部归于涵芬楼，而宋刻《草窗韵语》《新定严州续志》《吴郡图经续记》《馆阁录》《朱氏集验方》诸书独归他姓，而明人集部六百八十余种，则别售于北平图书馆。

同时尚有南海潘明训，专购宋元刻本，庐江刘晦之，亦广罗宋元善本，并欲以各种原刻本及抄本配成《四库全书》。武进陶兰泉，则致力于开化纸书及丛书，遇有缺页缺字及缺封面者，皆命工摹刻配全。是皆于藏书中别具风格，寻常收藏家虽折轴喘牛而终望尘莫及者也。今潘、陶二君已逝世，陶氏书且易主久矣。

（本文为节选）

○ 原载《古今》，1943 年第 27—28 期